Cul-sec et Chantilly!

CARLA HAY

Cul-sec et Chantilly !

ito

Découvrez la playlist de Cul-sec et chantilly !

Je ne veux pas un amour qui me consume,
je veux un amour qui m'illumine.

Amandine Sepulchre

Chapitre 1

Salomé

Mardi 1er décembre

Est-ce qu'on vient bien de me proposer un verre de vin chaud alors qu'il n'est que 9 h 03 ? Oui, absolument !

Cela fait tout juste un quart d'heure que je suis arrivée sur le marché de Noël, pourtant il est clair que le folklore de décembre est en train de se dessiner. Ayant à peine avalé mon café en sortant du lit, je suis au regret de devoir refuser la proposition de Karl Parrott.

C'est le premier exposant que je viens interviewer ce matin et pour le moment, je ne suis pas déçue du spectacle qu'il m'offre. Avec sa doudoune sans manche qui laisse entrevoir son pull gris à grosse maille, il est le stéréotype parfait du vendeur de Noël. Alors que les autres cabanes commencent à prendre vie, je dois applaudir ce vieil homme d'avoir déjà terminé son installation. De fines guirlandes lumineuses emmêlées éclairent ses étagères où sont entassés bon nombre de pots en verre. Dans ceux-ci, on peut trouver toutes sortes d'épices et de petits biscuits de formes variées. Sur le présentoir, on découvre différents pains d'épices, ainsi que de grosses jarres hermétiques prêtes à servir les passants. Mes yeux sont happés par une énorme flèche clignotante qui occupe le mur de la cabane.

En suivant du regard l'enseigne, je remarque sur l'écriteau en ardoise qu'il vend le meilleur vin chaud du pays. Rien que ça ! En aucun cas, je ne doute de la qualité du breuvage de ce bon M. Parrott, mais le marathon de pintes locales que m'a poussé à faire ma collègue Elizabeth hier soir m'en empêche.

— Karl, mon estomac n'est pas enclin à apprécier votre vin chaud à cette heure-ci, mais faites-moi plutôt goûter ce pain d'épices.

— Vous n'allez pas être déçue, mademoiselle !

— Vous venez tous les ans sur le marché de Noël de Bruges, monsieur ? je lui demande, alors qu'il me découpe une part bien épaisse.

— Vous êtes nouvelle ici, hein ? renchérit-il.

Félicitations, je suis déjà grillée.

— Oui, pourquoi ?

— Car tous vos copains journalistes savent que je représente ce marché de Noël. Je suis son âme.

Au moins ça !

Je me mords la joue pour m'empêcher de pouffer de rire.

J'ai beau faire de mon mieux pour m'acclimater aux usages et coutumes de cette ville, les locaux devinent toujours que je ne suis pas une des leurs. Tous mes collègues à la rédaction m'ont dit qu'afin de réussir ce micro-trottoir, je devais passer voir M. Parrott, donc il faut croire qu'il fait partie des piliers de ce marché.

— Eh bien, ça m'intéresse, voyez-vous ! Qu'est-ce qui vous amène chaque année ici ? Pourquoi offrir le privilège de déguster le meilleur vin chaud du pays seulement aux habitants de Bruges et non au reste de la Belgique ?

— Quand j'étais jeune comme vous l'êtes, je vadrouillais en Allemagne, aux Pays-Bas pour faire découvrir la recette de ma mère, vous savez, toutes les familles ont leur astuce pour que le vin chaud soit délicieux, me raconte-t-il. Et puis, je suis arrivé à Bruges en 1983 et j'ai retrouvé la magie de Noël de mon enfance, celle qui donne envie d'avoir froid pour l'éternité, qui nous donne envie de dîner avec notre belle-mère alors que d'ordinaire, on voudrait l'empoisonner.

Je me surprends à sourire, car il a mis le doigt sur ce que sont les fêtes de fin d'année. On a beau courir en permanence après le bonheur, l'amour parfois, tout devient plus facile en cette période.

Pendant que je grignote la part qu'il m'a servie, j'écoute ses anecdotes qui pour certaines sont attendrissantes, alors que d'autres sont purement loufoques, mais ça va avec le personnage atypique qu'a construit le narrateur de ces histoires. Même si ce matin, je suis venue faire ce micro reportage en trainant des pieds, je dois reconnaître que cette rencontre avec Karl Parrott n'est pas désagréable. En écoutant toutes ses péripéties, j'en oublie mes déceptions quotidiennes.

Cela ne fait que six mois que je vis à Bruges, loin de ma Corse natale, de ma famille. Je suis arrivée avec un seul objectif : faire décoller ma carrière de journaliste. La station de radio où j'ai débuté m'a donné l'eau à la bouche, et à force de voir mes anciens camarades de classe intégrer les grandes rédactions parisiennes, j'ai compris qu'il fallait que je me fraye un chemin d'une façon ou d'une autre. Travailler dans un média web ici, à Bruges, semblait être le tremplin que j'attendais depuis des mois, mais force est de constater que je suis encore cantonnée à faire des micros-trottoirs.

J'adore Noël, ce brave Parrott et son pain d'épices bien aéré, sauf que je vaux mieux que ça. Même si la féérie qui est en train d'éclore dans cette allée de la Grand Place m'attendrit, ces petites interviews ne sont pas ma tasse de thé. Je sais que je suis capable d'écrire de longs articles développés, ou que je peux participer à de grands reportages, mais pour le moment les opportunités ne pleuvent pas. Richard, mon rédacteur en chef, ne semble pas encore prêt à me laisser ma chance. Il pense peut-être que je vais rester bien sage, mais j'attends juste l'occasion rêvée pour lui en mettre plein la vue.

— Et vous savez, les petits Néerlandais qui se sont installés hier à la cabane 118 ? me lance-t-il en me montrant du doigt leur emplacement. Leur vin chaud n'a rien de folichon, sans vouloir les offenser. Rien qu'à l'odeur, je sais quelle piquette ils ont mise dedans. Et leur cannelle, elle n'a pas dû être choisie avec attention, je peux vous l'assurer.

Je vais avoir le droit à tous les potins du marché de Noël sans forcer, dis donc !

— Est-ce que vous dévoileriez votre recette à votre nouvelle journaliste préférée ? lui demandé-je avec malice.

— Seulement si vous parvenez à en boire cinq litres en une heure.

À ce rythme-là, je vais rentrer au bureau en roulant par terre.

— Une fois saoule, je risque d'oublier vos ingrédients miracles.

— C'est tout à fait le but, réplique-t-il en riant à gorge déployée.

— Bon, Karl, je repasse vous voir en fin de matinée pour déguster votre boisson magique, c'est promis. Il faut que j'aille rencontrer vos voisins !

— Vous verrez, ils sont beaucoup moins drôles que moi.

— Je n'en doute pas une seconde, monsieur Parrott. Allez, à plus tard ! dis-je pour enfin avancer dans l'allée.

***

Après être passée de cabane en cabane durant toute la matinée, j'ai repris du poil de la bête, et sûrement trois kilos. Il faut dire que ce n'est pas facile de refuser les spécialités de tous ces exposants. Comme je m'y étais engagée, je suis retournée voir ce bon vieux Karl, et c'est avec une dizaine de mugs cartonnés remplis de vin chaud que je file au bureau.

Une fois sur place, je distribue les boissons : une pour Elizabeth, deux pour les pigistes qui bossent en face de nous, trois pour les monteurs vidéos avec qui on va souvent boire des coups, puis cinq pour l'équipe communication. J'ai gardé précieusement un dernier mug pour Richard, qui pense sûrement, avec beaucoup d'innocence, que je n'ai pas d'idées derrière la tête.

Cette matinée m'a bien ouvert les yeux, je ne peux pas attendre en vain qu'on me donne ma chance et encore moins rester sagement à ma place dans l'espoir qu'un fameux signe du destin fasse son apparition. Ça serait me sous-estimer. Il va falloir que je secoue, avec conviction, le cocotier des opportunités, car les micros-trottoirs me lassent terriblement. Les sourires forcés que mes collègues affichent en me regardant partir avec mon appareil photo, mon téléphone et mon carnet de notes m'agacent. Ils savent que je me coltine les petites interviews que personne ne veut se farcir. Mais la vérité, c'est que ça commence à me fatiguer de ne pas être prise au sérieux.

Déterminée, je fonce avec à la main le dernier vin chaud qu'il me reste en direction du bureau vitré de part en part de notre rédacteur en chef, puis je toque deux coups. Alors que, d'un geste de la main, il m'invite à entrer, je lève le mug que je tiens afin de lui montrer ce qui m'amène. Comme je m'y étais préparée, il esquisse un sourire.

— Ah, Salomé ! s'exclame-t-il. Tu as pensé à moi, ça me fait plaisir !

— Un vin chaud spécialement préparé par le seul et unique Karl Parrott, j'annonce toute mielleuse. Normalement, il est encore chaud.

— Ce vieux sera enterré sur ce marché de Noël, c'est une certitude. Merci à toi d'en avoir ramené à toute l'équipe. C'est exactement cet état d'esprit que je veux voir naître dans notre open space, il faut plus de cohésion, ajoute-t-il.

— J'en suis ravie, Richard. J'avais d'ailleurs une question à vous poser.

— Vas-y, Salomé, je t'écoute !

Bon, c'est le moment de prendre mon courage à deux mains.

D'un geste rapide, je replace mes mèches rebelles derrière mes oreilles puis après une courte inspiration, je me lance.

— Ça fait déjà six mois que je travaille ici, j'ai beaucoup appris en très peu de temps, mais aujourd'hui, je voulais voir avec vous s'il était envisageable de diminuer mon travail en micro-trottoir afin de bosser plus régulièrement avec les pigistes ou participer aux reportages réalisés par Jane et Vincent. J'ai gardé en tête que mon poste était évolutif, et c'est peut-être le moment pour moi de vous montrer que je peux apporter beaucoup plus à notre rédaction que des interviews de rue, débité-je d'un bloc en restant la plus souriante possible.

J'ai beau être le genre de femme organisée, à anticiper le moindre événement, mon culot m'impressionne. Je me surprends à être si courageuse.

En y réfléchissant, ça sonnait beaucoup moins direct dans ma tête, mais en voyant le haussement de sourcils de mon patron, je ne sais pas encore tout à fait si j'ai eu raison d'être aussi déterminée. Soit, par miracle, mon élan l'épate, soit je passe pour une arriviste qui brûle les étapes.

Figeant mon sourire, je n'en mène pas large en attendant sa réponse. Sans que je m'en rende compte, mes ongles sont venus se planter dans la paume de mes mains, mais je m'efforce de maintenir ce faux air radieux sur mon visage. Il ne doit pas se douter de mon état de stress intérieur.

— Salomé, tu as vraiment cru que j'étais le père Noël ?

Échec cuisant.

Face au visage froid et stoïque de Richard, je continue de sourire pour ne rien laisser transparaître de ma déception.

Ce raté s'ajoute à tous ceux que j'ai déjà essuyés dans ma jeune carrière. Une partie de moi est épuisée de subir un nouveau refus, toutefois l'autre partie s'interdit de se laisser abattre. S'écrouler serait trop facile, je suis tenace, il est donc hors de question que je lâche l'affaire. Il faut simplement que je trouve un plan B pour qu'enfin Richard accepte de me donner ma chance.

Il me jauge. Du moins jauger c'est un grand mot, affalé dans son énorme fauteuil qui pue le confort, il caresse sa barbe grisonnante tout en me détaillant avec un sourcil surélevé. Attitude détestable en somme, mais à force, on s'en accommode. Si Richard est un rédacteur en chef de ce qu'il y a de plus classique, sa manie de dénigrer les jeunes éléments de son équipe me hérisse les poils sauf que ma situation ne me permet pas de lui mettre la pression.

— Voyons, Richard, vous n'avez pas encore assez de rides, et ma fiche de paie n'affiche pas encore cinq zéros, rétorqué-je avec ma plus belle répartie pour encaisser cette énième déception.

— Tu es encore jeune, Salomé. Il faut prendre ton temps. Les micros-trottoirs sont très formateurs.

— Avec tout le respect que je vous dois, j'en fais toutes les semaines depuis mon arrivée. À force, je connais le travail. En toute transparence, expliquez-moi ce que vous attendez de ma part pour que je passe à l'étape suivante, et je le ferai.

Je n'avais pas vraiment réfléchi à quelle serait ma réaction en cas de refus, mais mon naturel précautionneux ne fait pas le poids face à mes rêves qui me démangent. Mon boss a beau être le plus amical des rédacteurs en chef, je ne vais pas abandonner si vite. Son pincement de bouche me fait croire qu'il est en train de saisir que je ne suis pas qu'une petite Française docile qui part aux quatre coins de la ville sans sourciller.

— Si tu veux avoir carte blanche, ramène-moi un Pulitzer, lâche-t-il sournoisement.

Enfoiré.

Si d'ordinaire, ses petites blagues me font sourire, là, j'ai envie de lui montrer mon majeur. Dans mon esprit, je m'imagine avoir le courage puéril de le faire, cela me fait marrer d'avance d'imaginer son visage surpris. Je dois me rendre à l'évidence, je risque de recroiser ce bon vieux Karl Parrott avant la fin du mois.

— Vous seriez impressionné si seulement vous preniez le risque, Richard. Mais ne vous en faites pas, je vais aller décharger mes photos pour que vous ayez l'article à dix-neuf heures comme prévu.

— Ton tour viendra, Salomé. Sois patiente. En attendant, merci pour ce vin chaud, mais la prochaine fois, ramène-moi aussi une part de ce délicieux pain d'épices que prépare la femme de Karl, ça te fera gagner une étoile pour le classement du meilleur employé du mois, ironise-t-il.

Là, c'est certain, j'ai bien envie de l'insulter. Dommage qu'il ne me reste pas une miette de gâteau coincée entre les dents, j'aurais pu la lui offrir.

Après l'avoir remercié pour le temps qu'il m'a accordé, je ravale mon amertume et rejoins Elizabeth qui semble avoir fini de travailler pour ce matin. Occupée à scroller sur son téléphone, elle ne remarque mon arrivée que lorsque je me contorsionne pour brancher mon appareil photo à l'unité centrale de mon ordinateur.

— Alors, ça a donné quoi cette entrevue avec Richard l'escargot ?

— Je rêve qu'il t'entende un jour l'appeler comme ça, renchéris-je, prise d'un petit rire nerveux.

— Vu ta tête dépitée, je parie que ça n'a pas été concluant.

Quelle perspicacité !

Il faut dire que Liz n'est pas ce qu'on appelle une championne en termes de démonstration d'empathie. On est plus sur une reine du cynisme et de l'ironie, chose que j'apprécie fortement chez elle. Je n'ai jamais le temps de me laisser abattre qu'elle est déjà d'attaque pour me rebooster. Elle le fait simplement à sa manière.

— Je ne sais absolument pas pourquoi je t'ai choisie comme amie.

— Tu n'as pas pu me résister, c'est différent. Allez, viens avec moi, je dois déjeuner au nouveau restaurant bistronomique qui a ouvert sur la rue Vlaming. Ça réveillera tes habitudes de petite bourgeoise !

Je lève les yeux au ciel.

Sans que je sache pourquoi, cela amuse Liz de répéter chaque jour que j'ai des airs d'aristo alors que je ne suis qu'une fille de pêcheur, qui jure et ne sait pas rester en place plus de dix minutes d'affilée.

— J'avais presque oublié que ton job consiste à manger en permanence.

— Et surtout vendre du rêve à tous ceux qui ne savent pas où dévorer tout ça. Allez bouge tes fesses, espèce de grognon !

***

Après une dizaine de minutes de marche et trois anecdotes Tinder improbables racontées par Elizabeth, le serveur nous installe enfin au fond du restaurant. Sans demander la permission, je prends la chaise la plus proche du radiateur en fonte pour me réchauffer et enlève l'énorme écharpe qui me sert de couverture. Est-ce qu'un jour je vais m'habituer à ces températures polaires ? J'en doute.

— Et donc, comme je te disais, après que tu m'aies lâchement abandonnée hier soir, ce fameux Romuald, qui avait l'air bien sous tous rapports, a trouvé le moyen de vomir sur le trottoir alors que je m'apprêtais à lui proposer de venir découvrir ma chambre.

— Excuse-moi de t'abandonner après huit bières dans l'estomac, ricané-je.

— Tu ne perds rien pour attendre. Ce soir, on recommence !

— Non. Ce soir, je me pose à l'appartement. Je dois trouver un plan pour impressionner Richard.

— Allez, me supplie-t-elle. Juste quelques verres pour décompresser !

— Liz... Premièrement, juste quelques verres, ça n'existe jamais avec toi. Deuxièmement, je connais plein d'autres activités géniales pour me vider la tête qui n'incluent pas que j'ai la gueule de bois et l'estomac en vrac.

— J'ai trouvé. C'est ton estomac le problème !

— Oui, ça doit être ça, renchéris-je, en pouffant de rire.

Il n'y a pas à dire, Elizabeth est mon antidépresseur favori.

— Bon, on mange quoi ? demandé-je, impatiente.

— Tu vas voir, le chef va nous préparer un repas sur-mesure. On va être chouchoutées comme des reines.

— Vivement que ça arrive alors, car après cette matinée intense, je meurs de faim.

— Vas-y, raconte-moi cette entrevue avec Richard.

— Je lui ai demandé cash de faire moins de micros-trottoirs, mais il m'a ri au nez en insinuant que j'étais trop impatiente. Ça me saoule de ne pas progresser assez vite, si tu savais. En plus, je ne sais vraiment pas comment me démarquer pour qu'il me laisse enfin une chance de faire autre chose que ces petites interviews.

— Je crois que tu t'es fait berner par son attitude faussement bienveillante, ma belle. Il ne fait jamais rien par gentillesse ou par bonté d'âme. Pour le moment, il ne voit pas tout ce que tu peux lui offrir, car lui tout ce qu'il veut, c'est générer du clic pour qu'on gagne encore plus de fric.

— Ça, on est bien d'accord, réponds-je en nous servant deux verres d'eau pour empêcher mes mains nerveuses de bouger dans tous les sens.

J'ai beau avoir encaissé le coup tout à l'heure, ma déception ne redescend pas. Le regard fixé sur les verres que je remplis, je refuse de lever les yeux vers mon amie qui devinerait tout de suite combien ça me mine.

Putain de Richard !

S'il me laissait enfin ma chance, je pourrais moi aussi rapporter un tas d'argent à notre média.

— Merci. D'ailleurs, j'ai peut-être une idée que tu pourrais discrètement proposer à Richard.

— Je t'écoute, dis-je en relevant la tête en un quart de seconde.

Ses quelques mots ont le mérite d'avoir piqué ma curiosité. Retrouvant un léger sourire, elle a toute mon attention. Espérons qu'une belle opportunité m'attende !

— L'autre soir, quand tu étais en reportage à la soupe populaire de je ne sais plus quel quartier, j'ai été boire un verre avec Léo. Le journaliste politique sexy qui bosse à *L'Écho*, tu te souviens ?

— Oui, oui, je me rappelle très bien qui c'est.

— Il m'a dit qu'il avait trouvé des chiffres qui ne concordaient pas dans les prévisions budgétaires de la mairie. Il a un peu creusé, et s'est rendu compte que la part du budget qui est allouée aux cadeaux de Noël des enfants de la ville avait considérablement diminué en deux ans. D'après ce qu'il m'a dit, cet argent n'a pas été utilisé ailleurs. Il a totalement disparu.

Mes yeux clignent frénétiquement tant je suis sur le cul face au scoop que me révèle mon amie. Comment une telle chose peut se produire ? Du moins, je sais très bien qu'il y a des pourris partout, et qu'en politique, c'est monnaie courante, mais Noël, c'est sacré, merde !

— Tu rigoles ? Comment se fait-il qu'aucun article ne soit sorti là-dessus ? m'empressé-je de lui demander.

— Léo avait l'air de dire que lorsqu'il a présenté le sujet à son rédacteur en chef, celui-ci a mis son veto directement. D'autres médias auraient fait la même chose.

— Attends… Les organes de presse refusent de creuser sur un possible détournement de fonds publics ? Mais je rêve…

— Oui. Ils ont dû subir des pressions, je suppose.

— Raison de plus pour farfouiller ! m'exclamé-je, sidérée par ces révélations.

Immédiatement, j'ai un regain d'énergie qui vient de tomber du ciel. Avant même de songer à ma carrière, j'ai une pensée pour tous ces gosses qui ne vont pas recevoir les cadeaux de Noël qui leur reviennent de droit et cela me fait grincer des dents. En somme, si j'arrive à connaître le fin mot de l'histoire, je peux redonner le sourire à de pauvres enfants et enfin, prouver à notre rédacteur en chef que je suis une journaliste hors pair.

— T'as envie de mettre ton grain de sel, hein ?

— Comment ne pas vouloir tout faire valser ? Les cadeaux de Noël des mômes de la ville ! Qui fait quelque chose d'aussi horrible ?

— C'est bon, ta face de grognon a disparu. J'ai retrouvé ma copine sniper, prête à dégommer tout le monde.

Dans ma tête, tout va trop vite. Elizabeth vient de me servir sur un plateau l'occasion rêvée d'en mettre plein la vue à Richard. Elle n'imagine pas à quel point c'est un cadeau, car si les journalistes politiques que connaît Liz ne semblent pas motivés à contredire leurs patrons, moi je n'ai rien à perdre.

Ma faim s'est volatilisée, je meurs d'envie de courir au bureau pour lancer les recherches. Il faut que je me procure les budgets de la mairie, que je contacte les associations locales pour connaître leurs positionnements, que je laisse mon oreille trainer dans les couloirs de l'hôtel de ville, je pourrais même me rapprocher de cette analyste financière que j'avais rencontrée en septembre… En y réfléchissant, le numéro de ce Léo me serait aussi bien utile.

Cependant si ma collègue pense que je devrais faire cette proposition à notre rédacteur en chef, je suis, moi, contre cette idée. Il n'est pas prêt à me laisser faire mes preuves, et si je lui livre sur un plateau doré ce sujet, il l'offrira à cette lèche-cul de Jane. Il n'y a qu'une solution : je dois faire cette enquête en secret. Alors que je sors mon carnet préféré et mon quatre couleurs de mon sac à main, mon amie m'interpelle :

— Ne me dis pas que tu vas griffonner pendant notre repas dans ce super resto ?

— Il faut que je note tout de suite mon plan d'attaque avant qu'il ne me sorte de la tête, rétorqué-je en écrivant à toute vitesse ma to-do list. D'ailleurs, as-tu toujours ton accréditation pour la mairie ?

— Non, je ne vais pas te filer mon pass. Même pas en rêve.

— Liz, putain… Tu ne peux pas me lâcher une bombe pareille et ne pas m'aider ensuite. Il ne te sert à rien depuis que tu n'es plus l'assistante de Georges.

— Si on se fait prendre, je t'étrangle, je te jure. Promets-moi que tu ne feras pas de vagues !

— Promis ! Je vais me tenir parfaitement sage. D'après ce que je vois sur leur site, il y a une conférence de presse après-demain, ton pass me sauverait la vie, dis-je, en faisant une tête de chien battu afin de la faire céder.

Sans cet accès, il m'est impossible de commencer cette foutue enquête. Faites qu'elle accepte.

— C'est bon, il est à toi. Mais tu te tiens à carreau !

— Ne t'en fais, je serai irréprochable. Ne dis rien à Richard, je préfère la jouer solo, dans un premier temps.

Elle a envie de me tuer, je le vois bien dans son regard et je me sens un peu mal de la mettre dans une telle posture, sauf que c'est l'occasion que j'attends depuis des mois afin de montrer de quoi je suis capable. Je ne sais pas où cela va me mener, mais j'ai une bonne intuition. Je me lève toute excitée, et me jette dans ses bras pour la remercier.

— T'es vraiment la meilleure copine de la Terre.

Elle grimace dans un premier temps, puis m'entoure avec affection. Liz fait partie de ces personnes qui n'aiment pas trop les démonstrations affectives, qui brillent grâce à leur prestance en public et malgré toutes ses habitudes de pimbêche follement attachante, elle n'arrive jamais à me repousser. Je suis d'ailleurs la seule avec qui elle s'autorise à être tactile.

Au départ, Richard m'a mise dans ses pattes quand j'ai intégré *Bruges Media*, elle devait me chaperonner quelques jours afin que je devienne autonome. Lors de notre rencontre, il y a eu une dizaine de secondes silencieuses et puis on a ouvert la bouche et c'était fini. Le coup de foudre, découvrir son âme sœur, avoir une révélation, on appelle ça comme on veut, mais c'est ce qu'il s'est passé entre nous. Dès le premier jour, on a su que nous allions être cul et chemise pour une durée indéterminée.

Malgré toutes nos différences flagrantes, on est là l'une pour l'autre à chaque instant. Tout de suite, je sais qu'elle déteste prendre un tel risque, cependant elle est consciente de l'importance que cela a pour moi.

— En échange, tu ne veux toujours pas accepter un rencart avec mon cousin ? Il parle de toi tout le temps.

— Dans ses rêves, lui lancé-je.

En nous regardant comme deux imbéciles, nous éclatons de rire. Une fraction de seconde plus tard, nous nous arrêtons en remarquant que notre serveur se tient devant nous, tiré à quatre épingles, avec deux belles assiettes à la main. Nous lui adressons un sourire gêné qui sonne comme une excuse pour l'agitation qu'on provoque dans son restaurant. En me voyant à genoux à côté de la chaise d'Elizabeth, c'est lui qui laisse échapper un petit rictus.

Finalement, cette journée semble prendre une tournure beaucoup plus intéressante.

Chapitre 2

James
Mercredi 2 décembre

— James ! Sors-moi un nouveau saladier de pâte à gaufres. Je suis à sec.

— Va te recoucher, je gère, protesté-je en scrutant ma sœur qui n'en fait qu'à sa tête, une fois encore.

— Regarde, la mise en place n'est pas terminée, on avancera plus vite à deux.

— Rose, va t'asseoir. La boutique ouvre dans trente minutes, je peux largement m'en sortir.

Tandis qu'elle soupire bruyamment, je lui prends la cuillère en bois et le saladier vide qu'elle a dans les mains. Si je fais ce sacrifice chaque matin depuis dix jours maintenant, ce n'est pas pour qu'elle se démène alors qu'elle a mon neveu qui pousse tranquillement dans son ventre. Comprenant que je suis plus obstiné qu'elle sur ce coup-là, ma sœur détache son tablier, puis se laisse tomber sur le tabouret derrière elle.

— Quelle idée débile j'ai eu de vouloir un enfant à peine deux ans après l'ouverture de ce restaurant à gaufre ?

— Le problème, ce n'est pas le bébé, c'est que tu n'arrives pas à me laisser faire ton job.

— Tu fais des journées de onze heures entre la boutique et ton emploi à la mairie, comment veux-tu que je ne culpabilise pas ? me répond-elle.

Il est vrai que j'enchaîne les marathons entre les tâches que j'effectue ici à la gaufrerie et mon boulot d'attaché de presse à l'hôtel de ville de Bruges, mais je sais que ce n'est que temporaire. Si Rose se sent aussi gênée, c'est qu'elle sait que je renonce à mes soirées tardives dans les bars, à faire quelques accélérations sur la glace après ma journée de travail, ou encore à rencontrer une nana. Tout ce que je fais habituellement en dehors du boulot, je ne peux pas me le permettre, car la remplacer dans sa boutique est éreintant.

Lorsqu'elle m'a demandé, désespérée, de la suppléer il y a un mois, je n'ai même pas réfléchi. J'ai accepté sans calculer l'impact que ça aurait sur mon quotidien. J'ai beau ne penser qu'à mon avenir en politique, à comment va évoluer ma carrière au niveau local, mes parents ont mis un point d'honneur à ce que la famille passe en premier, quoi qu'il arrive. Notre accord est simple, pendant toute la période de Noël, je viens bosser avec elle et son mari Graham, avant ou après le travail. Une fois que les fêtes seront terminées, ils auront engrangé assez d'argent pour employer quelqu'un et ainsi remplacer ma frangine pendant son congé maternité.

Lâchant un instant ma préparation des gaufres salées qu'on vend pour le déjeuner, je me retourne pour regarder mon aînée qui semble au bout du rouleau. Prenant son visage entre mes mains, je dépose un bisou sur le haut de son front avant de la rassurer à nouveau :

— Ton job, c'est de faire grandir ce microhumain. Et nous, avec ton cher mari, on va gérer tout le reste. Donc s'il te plaît, sœurette, arrête de t'inquiéter en permanence. Depuis dix jours ça se passe très bien, le chiffre d'affaires journalier est bon, ta boutique est propre et tes clients aiment toujours autant mes gaufres bacon-cheddar. D'ailleurs ça ne te brancherait pas de la renommer la « James's waffle » ? Histoire que j'ai mon heure de gloire, je lui demande avec un sourire irrésistible pour lui faire oublier son anxiété maladive.

— Oh, Jay, je ne voudrais pas blesser ton égo, évidemment qu'on peut faire ça.

— Allez, va te reposer, Graham va bientôt arriver, on va s'en sortir.

— Je ne sais pas ce que je ferais sans vous.

— Rien du tout. Ta vie serait chiante à mourir, ironisé-je.

Prise d'un petit rire, elle me frappe légèrement l'épaule puis se décide enfin à monter à l'étage, où se trouve son appartement.

Une fois qu'elle est sortie de mon champ de vision, j'accélère la cadence pour finir l'installation de la vitrine avec les produits salés. En un peu plus d'une semaine, j'ai déjà trouvé mes marques dans la boutique de Rose, et je suis rapidement devenu efficace, chose que j'appréhendais. À force d'avoir toujours été le petit intellectuel de la famille, je n'avais qu'une interrogation en tête : vais-je être à la hauteur ?

Ceux qui me connaissent savent que je suis un compétiteur né, j'aime les challenges, montrer aux autres que je peux relever un défi, mais rares sont les personnes qui savent qu'avant d'entrer dans l'arène, je calcule mon pourcentage de chance de l'emporter. Pour financer mes études, je n'ai pas eu à enchaîner les petits boulots étudiants, j'avais une sécurité financière suffisante pour m'y consacrer pleinement, et donc de réussir. Ici, dans l'entreprise de ma sœur et de son mari, je n'ai pas eu le temps de calculer les risques, j'ai accepté le deal avec Rose sans réfléchir, car il le fallait pour qu'elle lâche du lest. Prendre soin d'elle est ma priorité.

Après trente minutes intensives, je dois dire que je suis plutôt satisfait de ma prestation du jour. En me retournant en direction de la salle, je constate que le sol est impeccable, que les bouquets de fleurs séchées rouge vif sont bien centrés, et même les minuscules sapins de Noël que nous avons installés hier dans l'entrée sont encore alignés comme il se doit. À force d'entendre ma frangine rabâcher ce genre de détails à Graham, ça commence à rentrer. Ma vitrine, elle, est parfaitement garnie. En m'approchant de la vitre, je remarque quelques traces de doigts que je m'empresse d'effacer avec la lavette qui traîne sur le comptoir. Bon, je crois que mon boulot est terminé pour ce matin. Un coup d'œil à la grande horloge qui se trouve au fond de la pièce m'indique que j'ai à peine trente minutes pour me laver et déguerpir si je veux être à l'heure pour le débriefing du maire.

Montant à grandes enjambées à l'étage, je salue mon beau-frère qui s'apprête à descendre pour faire l'ouverture, puis je file dans leur salle de bain. Comme à mon habitude, je remonte le thermostat à quarante-deux degrés. Une douche n'en est pas une si je ne suis pas sur le point de me brûler. J'aimerais rester sous cette cascade bien chaude pendant des dizaines de minutes à écouter des remix de morceaux funk, mais je sais que le temps presse.

Une fois sorti, je m'empresse d'enfiler mon costume gris anthracite, quelques coups de peigne me permettent de dresser mes cheveux châtains en arrière. En passant mes doigts sur ma mâchoire carrée, je confirme que le rasage attendra demain, cette petite repousse me plait bien. Alors que je déverrouille mon téléphone pour mettre fin à la musique, je remarque qu'il est déjà l'heure de filer. Je descends à toute vitesse, mais je suis vite arrêté par Rose qui est plantée en bas de l'escalier.

— Jay, t'as mangé un truc depuis ce matin ?

— Tu sais bien que je n'ai jamais faim donc pourquoi me poses-tu cette question ?

— Prends une gaufre, m'ordonne-t-elle pendant qu'elle dévore la sienne.

— Non, mais je rêve, t'es en train de t'enfiler une gaufre au fromage au petit-déj' ? demandé-je, déconcerté.

— Et ça te pose un problème, monsieur le nutritionniste de grossesse ?

Je pouffe de rire en la voyant engloutir cette énorme portion. Elle a toujours été l'athlète svelte qui calculait ses apports en féculents au gramme près, mais la voir se déchaîner sur la bouffe me réjouit. Elle se laisse vivre, et je sais que mon implication dans sa boutique n'y est pas pour rien.

— Pas du tout. Allez, donne-moi cette part. On se retrouve à dix-huit heures, je suis déjà en retard, l'avertis-je en prenant la direction de la porte.

La gaufre que j'ai prise finira sûrement dans l'estomac d'un de mes collègues, mais ce n'est pas grave, je n'ai pas la force de contredire ma sœur à cette heure-ci, ma deuxième journée m'attend.

***

— Et la star des fourneaux est arrivée ! s'écrie Sacha alors que je pose mon sac à dos sur mon bureau.

— Mec, je vais distribuer ton CV sur le marché. Tu ferais un parfait poissonnier, ma parole.

— Tu t'es bien métamorphosé en vendeur de sucreries, chose que je n'aurais jamais cru possible vu ton melon gigantesque, alors moi, à côté, vendre du poisson aux petites mamies sur la place Saint-Michel, ça reste tout à fait plausible, dit-il pour se foutre de moi à nouveau.

Alors que je lui hisse mon majeur sous les yeux, il me répond par un baiser fictif. C'est comme cela que ça fonctionne entre nous deux : des chambrages puérils pour accompagner notre sincère amitié.

Originaire d'Anvers, il s'est retrouvé à être mon colocataire en première année de sciences politiques à Bruxelles, et il m'aime tellement qu'il m'a suivi ici lorsque j'ai intégré le service presse de la mairie de Bruges. Son adoration est telle qu'il n'a pas pu faire autrement que de bosser dans mon service, je ne sais pas quoi dire de plus : Sacha ne peut pas vivre sans moi.

— Tiens, dévore ça, et fais-moi un brief de la matinée qui nous attend s'il te plaît, lui demandé-je en lui tendant l'en-cas que m'a obligé à prendre Rose.

— Alors la réunion pour la conférence de presse de demain a été repoussée à onze heures. Johanna a dû caler un autre rendez-vous pour Roy… m'explique-t-il en parcourant son écran d'ordinateur. Si seulement elle pouvait répondre aussi vite à mes avances qu'elle ne modifie son planning, je serais un homme comblé.

— Il va falloir te faire à l'idée qu'elle préfère les hommes qui ont déjà une décapotable et la Rolex à trente ans.

— J'ai encore quatre ans pour faire mes preuves alors. Sinon pour revenir à notre sujet, je te laisse trente minutes pour découvrir ta boîte mail et on peut faire un point sur les demandes d'accréditations qu'on a reçues en fin de semaine dernière. Ensuite on pourra se pencher sur le communiqué de presse concernant la nouvelle salle polyvalente du quartier Magdalena.

— Allez, vendu, acquiescé-je en retournant à mon poste.

Le programme s'annonce chargé.

L'ouverture de ma boîte mail, c'est un peu comme savoir si l'on vient de gagner à l'EuroMillions sauf que dans mon cas, je gagne des problèmes tous les jours. La dizaine de secondes qui séparent mon clic de souris de l'ouverture de ma boîte de réception me fait toujours espérer que je vais peut-être, recevoir une demande d'interview charmante pour faire l'éloge du maire, ou pour organiser une rencontre avec une association qui a besoin de notre appui. La vérité, c'est que ce n'est presque jamais le cas. Nos amis les journalistes m'inondent souvent de questions qu'ils ont tout le temps de poser en conférence de presse. Force est de constater qu'aujourd'hui, nous ne sommes pas un jour exceptionnel, et que c'est bien une trentaine de requêtes qui m'attendent.

Alors que j'essaie de faire le tri par ordre de priorité, je tombe sur un message de Joffrey Allen, un journaliste indépendant qui bosse pour plusieurs rédactions nationales. J'apprécie assez d'échanger avec lui, il sait rester professionnel sans en faire des tonnes. Il va droit au but sans me lancer des fleurs pour que j'accepte absolument sa demande. Bref, c'est un mec fiable qui sait ce qu'il veut.

De : Joffrey Allen <j.allen@mail.be>
À : James Peeters <james.peeters@bruges.be>
Objet : Demande d'entretien informel concernant le budget

Bonjour James,

Ma demande va sûrement te paraître étrange, mais plusieurs de mes confrères ont commencé à s'intéresser aux variations de certaines parties du budget de la mairie, et en particulier aux subventions qui ne font que baisser pour les enfants de la ville. Ce qui est étrange, c'est que cet argent disparaît sans que l'on puisse l'expliquer. Ils ont tous été sommés, par leur direction, d'arrêter leurs investigations. Je souhaite donc avoir la position du maire, ou au moins du porte-parole de la ville, sur ces sujets. Je te laisse me proposer un rendez-vous pour qu'on puisse échanger.

Bien cordialement,

Joffrey Allen
Reporter indépendant

Bordel, mais de quoi parle-t-il ?

Alors que mes yeux finissent de relire ce message, je reste circonspect. Tout pue dans ce mail.

Mon rôle à la mairie consiste à jouer l'équilibriste entre les médias et la municipalité. Je dois faire en sorte de maintenir de bonnes relations, donner quelques informations en « off » à certains journalistes tout en les gardant à distance quand cela est nécessaire. Avec les années, je commence à bien connaître Joffrey Allen. Somme toute très franc de nature, son mail fait transparaître une certaine impatience. Il ne veut vraiment pas tourner autour du pot et mon instinct me dit que ces formulations très strictes ne présagent rien de bon.

Bref, je ne la sens pas cette affaire.

— Sacha, peux-tu venir voir ? demandé-je à mon ami.

— J'arrive, m'informe-t-il en se levant.

— Lis-moi ça, et dis-moi ce que t'en penses !

Alors qu'il parcourt les quelques lignes que m'a écrites Allen, je ne peux m'empêcher de triturer mon stylo.

— Eh bien là… Je n'ai absolument aucune idée de ce dont il parle, me confie mon collègue.

— Moi non plus… C'est bien ça le problème.

— Comment se fait-il que les journalistes aient abandonné leurs investigations alors que nous ne sommes pas intervenus ? continué-je de m'interroger.

— Si aucun de nous deux n'est dans la confidence, il faut poser directement la question au maire pour être fixé.

— Oui, je n'ai pas vraiment le choix maintenant que j'ai cette petite bombe dans ma boîte mail, ironisé-je.

— Qui sait ? Ça se trouve, c'est du bluff.

— Ça ne ressemble pas vraiment à Allen de jouer à ce jeu-là. Il sait que je lui accorde des interviews lorsqu'on respecte les règles.

— Va montrer à Roy qui c'est le patron, se met-il à plaisanter avec une voix virile très peu naturelle.

On peut dire que pour commencer la journée, je me retrouve déjà avec une belle énigme. Je vais simplement espérer que cette histoire soit une broutille, mais pour cela je dois attendre la réunion hebdomadaire de onze heures avec Roy Van Daat, le maire de la ville.

Ayant réussi à me concentrer sur les tâches que Sacha nous avait programmées, je file en salle de meeting un peu plus détendu qu'il y a une heure. En entrant, je m'installe rapidement, puis laisse Nicolas, le directeur de communication, orchestrer ce briefing. À mes côtés se trouvent la responsable des médias sociaux, le porte-parole, Johanna la coordinatrice, et pour finir le maire qui semble impatient que cette entrevue se termine. En quarante minutes, on déblaie pas mal de sujets que l'on avait fixés avant ce rendez-vous, l'ambiance est plutôt bonne, mais je sens que je vais drôlement les refroidir.

— James, rien de neuf de ton côté *a priori* ? me demande Nicolas innocemment.

— En réalité si, j'ai un sujet dont j'aimerais qu'on discute tous ensemble, lui réponds-je.

Si jusqu'à présent les esprits étaient en train de s'endormir, on peut dire que je viens de réveiller tout le monde en commençant à lire le mail envoyé par Joffrey Allen. Une fois, la lecture terminée, je les interpelle :

— Bon… ça dit quelque chose à quelqu'un dans cette salle ?

Je balaie la pièce du regard et bien que j'espérais voir tous les visages de la pièce aussi choqués que j'ai pu l'être plus tôt dans la matinée, je remarque que Roy semble beaucoup trop calme pour un mec qui se représente dans à peine six mois et dont le nom pourrait être associé à de la corruption sur journalistes.

— Oh, James, c'est trois fois rien. Tu peux lui répondre qu'on n'a aucun commentaire à faire sur le sujet. L'argent, ça va, ça vient… On ne peut pas distribuer l'argent à gogo en permanence ! se défend le maire sur un ton léger.

— Monsieur, c'est vous qui avez dit à ces journalistes, ou à leurs patrons, d'abandonner leurs investigations ? le questionné-je, interloqué par la tournure que prend cette affaire.

— Oui. Je leur ai fait comprendre qu'il n'y avait rien à chercher dans cette direction. Comme je viens de te le dire, c'est comme ça que ça se passe en politique. Des fois on fait des cadeaux, mais parfois on est obligé de reprendre ce qui a été donné…

Est-ce qu'il essaie de m'apprendre comment fonctionne la politique ? Ce n'est pas comme si j'avais un double master en politique sociale et droit international… Qu'est-ce qu'il est détestable quand il se prend pour le patriarche qui gère tout alors que sans son équipe, il est incapable de faire briller cette ville ! Ce qui me met hors de moi, c'est qu'il court-circuite mon travail, celui du directeur de la communication et qu'on passe tous pour des cons, car monsieur a décidé de dire à des journalistes d'aller fourrer leur nez ailleurs.

— Nicolas ? Vous ne dites rien là ? J'ai beau être jeune, je peux vous dire que dans aucune institution, un politique ne met son nez dans les affaires des journalistes, lâché-je, blasé par la situation. Monsieur le maire, avec tout le respect que je vous dois, vous avez des gens qui sont payés pour faire ce boulot, et qui le feront toujours mieux que vous, donc la prochaine fois, merci de me prévenir !

Alors que Roy Van Daat s'apprête à me répondre avec toute la nervosité qui le caractérise, Nicolas le coupe d'un geste de la main pour ajouter son grain de sel :

— Oui, monsieur, ce n'est pas possible de fonctionner de la sorte même si sur le fond, nous n'avons rien à cacher. Vous ne pouvez pas faire ça. C'est mauvais pour votre communication, qui plus est cela nous met dans une posture trop complexe… James, je vais te sortir quelques informations concernant cette affaire si jamais un des journalistes amène le sujet sur le tapis demain à la conférence de presse. Je peux aussi m'occuper de l'entretien téléphonique avec Joffrey Allen.

— Très bien, on fait comme ça, confirmé-je à mon responsable, avant de me lever.

Je ne prends même pas le temps de saluer mes autres collègues, j'ai besoin de sortir de cette pièce. Je n'ai pas envie de m'énerver à nouveau sur mon patron, mais je dois bien avouer qu'un tel niveau d'incompétence m'impressionne. On est le deux décembre, le commun des mortels est impatient de bouffer tous les chocolats que leur calendrier de l'avent leur réserve, mais moi, je sens que ce mois ne va pas être comme les autres.

Putain de Roy et foutue vieille politique du Moyen Âge !

Chapitre 3

Salomé
Jeudi 3 décembre

— Qu'est-ce qui ne va pas encore ? Tu avais flashé sur cette veste lorsqu'on a vidé notre compte en banque pour le Black Friday… me demande Liz, lassée par mes essayages.

— Arf… Je ne sais pas. Elle me donne l'impression de sortir d'un défilé de mode pour jeunes cathos bonnes à marier, finis-je par lui répondre, le sourire aux lèvres.

Elle pouffe de rire en entendant ma remarque.

— Salomé, tu vas te prendre un coup de pied au cul, si tu continues. Tu déchires dans cette tenue, donc maintenant, tu te dépêches sinon tu vas être en retard à la conférence de presse.

En me regardant à nouveau dans le grand miroir de la chambre de mon amie, j'ai du mal à réaliser que j'ai lâché mon éternel jean noir taille haute et mon chemisier blanc trop large pour cette jupe moulante à carreaux et ce petit pull en cachemire bleu azur. Il est rare que je sois satisfaite de mes tenues, pas que je sois perfectionniste ou que je n'assume pas mon corps, mais je n'ai jamais pris de plaisir à m'habiller. Mes fringues doivent être fonctionnelles, elles doivent me permettre d'aller à cent à l'heure lorsque j'en ai besoin. Pour vagabonder sur les rochers de ma Corse natale, je n'ai jamais eu l'utilité d'être sur mon trente-et-un, toutefois ça, c'était avant de rencontrer mon amie et collègue Elizabeth, qui met un point d'honneur à être toujours vêtue comme si elle allait faire la connaissance de la famille royale au grand complet.

Quand je regarde mes petites jambes menues revêtues d'un collant fin, je suis perplexe. Il y a de fortes chances que ce dernier finisse filé avant la fin de la conférence à la mairie. Je ressemble à la journaliste distinguée par excellence, mais avec un petit air écossais et une tignasse bouclée, totalement indisciplinée. Ces fringues, c'est du Liz tout craché, mais je ne donne pas cher de cette tenue chic avec ma maladresse historique. La catastrophe semble inévitable.

— Bon, t'as raison… J'ai déjà perdu assez de temps comme ça. L'important, c'est de choper des informations en béton pour cette enquête.

— Ouais, file et ne t'en fais pas, je te couvre au bureau.

— Merci. Je passe te voir ce soir après le boulot.

— D'accord, on fait ça. Et n'oublie pas, ne te fais pas remarquer avec mon accréditation.

— Promis, lui confirmé-je à nouveau, avant de la saluer.

Elle sait, tout comme moi, que j'ai cette fâcheuse tendance à laisser mon instinct me guider, et par moment les choses s'enchaînent sans que j'en garde le contrôle absolu. Vu que je peux assister à cette séance de questions-réponses avec un badge qui ne m'appartient pas, je vais tenter de freiner mes pulsions les plus vives. Elle risque de se faire taper sur les doigts – ce que j'aimerais éviter – et je ne veux surtout pas que Richard soit au courant de quoi que ce soit avant que mon enquête n'ait réellement avancé.

Depuis notre déjeuner de milieu de semaine, je ne me suis pas permis une minute de relâchement pour prendre du recul. Pour être sincère, ça me ressemble assez peu de me remettre en question. Lorsqu'une idée ou une opportunité me semble intéressante, je fonce, balayant tout ce qui peut exister autour de moi. La lassitude qui empoisonnait encore mon moral mardi matin s'est évaporée, elle a été foudroyée par ma nouvelle obsession.

Mes premières recherches m'ont confirmé la rumeur énoncée par Liz : les fonds qui permettaient aux enfants de la ville d'être gâtés pour Noël ont presque disparu, sans raison apparente. Dans ce type d'affaires, les institutions se justifient souvent d'avoir dû faire des concessions pour que la municipalité ne s'endette pas, sauf que j'ai beau avoir épluché tous les bilans de la mairie de Bruges, avoir appelé deux analystes spécialisés, rien ne laisse penser que leurs finances sont mauvaises. C'est même tout le contraire d'ailleurs, le maire valide des investissements sur des lieux culturels, sur des projets sportifs…

Ne plus financer les cadeaux de ces enfants est donc un choix politique quoiqu'on en dise et une chose m'interroge : pourquoi dépenser tant dans de nouveaux secteurs et laisser ces gosses sur le carreau ? Personne n'est dupe, les élections arrivent et l'argent se met à pousser comme par magie sur les arbres du parc Minnewater. Le fric tombe miraculeusement du ciel, sauf pour les cadeaux des enfants de Bruges, alors je compte bien savoir pourquoi le budget est passé d'un peu plus de cent mille euros à seulement quinze mille en deux ans.

***

À peine trente minutes plus tard, je suis assise à l'avant-dernier rang de cette salle de presse. C'est une première pour moi d'être ici. Comment pourrais-je remercier Liz de m'offrir une telle opportunité ? Assise parmi ces rédacteurs des plus importants médias locaux ou nationaux, je sens mon estomac se contracter. Malgré les grands airs que j'aime me donner, je mentirais en disant que je ne ressens aucune appréhension. Cependant, je suis bien là, surexcitée et prête à tout pour obtenir des réponses, tout ça grâce à Liz.

La pièce n'est pas pleine contrairement à ce que je m'étais imaginé, il faut avouer que le motif de cette conférence n'est pas des plus glamours. Il va être question de l'inauguration d'une nouvelle salle polyvalente et des améliorations culturelles dans les quartiers populaires de la ville, donc le gratin des journalistes politiques a sûrement dû trouver plus intéressant pour occuper son début d'après-midi. Tous les reporters dont m'a parlé Elizabeth sont absents, ce qui contrarie légèrement mes plans. Je les aurais bien passés à la casserole pour agrémenter mon dossier qui pour le moment n'est constitué que de bilans financiers. Vu que ces petits lâches ne sont pas là pour m'aider, je vais devoir trouver une solution sans me faire trop remarquer, ce qui ne sera pas une tâche aisée.

La thématique du jour semble être faite pour qu'on jette des lauriers à cette municipalité, sauf que je ne suis pas venue pour applaudir le maire, Roy Van Daat. Avec cette enquête, je me confronte à un exercice périlleux. Je n'ai que très peu d'éléments, je ne sais pas à qui me fier et surtout il ne s'agit que de ma première réelle investigation. Le seul mot d'ordre, c'est la prudence.

Si Liz m'a appris une chose quand je suis arrivée ici, c'est qu'être gentil, c'est se tirer une balle dans le pied. Il faut être courtois, beau parleur, mais surtout être un requin. La courtoisie et le léchage de culs, ça me connait à force, puisque je dois la jouer fine en permanence avec Richard. D'autant plus que le second point n'est pas vraiment mon fort. C'est aussi pour cette raison que Liz a misé sur cette tenue BCBG[1] ainsi que sur ma chevelure de lionne. Mon apparence de jeune femme irréprochable devrait normalement me permettre de faire bonne impression. À moi maintenant de ne pas tout gâcher avec mon absence de tact légendaire !

D'ordinaire, je suis beaucoup trop directe, mon franc-parler n'est pas ma première qualité, j'aime quand les choses avancent vite, quand on ne tourne pas autour du pot. Aujourd'hui, mon apparence représente ma carte Joker pour que les gens aient confiance en moi avant que je n'ouvre la bouche.

Bref, tout cela pour dire que j'ai assez de cartes en main pour me méfier du maire de Bruges, et qu'il va me falloir des éléments drôlement sérieux pour que j'abandonne cette enquête. Si les rédacteurs de la ville semblent être assez bêtes pour laisser passer le « Christmas Gate », je vais, moi, être beaucoup plus coriace. Élément qu'ignore encore l'homme qui est en train de s'installer au pupitre central.

Alors que le porte-parole, Simon Jacobs, vient de nous offrir une présentation bien millimétrée de près de quarante minutes sur la générosité de la mairie pour les secteurs culturels et sportifs, je m'impatiente en attendant la partie questions-réponses. Sur mon carnet de notes, mes questions sont toutes prêtes, toutefois il faudrait que j'aie

1. BCBG : Bon Chic Bon Genre

l'opportunité de les poser. Chose dont je suis loin d'être certaine au vu du protocole strict qui s'applique dans ces séances entre la presse et la municipalité.

En parcourant la salle du regard, je remarque que mes confrères et consœurs sont, eux aussi, dans l'attente du feu vert de notre interlocuteur du jour. Toutefois, à la surprise générale, ce dernier rassemble ses affaires pour laisser un autre employé de la mairie prendre sa place. Si le porte-parole m'était plutôt indifférent, l'homme en costume gris qui s'installe éveille ma curiosité.

Lorsque j'ai préparé ma venue, j'ai fouillé le site de la mairie pour connaître par avance mes interlocuteurs. Même si je suis de nature explosive, à suivre mon instinct, je ne lésine jamais sur ma préparation. D'expérience, l'improvisation peut me faire faire les plus grandes bourdes et en regardant l'homme qui est en train de s'installer derrière le pupitre, je ne regrette pas d'avoir perdu une heure à mémoriser l'organigramme de l'hôtel de ville. Ce n'est autre que l'attaché de presse, James Peeters. Assez grand, large d'épaules, c'est un cliché sur pattes.

Droit comme un i, le menton bien relevé, il repositionne calmement sa cravate, avant de prendre la parole :

— Bonjour à tous, je me présente, James Peeters, attaché de presse de la ville. Aujourd'hui, je suis chargé des questions. Monsieur Jacobs est attendu, mais je vais à coup sûr pouvoir satisfaire vos interrogations, ironise-t-il en faisant sourire presque tout son auditoire.

J'aurais bien envie de me détendre comme les autres journalistes de la pièce, mais je doute drôlement que ce séduisant James puisse répondre à toutes mes interrogations. D'ailleurs ça me déchire le cœur qu'il soit si séduisant.

D'ordinaire, son regard sombre, ses sourcils fournis, ses cheveux subtilement coiffés vers l'arrière et sa mâchoire carrée auraient raison de moi, sauf qu'aujourd'hui, il ne va pas avoir le temps de me faire de l'effet, car je compte bien le faire chuter de son piédestal, d'où il semble si parfaitement installé.

— Alors la première question sera pour le journal *L'avenir*, Nina Bowen à vous, annonce l'assistant de M. Peeters.

— Bonjour monsieur, votre collègue nous a présenté un plan d'attaque culturel et sportif que tout le monde ne peut qu'applaudir, mais comment expliquez-vous qu'il arrive si tardivement dans le mandat du maire ? Les électeurs savent pertinemment que les élections approchent…

— Libre à vous de tirer les conclusions qu'il vous plaît, mais sachez que ces projets étaient prévus nettement plus tôt dans l'année. Vous pouvez d'ailleurs en référer au conseil municipal de mars et avril où la question est abordée. Dans les comptes rendus disponibles sur notre site internet, il est notamment souligné que ces projets devaient passer en priorité dès que les subventions arriveraient. Malheureusement, la ville n'avait pas les fonds nécessaires au printemps pour que ceux-ci aboutissent pleinement à cette époque, finit-il par dire.

Oui, bien sûr, l'argent n'est nulle part, et là il tombe du ciel pour Noël.

James, vous ne seriez pas en train de nous prendre pour des jambons ?

J'aimerais intervenir, lui couper la parole pour poser mes questions, mais les rendez-vous entre la presse et les institutions politiques sont réglés comme des horloges.

Les journalistes ont un ordre de passage, et les interrogations sont posées les unes après les autres, sans exception possible. N'ayant pas pu m'enregistrer à l'avance étant donné que c'est la première fois que je viens à une conférence de presse à la mairie, je suis dans l'incapacité de mettre en difficulté la belle gueule qui est sur l'estrade.

Alors que les questions s'enchaînent, je suis de plus en plus tendue. Aucun de mes confrères n'a abordé le budget ou la provenance de cet argent magique. Ils semblent tous obnubilés par le timing de cette annonce.

Peeters fait le beau à répondre avec le sourire, si bien que son physique parfait m'agace. Son costume clair est là pour flatter sa carrure musclée. Tout ce qui pourrait être séduisant chez lui arrive à m'énerver, car il est dans le mauvais camp, il est en train de tourner autour du pot, de détourner l'attention de son public et je ne peux même pas le prendre de court à cause de ce satané protocole. Cet immobilisme qui m'est imposé m'oblige à continuer de le scruter. Quel cercle sans fin !

Plus je le regarde sortir des approximations pleines de politiquement correct, plus je bouillonne. Je me demande vraiment ce que j'espérais en venant à l'improviste ici. Il est certain que je ne suis que dans l'antichambre du journalisme pour le moment, je n'ai pas les mêmes clés en main que ceux qui occupent les sièges devant moi.

— Il est temps de conclure, mesdames, messieurs, ce sera tout pour aujourd'hui. Monsieur Peeters a répondu à de nombreuses questions et il a encore beaucoup à faire. Vous pouvez toujours nous envoyer vos requêtes par mail, si un sujet n'a pas assez été abordé pour vous aujourd'hui.

Putain, non !

Je ne me suis pas tapé tout ce blabla pendant une heure pour être remerciée aussi vite. Si la séance est terminée, je veux quand même obtenir une brève réponse. Dans ma tête, j'entends déjà Elizabeth me crier de reposer mon cul ou de sortir de la pièce, sauf que je n'aurais pas d'autres opportunités de sitôt, je dois saisir celle qui se présente sous mon nez.

Déterminée, je me lève brusquement, faisant tomber mon sac à main au sol. Évidemment, tous les regards se tournent vers moi à l'instant où mes affaires s'étalent à mes pieds. Lorsque je dis tous les regards, c'est bien la pièce entière qui me dévisage en attendant de savoir pourquoi je fais un tel remue-ménage. Pour la discrétion, on repassera.

— Excusez-moi pour cette intervention imprévue, mais il reste une question primordiale qui demeure sans réponse pour moi, monsieur Peeters.

— Et vous êtes ?

— Salomé Roussel, journaliste indépendante. Monsieur Peeters, vous vous êtes engagé à satisfaire nos interrogations, mais j'ai le malheur de vous informer que vous n'avez pas satisfait les miennes, dis-je pour interpeller l'attaché de presse de la mairie.

Je fais attention à ne pas divulguer où je bosse, j'ai déjà suffisamment enfreint les règles que je m'étais fixées avant de venir ici. J'ai beau avoir en tête les jurons que prononcera Liz quand elle apprendra ce que je suis en train de faire, lorsque je vois le regard perplexe de James Peeters, souligné par ses petites lunettes rondes en plastique marron, je sais que mon initiative est nécessaire afin de faire avancer l'enquête.

— Très bien, je vous écoute. Après tout, je suis là pour ça, lance-t-il avec ironie. Toutefois, satisfaite ou non par ma réponse, vous n'avez le droit qu'à une seule et unique question. Rien de plus, mademoiselle. Vous en êtes capable ? rajoute-t-il sur un ton paternaliste qui me donne envie de le gifler.

Oh, ne vous en faites pas, James, je ne vais pas vous décevoir !

— Ce sera suffisant, monsieur, soyez-en sûr. Vous nous avez vanté les beaux investissements de la ville en améliorant des petites salles des fêtes, des terrains de football ou grâce à la création des nouvelles salles polyvalentes. C'est fantastique, mais tout l'argent qui est utilisé dans ces projets n'est-il pas celui qui était initialement alloué aux cadeaux de Noël des enfants de la ville ? À moins que je fasse erreur et qu'il n'ait été livré miraculeusement par le père Noël pour assurer la réélection de monsieur Van Daat ? lui demandé-je, en ne le quittant pas des yeux une seule seconde.

Alors que ma bouche finit de prononcer cette question, je me sens si forte, si puissante. C'est donc ça que j'attendais depuis des années : ce pouvoir sournois au creux de mon ventre qui me confirme que je suis à ma place.

James Peeters, lui qui me détaillait jusqu'à présent, semble beaucoup moins enchanté de me regarder. Il faut dire que j'ai su capter son attention en moins de deux secondes.

Étant les seuls debout dans cette pièce, tout le monde attend que cet échange évolue, mais il marque un temps d'arrêt avant de me répondre.

Je ne sais pas s'il est choqué par ma question, si son cerveau est train de pédaler à deux cents kilomètres-heure pour trouver une explication convenable ou s'il est sur le point de m'asséner un argument en béton armé. Les quelques secondes silencieuses qu'il instaure me crispent, toutefois je reste impassible. Je continue de le fixer, curieuse de savoir si son politiquement correct va être à la hauteur et en même temps, malgré moi, je reste hypnotisée par son indéniable belle gueule.

Depuis tout à l'heure, il réplique à la perfection à tout ce qu'on peut lui demander, mais j'ose espérer que je lui donne plus de fil à retordre.

— C'est ce qui s'appelle clore une conférence de presse en beauté, mademoiselle Roussel. Cependant, permettez-moi de vous expliciter comment fonctionne le budget d'une mairie comme celle de Bruges, puisqu'à première vue vous semblez l'ignorer. Nous n'avons pas d'arbre à billets plantés dans le parc Minnewater comme vous pouvez le penser. En somme, c'est regrettable, car si c'était le cas, nous aurions gâté les enfants de la ville avec plaisir. Vous et moi connaissons le contexte financier actuel, et de fait, la ville a dû réévaluer ses besoins pour en tirer les conclusions les plus valorisantes pour sa population. Les lieux culturels ou sportifs sont une priorité pour les Brugeois, ils permettent l'ouverture d'esprit, l'accès au savoir ou à la santé. Pensez-vous que quelques jouets apportent autant de bien-être à toute une population ?

— Donc je peux noter, que la municipalité n'estime pas que les cadeaux de Noël destinés aux enfants précaires soit quelque chose de suffisamment important ? lui demandé-je sournoisement.

Ce qui se joue là est beaucoup plus important que nous ne le laissons croire. En axant la discussion exclusivement sur ces présents emblématiques, je veux montrer à M. Peeters que je ne suis pas dupe. Il ne sait pas ce que j'ai pu collecter comme informations, néanmoins j'espère pouvoir lui mettre la pression. J'ai encore trop peu d'éléments pour vraiment sortir quelque chose sur le site de *Bruges Media* ou sur un blog personnel, mais je sens que je peux obtenir plus que la langue de bois qu'il vient de me servir. Je vais le pousser dans ses retranchements jusqu'à ce qu'il craque. Bien que je sois débutante dans cette pratique du journalisme, je me connais, je suis curieuse, mais surtout très têtue.

Il va le comprendre très vite.

— Je vous arrête tout de suite, la précarité est un fléau que nous combattons tous. La mairie a investi ces cinq dernières années sur la jeunesse, en ne faisant aucune différence entre les enfants de nos quartiers. Je trouve vraiment malencontreux que vous vous permettiez de tirer des conclusions hâtives sans vous appuyer sur les faits. Monsieur Van Daat a choisi de consacrer plus d'argent pour la culture, le sport ou nos jeunes, que tous ses prédécesseurs, ce que vous semblez ignorer.

— Veuillez m'excuser, une diminution de 86 % de cette partie du budget en seulement deux ans, ce n'est pas un jugement de valeur, ce sont des chiffres consultables sur le site de la ville. J'ai interrogé deux analystes qui étaient, eux aussi, drôlement surpris d'une telle dégringolade. Où est passé cet argent, monsieur Peeters ?

— Ces fonds ont été diminués sur décision du conseil municipal. Chaque changement fait l'objet d'un vote, ce que vous devriez savoir si vous aviez fait vos recherches comme une bonne journaliste qui se respecte. Maintenant, on avait dit une question, ce qui me force à clôturer cette conférence.

— Vous étiez nettement moins pressé pour faire des blagues en début de séance, monsieur Peeters. Ne vous en faites pas, vous recevrez bientôt ma demande d'entrevue, lui lâché-je, tendue comme rarement j'ai pu l'être.

— C'est une première fois pour vous ici, je comprends, vous voulez en mettre plein la vue à tout le monde. Mais n'oubliez pas que je suis la seule personne qui régit les accréditations dans cet hôtel de ville. Vous creusez là où il n'y a rien à trouver, donc je vous assure qu'il vous faudra plus que des spéculations pour que vous obteniez un rendez-vous dans mon bureau. Sur ce, bonne journée à tous, répond-il d'une froideur polaire.

Quel connard !

Alors oui, je l'ai cherché, j'ai bien appuyé où cela fait mal, mais il vient de dépasser les bornes avec son petit air hautain. Il va avoir de mes nouvelles, et cette fois-ci, il ne pourra pas faire le beau devant son assemblée.

Le regardant sortir de la pièce par une porte latérale, je fulmine en repensant à notre échange bouillant. J'ai beau essayer de souffler, mon adrénaline est en ébullition sans que je sache comment maîtriser toute cette énergie qui circule en moi. Je revois son sourire en coin à chaque fois qu'il me remettait à ma place, je visualise parfaitement son arrogance manifeste et je ne rêve que d'une chose : gagner la prochaine manche.

En attendant ma revanche, je n'ai plus qu'à rassembler tout le contenu de mon sac à main qui traîne toujours à mes pieds et à me dépêcher de retourner au bureau, avant que Richard ne trouve ça louche. Ce qui est certain, c'est que mon sujet n'est pas un nuage de fumée et je vais découvrir ce qui se cache là-dessous.

Chapitre 4

James

Vendredi 4 décembre

— C'est bon, mec, je viens de trouver ta petite Salomé sur Instagram, m'informe Sacha alors que je suis avachi dans le sofa de notre salle de repos.

— Quand je repense à elle, bizarrement ce n'est pas « ma petite » qui me vient en tête, mais plutôt la casse-pied de service.

— Arrête, c'était trop bandant de vous voir tous les deux vous lancer des éclairs, se moque-t-il.

Je lève les yeux en sa direction afin de le dévisager.

Comme si mon activité favorite était de me faire emmerder par une ravissante pigiste ou rédactrice en chef. Qu'importe son poste dans sa rédaction, plus elle restera loin de la mairie, mieux je me porterai.

— Il y a plein de choses qui m'excitent, mais une journaliste qui fait tout son possible pour me coiffer au poteau n'en fait pas partie.

— Oui, bien sûr, tu préfères quand Nina Bowen te dévore des yeux à en perdre l'usage de sa langue.

— Au moins elle, je sais qu'elle ne va pas me faire passer un sale quart d'heure.

— Oui, c'est bien ce que je dis, ça t'arrive beaucoup trop rarement qu'une nana te secoue, plaisante Sacha.

Il faut avouer qu'il n'a pas tort. Cette première rencontre avec Salomé Roussel, je ne risque pas de l'oublier de sitôt.

Lorsque Sacha m'a prévenu que notre porte-parole Simon avait une urgence personnelle, je me suis porté volontaire pour mener la deuxième partie de la conférence de presse à sa place. Quelle connerie ai-je faite !

La prochaine fois, son dégât des eaux attendra une heure de plus, car se taper cinq minutes d'interrogatoire de la part de cette jeune journaliste, c'était la cerise sur le couscous.

Tout se passait plutôt bien jusqu'à ce qu'elle se lève en réveillant toute la salle. Ce n'était pas une jolie entrée en matière, c'était fracassant, maladroit, bruyant, absolument pas subtil. Je l'ai vue faire tomber ses affaires, se redresser avec son carnet à la main, et l'espace de quelques secondes, j'ai presque été émoustillé. Avec ses boucles brunes aux reflets dorés, sa petite tenue à croquer, elle a réussi, pendant un instant, à me faire oublier que je suis un foutu solitaire, qui fait exprès de faire fuir toutes les nanas qui craquent pour lui.

Je n'ai jamais vraiment compris ce qui me rendait si désirable, mais c'est un fait, si je n'avais pas cette volonté d'être célibataire, je trouverais facilement une femme avec qui partager ma vie. Il est hors de question que je me noie dans de la fausse modestie tape-à-l'œil, je plais souvent, trop à mon goût même. Je me demande sans cesse ce que les inconnus voient en moi, la première fois.

Adolescent, j'aurais payé cher pour participer à ces émissions débiles où les gens sont placés en plein milieu d'une rue pour qu'on leur dise ce qu'ils dégagent. En somme, je déteste que mon physique soit ma première qualité, car je ne veux pas être choisi pour cette raison. Je veux être compétent, intéressant, doué, mais beau, ça en devient presque rabaissant.

Pourtant, lorsque que cette fichue Salomé Roussel s'est levée devant moi, j'ai cru comprendre. Elle a eu ce pouvoir sur moi, j'étais tellement happé par ce qu'elle dégageait, que j'aurais pu rester bouche bée. Bizarrement, bien que je sois un mec plutôt prévisible, qui me satisfait à respecter les us et coutumes, j'aime les femmes qui sortent de l'ordinaire et la maladresse de cette journaliste a réussi à me taper dans l'œil.

Ça, c'était jusqu'à ce qu'elle ouvre la bouche.

Oui, comme le plus grand des imbéciles, je me suis laissé distraire par son charme en oubliant qu'elle était là pour me soutirer des informations. Sauf que moi, mon job, c'est de jouer en permanence à l'équilibriste en ayant de bonnes relations avec les différents médias, en leur livrant quelques bons tuyaux de temps à autre sans perdre de vue que ma principale tâche reste de défendre la municipalité coûte que coûte.

Maintenant quand je repense à elle, le petit minois ravissant laisse place au requin qu'elle est réellement. Et, quel dommage ! Ma journée aurait pu si bien se finir, sauf qu'elle est retombée comme un soufflet.

— Et alors, il y a quoi de croustillant à savoir sur Miss requin blanc ? demandé-je à Sacha.

— Qu'elle est vraiment sexy en maillot de bain.

Levant les yeux au ciel, je souffle : cette information m'est inutile.

Alors que Sacha secoue son téléphone pour que je vienne regarder le cliché qu'il a trouvé, je m'y refuse d'un geste de la tête. L'interrogatoire ardu qu'elle m'a livré hier m'a rappelé que le diable pouvait être sacrément séduisant, et en l'occurrence, je ne doute pas que Mademoiselle Roussel le soit, je vais donc éviter de me faire du mal.

— Oui, mais encore ?

— Franchement tu loupes un truc… Elle a des petites fesses très alléchantes.

— Propose-lui un rencard alors, si son cul t'envoûte tant.

— Oh, ce n'est pas moi qu'elle veut défier, et c'est carrément ton genre de nanas. Je me concentre sur les supportrices de l'équipe de football, elles me posent beaucoup moins de problèmes que tes copines trop intelligentes.

Oh ça, je le sais pertinemment que Salomé Roussel fait partie de ces femmes qui peuvent me faire craquer et c'est bien ça, le problème. Elle est un danger fort toxique pour mon travail et il est inconcevable que je lui laisse grappiller du terrain.

— Sacha… Ferme-la ! finis-je par lui répondre mort de rire. Il n'y a rien de plus intéressant sur son compte Instagram ?

— Attends… J'ai peut-être un truc, me dit-il me laissant dans l'attente, avant de reprendre. Ah… C'est bon, j'ai enfin trouvé où elle bosse. Cette petite Salomé travaille à *Bruges Media*. C'est elle qui est chargée des micros-trottoirs. Regarde ce selfie avec un verre de vin chaud !

J'ai à peine le temps de me rasseoir correctement sur le canapé, que mon ami me colle cette photographie sous les yeux. Je remarque tout de suite qu'elle pose sur le marché de Noël qui occupe la Grand Place. Devant plusieurs chalets d'exposants, elle offre un large sourire à l'objectif en montrant fièrement la boisson qu'elle devait consommer à ce moment-là. C'est déroutant de la voir si rayonnante alors que ses traits étaient si stricts lorsqu'elle me cuisinait. Si elle ne m'avait pas autant mené la vie dure pendant cette conférence de presse, je serais déjà en train de me faire des films qui comprennent nos deux visages dans un périmètre très restreint, sauf qu'elle a fait tout ce qu'il fallait pour que je ne la porte pas dans mon cœur.

Essayant d'oublier le cliché que mon collègue vient de me montrer, je m'efforce de me concentrer sur les informations que j'ai en ma possession. Qu'est-ce qu'une journaliste qui fait des petites interviews des riverains foutait à notre conférence hier ? Ça n'a pas de sens… Cela explique seulement pourquoi c'était la première fois que je la voyais à l'un de nos points presse. Alors que mon cerveau pédale à cent à l'heure, une idée me parvient.

— Sacha, vérifie les accréditations qui ont été scannées à l'entrée, ça peut nous servir.

— Putain, mais carrément, me répond-il en posant son téléphone.

Après avoir récupéré son ordinateur portable dans notre bureau, il revient à toute vitesse.

— Tu ne vas pas le croire, me balance mon ami.

— Qu'est-ce qu'il y a ?

— Aucune accréditation au nom de Salomé Roussel n'a été scannée hier.

— Comme par hasard, pesté-je. Attends, serait-il possible qu'elle soit entrée avec le pass de quelqu'un d'autre ? Ou que la sécurité n'ait pas été suffisamment vigilante ?

— Nos vigiles sont irréprochables donc ça m'étonnerait que l'entrée de Salomé Roussel soit de leur faute. Par contre, j'ai un seul nom qui a été scanné qui ne me dit rien.

— Lequel ? je l'interroge.

— Elizabeth Polken.

— Ça ne me dit rien non plus. Gardons cette information au cas où…

Trois coups frappés à la porte nous font taire.

Coupé dans mon élan, je suis surpris par Nicolas, notre responsable.

— C'est bon, James, Roy est disponible pour te recevoir. T'es-tu calmé depuis hier ? me demande-t-il.

La bonne blague !

Oui, en effet, j'ai retrouvé mon calme, mais sa question réussit à m'irriter. Comme si j'avais eu tort de m'emporter après ma rencontre avec Mlle Roussel.

Il faut l'avouer, j'étais hors de moi lorsque je suis sorti de cette salle. J'étais à cran contre elle, de m'avoir tant mis en difficulté sans que je ne m'y sois préparé, mais ce n'était rien comparé à la rancœur que j'ai pu ressentir envers Nicolas et le maire. Ils m'ont certifié que cette affaire n'était que du vent, de simples rumeurs qu'aiment propager les journalistes quand ils s'ennuient, donc je n'ai pas fait d'histoires. Je les ai crus, et je suis parti fier comme un coq en conférence de presse, pensant n'avoir rien à craindre.

Quelle belle connerie !

J'ai dû la jouer fine pour échapper à ses questions, toutes faites pour que je craque.

Lorsqu'on m'a formé pour devenir attaché de presse, on m'a appris une règle d'or pour bien faire mon métier : ne jamais paraître hostile, ne pas mentir et ne pas faire de suppositions. Même aujourd'hui, je ne sais pas si j'ai correctement fait mon travail en envoyant chier cette journaliste, mais est-ce que j'avais d'autres choix pour sortir la tête haute de cette session de questions-réponses ?

Non, j'étais obligé de riposter fort, car Nicolas et Roy m'ont mis dans une posture délicate. Donc pour avoir haussé le ton et claqué une porte, je ne risque pas de m'excuser.

— Ne t'en fais pas, Nicolas, je ne vais pas mettre sens dessus dessous son bureau, blagué-je en lui faisant un clin d'œil. Par contre, tu viens avec moi, vous me devez tous les deux des explications.

Alors que je m'apprête à suivre mon responsable, je me retourne vers Sacha.

— Si mademoiselle Roussel nous contacte pour une entrevue, laisse sa demande en attente, et fais le nécessaire pour qu'elle ne puisse plus entrer en conférence avec une accréditation qui ne lui appartient pas.

— Entendu, mec !

***

— Roy, je ne vais pas prendre beaucoup de votre temps, je sais que votre planning est déjà bien chargé, mais je déteste passer pour un imbécile. Comme Nicolas a dû vous le dire, j'ai passé un sale quart d'heure hier en conférence de presse. Une nouvelle journaliste est venue aborder la question des cadeaux de Noël, et je n'avais aucun argument précis à avancer.

— Je sais, James… Mais tu t'en es bien tiré d'après ce que Nicolas m'a dit. Ta rhétorique était excellente, et tu dois continuer de cette manière-là, si ça venait à se reproduire.

— Non, non. On ne va pas maintenir les approximations que j'ai réussi à sortir hier. Mon job consiste à m'occuper des relations entre la mairie et la presse, et non à faire de la langue de bois sur un sujet dont j'ignore tout. Je veux tout savoir sur cette affaire sinon, je ne pourrais pas canaliser les assauts des journalistes.

— Je peux t'assurer qu'il n'y a pas de quoi s'inquiéter, reprend Nicolas. Dans les comptes rendus des conseils municipaux, tout est écrit noir sur blanc, il n'y a rien de louche. J'ai moi-même effectué les vérifications nécessaires, ce matin.

J'ai envie de le croire, mais merde, je sens qu'il y a un truc qui cloche.

— Roy, pouvez-vous me confirmer ça ?

— Les journalistes s'excitent pour rien… OK, c'est triste pour ces gosses, Noël leur fait oublier ce qu'est la réalité, mais c'est la vie. Tout n'est pas toujours parfait. Je n'ai pas d'autres réponses à t'apporter, James. Je t'assure que tout est clean.

— Bon. Si vous le dites… J'espère que je n'aurais pas d'autres surprises, car M. Allen et Mlle Roussel m'ont déjà suffisamment épuisé. Nicolas, peux-tu m'envoyer les comptes rendus que je ne passe pas pour un con une seconde fois ?

— Ça sera sur ton bureau dans une heure.

En sortant du cabinet du maire, je ne suis pas certain d'avoir beaucoup avancé. J'ai le cul entre deux chaises dans cette histoire.

Si j'ai choisi de m'engager en politique, c'est parce que j'ai toujours eu de la générosité à revendre. Depuis tout petit, j'ai su que je voulais me tourner vers les autres. En grandissant, je me suis rendu compte que travailler dans le social serait trop frustrant pour moi. Je souhaite définir les nouvelles règles du jeu, j'ai terriblement envie de jouer un rôle dans l'évolution de ma ville. La politique s'est donc imposée à moi sans que je ne réalise réellement dans quoi je m'embarquais.

Pourtant, cette situation me gêne. Je comprends ce que cherchent ces journalistes, ils veulent que la justice sociale soit une réalité pour ces enfants. De l'autre côté, il y a moi qui dois défendre bec et ongles la mairie, qu'importe ce qu'il s'est vraiment passé. Je dois croire mes supérieurs les yeux fermés pour faire correctement mon travail. Bien que Roy soit un homme politique à l'ancienne, il a toujours été du côté des habitants. Je n'ai aucune raison de douter de lui. Il faut juste que j'épluche ces comptes rendus pour pouvoir mieux rembarrer la presse la prochaine fois.

Chapitre 5

Salomé
Vendredi 4 décembre

— Attends… C'est lui le connard dont tu me parles depuis hier ? me demande Elizabeth en montrant le portrait de James Peeters sur l'écran de son téléphone.

— Affirmatif, lui confirmé-je en continuant d'éplucher les comptes rendus des conseils municipaux de ces deux dernières années.

— Je veux bien avoir plus de connards dans ma vie s'ils sont tous gaulés comme ça, ricane-t-elle.

Si seulement le physique avantageux de l'attaché de presse de la mairie pouvait me faire oublier à quel point il a été odieux avec moi…

— Je peux t'assurer que tu aurais eu autant envie de le faire taire que moi. Il n'a pas répondu clairement à une seule de mes questions.

— Est-ce que j'ai besoin de te rappeler que tu n'étais même pas censée ouvrir la bouche ? me sermonne Liz.

Je vais en entendre parler pendant des semaines, je le sens.

Lorsque je suis sortie de l'hôtel de ville hier, je me suis empressée de retourner au bureau pour organiser mes prochains micros-trottoirs. Mon vrai job ne se fait pas tout seul malheureusement. J'avais beau être sur les nerfs, ma culpabilité envers Liz a pointé le bout de son nez à l'instant où j'ai vu son visage impatient dans l'open space. Occupée à regarder ses statistiques Instagram, elle n'attendait qu'une chose : que je lui raconte comment s'était déroulée cette conférence. Face à son excitation débordante, je n'ai pas pu mentir et je lui ai tout balancé. Elle n'a pas été aussi furieuse que je me l'étais imaginée. En réalité, elle savait déjà que je ne pourrais pas me retenir de mettre mon grain de sel.

Cette affaire me paraît tellement dingue que je m'accroche au moindre détail, si bien que dans cette salle, hier, je ne pouvais pas laisser mon seul informateur potentiel s'échapper sans tenter ma chance. Mon amie m'a fait la morale une bonne dizaine de minutes, puis elle s'est finalement concentrée sur les informations que j'ai pu obtenir. En soit, elles sont très faibles, mais j'ai la certitude qu'il y a beaucoup à découvrir, et pour le moment cela me suffit.

— C'est bon, Liz, pas besoin d'en rajouter une couche. Je ne pouvais pas le laisser faire le beau comme ça… Il mérite qu'on le gifle, ce prétentieux.

— Tu me répètes la même chose depuis hier, t'es accro, se moque-t-elle. Il doit être encore plus sexy en vrai que sur les photos pour t'envoûter à ce point, rajoute mon amie, le sourire en coin.

— Arrête avec ça, je suis très bien seule. Ce n'est pas son physique qui m'énerve, c'est qu'il m'empêche de découvrir la vérité.

Depuis hier, j'ai eu le temps de cogiter. Bien que son arrogance ait blessé mon égo, je sais rester objective.

James Peeters ne m'a rien prouvé de concret. Il n'a fait que me rabaisser en sous-entendant que je n'avais pas assez travaillé mon sujet, mais à aucun moment, il ne m'a opposé un argument imparable. S'il croit que la meilleure défense, c'est l'attaque, il a tort. Il a juste réussi à me piquer suffisamment pour que je souhaite le voir perdre, et c'est désormais mon objectif principal.

— Tu n'en sais rien encore... Le but d'une enquête, c'est de trouver une vérité à raconter. Tu veux absolument démontrer qu'une personne a fait disparaître l'argent dédié à ces gosses, et ce beau James, lui, veut te convaincre que tu te trompes. C'est juste une question de point de vue.

— Il va devoir se perfectionner alors, finis-je par ironiser. Pour le moment, je ne suis vraiment pas convaincue. Mais j'ai un plan qui, je pense, va le surprendre.

— Quand tu annonces une stratégie, j'ai peur. Promets-moi que tu ne feras pas brûler la mairie pour ses beaux yeux, plaisante Liz en continuant d'analyser son réseau social.

— J'ai fouillé le LinkedIn de ce mec, il n'a pas vraiment un parcours en politique des plus traditionnels. Il a fait des stages dans des ONG, dans des associations de quartiers et beaucoup de mécénat social avant d'arriver à la mairie. Regarde ça, lui dis-je en montrant mon écran d'ordinateur. Tu ne fais pas un tel parcours universitaire si tu n'en as rien à foutre des gens. Si j'insiste, encore et encore, il va lâcher quelque chose.

— Non, mais qu'avez-vous fait de ma meilleure pote ? Vous êtes un véritable démon.

Je la regarde avec un sourire machiavélique. Elle ne peut même pas imaginer combien ce James Peeters a touché mon égo et désormais, je suis prête à tout pour obtenir des réponses.

— Et j'ai encore mieux, quand je sortais de l'hôtel de ville, j'ai entendu des bruits de couloirs. Il paraît qu'en dehors de son boulot d'attaché de presse, il fait des heures supplémentaires dans une gaufrerie qui se trouve dans la rue Saint Jacob. Je crois que je vais aller en rajouter une couche en sortant du travail.

— T'es vraiment une harceleuse diabolique, lâche Liz, morte de rire, alors que je finis de lui expliquer mon plan d'attaque. Je peux venir regarder le spectacle ?

— Hors de question ! Tu vas tout faire foirer avec ta discrétion légendaire, plaisanté-je.

— Tu peux parler, toi qui renverses tout sur ton passage !

Sur ce point-là, elle n'a pas tort, sauf que cette fois-ci, je compte bien tirer mon épingle du jeu en allant surprendre ce cher Peeters en dehors de sa zone de confort.

***

Après avoir fini de préparer mon reportage de la semaine prochaine, je sors à la hâte de nos bureaux pour me diriger vers la boutique de gaufres où j'espère trouver James, l'arrogant, le prétentieux. Mon vocabulaire semble déjà si développé pour le caractériser.

Récupérant mon vélo hollandais vert tout rouillé sur le parking couvert de notre immeuble, je m'empresse de l'enfourcher. Cela fait plus d'une heure et demie que le soleil s'est couché, et en pédalant, mon esprit se laisse distraire par les toitures à pignons tout éclairées différemment. Les Brugeois semblent trouver leur ville insignifiante, sûrement parce qu'ils la connaissent par cœur, mais moi, je n'arrive pas à m'en lasser. Il faut dire qu'aucune façade du centre-ville ne se ressemble, on ne peut que s'attarder sur chaque devanture la bouche entrouverte. En cette période des fêtes, je suis beaucoup trop sensible au charme de Bruges où Noël semble être partout.

Alors que je progresse en direction de la gaufrerie, mes yeux sont attirés par tous ces bâtiments de briques colorées qui donnent l'impression d'avoir des centaines d'histoires à raconter. Une fois arrivée au numéro deux de la rue Saint-Jacob, l'inscription « Chez Rose et Graham » m'indique que je suis au bon endroit.

J'accroche l'antivol de mon vélo à une canalisation avant de me retourner vers la boutique.

En levant les yeux, je suis éblouie par le charme de ce petit magasin de gaufres. Les guirlandes allumées font ressortir les briques roses de la façade ainsi que les menuiseries noires de la vitrine. Malgré le froid polaire de ce début de soirée, deux clients profitent des quelques tables qui sont installées dans la rue pour déguster des gaufres copieusement garnies. C'est tellement mignon que je m'accorde quelques secondes pour prendre une photo de cette devanture avec mon téléphone. Liz adorerait cet endroit, c'est certain.

Bon, ce n'est pas tout, mais je ne suis pas ici pour des gaufres, hein !

Bien que je sois venue avec une volonté de fer, je prends un instant pour réfléchir avant de franchir cette porte comme une furie. Je n'ai aucune certitude en entrant, il est peut-être absent, cependant je dois essayer. Il est le seul à pouvoir m'apporter les réponses que je cherche, c'est une raison suffisante pour foncer.

Balayant mes pensées sans importance, j'entre dans la boutique, déterminée. Une fois à l'intérieur, je me dépêche d'enlever ma grosse écharpe, puis je prends le temps d'analyser la situation. Deux personnes attendent devant moi, et James Peeters est là, derrière le comptoir, en train de servir une petite dame qui bave en regardant les sucreries qui lui sont proposées. Après réflexion, elle est peut-être en train de s'extasier sur son vendeur. Il faut bien avouer que le tablier noir sied parfaitement à ce connard de James.

Après quelques minutes, une autre vendeuse vient s'occuper de la personne qui se trouve devant moi. Parfait, je suis la prochaine.

— À qui le tour ? lance James, avant de se retourner vers moi.

— À moi, monsieur Peeters, clamé-je, avec un grand sourire.

En me voyant, sa mâchoire semble se décrocher, ce qui ne fait que me réjouir davantage.

Eh oui, James, je ne vais pas vous laisser tranquille.

— J'ai bien peur qu'on ne vende pas ce que vous recherchez, mademoiselle Roussel.

— Ah bon ? Vous savez déjà ce que je veux ? Je ne savais pas que vous étiez devenu voyant depuis hier.

— Je ne fais pas de gaufres supplément calomnies, désolé, me répond-il sur un ton beaucoup plus léger que lors de notre première rencontre.

Ébahie par sa répartie pêchue, je ne peux retenir un éclat de rire. Il a l'air en forme, c'est parfait.

— J'ai passé toute la journée à étudier des comptes rendus de la mairie, je suis certaine que vous pouvez me proposer mieux que ça.

— Ah bien, vous avez commencé à faire votre travail, je vous en félicite, se moque-t-il.

Je ne peux m'empêcher de le regarder avec un air espiègle. Bien qu'il sous-estime probablement ma ténacité, je dois avouer que sa façon de me répondre me plait beaucoup. L'arrogance qu'il m'a montrée hier semble s'être éclipsée et maintenant je suis libre de le questionner comme il me convient. Même si nos répliques restent tranchantes, il ne me fait pas encore sortir de mes gonds, je trouve même ses réponses plutôt amusantes.

— Arrêtez de faire le beau un instant, reprends-je, avec un sourire en coin. Même si je suis certaine que vos gaufres sont aussi bonnes que votre langue de bois, je ne suis pas venue ici pour rien. Je me suis renseignée sur vous, je sais que vous n'êtes pas insensible au sort des enfants de la ville, donc accordez-moi un entretien avec le maire ou votre responsable pour que je puisse leur poser mes questions directement.

À l'instant où je finis ma phrase, il éclate de rire. Voilà, j'ai de nouveau envie de le claquer.

Il est en train de se foutre de moi, pourtant pendant un instant, le tressaillement de ses fossettes me fait ressentir le contraire.

— Excusez-moi, Salomé, j'ai besoin d'une précision, je dois accorder une interview à Salomé Roussel ou à Elizabeth Polken ?

Merde.

Cette fois-ci, c'est ma mâchoire qui manque de se décrocher. Moi qui espérais m'en être bien tirée avec Liz, j'ai totalement occulté le fait que l'équipe de la mairie se renseignerait sur ma présence à cette conférence. Qui pensais-je berner en jouant ainsi l'effrontée ?

— Eh oui, moi aussi j'ai fait mes devoirs, rajoute-t-il fier comme un coq. Je n'accorde des entrevues qu'aux personnes munies d'une accréditation, ce qui n'est pas votre cas vu que vous semblez être cantonnée aux micros-trottoirs pour *Bruges Media.*

Putain, je suis grillée.

Je lui ferais bien bouffer son air supérieur sauf que je ne suis pas vraiment en position de force à l'heure actuelle.

Avec le ton qu'il emploie, même les phrases les plus anodines qui sortent de sa bouche semblent remplies de jugement. J'ai terriblement envie de lui asséner le coup fatal pour que sa belle gueule se retrouve sans argument.

Mais il est bien naïf s'il pense que je vais me décourager si vite, même si je dois reconnaître qu'il vient de marquer un point

Nos regards s'envoient à nouveau une série d'éclairs. Je me demande combien de temps ce combat va durer. Il ne semble pas prêt à me lâcher quoi que ce soit, mais je n'ai pas l'intention d'abandonner. Ma ténacité gagnera.

— Je compte sur vous pour faire le nécessaire. Vous allez m'obtenir cette accréditation, James, lancé-je, sûre de moi.

— Pour que vous puissiez me harceler chaque semaine sur le même sujet ? Même pas en rêve.

— Arrêtez, James, vous avez adoré ça, insisté-je. Je ne demande qu'une interview, ce n'est pas grand-chose.

— Je suis censé croire qu'ensuite vous arrêterez ?

— Accordez-la-moi, et vous verrez !

Pendant qu'il prend une seconde pour me répondre, je vois l'autre vendeuse se rapprocher de lui.

— Alors, James, cette cliente n'est pas convaincue par tes recommandations ? plaisante-t-elle, en se collant à lui.

— Ne t'en fais pas, Rose, mademoiselle Roussel s'apprêtait à faire son choix. J'ai simplement été trop bavard pour lui présenter nos produits, réplique-t-il avec un grand sourire.

— Bon d'accord, je file derrière, viens me chercher si t'as besoin.

— Pas de soucis, sœurette.

Alors qu'elle s'éloigne vers le fond de la boutique, James s'attarde à nouveau sur moi.

— Vous avez entendu la patronne, Salomé ? Il est temps de faire votre choix, j'ai d'autres clients qui attendent que je m'occupe d'eux.

— Une interview et je serai comblée.

— Malheureusement, c'est toujours non. Vous pouvez tout de même m'envoyer une demande par mail comme le font les vrais journalistes.

Je m'apprêtais à la jouer plus en douceur, mais à chaque fois, il réussit à me piquer au vif. Il va falloir que je trouve une solution, soit pour qu'il arrête d'être si arrogant, soit pour qu'il accède enfin à mes requêtes.

— Je vais me contenter du mail, ce soir, dis-je pour clore cette joute verbale qui ne nous mène nulle part. Par contre, je vais prendre votre gaufre au bacon et au cheddar, elle a l'air super bonne. C'est une spécialité de votre sœur ? demandé-je, curieuse.

Je m'attendais à ce qu'il réponde rapidement afin que je déguerpisse de sa boutique, mais non à la place, il m'offre un énorme sourire qui cache quelque chose. Le voir si content a vraiment tendance à m'irriter.

— Qu'est-ce qui vous fait si plaisir ? rajouté-je.

— Vous avez choisi la seule gaufre qui n'est pas une spécialité de ma sœur. Vu que je suis un vendeur super généreux ce soir, je vous fais cadeau de la James's Waffle. Comme ça, vous penserez à moi quand vous étudierez nos comptes rendus interminables, se moque-t-il alors qu'il glisse le produit dans un étui en papier.

Insupportable est un mot beaucoup trop faible pour le définir, je n'en reviens pas.

Je commence à chercher quelques euros dans ma poche afin de régler ma gourmandise du soir, mais James secoue la tête pour insister. Bon, je n'aurais pas de scoop aujourd'hui, mais je mangerais gratuitement. C'est déjà ça.

— Espérons que je ne finisse pas empoisonnée.

— Ça serait vraiment malheureux que je ne puisse pas recevoir votre petit mail, se moque-t-il à nouveau.

On ne va jamais s'en sortir si à chaque phrase, il fait tout son possible pour que je riposte. Lâchant l'affaire, je le salue avant de sortir de la boutique. Comme une promesse. Il va me revoir.

Ce soir, il a fait naître une envie en moi. Ce n'est plus celle de le faire taire qui m'anime désormais, mais plutôt celle de l'étrangler.

Chapitre 6

Salomé

Samedi 5 décembre

Un mug de vodka ou une pinte de café ? Aucun des deux ne serait capable de me réveiller suffisamment après cette nuit beaucoup trop courte. Tout en secouant mon épaisse tignasse bouclée, je balaie d'un regard mon petit appartement que le soleil commence à illuminer.

Dans une vie rêvée, je serais en train de mettre dehors l'amant d'une nuit pour partir à la recherche d'un nouveau scoop ou pour aller bruncher avec Liz. Ouais, j'ai toujours rêvé d'être une femme épanouie au travail, à vivre au rythme de la ville, mais mon quotidien ne correspond pas tout à fait à ce que j'ai imaginé toute mon adolescence à force de regarder *Sex and the City*.

Assise par terre, je contemple, sans conviction, les piles de feuilles qui occupent mon parquet et une partie de mon lit. Bien que j'aurais pu passer la soirée à boire des verres avec Elizabeth dans un bar branché, je suis restée enfermée ici à chercher un détail dans ces comptes rendus municipaux.

James Peeters avait raison sur un point : ces documents sont chiants à mourir. Après les avoir lus en long, en large et en travers sans y avoir rien découvert, je me suis endormie encore à moitié habillée. Mon instinct me crie qu'il y a quelque chose à découvrir, mais pour le moment hormis cette chute du budget, rien ne vient étayer mes hypothèses. Du moins, il n'y a rien à tirer de ces fichus rapports. Je trouverais bien mes réponses ailleurs.

En passant la main sur ma joue gauche, je détecte ce qui semble être de la bave collée. Génial !

En plus de ne pas avoir de vie sociale à cause de cette enquête, je suis un véritable tue-l'amour.

Ça suffit. Il faut que je me bouge.

Dame Nature va miraculeusement mettre sur ma route une idée lumineuse qui fera avancer mon investigation. En attendant, je vais aller chercher mon litre de caféine dans le coffee-shop qui se trouve en bas de ma rue, car une fois de plus je n'ai pas rempli mes placards. Cela fait maintenant trois jours que je n'ai plus de quoi alimenter ma cafetière, car mes recherches sont si chronophages qu'elles m'empêchent de faire un tour à la supérette du coin.

Avant de sortir, je passe un gant mouillé pour rafraîchir mon teint, puis j'enfile mon jean de la veille sans vraiment faire attention à mon allure. Liz lèverait les yeux au ciel si elle me voyait, mais les vraies *working girls* n'ont pas le temps de faire des défilés comme Carrie Bradshaw[1].

Une vingtaine de minutes plus tard, je sors du café *Broody* avec un énorme mug, costaud comme je les aime, avant de prendre la direction de mon appartement. Les vitrines de ma rue scintillent aux couleurs de Noël. En

1. Personnage de la série Sex and the City, passionnée de mode.

regardant ces devantures si bien décorées, je pense à celle qui m'a appris à orner les sapins : ma mère.

Chez les Roussel, les fêtes de fin d'années sont un mélange de traditions chrétiennes et de jeux enfantins. Rien que d'y penser, un sourire niais se dessine sur mes lèvres. Pour toute ma famille, je suis la cadette rebelle qui vit d'amour et d'eau fraîche. Ils comprennent assez peu que je sois partie pour Bruges sur un coup de tête sans être certaine que ma carrière décolle, mais il y a une chose dont je suis sûre, c'est que pour Noël, tout redevient merveilleux entre nous. Il n'y a plus de reproches, de commentaires désobligeants, nous éliminons tout pour nous concentrer sur notre lien familial. C'est d'ailleurs ce que mes frères et moi préférons chez notre mère. Elle a ce don pour mettre les petits plats dans les grands afin de réveiller nos âmes d'enfants.

Quand je regarde ces sapins qui occupent la rue, tous parfaitement chargés en guirlandes et boules, des souvenirs affluent par dizaines. La tradition la plus élémentaire chez nous reste la décoration du cactus de Noël. Mon père a toujours détesté dépenser de l'argent pour des choses éphémères. Une année, contre toute attente, il est rentré à la maison, fin novembre, avec un de ces arbres du désert. Nous nous en sommes donnés à cœur joie pour donner vie à ce sapin pas comme les autres. En voyant nos yeux séduits par notre réalisation hors du commun, mon père en a conclu qu'une nouvelle tradition venait de naître. Notre arbre vit toute l'année, avec ou sans guirlandes et je trouve que c'est du génie.

Alors que j'arrive à la porte d'entrée de mon appartement avec mon mug cartonné encore brûlant, la nostalgie que me provoquent ces fêtes me pousse à composer le numéro de ma mère. Nous sommes déjà début décembre et une question commence à me trotter dans la tête : vais-je devoir passer Noël loin d'eux cette année ?

En réalité, cette idée me terrifie. J'ai beau avoir choisi de partir loin de mon île, passer les fêtes toute seule à Bruges me file la chair de poule. Je suis devenue la femme indépendante que je voulais être, néanmoins me retrouver seule à ce moment de l'année m'angoisse terriblement.

Lorsque Richard a validé les vacances de la rédaction, je savais très bien que je passerais en dernier. Malheureusement pour moi, il n'y a pas eu de miracle. Je dois faire un direct le vingt-cinq décembre sur la Grand Place, ce qui m'empêche de rejoindre les miens. Cette nouvelle aurait pu déprimer n'importe qui d'autre, sauf que je compte bien rapatrier toute ma famille, ici, à Bruges, pour que nous fêtions tout de même Noël ensemble. Après quelques longues tonalités, c'est au moment où je suis enfin chez moi que la voix aigüe de ma mère parvient à mes oreilles :

— Allô ? Ma chérie ?

— Oui, c'est moi, Maman, lui confirmé-je.

— Attends, j'enlève ma casserole du feu… C'est bon, je suis toute à toi, s'exclame-t-elle. Quel plaisir de t'entendre !

— Alors comment ça va vous, à Fautea ? lui demandé-je en pensant à mon village natal.

— Oh, tu sais la routine, ma petite Sally. Ton père et tes frères sont partis à la pêche tôt ce matin, pendant ce temps, je prépare le déjeuner.

— Je vois que vos habitudes sont tenaces.

— Oui, ma chérie. Qu'est-ce que tu veux ? On profite de notre début de retraite. Mais raconte-moi, comment ça se passe à Bruges ?

Bonjour la question piège !

Depuis que je suis venue vivre ici, la curiosité maladive de ma mère n'est pas vraiment assouvie. Si elle, ça l'énerve, moi je suis pleinement satisfaite qu'elle n'en sache pas trop, car j'ai besoin d'espace pour me sentir libre. Ma famille a toujours eu son mot à dire sur mes choix, ce qui a toujours eu tendance à me faire fuir davantage. Je ne sais pas vraiment ce que ma mère attend que je lui raconte, elle rêve juste que je revienne m'installer en Corse, auprès d'eux et que je ne reparte jamais.

— Je cours un peu partout en ce moment, je bosse sur une enquête qui me prend pas mal de temps, mais ça vaut le coup. Le reste du temps, je sors avec Liz.

— Tu n'as rencontré personne depuis notre dernier appel ?

— Non, Maman, râlé-je.

— Roh… C'était qu'une question, souffle-t-elle.

— Si c'était le cas, tu serais au courant je t'assure.

C'est un mensonge, mais le principal, c'est qu'elle y croit.

— Je t'appelais pour vous proposer quelque chose… Ça fait déjà quelques semaines que j'y réfléchis. J'aimerais que vous veniez à Bruges pour Noël, avec Papa, Mateo, Rafael et leurs pièces rapportées, proposé-je sur le ton de l'humour. On pourrait louer une petite maison proche du canal. Si tu savais comme c'est beau.

— Ton patron n'a pas changé d'avis pour tes congés ?

— Non, ce qui fait que je suis bloquée ici pour les fêtes. Qu'est-ce que tu en dis ?

Alors que je suis pendue à ses lèvres en attendant qu'elle me dise oui, ma mère m'offre à la place un silence très gênant. Putain, je le sens mal…

— Ma chérie… C'est un peu compliqué pour nous six de venir pour Noël.

— Pourquoi ça ? demandé-je, sans comprendre la soudaine langue de bois de ma mère.

— C'est loin, tu sais. C'est plus facile que tu nous rejoignes, plutôt que nous débarquions tous, tu vois…

— Sauf que je travaille le vingt-cinq, Maman, donc je ne pourrais pas être là du tout. Tu ne veux pas en parler à Papa et aux garçons avant de refuser ? Ça me ferait vraiment plaisir de vous voir.

— Ce n'est pas si simple. J'ai déjà invité Grégoire à fêter Noël avec nous, ma puce, finit-elle par m'avouer.

Pardon ?

Elle se moque de moi ? Ce n'est pas croyable.

— Attends ? Tu refuses de venir à Bruges, car tu as invité mon ex à dîner à la maison ? lancé-je, hors de moi.

— Ne le prends pas comme ça, se défend ma mère. Il est si triste depuis que tu es partie.

— Non, mais je n'en reviens pas, Maman. Il fait le Caliméro et toi, tu tombes dans le panneau. Greg avait le choix, m'offusqué-je. Il pouvait me suivre pour que l'on continue notre vie à deux, mais non, il voulait que je privilégie notre couple à ma carrière.

Elle souffle dans le combiné, sûrement lassée de ma rancune tenace, toutefois elle ne me répond pas, ce qui m'énerve d'autant plus.

— Tu crois que ça me fait plaisir d'avoir largué mon fiancé ? Celui avec qui je pensais finir ma vie. Tu imagines que c'est une partie de plaisir de rester seule ici, alors qu'il pourrait encore faire partie de ma vie ? Et toi, tu l'invites à Noël pour le consoler…

— Ma chérie, tu sais que je suis toujours de ton côté, mais je ne peux pas ignorer sa peine.

— Par contre, ça ne te dérange pas que je passe le réveillon toute seule dans mon vingt mètres carrés, lâché-je, excédée.

— Salomé, arrête de tout dramatiser, s'il te plaît, me sermonne-t-elle, en haussant le ton.

Furieuse, je me mordille l'index de la main gauche pour canaliser toute cette tension qui monte en moi.

— Ne me parle pas comme si j'étais une enfant. Je vous propose de venir ici pour qu'on soit tous ensemble, pour qu'on se retrouve après cette année compliquée, et toi, tu préfères passer ton réveillon avec Grégoire plutôt qu'avec moi, j'ai le droit d'être en colère.

— Et s'il vient avec nous ? me suggère-t-elle.

En voilà encore une bonne idée !

Je bouillonne au point que je suis à deux doigts de lui raccrocher au nez. J'ai envie de lui faire bouffer sa lubie de nous revoir ensemble un jour. Nous ne serons plus jamais un couple, et c'est de sa faute à lui, malgré tout ce que ma mère pense.

— Maman, tu te rends compte de ce que tu dis ? Il ne voulait pas venir vivre avec moi ici et maintenant, il débarquerait à Noël avec vous ? Il faut arrêter de vouloir recoller les morceaux entre nous. Ça m'insupporte… Ici, je me reconstruis et il est hors de question que je laisse encore Grégoire me faire douter de qui je suis. Bon, je te laisse, j'ai du boulot, conclus-je, déçue par son attitude.

— Déjà ? Je ne voulais vraiment pas te contrarier, s'excuse-t-elle de sa voix douce qui a tendance à me rendre nostalgique.

— Oui, ne t'en fais pas, on se rappelle très vite. Je t'aime mamounette, dis-je avant de raccrocher.

Foutu Grégoire, qu'il aille se noyer dans la Méditerranée !

Ça m'évitera de ressentir la déception de ma mère à chaque fois que je lui parle.

Tout a toujours été clair entre lui et moi, nous devions nous marier sur la plage de notre village, en regardant le soleil rejoindre l'horizon, avoir deux enfants qui apprendraient la pêche avec les hommes de ma famille, et la cuisine du Sud avec les femmes de la sienne. Avec lui, tout était écrit depuis notre première rencontre au camp de vacances où nos parents nous avaient inscrits. Lorsqu'il est parti faire ses études un an avant moi, j'ai fait tout ce qu'il fallait pour me retrouver l'année suivante dans la même ville que lui. Notre idylle était ma priorité. Grégoire était ma boussole du réveil au coucher du soleil, sauf que dans la vie, les envies évoluent, elles bougent.

Après nos études, j'avais tout ce que je voulais : une petite maison de pêcheurs à proximité de notre village d'enfance, de nos parents, mais je n'étais pas la journaliste que je rêvais d'être depuis ma tendre adolescence. Là-bas, il n'y avait pas de scoops à creuser, aucun sujet d'actualité à exploiter. Même si ma situation paraissait idéale, l'amour ne résout pas tout. Lorsque j'ai ouvert le mail de Richard me disant qu'il voulait que j'intègre sa rédaction, une étincelle en moi – presque prête à s'éteindre –, s'est mise à brûler d'excitation. La monotonie de ma vie avec Grégoire ne faisait pas le poids face au rêve d'une vie, je ne pouvais pas laisser passer cette opportunité. Après dix ans de relation, je pensais que mon fiancé me suivrait, comme moi je l'ai fait lors de nos études. Je pensais naïvement qu'il me rendrait la pareille.

Qu'est-ce que j'étais conne !

Amoureuse, aveugle et éperdument ignorante.

« *Tu as vraiment envie de foutre en l'air toutes ces années d'amour pour des petites interviews ? Tu veux tirer un trait sur tout ce qu'on a construit ici sans avoir l'assurance de réussir* ? »

Ses mots résonnent encore dans mon cœur, tellement ils sont douloureux et difficiles à digérer. Non, je ne voulais pas que tout s'arrête, je voulais qu'il me suive, qu'il lâche notre train-train quotidien pour qu'on puisse se créer une nouvelle routine, ici à Bruges, je voulais qu'il me laisse m'épanouir professionnellement tout en étant à mes côtés.

Pourtant il n'a pas pu s'empêcher de me poser un ultimatum : c'était lui ou ma carrière. Il pensait que ça me ferait rester. Il pensait que mes rêves, mes espoirs ne feraient pas le poids face à mes sentiments pour lui. J'ai aussi cru, pendant quelque temps, que je ne pouvais pas y arriver sans lui. Il avait presque réussi à me faire abandonner ma plus grande ambition. Mon amour pour lui avait beau être surpuissant, Grégoire a sous-estimé ma ténacité, il a oublié à quel point je pouvais être bornée. Salomé Roussel n'est pas une femme qu'on possède, à qui on interdit de partir. J'ai donc quitté mon pays, sans lui.

S'il y a bien une personne qui devrait être en colère, triste, à consoler, c'est bien moi, sauf que ma mère voit toujours en lui le gendre idéal. Elle ne comprend pas que je sois partie, que je ne l'ai pas choisi lui.

Qu'est-ce que je le déteste de ne pas avoir été à la hauteur de l'homme que je pensais aimer !

Balançant mon téléphone sur mon lit, je me sens vidée après cette conversation éprouvante qui a tendu tous mes muscles. Il faut que je me fasse à l'idée : je vais passer mon premier Noël en solitaire. J'aimerais que ce soit facile à assimiler, néanmoins je me connais, je suis bêtement attachée à cette fête, comme une vieille dame qui s'accroche à sa beauté disparue. Nous savons que c'est futile, mais nous ne sommes pas prêtes à tirer un trait sur ce passé qui nous réconforte. Il faut que j'accepte l'idée d'être déçue, et dans ce genre de situation, il n'y a qu'une chose qui puisse me consoler. Il faut que je me concentre sur le travail pour que le spleen qui gagne du terrain dans mon cœur aille se faire voir. Désolée pour

Roy Van Daat ou n'importe quelles autres personnes qui ont décidé de priver ces gosses de la magie de Noël, car je ne vais pas leur laisser la possibilité de s'en tirer. Si je veux que ces fêtes soient heureuses, je dois découvrir ce qu'ils ont fait de ce fric, et je ne vais pas lâcher l'affaire.

Après avoir raccroché mon manteau sur son cintre, je retrousse les manches de mon pull et fonce sur mon ordinateur. Les comptes rendus municipaux ne m'ont peut-être rien dévoilé, néanmoins ce ne sont pas les seuls documents qui peuvent m'aider. Voyons ce que les déclarations de patrimoine du maire me réservent !

***

— Ta mère n'est vraiment pas croyable ! s'exclame Liz.

— À qui le dis-tu ! Je n'en reviens toujours pas qu'elle prenne la défense de mon ex…

— Ne t'en fais pas, je t'emmènerai chasser tous les célibataires de la ville. Tu trouveras bien un Papa Noël à ton goût.

Je manque de m'étouffer avec la gorgée de bière que j'étais en train d'avaler, en entendant sa phrase. Après cette conversation matinale avec ma mère qui m'a plombé le moral une bonne partie de la journée, je savais que rejoindre ma copine dans un bar serait une bonne idée. Nous en sommes déjà à notre deuxième verre, et putain, je me sens bien loin de la pression qui occupe mon quotidien.

Ce soir, il n'y a pas de Richard, pas d'enquêtes impossibles, je profite simplement avec ma complice préférée.

— D'ailleurs, je ne t'ai pas raconté. Ce connard de James m'a offert une gaufre quand je suis allée à la boutique hier !

— Ah, mais c'est vrai que tu voulais y passer. Ça m'était sorti de la tête. C'était comment alors ?

— Eh bien, on s'est envoyé des tacles dans la gaufrerie sans qu'il m'accorde une interview. Il sait que l'accréditation n'était pas à mon nom, mais étrangement, il était beaucoup moins froid que l'autre jour.

— Putain, tu me fais peur avec cette histoire de pass, lâche Liz.

— Je ne vais pas te mentir, je ne faisais pas la maligne quand il m'a dit qu'il savait que l'accréditation n'était pas à mon nom, mais dans cette boutique, le James connard de la mairie n'était plus qu'un blagueur arrogant, donc je ne crois pas qu'il faille qu'on s'en inquiète.

— Tu ne le détestes plus ? se moque-t-elle.

— Si, toujours. Il reste présomptueux, trop sûr de lui, mais maintenant, je peux me permettre de le rembarrer sans devoir y mettre les formes. Je crois même qu'il a été surpris que je débarque comme ça dans ce petit magasin de gaufres, et j'ai l'impression que ça lui a plu.

— Ça ne serait pas plutôt son charme qui commence à faire effet sur toi ?

Sans le contrôler, je lève les yeux au ciel avec toute l'élégance qui me caractérise.

Pourquoi veut-elle à tout prix qu'il me plaise ? Oui je n'enchaîne pas les conquêtes comme elle aime le faire, cependant je n'ai qu'une règle à respecter : pas de mecs tant que je n'ai pas obtenu ma promotion. Ma carrière ne sera plus jamais entravée par un homme, ça, c'est certain.

— Il a surtout un don pour que je veuille le faire taire, rétorqué-je, ne voulant pas entrer dans le jeu de ma collègue, empli de sous-entendus.

— Oui, oui, c'est bien ce que je dis. Il y a plein de façons de faire taire quelqu'un, insinue-t-elle en me faisant un clin d'œil appuyé.

Elle a à peine fini sa phrase que je lui adresse mon majeur. Liz n'a qu'une passion : les hommes. Elle aimerait tant que je lui raconte autant d'histoires qu'elle peut m'en conter, mais mon expérience avec Grégoire me refroidit à chaque fois. J'ai tout quitté pour réussir à me faire un nom dans le journalisme local, donc il est hors de question que je laisse de nouveau un homme me détourner de mon objectif. Liz insiste tout le temps pour que je fasse quelques exceptions, cependant je n'arrive pas à voir l'aspect positif de ces aventures passagères.

Comme dans tout ce que je fais, les relations amoureuses doivent être passionnées. Mon cœur est binaire, soit il ne ressent rien, soit il s'emballe au point d'exploser. Le juste milieu ? Je ne sais pas ce que c'est.

— Je ne pourrais pas pactiser avec l'ennemi, reprends-je en ricanant.

— Raison de plus, tu l'attires dans tes filets, tu récupères des nuits agréables et des indices pour ton enquête. Tu ne vas pas me dire que son physique ne t'a pas tapé l'œil ?

— Il est beau, sexy et tout ce que tu veux, mais ça reste un connard qui défend un pourri.

— Tire-lui les vers du nez alors !

— Il ne me lâchera pas un seul élément, il doit protéger son patron ou quelqu'un d'autre.

— Tu sous-estimes tes atouts, ma belle. Je te promets que c'est dans tes cordes.

Je ne réalise pas ce que mon amie est en train de me suggérer, ou du moins, je m'y refuse. Cet homme est agaçant, charismatique, persuadé que je vais lâcher l'affaire, alors que je suis sûrement plus têtue que lui. Mais de là à vouloir le séduire pour obtenir plus d'informations, je ne sais pas, c'est franchement osé. Est-ce que je suis prête à dépasser mes limites pour que cette enquête aboutisse ?

Dans le fond, je n'ai pas à me sentir gênée, car ce sont quand même des milliers d'enfants qui sont, eux, privés d'un Noël magique à cause de politiciens véreux. Est-ce que je sais vraiment dans quoi je m'embarque en partant à la conquête du cœur de James Peeters ?

Elizabeth a l'air amusée de me voir réfléchir comme ça. Si les hommes sont son passe-temps favori, ils restent pour moi synonymes d'union.

Alors que ma copine commande à nouveau une tournée auprès du barman, je décide de débrancher mon cerveau pour ce soir. Un attaché de presse ne va pas m'empêcher de profiter de mon samedi soir, il manquerait plus que ça. Demain, lorsque je me réveillerai les jambes courbaturées, car j'aurais trop dansé, je pourrais prendre une décision réfléchie. Tout de suite, la seule chose qui compte, c'est de m'amuser.

Chapitre 7

Salomé
Dimanche 6 décembre

Qu'est-ce que j'ai fait au Seigneur pour que mon téléphone sonne un putain de dimanche matin à 7 h 02 ? Pourquoi je n'ai pas laissé mon portable se décharger quand nous sommes rentrées de ce club au beau milieu de la nuit ? Alors que mes yeux essaient de s'acclimater à la luminosité criminelle de mon écran, j'arrive à discerner la raison de mon réveil si matinal.

Richard.

Oh non, merde, pas lui. Qu'on me laisse en paix.

Bien que je veuille ignorer l'appel de mon supérieur, je suis beaucoup trop professionnelle pour l'envoyer valser.

Pour éviter de gêner celle qui occupe mon lit, je rejoins la salle de bain en essayant de faire le moins de bruit possible. Dans ma vie de rêve, je sortirais à mon patron qu'il empiète sur mes jours de repos, que j'ai un droit à la déconnexion comme tout employé, pourtant je cède en appuyant sur le bouton vert de mon téléphone.

— Allô ? dis-je d'une petite voix.

— Génial. Tu es debout, Salomé !

— Euh… Pas vraiment. Mais dites-moi, qu'est-ce qu'il y a ?

— L'assistant de Jane a contracté la grippe, donc je n'ai personne pour la journée caritative à la patinoire de la Grand Place. Tu dois y aller !

Non, mais je rêve, il croit vraiment que je suis apte ? Je ne le suis pas. Tout ce que je veux faire, c'est me rendormir en vitesse.

Après avoir livré mes états d'âme à Liz sur ma conversation téléphonique avec ma mère, nous avons enchaîné les verres. Bière, vodka, gin : aucune discrimination. Le premier établissement étant un peu trop calme à notre goût, Elizabeth m'a traînée dans un nouveau club qui se situe dans le quartier ouest de la ville. Totalement libérées, nous avons dansé pendant des heures, ne faisant même plus attention aux mecs qui essayaient de choper nos numéros. Je pourrais presque féliciter Liz de ne pas avoir cédé à la tentation des hommes qui nous tournaient autour. Le fameux « bro code » peut être assimilé à une loi pour la gent masculine, mais il ne faut pas sous-estimer le pouvoir de la sororité. Mon amie savait que j'avais besoin de me défouler pour évacuer toute la pression que j'accumule en ce moment, et elle a tenu parole en ne laissant aucun homme s'immiscer dans notre soirée. La preuve en est qu'elle est encore en train de comater dans mon lit.

— Ce n'est pas le boulot de Jane, ça ? rappelé-je à mon rédacteur-chef.

Je n'ai vraiment aucune envie de sortir de cet appartement aujourd'hui, et encore moins pour me faufiler dans un bain de foule, le jour de l'inauguration de la patinoire.

— Salomé, je te le demande à toi. Moi qui pensais que tu attendais une occasion pour faire tes preuves, il faut croire que je me suis trompé…

Putain, je le déteste. Il me fait passer pour une fainéante qui ne sait pas saisir les opportunités quand elles se présentent, alors qu'il est en train de profiter de la situation.

— C'est bon, j'ai compris, Richard. J'y serai dans quarante minutes, lui confirmé-je.

— Je savais que je te ferais entendre raison… Vu que tu n'as pas l'accréditation de Jane, contente-toi d'interviewer le public.

— Compris. Bon dimanche, il faut que je me prépare, dis-je avant de raccrocher.

Je suis déjà au bout du rouleau alors que ma journée n'a même pas commencé. Mon corps est en train de manifester son refus total face à cette mission de dernière minute, mais il faut pourtant que je trouve la force d'aller bosser. Il y a quand même un côté positif, je vais pouvoir tester mes capacités de journaliste en ayant une gueule de bois d'enfer, et en ayant dormi à peine quatre heures ! Wonder Woman ne va plus m'impressionner longtemps, c'est certain.

Alors que je rejoins la pièce principale de mon appartement pour récupérer des vêtements propres, je vois Liz, toujours emmitouflée sous ma couette XXL, en train de s'étirer. Elle aussi n'a pas l'air d'avoir apprécié l'appel de notre patron.

— Qui c'était ?

— Richard, lui réponds-je d'une voix dépitée.

— Ça craint ?

— Je dois aller sur la Grand Place pour l'inauguration de la patinoire. Je dois remplacer le larbin de Jane. Mon ventre est sens dessus dessous à cause de l'alcool et je suis explosée à cause de la fatigue. Un réel plaisir !

— Oh la loose…

— Carrément. Bon, je file sous la douche, je n'ai vraiment pas le temps.

— Si ça te dit, je peux te rejoindre là-bas à midi pour qu'on déjeune ensemble.

— On peut faire ça, oui.

La douche que je prends à une vitesse folle ne fait pas passer mon mal de tête. Mon corps semble toujours aussi réfractaire à partir à l'aventure. Je rêve de rester sous un plaid à regarder un nouveau documentaire sur un tueur en série bien flippant, mais il faut que je me fasse à l'idée, ce programme attendra. S'il y a une chose dont je suis certaine, c'est que Richard a intérêt de me la filer cette promotion, car je suis tout sauf enchantée d'aller découvrir cette fichue patinoire ce matin.

***

Une fois là-bas, je profite du calme du centre-ville pour faire des photographies de la place, il faut croire que les Brugeois ne sont pas du matin aujourd'hui. Le soleil qui se fraye un chemin à travers la grisaille réchauffe les façades colorées du centre-ville. Avec mon petit appareil Bridge, je prends le temps de saisir l'atmosphère douce qui règne en ce début décembre. Mes doigts, eux, sont beaucoup moins ravis de subir les faibles températures de l'hiver. J'ai beau avoir investi dans des pulls, des manteaux et de grosses chaussettes, je ne me suis toujours pas adaptée à ce froid polaire.

Après avoir dépassé le marché de Noël que j'ai découvert en début de semaine, j'arrive devant cette gigantesque patinoire qui semble parfaite. Un homme fait sans cesse des aller-retour au volant d'une surfaceuse, pour que la glace n'ait pas une seule aspérité, pendant que plusieurs groupes disposent des flyers sur les sièges des tribunes.

C'est après avoir effectué pendant une dizaine de minutes des prises de vue que je remarque que la foule commence à se rassembler. D'après ce que j'ai lu partout sur le web, l'inauguration de cette patinoire est une vraie tradition. Chaque année, les Brugeois se réunissent en nombre pour admirer le spectacle que proposent de grands patineurs, ils flânent sur le marché de Noël, puis vers l'heure du déjeuner, ils vont tous se ravitailler en frites, gaufres et bières pour profiter d'une journée en famille. Je crois que les habitants de Bruges ont trouvé la parfaite définition des fêtes de Noël, en tout cas la perspective de savourer autant de bonnes choses me fait saliver.

Avant de pouvoir me délecter de ce spectacle à mon tour, j'ai à faire pour que Richard soit satisfait. Avec mon téléphone en mode enregistreur, mon appareil photo autour du cou, je pars à la recherche de volontaires pour mes interviews. Ce qui est sûr, les habitants se sont levés du bon pied ce matin – contrairement à moi – parce qu'ils sont tous ravis de me répondre. En une heure et demie, j'ai déjà récolté une dizaine de témoignages tous plus amusants les uns que les autres.

Bien que j'aie traîné des pieds lorsque Richard m'a obligée à prendre le relais de sa petite protégée, tous ces gens font valser mon côté râleur. Tout le monde a des défauts, hein ? Il faut croire que Dame Nature, lors de l'attribution de ceux-ci, a décidé que d'être Madame Grognon m'irait à merveille.

Maintenant que mes enregistrements vocaux sont bouclés, et que ma gueule de bois commence à s'atténuer, je vois cette journée sous un autre angle. Certes, il fait froid, j'ai peu dormi, mais le soleil est là, la bonne humeur de ce public déteint sur moi, et en supplément, je vais manger une grosse portion de frites à midi avec Elizabeth. On a connu pire comme dimanche.

En attendant mon amie, je me décide à profiter du spectacle. Si j'y réfléchis bien, je n'ai jamais véritablement vu de patinage de haut niveau, ça serait dommage de louper ça. Grâce à mon arrivée matinale, je me retrouve du côté des tribunes, endroit presque inaccessible maintenant que la foule peuple les pourtours de la patinoire.

« Mesdames, Messieurs, faites un tonnerre d'applaudissements pour James Peeters et Justin Talbots ! »

Ma mâchoire est à deux doigts de se décrocher après avoir entendu le speaker annoncer les premiers patineurs. Qu'est-ce que James l'arrogant fait sur cette glace ?

Bouche bée, je le vois rentrer sur la patinoire avec un pantalon cargo camel et un sweat noir de marque, avec une classe qui me scotche. Pourquoi ce mec se trouve-t-il partout sur mon passage ?

Bon d'accord, c'est moi qui ai décidé de lui courir après afin qu'il me lâche des informations cruciales pour mon enquête, mais je reste sur le cul en le voyant se positionner pour le départ. Pourquoi je n'ai vu nulle part qu'il était un ancien patineur ? Sur internet, on trouve nombre d'articles sur son parcours universitaire, sur ses engagements, néanmoins, à aucun moment il n'était précisé qu'il pouvait être un grand patineur.

La course de vitesse commence, mais mes yeux ne peuvent pas se détacher de lui une seule seconde. Je ne sais pas ce qui est le plus énervant pour moi : qu'une information cruciale m'ait échappé ou qu'en plus de ça, il soit ultra bon dans cette discipline ? En à peine un tour, il a déjà pris énormément d'avance. Le sourire étincelant qu'il offre à la foule alors qu'il accélère a le don de m'agacer. Il est fort et il le sait. Est-ce que cela me surprend ? Pas le moins du monde.

Sans surprise, il gagne sa course, et fait craquer tout le public au passage. Qu'est-ce qu'il est casse-pied à être doué dans tout ce qu'il fait ! Que ce soit pour me faire taire en conférence de presse ou pour patiner à une vitesse folle devant toute la ville. Après avoir salué son adversaire, il rejoint le centre de la patinoire en faisant le show.

Un léger coup d'œil autour de moi me confirme ma première impression : tout le monde est sous le charme. Bien droit à côté du speaker, je ne peux m'empêcher de le regarder.

Toujours le menton relevé, ses cheveux d'habitude dressés en arrière à la perfection retombent sur son visage, ce qui, je dois l'avouer, est carrément craquant. Je me déteste rien que de faire ce constat. Son sweat foncé, peut-être un peu juste, souligne sa carrure musclée. Il a beau me donner en permanence envie de le gifler, je ne peux pas lutter face à son charisme. C'est indéniable, il a un truc à part, pourtant, quand je regarde ce large sourire qu'il arbore, je pense à mon enquête, à ces enfants. James Peeters peut m'aider à découvrir la vérité sur cette affaire, donc c'est le moment pour moi de lui faire une petite piqûre de rappel.

Alors que je le vois sortir de la patinoire, mon cerveau ne prend pas le temps de réfléchir. Je me faufile entre les spectateurs pour me rapprocher de la tribune qu'il est en train de gravir. Comme d'habitude, je fonce, tête baissée, en totale improvisation. Je ne sais pas quelle excuse à la noix je vais trouver pour justifier ma présence, pourtant je continue de parcourir la foule pour aller à sa rencontre.

Je n'ai pas beaucoup progressé depuis notre entrevue à la gaufrerie. Comme il me l'a gentiment suggéré, j'ai envoyé un mail pour faire une demande d'interview. Sachant très bien qu'il ne travaille pas le week-end, j'en ai profité pour polluer sa messagerie électronique de requêtes, tout comme d'articles sur la précarité infantile. Je rêverais d'être une petite souris demain matin, quand il découvrira sa boîte mail pleine à craquer. Ma stratégie peut paraître excessive, je l'admets, mais qui sait, si ma ténacité ne réussit pas à le convaincre, les articles sur ces gosses l'attendriront peut-être.

En arrivant en bas de la tribune où je l'ai vu grimper, je remarque un panneau d'information : « VIP uniquement ».

Et merde !

Un premier état des lieux de la situation me permet de repérer le garde du corps qui gère l'accès à cette tribune. Ça ne me paraît pas insurmontable de passer cette sécurité. Mon cerveau fuse à toute vitesse pour trouver un moyen de rejoindre James Peeters. J'ai pu entrer dans une conférence de presse, voyons. Ce n'est pas un petit vigile qui va m'arrêter comme ça.

Restant à quelques mètres de l'accès, je compose le numéro d'Elizabeth qui va pouvoir m'aider sur ce coup-là. Après deux tonalités, sa voix résonne dans mon oreille :

— Non, je ne suis pas encore prête, Salomé.

Je ne l'appelais pas pour ça, mais inconsciemment, elle me tire un sourire. C'est moi qui la sermonne sans cesse, car elle ne respecte jamais les horaires.

— Ce n'est pas pour ça que je t'appelle. J'ai besoin d'un petit service.

— Tu n'auras pas mon accréditation une seconde fois.

— Promis, je ne toucherai plus jamais à ton pass. Écoute-moi deux secondes !

Elle ne répond pas tout de suite. Il faut croire qu'elle a peur de ce que je vais lui demander.

— Vas-y, souffle-t-elle, sans doute épuisée par mon débit de parole trop rapide.

— Ce putain de James Peeters est un patineur de haut niveau, et c'est lui qui vient de faire l'inauguration de la foutue patinoire.

— Mais non ? s'exclame-t-elle, aussi choquée que j'ai pu l'être il y a un quart d'heure.

— Si, je te jure. Il est maintenant en tribune VIP, il faut absolument que j'aille le tanner pour obtenir d'autres informations, mais il faut que je passe la sécurité avant ça.

Elle éclate de rire.

— Il va te coller une mesure d'éloignement, se moque-t-elle.

— Qu'il essaie, réponds-je en ricanant. Bon, tu n'as qu'un truc à faire : envoie-moi un SMS où il est écrit « monte me rejoindre en tribune VIP ».

— Tu vas faire croire au garde du corps que c'est James qui t'a envoyé ça ?

— Oui, madame.

— T'es vraiment la plus tarée de mes copines.

— Oui, c'est pour ça que tu m'adores. Allez, dépêche-toi d'envoyer ce message !

— Tout de suite, me confirme-t-elle avant de raccrocher.

À peine trente secondes plus tard, je reçois le message que j'ai dicté à mon amie. Je m'empresse de changer le nom de contact de Liz par celui de James et le tour est joué. Reprenant ma route vers la tribune, je m'adresse directement à l'homme qui se charge de la sécurité.

— Bonjour Monsieur, je n'ai pas de pass VIP, mais mon petit ami, James Peeters m'a demandé de le rejoindre, dis-je en lui montrant le faux SMS.

Petit ami de ce trou du cul ? Jamais de la vie. Mais ce mensonge va me permettre d'avancer dans cette enquête.

Peu sûr de lui, l'homme se retourne en espérant obtenir l'aide d'un collègue, mais il ne trouve personne. Il ne doit pas être autorisé à offrir ce genre de passe-droit, sauf qu'il est tenté de me laisser passer. Avec un sourire de première de la classe, j'insiste un petit coup :

— Vous voulez que je l'appelle ?

— Non, c'est bon. Allez-y, mademoiselle !

Bingo !

On va voir ce que tu es prêt à me dévoiler aujourd'hui, James.

Chapitre 8

James
Dimanche 6 décembre

Un rapide coup d'œil à ma montre me rappelle que c'est bientôt mon tour. La femme qui est à mes côtés fait tout ce qu'elle peut pour me divertir, pensant que je suis stressé. La vérité est toute autre : je suis impatient de rentrer sur la glace.

— James, t'aurais pu faire un effort pour la tenue, me sermonne ma mère alors qu'elle s'approche de moi pour lacer mes patins.

— C'est moi la star ou non ? plaisanté-je.

— Évidemment. Mais j'aurais aimé que tu mettes autre chose que ce jogging, on va penser que tu prends l'événement à la légère.

Ce que la femme qui m'a mis au monde assimile à un survêtement n'est autre qu'un pantalon cargo très souple, le vêtement parfait pour que je puisse me transformer en Usain Bolt sur la glace. Je dois avouer que je n'ai jamais été un grand fan des leggings moulants que les équipementiers recommandent pour cette discipline que j'aime tant. Si les patineurs artistiques n'ont rien contre le fait d'être saucissonnés, et de perdre ce qui leur reste de virilité, moi, je préfère la liberté que m'offrent mes pantalons amples. Il faut dire que ma mère, Nicole Peeters, a des prérequis assez élevés quand il s'agit de mode. Si je pouvais patiner en costume trois-pièces, elle m'y obligerait, c'est certain.

— Au lieu de t'occuper de mes choix vestimentaires, va rejoindre Papa et le reste de la famille au premier rang. Je suis bien assez grand pour faire mes lacets.

— Hors de question. Une tradition, ça se respecte, me rappelle ma mère d'un ton plus ferme. Je n'ai pas envie de me faire incendier par ton père.

Je ne peux m'empêcher de lever les yeux au ciel, pas parce que cette coutume familiale me dépasse, mais bien parce que je sais combien elle a raison. Quand est-ce que mon père arrêtera d'en faire des caisses sur cette histoire de lacets ?

Dans la famille Peeters, nous sommes tous nés les pieds dans des patins. Rose faisait du patinage artistique, mon autre sœur Romy pratique toujours le hockey sur son temps libre, alors que moi, j'excelle dans le patinage de vitesse.

Avant chaque compétition, pour nous porter chance, nous devons laisser l'un de nos parents attacher nos fichus lacets. Si cette superstition pouvait être amusante, rassurante ou même fédératrice lorsque nous avions dix ans, elle en devient presque ridicule aujourd'hui. Pour eux, aucune exception n'est envisageable. Si mes sœurs et moi avions eu tous les trois une compétition le même jour, aux quatre coins du pays, ils se seraient tout de même pliés en quatre pour nous chausser.

Ma mère, à genoux devant moi, n'attend pas que je proteste à nouveau pour respecter cette tradition si chère à mon père.

— C'est bon, Maman. Tu peux retourner voir tout le monde, lui ordonné-je alors qu'elle vient de terminer sa tâche.

— Attends que je sois installée pour te lancer, hein !

— Promis. Allez, dépêche-toi, ce n'est pas tous les jours qu'on m'encense, plaisanté-je.

— Je rêve du jour où mon fils deviendra modeste, se moque-t-elle en saisissant ma main pour se relever.

— J'ai bien peur que tu ne doives te contenter de mon égo démesuré d'enfant gâté, la charrié-je, le sourire jusqu'aux oreilles.

— D'autres petits enfants, ça me ferait oublier combien tu as un aussi gros melon, Jay chéri.

Ah tiens, ça faisait longtemps que je n'avais pas eu le droit aux fameux messages subliminaux de ma mère !

— Allez, Maman, sors d'ici, je ne veux plus te voir, plaisanté-je, en lui faisant signe de partir.

Alors qu'elle s'apprête à sortir du petit chalet en bois qui sert de vestiaire, elle se retourne vers moi pour me regarder en silence.

— Qu'est-ce qu'il y a encore ? Je vais bientôt devoir rentrer sur la glace, et tu ne seras pas à côté de toute la famille.

— Non rien… Tu es juste si beau, mon fils. Tu vas nous éblouir, je le sais, me complimente-t-elle, les yeux humides.

C'est bien beau la virilité et la tendance que nous avons, nous les hommes, à montrer combien nous sommes forts, puissants, néanmoins on ne fait pas le poids quand notre mère nous balance tant d'amour en une phrase. La mienne a sans aucun doute un don pour foudroyer mon arrogance naturelle. En quelques mots, elle parvient à chaque fois à me rappeler que je ne suis que son fils, prêt à lui rendre au quintuple tout ce qu'elle a pu faire pour moi depuis ma naissance.

Comme j'en ai l'habitude, je lui fais un clin d'œil forcé pour cacher mon émotion avant de me diriger à mon tour vers la sortie.

Dix minutes plus tard, mon corps retrouve sa maison. Rien n'a changé quand j'admire le spectacle qui m'est offert. Mes pieds s'apprêtent à se poser sur cette glace quasi parfaite, pourtant mes yeux ne sont pas encore prêts à ce que je démarre mon plus beau sprint.

Cette année, c'est à moi que revient l'honneur d'inaugurer la patinoire d'hiver installée sur une partie de la Grand Place de Bruges. Lorsque j'étais enfant, nous venions chaque année pour regarder les plus grands patineurs de la région nous montrer leurs plus belles figures. Aujourd'hui, je fais partie des quatre premiers sportifs à pouvoir sculpter la glace avec mes lames, c'est le pied.

En levant les yeux, je vois que le public répond toujours aussi présent, la patinoire est scrutée par des centaines de personnes. J'aimerais prendre encore le temps de profiter de cette vue de dingue, mais le speaker vient d'entrer sur la glace pour nous appeler. Au moment où mon nom résonne dans les enceintes installées aux quatre coins de mon terrain de jeu, mes mains gantées lâchent la rambarde pour que je m'élance. Mes pieds ont à peine touché le sol que je me sens flotter. Ma place est ici, quoi qu'il arrive.

Après avoir remercié les spectateurs d'être venus si nombreux, le speaker présente les quatre patineurs du jour en ne manquant pas de vanter nos parcours respectifs. Ça me fait toujours un petit pincement quand on me rappelle que j'ai refusé de partir à ces Jeux olympiques, que j'ai choisi d'aider ma famille au lieu de la gloire, mais je balaie vite cette pensée, c'est de l'histoire ancienne.

Cela ne va pas m'empêcher de mettre une raclée à mon adversaire du jour : Justin Talbots. C'est un jeune prometteur que j'ai déjà vu s'entraîner à la patinoire de Sainte-Anne, sauf que sa fougue adolescente n'est pas capable de prendre le dessus sur ma faim dévorante de vitesse. Tout mon quotidien est fait d'efforts, d'autant plus en ce moment où j'assure deux emplois. Cela fait maintenant une dizaine de jours que je n'ai pas pu m'entraîner, c'est un euphémisme de dire que je suis impatient. Je meurs d'envie de dévaler la piste, de prouver à la ville que James Peeters sera toujours le plus rapide.

En attendant le départ, Justin et moi, nous nous jaugeons. Comme des athlètes sur la piste, nous sommes prêts à nous lancer. Les encouragements ne font qu'accentuer mon exaltation, il est temps de montrer que le talent, ça ne disparaît pas comme ça.

Attention ! Prêts ? Partez !

En entendant le feu vert résonner dans les haut-parleurs, je m'élance en accélérant mes enjambées de bon cœur. Sentir mes patins qui fracassent la glace pendant que je gagne en vitesse m'avait manqué. Je retrouve enfin l'adrénaline dont je suis privé lorsque je travaille à la mairie. Ici, je sais que personne ne peut me freiner. Mes responsabilités, la pression que je m'inflige sont loin derrière moi, tout comme Justin Talbolts qui semble ne pas pouvoir tenir le rythme.

Alors que je prends le second virage, je regarde par-dessus mon épaule pour voir où en est mon rival du jour. Malgré l'écart qui se creuse entre nous, il tient bon, il a l'air d'avoir une bonne mentalité, de la combativité. Il ne faut pas croire que je me laisse adoucir par ce petit jeune à l'avenir plein de promesses, aujourd'hui, je suis là pour faire le spectacle.

L'inauguration de cette patinoire n'est pas seulement une démonstration sportive comme les autres qui sert à divertir les Brugeois. Comme chaque année, l'ouverture de la patinoire a vocation à récolter des fonds pour une association. Plus mon temps sera bon, plus je débloquerai de l'argent pour celle qui est à l'honneur cette année. On me reproche souvent d'avoir un égo surdimensionné, j'aime jouer sur cette fausse impression qu'ont les gens, pourtant je ne peux pas nier que je peux changer la vie des habitants de cette ville, que je sois dans mon bureau à la mairie ou sur cette piste.

Maintenant il ne me reste qu'un tour, je donne tout. J'accentue chaque enjambée en appuyant avec force sur mes appuis pour gagner encore quelques kilomètres-heure, je n'ai aucune idée d'où en est le chronomètre, mais je continue de pousser. Il faut que je passe la ligne d'arrivée en ayant tout donné.

Alors que je suis en train de la franchir, mon premier réflexe est de regarder l'écran central qui se trouve au nord de la patinoire. Vingt-quatre mille deux cent quarante euros.

Putain de merde !

Je viens de débloquer tout cet argent pour une association. Pris par l'euphorie des spectateurs qui applaudissent et crient dans tous les sens, je ralentis mon rythme en attendant que mon rival me rejoigne. Cette course a beau m'avoir stimulé et rappelé combien cette discipline me libère, je ne suis pas ici pour la gloire. Tout ce qui m'importe aujourd'hui, c'est d'offrir de mon temps, d'obtenir des fonds pour cette ville. Lorsque je patinais en sport universitaire, j'ai très vite compris qu'un sportif professionnel avait des responsabilités envers son public. C'est dans ma nature de donner de ma personne, et quand je vois cette somme d'argent, je suis si fier de moi.

Après avoir rejoint le président du club dans la tribune, je serre quelques mains d'élus locaux, de personnalités de la ville, avant de m'installer plus haut dans la tribune pour profiter tranquillement de la session de patinage artistique. Une fois que toutes les démonstrations sur patins seront terminées, je pourrais rejoindre ma famille pour déjeuner.

Les gamines du club de Sainte-Walburge m'impressionnent à proposer un tel spectacle devant une foule aussi bruyante. Elles enchaînent les petites figures en respectant le rythme que leur impose cette musique de Bruno Mars.

— Bonjour James, m'interpelle une voix enjouée.

Mon regard est détourné instantanément de la glace par Salomé Roussel.

Elle m'a collé un mouchard ou quoi ?

Emmitouflée dans une grosse écharpe qui cache une partie de son visage, ses yeux noisette me transpercent. Il faut croire qu'elle ne me laissera jamais en paix.

J'étais si crevé hier après cette semaine folle que j'ai passé mon samedi à admirer mon plafond. J'aurais pu en profiter pour sortir avec Sacha, enchaîner quelques verres afin de me vider la tête, mais même ça je n'en avais pas la force. Cela faisait une éternité que je n'avais pas débranché mon cerveau, j'étais juste amorphe dans mon lit à regarder quelques séries débiles. Ce n'est pas très glorieux, sauf que j'ai adoré faire une coupure avec le monde extérieur.

Quand je pose mes yeux sur le visage de Salomé Roussel, je me rappelle que le calme qui m'apaisait hier encore est révolu. Elle a un regard querelleur unique en son genre, il pétille tout en me fusillant. Si à la mairie, je pensais juste qu'elle était un peu hargneuse, sa visite à la gaufrerie m'a fait comprendre que j'étais face à une belle coriace. Je ne sais même pas comment une nana inconnue au bataillon, qui fait de simples micros-trottoirs, a pu savoir que je bossais pour ma sœur. Lorsque j'ai vu sa bouche pincée vendredi dernier, j'ai compris que je l'avais sous-estimée. Elle m'a trouvé à la boutique de gaufre puis maintenant, elle a réussi à me rejoindre en tribune VIP. Je doute fort qu'elle soit arrivée ici en respectant les règles, mais je n'ai pas envie de me torturer l'esprit en ce dimanche. Il est clair qu'elle a de la ressource. J'ai beau l'envoyer chier, jouer sur mon arrogance légendaire, lui rappeler que c'est moi qui suis aux commandes, elle revient à la charge comme un putain de moustique.

— Mademoiselle Roussel, quelle surprise de vous voir ici, me moqué-je. Vous voulez un autographe ? Ou vous venez peut-être me remercier de vous avoir offert la meilleure gaufre de la ville ?

— Non, aucun des deux. Vous ne méritez vraiment pas que je flatte votre égo.

— Pourtant vous le faites à chaque fois que vous venez insister pour cette interview.

Ma réponse a le mérite de lui tirer un rire, qu'elle n'a pas pu réfréner. Plus je la scrute, plus je vois qu'elle s'efforce de me tenir tête. Salomé veut peut-être de tout cœur cette interview ou mener cette enquête à bien, néanmoins elle ne peut pas me cacher qu'elle est amusée par nos joutes verbales. Je ne vais pas mentir, j'adore voir son regard brûlant qui souhaite me réduire en cendre, c'est beaucoup plus divertissant que de parler de boulot.

— Vous voyez quand vous voulez, vous savez être perspicace, me répond-elle, visiblement pas prête à calmer le jeu.

— Vous n'avez que ce mot à la bouche, c'est normal.

Ses yeux, qui me fusillaient déjà, me lancent désormais des éclairs. Je l'énerve et j'adore ça.

— Plus sérieusement, ça ne vous dérange pas de récolter plus de vingt mille euros en patinant, mais que votre municipalité prive des tonnes d'enfants d'un Noël décent ?

— Il n'y a aucun rapport entre mon engagement dans ma vie privée et les décisions de la mairie, vous le savez très bien, Salomé.

— Ça ne vous révolte pas d'avoir le cul confortablement installé pendant que certains devront aller à une soupe populaire pour manger décemment pour les fêtes ? continue-t-elle, insatisfaite de ma réponse.

— Si je pouvais patiner des heures pour satisfaire tous les enfants de ville, je le ferais. Aujourd'hui, en effet, j'ai récolté une belle somme, malheureusement mon travail ne me permet pas de décrocher la lune, rétorqué-je, sûr de moi. Je m'étonne que vous fassiez une telle fixette sur mes performances du jour, jusqu'à preuve du contraire, je ne suis pas au centre de votre enquête. Cependant, si je peux me le permettre, vous devriez vous concentrer sur moi, je suis beaucoup plus intéressant que le sujet sur lequel vous creusez inutilement.

— Arrêtez votre charme, ça ne marche pas sur moi. Ça vous coûte quoi de me donner cette entrevue ?

Elle ment, je sais que je l'amuse, mais je vais la laisser dans le déni pour le moment.

— Je commence à me poser des questions sur vos intentions, car vous prenez beaucoup de temps pour me harceler au lieu de faire vos recherches, lui lancé-je. Ça me laisse penser que votre enquête n'avance pas donc que votre seule solution, c'est de me tanner pour cette entrevue. La seule conclusion que vous devriez en tirer, c'est qu'il n'y a rien à chercher.

Elle grimace puis souffle silencieusement.

Ma phrase piquante semble l'énerver comme je l'espérais. Elle pose son sac sur un siège de la tribune et s'avance un peu plus vers moi, avec un regard criminel. Si elle veut me tirer les vers du nez, elle va devoir changer de stratégie, car je peux la faire mijoter pendant des semaines. Finalement, je ne sais pas ce qu'elle cherche à obtenir comme informations, je n'ai pas de réponse à lui apporter, le maire n'en aura pas non plus donc elle va devoir se contenter de mon insolence.

— Comme je vous l'ai dit l'autre soir, vous n'avez qu'à m'obtenir cette interview et vous serez débarrassé de moi, James.

— Et moi, je vous ai dit d'envoyer un mail.

— Oh, ne vous en faites pas, j'ai rempli votre boîte mail, plaisante-t-elle, avec un sourire jusqu'aux oreilles.

Merde.

Je n'ose même pas imaginer ce que je vais trouver dans ma boîte de réception demain matin…

— Vous avez peur que je vous oublie, Salomé ? rétorqué-je en lui souriant.

— Je sais que votre semaine a été illuminée par mes requêtes, donc j'ai la certitude que je ne vais pas sortir de votre petite tête tout de suite. Maintenant si vous en avez vraiment marre que je revienne à la charge, acceptez ma demande !

— Sinon quoi ?

— Je vais insister jusqu'à ce que vous cédiez. J'ai un temps infini devant moi, vous savez.

Soit il s'agit de la journaliste la plus tenace qui existe soit elle m'adore vraiment. Ou les deux.

Qui voudrait passer toute sa semaine à emmerder un inconnu ? Bien qu'elle soit énervante à souhait à insister, à vouloir tout savoir, sa combativité me plait. Elle me permet de jouer avec elle, de me détendre et ça m'avait drôlement manqué. Voyons voir combien de temps Salomé Roussel va tenir !

— Car vos petites interviews de rue sont d'une telle facilité que vous n'avez rien d'autre à faire ?

— Vous insinuez que je suis fainéante ?

— Non, simplement que vous avez décidé de passer tout votre temps libre à mes côtés. Je comprends, personne ne me résiste, enchaîné-je.

— Ce n'est pas fatigant d'avoir un tel melon ?

— Non, ça va je m'en sors bien, ironisé-je alors qu'elle lève les yeux au ciel. Allez, Salomé, asseyez-vous et profitez du spectacle !

— Je vous offre ma compagnie et j'ai cette interview ?

— Vous n'arrêtez donc jamais ?

— Pourquoi le ferais-je ?

— Car je vous propose de découvrir du grand patinage en ma compagnie. C'est une raison suffisante pour une petite trêve.

— Vous n'êtes pas assez sexy pour que je vous offre une pause.

J'aurais adoré la croire, mais je sais que ce ne sont que des foutaises. Cette troisième rencontre me prouve une chose sur cette femme : elle va devenir ma journaliste préférée si elle continue. À chaque phrase, je me délecte de voir ses lèvres s'agiter. Elle est en train d'attirer mon attention d'une autre façon, je ne vois plus seulement son culot absolu, sa confiance charismatique. Lorsqu'elle bouillonne comme ça, je suis happé par la beauté qu'elle dégage. Sa peau naturellement bronzée, ses yeux en amande ainsi que ses lèvres bien bombées la rendent délicieuse.

Bordel. Non, je ne peux pas me laisser distraire par ça si je veux continuer à la garder à l'écart.

— C’est bon, vous avez assez profité de ma présence pour aujourd’hui. J’ai hâte d’avoir une réponse à tous mes mails, reprend-elle en récupérant son sac à main et en commençant à partir.

— Espérons qu’ils ne se soient pas perdus en route.

— Ne vous en faites pas, moi je vous retrouverai ! s’exclame-t-elle en s’éloignant.

Ses mots sonnent comme une promesse et une part de moi adore ça. Il est clair qu’elle sait y faire pour attirer mon attention. Je n’ai aucun doute, elle va revenir à la charge très vite.

Une dizaine de minutes plus tard, alors que le spectacle de patinage artistique prend fin, je me dirige vers la sortie afin de retrouver ma famille pour déjeuner. Cependant une question me taraude : comment Salomé a réussi à me rejoindre dans cette tribune remplie du gratin brugeois ?

Avant d’arriver à la hauteur de l’agent de sécurité, je prends mon téléphone pour retrouver le profil Instagram de Salomé Roussel. Une fois devant le vigile, je l’interpelle en lui montrant une photo.

— Bonjour, je m’appelle James Peeters. Vous reconnaissez cette femme ?

— Bonjour monsieur, oui tout à fait, je m’en souviens très bien.

— Vous savez comment elle a fait pour entrer ?

— Votre petite amie m’a présenté votre SMS disant de vous rejoindre donc je me suis permis de la laisser passer, me répond-il, surpris par ma question.

Ma petite amie ?

Mon Dieu, son culot est plus grand que l’Everest. Je ne sais pas si je trouve ça terriblement intelligent ou si je la déteste d’être aussi futée.

Chapitre 9

James
Lundi 7 décembre

— Alors ce week-end, Monsieur le patineur ? m'interpelle Sacha, tandis que j'arrive au bureau essoufflé.

— Si j'enlève le harcèlement de Salomé Roussel, un week-end des plus banals.

— Madame Requin Blanc était de la partie ? Dans ce cas, je crois que tu as des choses à me raconter au contraire.

— Va nous prendre deux cafés et tu sauras tout.

— Vendu !

Tandis qu'il s'éclipse de notre bureau, je pose mon caban bleu marine sur le portemanteau avant de démarrer mon ordinateur professionnel. Dans quel état vais-je trouver ma boîte mail ? Deux minutes plus tard, une notification à trois chiffres répond à ma question.

Cent seize mails m'attendent dont soixante-deux de la part de Salomé Roussel.

Soixante-deux, putain !

Bon OK, elle ne bluffait pas hier. Il va peut-être falloir que j'arrête de prendre cette femme à la légère, elle est tout ce qu'il y a de plus sérieux. Maintenant, voyons voir si ce matraquage en valait la peine.

— Attends, c'est quoi ce bordel ? s'écrie une voix derrière moi.

En me retournant, je vois les yeux interloqués de Sacha qui scrutent mon écran.

— Ça ? C'est la petite journaliste qui ne peut plus se passer de moi.

— Je ne savais pas que les psychopathes harceleuses, c'était ta came, se moque-t-il.

— Elle est immensément chiante à me tanner pour pouvoir interviewer Roy, mais je me marre bien à la faire mijoter.

— T'as trouvé un nouveau passe-temps alors ?

— On peut dire ça comme ça.

Bien que je puisse saluer Salomé pour son effort, je mets ses mails de côté afin de me concentrer sur les cinquante-quatre restants. Je les trie rapidement pour pouvoir faire un résumé de mon week-end à mon ami. Sacha, lui, semble en avoir plus profité que moi. Une once de jalousie me gagne, il est vrai que j'aurais aimé décompresser en faisant la fête avec lui, néanmoins un peu de repos ne fait pas de mal. Je fais tellement d'heures en ce moment qu'il n'aurait pas été raisonnable que je l'accompagne faire la tournée des bars. Vu mon état de fatigue, l'alcool m'aurait couché à 23 h, c'est une certitude. Ce n'est pas comme si ma mère avait décidé, en plus de mes deux emplois, de me donner des tâches à accomplir pour le Noël familial.

Après ma prestation sur la glace, comme tous les ans, j'ai rejoint ma famille réunie au grand complet autour de barquettes de frites et de bières gelées. L'expression « l'exception qui confirme la règle » n'existe pas chez les Peeters, il n'y a jamais d'excuse valable pour contourner une tradition. Nous étions tous ensemble pour rire, organiser le réveillon du vingt-quatre décembre, et surtout pour manger les uns avec les autres. C'est la version officielle qui met plus ou moins tout le monde d'accord, notre oncle Léonard ne venant lui, que pour boire. Si je passe en ce moment beaucoup de temps avec ma sœur Rose, je ne peux pas en dire autant de mes parents et de mon autre sœur Romy qui habite à une cinquantaine de kilomètres de Bruges. Profiter d'être avec eux reste ma seule motivation. Toutefois l'amusement qu'a pu provoquer Salomé Roussel hier a vite été éloigné par les directives millimétrées de ma mère. Je me retrouve donc à devoir aller chercher un sapin de Noël le week-end prochain avec mes neveux, ainsi qu'à acheter le vin pour le repas.

Je râle, mais en réalité lorsque ma mère m'a sommé de faire tout cela, je n'ai pas réfléchi un instant. Quand j'étais plus jeune, mon père faisait tout ça avec moi, sauf que depuis l'accident, rien n'est plus pareil. Même si avec les années, il a récupéré sa joie de vivre, je sais que ça le ronge de ne pas pouvoir aller dans sa propre forêt choisir notre arbre de Noël ou encore se charger lui-même de faire le tour des caves.

En décidant de mettre un terme à ma carrière de patineur, j'ai pris la décision de compenser tout ce que mon père ne pourrait plus faire, de lui permettre d'oublier que sa vie n'est plus la même. C'est ma façon à moi de lui montrer combien je l'aime.

En définitive, ce mois de décembre s'apparente de plus en plus à un film d'action de Matt Damon.

— Bon, quel est le programme du jour, James ? me demande Sacha alors que j'essaie de liquider ma boîte mail.

— A priori c'est calme, donc je vais déjà essayer de vider cette messagerie, mais tu peux faire un point avec les community managers pour voir s'ils n'ont rien pour nous.

— Allez, on fait comme ça, s'exclame-t-il en sortant de notre bureau. Si jamais la petite journaliste t'a envoyé des photos de ses petites fesses pour te convaincre de lui donner cette interview, pense à moi !

— Dans tes rêves, Sacha.

Ça m'étonnerait fort que Salomé ait été si généreuse envers moi. Elle préfèrerait sûrement me séquestrer jusqu'à ce que je lui balance je ne sais quel scoop. En parcourant ses mails, je remarque qu'elle ne m'a pas seulement inondé de demandes identiques. Je survole quelques articles qui traitent de l'impact psychologique des fêtes, puis d'autres sur la difficulté de sortir de la précarité. Salomé est maligne, je ne peux pas le lui enlever. En faisant ça, elle joue sur la corde sensible pour que je me rallie à sa cause, sauf qu'il n'est pas question de camp, j'aimerais que tout soit beau, et rose, sauf que ce n'est pas le cas. C'est peut-être facile pour elle de chercher un bouc émissaire, mais je n'ai rien à lui offrir. Défilant le reste de ses envois, je ne peux m'empêcher de sourire.

> 04.12.20 – 21 h 41 : Monsieur Peeters, je risque de vous décevoir, votre gaufre n'a pas réussi à m'empoisonner. Elle était, somme toute, comestible, mais je n'ai pas trouvé la réponse à toutes mes interrogations en la mangeant. Il va donc falloir que vous me présentiez une explication valable sur cette baisse soudaine du budget dédié à Noël pour les enfants de la ville. Paragraphe 5.2.1 du compte rendu du mois d'avril, il est stipulé que la municipalité a rétabli les finances de la ville à son meilleur niveau. Qu'est-ce qui explique donc ces soudaines économies sur le dos des plus précaires ?

Pfffff... Je suis certain qu'elle a dévoré ma petite spécialité avec passion, et qu'elle s'est même léché les lèvres après l'avoir engloutie. Malheureusement, ça n'a pas calmé sa curiosité. Il va falloir que je sois plus créatif la prochaine fois pour freiner ses ardeurs journalistiques.

Amusé par ce mail très direct, j'enchaîne sur le suivant.

04.12.20 – 22 h 37 : Monsieur Peeters, Bien que j'aimerais ne pas penser à vous un vendredi soir, j'ai besoin de vos lumières. Dans le paragraphe 5.4.2 du compte rendu du mois de juin de l'année précédente, il est noté que le maire s'engage à ne pas toucher aux subventions déjà fixées sur les trois prochaines années. Est-ce que vous avez oublié d'ajouter un petit astérisque, car étrangement cette règle ne s'applique pas aux petits Brugeois ?

C'est officiel, je vais encadrer ses messages qui décoreront à merveille mon bureau. Même quand elle cherche la bagarre, je me sens flatté.

Comme pris dans un roman hypnotique, je lis ses soixante-deux mails les uns après les autres. Elle n'a pas froid aux yeux, c'est certain. C'est, je crois, la première fois qu'un journaliste va droit au but de cette manière-là avec moi. Je ne sais pas si c'est parce qu'elle n'est qu'une apprentie reporter ou si c'est parce qu'elle veut me mettre un poing dans la gueule pour toutes les fois où je l'ai envoyée chier, mais en reprenant ses requêtes, je suis obligé de conclure qu'elle souligne des points intéressants. Je dois avouer que je n'ai pas l'explication imparable qui lui clouerait le bec, cependant, il est vrai que je pourrais insister auprès de Roy, si seulement Salomé avait un élément sérieux qui m'obligerait à mettre de nouveau la pression au maire.

Je pourrais ignorer ses demandes, néanmoins elle m'a tout de même bien amusé ce matin. Inspiré, je commence à tapoter une réponse.

De : James Peeters <james.peeters@bruges.be>
À : Salomé Roussel <s.roussel@brugesmedia.be>
Objet : Demande d'interview

Bonjour Salomé,

Félicitations, vous avez réussi à monopoliser deux heures de mon temps sans devoir me harceler partout dans Bruges. Après études de vos nombreuses requêtes, je ne peux malheureusement pas accéder à votre demande. Votre sollicitation est refusée pour les raisons suivantes :

— Le maire a déjà un emploi du temps surchargé pour les dix prochaines semaines.
— Les éléments que vous énoncez ne nécessitent pas, à notre sens, un approfondissement supplémentaire.
— Une accréditation est un prérequis non négociable

PS : Si vous étiez vraiment ma petite amie, obtenir une interview serait sûrement plus simple. Dommage !

Bien cordialement,

James Peeters
Attaché de presse – Mairie de Bruges

En relisant les mots que je viens d'écrire, je souris bêtement puis clique sur le bouton « Envoyer ». Elle va vouloir m'étrangler, c'est certain. Au stade où j'en suis, je n'ai plus peur des représailles, elle est déjà venue me surprendre dans la gaufrerie de ma sœur, en tribunes VIP pour une journée caritative donc quoi qu'elle fasse, je suis prêt à la recevoir.

Votre mail a été envoyé avec succès.

Chapitre 10

Salomé
Lundi 7 décembre

— Putain. Je le déteste, lâché-je, sans me contrôler.

Instantanément, je vois des dizaines de regards se braquer sur moi. Oups, je me suis peut-être un peu emportée en découvrant le mail de James Peeters. Il vient de prendre un malin plaisir à me refuser de nouveau cette interview, et en plus, il se permet de glisser des petits pics. Je ne sais pas comment il a su que je m'étais fait passer pour sa petite amie, à vrai dire je m'en carre le coquillard, pourtant cette information semble bien l'amuser. Ce qui a le don de m'énerver, comme à peu près tout chez lui. Même sa belle gueule réussit à me mettre en rogne.

— Tous les mêmes ces banquiers, reprends-je, pour faire bonne figure auprès de mes collègues.

J'ai, sans conteste, l'art de me faire remarquer. Heureusement, mes confrères ont l'habitude de subir mes élans de joie, tout comme l'expression de mes pensées les plus directes. Si eux ont compris qu'ils devaient se contenter de regarder leur écran d'ordinateur, Liz, nichée derrière son téléphone portable, est morte de rire.

— Quoi encore ? lui demandé-je avec un sourire jusqu'aux oreilles.

— Rien... Je suppose que James ne te mange pas encore dans la main, se moque-t-elle.

— Non. Il se fout de ma gueule en permanence.

— Je t'ai proposé de le séduire, hein. Je t'assure que tout irait plus vite pour toi.

Ah oui, c'est vrai ! La fameuse proposition de mon amie amenée samedi soir alors que nous avions deux verres dans le nez... J'ai beau essayer d'avoir un œil neuf sur cette idée, tous les arguments qui me viennent, me crient que ça serait une sacrée connerie. Cela fait à peine une semaine que mon enquête a commencé, je ne vais pas déjà penser à me prostituer pour obtenir plus d'informations. Ma vie sentimentale est, depuis des mois, d'un calme plat et ça me va très bien. Hors de question qu'un homme vienne y mettre de l'agitation.

James Peeters imagine sûrement que je vais me contenter de ses refus et de tous ces comptes rendus municipaux tous plus imbuvables les uns que les autres, mais il se trompe. En rentrant de la patinoire hier, j'ai sagement retranscrit tous les enregistrements pour que Richard ait mon article en début de soirée. En écoutant ces pistes audios, les mots d'une petite mamie m'ont interpellée.

« Vous savez, ici, on vient chercher une sorte de magie, mais on est toujours surpris par tant d'autres choses »

Et si, ce que je cherche n'était pas forcément à l'endroit où je creuse depuis une semaine. J'ai en effet un tas d'hypothèses en tout genre, mais une chose est sûre, si un maire a besoin de faire taire les journalistes de grands médias nationaux et locaux, c'est qu'il y a certainement quelque chose à déterrer. J'ai fait une fixette sur la mairie, cependant il est peut-être temps que j'épluche la vie de Roy Van Daat.

Ce matin, en arrivant au bureau, j'ai essayé de récupérer le maximum de documents sur sa carrière politique comme sur sa vie privée. On va voir s'il est vraiment blanc comme neige.

— Laisse tomber, je n'ai pas encore abattu toutes mes cartes, riposté-je.

— Je ne comprends toujours pas que tu refuses de te rapprocher d'un tel mec. Vraiment tu fais la difficile…

— Je préfère le mettre au pied du mur par mes qualités d'enquêtrice, plutôt qu'avec mon charme.

— L'association des deux peut être très intéressante aussi, plaisante-t-elle en faisant remuer ses sourcils.

— T'es carrément insupportable !

— Oui, je sais.

— Bon, je te laisse. J'ai pris mon après-midi pour « enquêter », lui chuchoté-je.

— Vivement que tu adoptes ma stratégie, me répond-elle avec un clin d'œil bien appuyé.

— Je passerais à l'offensive quand tu passeras moins de dix heures par jour sur Instagram, lui balancé-je pour me moquer.

Bien que d'ordinaire elle ne se laisse pas marcher dessus, elle choisit pour cette fois de simplement me tirer la langue alors que je range mon ordinateur portable dans mon sac à dos. Il faut qu'elle arrête avec cette lubie. Je ne vais pas offrir mes fesses à James Peeters. Il est beaucoup trop ingrat, trop sûr de lui pour mériter un tel cadeau. Je suis consciente que cette enquête commence à m'obséder, j'essaie de prendre du recul, mais à chaque fois un truc me revient dans la tête comme un boomerang.

À quoi rime Noël si je suis toute seule dans mon petit appartement et si je n'arrive pas à créer un petit miracle ?

Je n'ai pas besoin d'une fichue psychanalyse pour savoir que j'ai un foutu syndrome de super héros. Il m'est impossible de quantifier la générosité qui bouillonne en moi. J'ai toujours voulu gâter les autres, leur venir en aide, j'ai toujours voulu que la justice triomphe. Si ma famille ne vient pas ici, il faut bien que je sois généreuse envers d'autres personnes. J'ai besoin de donner beaucoup pour me sentir utile, et encore plus quand je vois que ceux qui sont lésés sont des enfants innocents.

Une fois chez moi, je réchauffe le reste de ma pizza de la veille, puis la grignote assise en tailleur sur mon lit défait. Il faut que je mette les choses au clair. Ce matin, j'ai pu imprimer les déclarations de patrimoine du maire, le compte rendu des notes de frais de la municipalité, ainsi que des coupures diverses sur la vie privée de Roy Van Daat. Il est grand temps d'éplucher tout ça.

Après une bonne heure à décortiquer les articles sur le maire, je peux conclure qu'il n'est qu'un politicien lambda : une femme, trois enfants qui ont fait des écoles de commerce très chères, deux chiens et une énorme résidence qui pourrait héberger un quart des sans-abris de la ville. Je commence donc à enchaîner les pages concernant les notes de frais de son équipe et une chose me saute aux yeux instantanément. Comment se fait-il que les notes de frais du maire aient augmenté de façon exponentielle sur les dix-huit derniers mois alors que celles de son personnel sont stables ? Malheureusement, le document que je regarde ne me présente que des sommes annualisées, je n'ai pas le détail. Je tire peut-être des conclusions hâtives, mais c'est étrange. Pour appuyer ma théorie, j'essaie de retrouver les notes des années précédentes, et surtout celles de ses prédécesseurs.

Ah ! Les voilà !

En une fraction de seconde, mon cerveau décrypte les lignes pleines de chiffres qui y figurent. D'après ce que j'ai sous les yeux, Roy Van Daat a quand même, sur une année, dépensé soixante-trois mille euros de plus que le maire précédent.

Jusqu'à présent, je pouvais passer pour une sale fouineuse, sauf que maintenant, j'ai des documents officiels qui me prouvent que j'ai raison de chercher. Je m'empresse de stabiloter les données louches qui sont présentes sur ces rapports.

Quel dommage ! James pensait qu'il allait être tranquille aujourd'hui.

C'est comme si je venais de boire une potion magique, je me sens prête à tout affronter. Mon surligneur rose à la bouche, je continue de feuilleter les pages à la chaîne sans m'arrêter. Au passage, la curiosité me prend de regarder le montant annuel des notes de frais de James Peeters. Il fait partie de ceux qui dépensent le moins.

Mince.

J'aurais adoré pouvoir le rembarrer, mais il faut croire que lui est clean de ce côté-là.

Alors que je commence à détailler la déclaration sur le patrimoine du maire, je suis presque déçue de ne rien trouver de suspect. Il n'a, a priori, pas fait d'acquisitions spectaculaires sur les dernières années. Mon euphorie m'emporte et je ressens le besoin d'appeler Liz pour évacuer toute cette excitation. Après trois sonneries, sa voix m'avertit :

— Attends, Salomé, je sors de l'open space pour éviter les oreilles indiscrètes

— D'accord… Dis-moi quand tu es en zone sûre ! plaisanté-je.

— C'est bon. Raconte-moi tout, tu t'es décidée à offrir ton corps à Peeters ?

Sans le vouloir, je laisse échapper un rire. Elle est inarrêtable maintenant qu'elle a cette idée en tête.

— Non, sale maquerelle. J'ai découvert que les notes de frais de Van Daat ont étrangement grimpé en flèche depuis un an et demi. Je n'ai pas le détail de ses dépenses, mais c'est quand même bizarre que sur l'année où les gosses sont moins subventionnés, le maire se mette à dilapider autant d'argent aux frais du contribuable…

— Même si ce n'est pas encore une preuve tangible, j'admets que tu as enfin un os à ronger. T'as pu voir s'il y avait des mouvements du côté de son patrimoine ?

— Sur sa déclaration officielle, il n'y a rien d'incohérent. Il a toujours les mêmes baraques et n'a pas renouvelé ses voitures d'après ce que je lis.

— Et son épouse ?

— Vu qu'elle n'est pas élue, je n'ai rien sur elle, réponds-je d'une voix déçue.

— Attends, c'est quoi le nom de sa femme ?

— Garance Van Daat. Pourquoi ?

— 2020… Les réseaux sociaux… Tu fais le lien ? s'exclame-t-elle, pleine d'entrain.

Soudain, ça sonne comme une évidence. Elizabeth est beaucoup trop futée, je dois l'admettre. Alors que je l'entends marmonner, je prends l'initiative de rechercher cette femme sur ce réseau social.

— Bingo, lance mon amie.

— Qu'est-ce que tu as trouvé, meuf ?

— Descends un peu sur son profil, il y a quelques publications de juin dernier qui sont fort intéressantes.

En scrollant l'interface, je tombe sur les publications dont me parle Liz. Comment une femme sans emploi peut-elle se payer une petite villa sur une île irlandaise, deux nouvelles voitures et un sac à main par semaine ?

Je suis sur le cul en voyant tous les achats dont madame Van Daat se vante sur Internet.

— Wow ! Tu penses que les notes de frais profitent à son épouse ? demandé-je à mon amie, toujours autant surprise.

— En tout cas, c'est vraiment contradictoire que lui n'ait rien déclaré de neuf en deux ans, et que son épouse montre toutes ses acquisitions sur Instagram. Soit il fraude le fisc en cachant ces achats, soit tout l'argent revient à sa femme. Qu'importe l'hypothèse, ça mérite d'être creusé.

— Carrément oui. Bon, je te laisse, j'ai une interview à réclamer.

— Tu vas le harceler où aujourd'hui ?

— Je vais passer à la gaufrerie, on verra bien si j'ai de la chance !

— Si je n'ai pas de tes nouvelles d'ici les six prochaines heures, j'appelle la police, c'est ça ? blague-t-elle.

— Je suis certaine qu'il serait tellement sexy en tueur en série, ricané-je.

— T'es vraiment dérangée !

— Ne t'en fais pas, je te préviens quand je l'ai vu ! dis-je avant de raccrocher.

Décidément, Elizabeth est une alliée de haut vol. Jamais je n'aurais pensé à explorer les réseaux sociaux de la femme du maire, mais il se trouve que ça ne fait qu'accroitre mes soupçons. Plus j'avance, plus ce que je récolte est croustillant. James Peeters ne va pas pouvoir me refuser cette entrevue très longtemps, ma patience a des limites.

J'ingurgite la fin de mon café froid avant de sortir de mon lit. En me détaillant dans le miroir, je réalise qu'un peu de maquillage ne me fera pas de mal. Cela fait quelques semaines que j'ai arrêté de m'apprêter comme une reine quand il s'agit d'aller bosser au bureau. Je préfère largement gagner quelques minutes de sommeil que de perdre du temps dans ma salle de bain. Lorsque je regarde mes cernes bien dessinés, j'entends déjà la voix de ma mère prête à me sermonner. Rapidement, j'applique du correcteur sous mes yeux et dépose du mascara sur mes longs cils. Après avoir souligné mes lèvres de mon rouge mat préféré, je me rappelle qu'il m'en faut peu pour devenir une toute autre femme.

C'est bon, je suis prête pour aller botter les fesses de l'attaché de presse de la ville.

Il est dix-sept heures vingt lorsque je passe la porte de la gaufrerie de la sœur de James Peeters. Aujourd'hui, la boutique est beaucoup plus calme que lors de ma dernière visite. Tout est agréable ici : le mur en faïence où sont accrochés des guirlandes lumineuses, les petites tables en bois clair où des chocolats chauds ne demandent qu'à être bus, ou encore le comptoir façonné de briques pourpres où de minuscules sapins de Noël sont disposés pour rappeler quel mois nous sommes. Pourquoi je n'ai pas fait attention à toute cette atmosphère lorsque je suis venue vendredi dernier ? Sûrement parce que je ne pensais qu'aux phrases cinglantes que j'allais balancer à James. À première vue, il n'est pas là.

— Bonjour ! Que puis-je pour vous ? m'interroge Rose.

— Bonjour ! Je suis désolée, j'ai une demande un peu particulière… James n'est pas là ? Je suis venue le voir.

— Ah, vous connaissez mon petit frère ! Malheureusement, il n'arrivera que dans une quarantaine de minutes, me répond-elle.

— Parfait. Je vais vous prendre une gaufre pour l'attendre.

— D'accord, pas de soucis. Qu'est-ce qui vous ferait plaisir dans ce cas ? James vous conseillerait sûrement la gaufre qui porte son nom, celle au fromage et au bacon, mais je ne sais pas si vous êtes plutôt sucré ou salé ! débite-t-elle, à une vitesse phénoménale.

À vrai dire, elle a l'air plutôt marrante. Hormis leurs cheveux châtains qui tirent sur le doré, je ne vois pas tant de ressemblance entre James et sa frangine. Elle a, néanmoins, un sourire si chaleureux qu'il pourrait réchauffer toute la pièce. Je crois que je l'aime bien !

— Je suis venue vendredi, et il m'a déjà offert cette gaufre. Elle était très bonne, mais il ne faut pas lui dire que j'ai dit ça, ça lui ferait trop plaisir, plaisanté-je.

— Ah, mais oui votre visage me revient ! Veuillez m'excuser, j'ai tellement de clients que je ne mémorise pas tout le monde… Promis, je resterai muette.

— Ne vous en faites pas, c'est normal de ne pas se souvenir de tous ceux qui passent votre porte.

— Surtout qu'avec ma grossesse, je suis vraiment très vite déconcentrée, m'avoue-t-elle. Heureusement que Jay m'aide tous les jours.

Whaou ! Si j'avais su que la sœur de James était si bavarde, je serais venue en profiter plus tôt. Je n'avais pas vraiment d'explication sur sa présence dans cette boutique, et je n'avais pas non plus remarqué que Rose avait un ventre si rond. En une seconde, tout s'éclaire pour moi : il est là pour elle. Après le patinage qui n'était pas inscrit sur sa page LinkedIn, j'en conclus qu'il est très serviable. Ce n'est pas anodin de cumuler deux emplois à la fois. Pour l'avoir déjà fait, je sais que ça demande une grande volonté et peu de sommeil parfois.

Foutu James, il semble avoir beaucoup d'atouts pour un mec qui bosse pour un pourri !

— Je veux bien vous croire, compatis-je. Je vais prendre votre spécialité à vous.

— Ça sera chantilly, cannelle, crème de framboise et supplément caramel, ça vous convient ?

— Carrément, ça a l'air divin ! m'exclamé-je.

— Je vous apporte ça dans une minute.

— Prenez votre temps, je peux patienter. Ne faites pas de trajets inutiles pour moi !

J'ai beau avoir peu de pitié pour son petit frère, je refuse d'abuser de sa gentillesse. En guise de réponse, elle m'adresse un clin d'œil et s'éloigne.

Quelques instants plus tard, je la vois revenir avec une énorme gaufre bien dorée, qu'elle agrémente avec les ingrédients qu'elle m'a cités précédemment. Mon estomac trépigne d'impatience, j'ai l'eau à la bouche en la voyant finaliser cette sucrerie.

Une fois servie, je règle ma commande puis file m'installer au fond de la salle pour attendre ce bon vieux James. Pour patienter, je relis les documents que je lui ai photocopiés tout en dévorant l'excellente préparation de Rose. L'association de la chantilly et de la crème de framboise est tout à fait exquise. Si je m'écoutais, je pourrais en manger dix de plus.

À force de lire les mêmes lignes encore et encore, une question n'arrête pas de revenir dans ma tête : si James paraît si vertueux, comment se fait-il qu'il se démène autant pour m'éloigner de cette enquête ? En réalité, j'ai l'impression que sa personnalité ne correspond pas à l'attaché de presse qu'il est. C'est un peu le mec sexy à souhait, bon à marier malgré son arrogance légendaire, alors merde, pourquoi m'empêche-t-il à ce point d'avancer dans mes recherches ? Pourquoi ne se rallie-t-il pas à ma cause pour faire le bien ? C'est totalement utopique de penser que tout peut être aussi simple. Ça se saurait si les planètes pouvaient s'aligner si facilement, si ma naïveté enfantine pouvait exaucer tous mes vœux, si elle pouvait faire briller l'esprit de Noël. Peut-être qu'au final James n'est pas ce mec bon sous tous rapports que j'imagine qu'il est.

Au moment où j'allais feuilleter de nouveau les documents, la clochette qui se trouve au-dessus de la porte d'entrée résonne. En levant les yeux, je comprends que l'homme que j'attends est enfin arrivé. Il se dirige vers l'arrière-boutique, mais Rose vient à sa rencontre. Après l'avoir enlacé, elle me désigne du doigt en faisant un grand sourire à son frère. Je ne sais pas ce qui se dit là-bas, mais j'adorerais être une petite souris. En me voyant, James secoue la tête, comme épuisé par ma présence, alors que je lui fais un signe de la main, rieuse.

— Je vous manquais déjà, Salomé ? demande-t-il en arrivant à ma hauteur.

Prenant la pile de documents que je lui ai préparée, je me lève pour me retrouver face à lui. Contrairement à hier, il n'y a rien de sauvage dans son allure, pas une mèche de travers. Bien droit, les épaules tirées vers l'arrière, il fait ce qu'il sait sûrement faire le mieux : m'en mettre plein la vue. Une fois debout, mes yeux arrivent à la hauteur de ses lèvres. Quelle torture ! Quand je le scrute, je suis certaine d'une chose : Dame Nature a mérité sa réputation de connasse, il est beaucoup trop séduisant. Je maudis mon attirance incontrôlée pour ce mec détestable.

— James, j'aurais adoré me satisfaire de votre mail, mais vu que je suis une journaliste super douée, j'ai fait des découvertes que j'aimerais vous partager ! lancé-je en lui tendant mon dossier.

Contre toute attente, il me surprend en acceptant les feuilles. Dans un élan maladroit, ses doigts effleurent les miens. Une fraction de seconde suffit pour que la chaleur de sa peau me saisisse. Je suis étonnée par le frisson total que me fait ressentir ce simple contact. Merde ! C'est quoi cette sensation ? Je me fige immédiatement pour qu'il ne puisse pas percevoir ma gêne.

— À force de me harceler, vous devez savoir que je m'apprête à commencer ma deuxième journée, non ? contre-attaque-t-il en regardant l'épaisseur du tas de documents qu'il vient de récupérer.

— Ne vous en faites pas, je vous laisse tout ça, j'en ai fait des copies. Vous aurez tout le temps de les lire avant de vous endormir. Du moins, si vous arrivez à trouver le sommeil après ça.

— Vous semblez bien sûre de vous.

— Je suis absolument certaine que vous allez enfin réfléchir à cette histoire d'interview, répliqué-je en prenant mon sac.

— C'est ce qu'on verra. Je vous rappelle que vous n'avez toujours pas d'accréditation, et que vous n'êtes pas non plus ma petite amie, plaisante-t-il.

— Pff… Ça vous plairait trop, me moqué-je exagérément pour reprendre un semblant de contrôle. Avec ce qu'il y a là-dedans, vous allez accepter toutes mes demandes, James.

Ne lui laissant pas l'opportunité de me répondre, je lui passe devant afin de me diriger vers la sortie.

— J'attends votre mail ! lui lancé-je en me retournant pour lui faire un clin d'œil avant de m'adresser à sa sœur qui n'a pas pu s'empêcher de nous regarder. À bientôt, Rose !

— À très vite ! me répond-elle, enjouée.

Et oui, cette fois-ci, c'est moi qui gagne le round !

Chapitre 11

James
Mardi 8 décembre

Putain ! Je savais que cette histoire ne sentait pas bon.

En fermant la boutique hier soir, j'ai rejoint Sacha dans un pub, cela faisait une éternité que je n'avais pas pris le temps d'aller boire un verre pour décompresser avec un ami. Comme je m'y étais préparé, j'ai dû rentrer en taxi à mon appartement, il faut dire qu'après trois pintes, je n'étais plus capable de monter sur mon vélo.

C'est en me réveillant, la tête embrumée, que je me suis souvenu de la nouvelle visite de Salomé Roussel. En envoyant ce mail bien piquant hier matin, je savais qu'elle ne mettrait pas longtemps à remontrer le bout de son nez, sauf que je ne pensais pas qu'elle reviendrait avec un tel dossier. Ce n'était clairement pas une bonne idée de commencer ma journée en lisant ces documents, mais maintenant que c'est fait, je ne peux plus faire semblant. Durant la semaine qui vient de passer, j'ai bataillé sans relâche pour que Salomé Roussel abandonne cette enquête, mais elle a continué et a fini par trouver exactement ce qu'elle cherchait. Faisant confiance au maire, puis à Nicolas, j'étais persuadé qu'elle ne dénicherait rien. Putain, qu'est-ce que j'ai été con !

Assis sur ma chaise de bar, je relis les phrases, les données que m'a soigneusement surlignées Salomé. Comment Roy a-t-il pu autant se foutre de ma gueule ? À l'instant présent, il n'est plus question des preuves qu'elle a en sa possession ou non, mais plutôt du fait que ma foi en mes supérieurs vient de s'effondrer. Il est évident pour moi qu'elle ne publiera pas le montant de ces notes de frais sans avoir obtenu le détail de toutes ces dépenses, néanmoins, moi, je sais ce que tout ça veut dire. De telles sommes ne sont pas cohérentes avec le train de vie professionnel du maire. Les quelques déplacements professionnels que j'ai pu faire avec lui m'ont montré qu'il était économe en général : pas de réservations dans des restaurants trois étoiles, pas de grandes suites dans des hôtels hors de prix. Ça m'étonnerait fort que sa consommation de scotch écossais explique ces chiffres qui frôlent le plafond.

Les questions ne font qu'affluer dans ma tête sans que je réussisse à faire le vide dans mon esprit. Comment se fait-il que Salomé soit la seule à avoir mis son nez dans les notes de frais de la mairie ? N'importe quel journaliste aurait compris que ce document est une mine d'or…

Il est cinq heures du matin, je dois faire de la pâte à gaufre dans une heure et demie, pourtant, je n'ai absolument pas la tête à décoller mes yeux de ces papiers. Il me faut des réponses, il faut que je sache comment gérer une telle situation de crise, il faut que le brouillard se dissipe.

Voyant l'aiguille de ma montre avancer plus vite que je ne le voudrais, je me résigne à me préparer. Je dois rester lucide, je n'ai pour le moment aucune réponse, je sais juste que Salomé Roussel a raison d'être aussi tenace. Bien que ça me fasse terriblement chier de le reconnaître.

En arrivant à la boutique de ma sœur, je me concentre sur mes tâches habituelles. Travailler comme un robot aide mon cerveau à bloquer toutes mes réflexions qui font des zigzags en continu. Après une demi-heure de préparation dans l'arrière-boutique, je me dirige vers la salle afin de descendre les chaises des tables quand Rose me surprend.

— Hello ! Comment va mon frère préféré ? s'exclame-t-elle, débordant d'énergie.

— Ça va, ça va, réponds-je timidement.

— Jay… Tu es sorti hier ? me demande-t-elle en me serrant dans ses bras.

— Qu'est-ce qui te fait dire ça ?

— Tu as des petits yeux… Et n'oublie pas que je te connais par cœur !

— Je suis sorti avec Sacha boire quelques bières en effet, madame l'inspectrice.

— Pas avec cette charmante Salomé ?

Je grogne. Je n'ai aucune envie de parler d'elle…

— Arrête, Rose, je t'ai déjà dit que c'était une simple journaliste qui me mettait la pression !

— Je l'ai trouvée charmante, moi, argumente ma sœur en ébouriffant mes cheveux.

— Évidemment qu'elle t'a plu. Dès que tu vois une belle femme qui traîne dans les parages, il faudrait que je lui passe la bague au doigt, râlé-je.

— T'es de mauvaise foi en plus d'être mal réveillé ? Depuis quand mon petit frère offre des gaufres à des clientes ? C'est bien toi qui me pousses à être curieuse donc ne me fais pas passer pour ce que je ne suis pas, s'offusque-t-elle, visiblement contrariée par mes propos.

— Bon d'accord… Qu'est-ce que tu veux savoir ? cédé-je en reprenant l'installation des chaises dans la boutique.

— Elle te plaît, hein ?

Je détourne le regard, incapable de confronter les prunelles de Rose qui me transpercent.

— C'est plus compliqué que ça… Elle est aussi chiante qu'elle est belle, mais elle n'est là que pour son putain d'article. Hier, elle n'est venue que pour me prouver que son dossier était plus solide que je ne le pensais. Depuis le début, je l'envoie chier en beauté pensant qu'elle ne pourrait rien trouver de juteux, et finalement, elle a trouvé quelque chose, ce qui me met dans une situation vraiment délicate au travail.

— Tu veux bien m'en dire plus, Jay ? me suggère-t-elle en posant sa main sur mon épaule.

Je déteste quand ma sœur aînée fait ça, je la déteste, car elle a ce pouvoir sur moi que je n'explique toujours pas au bout de vingt-six ans. La tête légèrement penchée vers moi, elle m'adresse une moue adorable qui m'oblige à lâcher prise. J'aimerais résister, j'adorerais avoir assez de ténacité pour ne pas lui livrer ce qui occupe mon esprit, mais depuis que j'ai découvert ces documents ce matin, je suis complètement perdu. J'étais tellement sûr de moi, je croyais dur comme fer qu'elle ne trouverait rien, pourtant ces révélations me laissent pantois.

— T'es chiante, tu sais ?

— Allez, vide ton sac !

— Comment te dire… Salomé Roussel est persuadée que le maire a détourné l'argent dédié aux cadeaux de Noël des enfants de la ville. Alors oui, c'est une très belle femme agaçante à souhait, et tu sais combien j'adore ce type de nana, mais elle est un véritable danger pour mon travail.

— Attends, tu penses que sa théorie est vraie ? me coupe Rose, choquée.

— Il y a trois jours, je t'aurais dit qu'elle avait tort sur toute la ligne, mais aujourd'hui, je n'en sais plus rien. La semaine passée, j'ai demandé à Roy de me donner sa version, et tout en me regardant droit dans les yeux, il m'a certifié que cette histoire n'était que du vent, commencé-je à expliquer à ma sœur. Sauf que le dossier que Salomé est venue m'apporter hier prouve qu'il y a des irrégularités dans les notes de frais du maire… Donc il n'est pas vraiment question de Salomé Roussel, mais davantage du bordel que va être mon boulot dans les prochains jours.

Avouer ça à Rose me soulage d'un poids. Ce n'est pas comme si je gardais un gros secret, je peux partager ça au quotidien avec Sacha, mais ma sœur a tout le temps su me conseiller. J'ai beau avoir toujours été le petit merdeux qui attire l'attention, ma famille sait que ce n'est qu'une carapace, et aujourd'hui, j'ai besoin d'elle pour y voir plus clair.

— Je comprends mieux. Tu lui en veux, à elle, d'être une fouineuse ou à ton patron de t'avoir menti ?

— À moi, d'avoir cru Roy, putain ! J'étais tellement confiant, persuadé que Salomé faisait une fixette, je croyais qu'elle voulait juste me faire chier ou même que je lui plaisais et que c'est pour cette raison, qu'elle revenait à la charge à chaque fois. Je n'ai pas pensé une seconde qu'elle pouvait avoir raison…

Finalement, c'est de ça qu'il s'agit. Cela me met hors de moi qu'on ait pu me tromper, que j'ai pu manquer de discernement, et pour couronner le tout, que cela vienne de mon supérieur que j'estime sincèrement. Roy doit avoir des choses à cacher, ce n'est pas possible de déclarer autant de frais en si peu de temps.

J'ai envie de me gifler, comme un abruti, je suis tombé dans le panneau.

— Tu vas faire quoi alors, petit frère ?

— Probablement débouler dans le bureau de Van Daat en arrivant à 9 h. Je n'ai pas d'autres options à vrai dire.

— Jay, je sais que la confiance est une chose primordiale pour toi, que tu fais de la politique pour améliorer la vie des gens, mais tu n'es pas responsable des conneries de ton patron. Si cette affaire doit éclater, tant pis. Tu ne vas pas sacrifier ton honneur pour un mec qui te ment.

— C'est ça le problème, si cette affaire venait à éclater, cela signifierait qu'à un moment, j'ai mal fait mon job. Je dois gérer correctement les relations avec la presse. Mais si je parviens à étouffer ce scandale, je ne vais plus pouvoir me regarder dans un miroir… Putain, je déteste cette situation !

— Tu n'en es pas là encore. Demande à ton boss de te rendre des comptes, ensuite, tu aviseras !

Comme à son habitude, Rose me ramène à la raison. Cela ne sert à rien que je me torture davantage, je ne pourrais débarquer dans le bureau du maire que dans deux heures. Il va falloir que j'arrête de vouloir tout contrôler, car sur ce coup-là, je n'ai pas les cartes en main.

— Entendu, frangine, lui réponds-je, en lui adressant un clin d'œil.

— Allez, je vais t'aider si on ne veut pas ouvrir en retard.

— Ménage-toi, Rosie !

— J'y peux rien, mon esclave est tout mou ce matin, plaisante-t-elle.

— Ce n'est pas parce que tu portes mon neveu que je ne peux pas te botter les fesses. S'il te plaît, fais ce qui te chante, mais assieds-toi !

— Oui, chef ! râle-t-elle en se dirigeant vers l'arrière-boutique.

— Je préfère.

La voyant s'éloigner en imitant ma voix grincheuse, je me mets à sourire. C'est peut-être la première fois de la journée que la légèreté de ma sœur déteint sur moi, espérons que ça dure suffisamment longtemps. Après un coup d'œil à l'horloge murale qui se trouve vers la caisse, je me rends compte qu'il faut que je m'active. Il me reste une heure avant l'ouverture, et je suis loin d'avoir accompli toutes mes tâches.

***

C'était beaucoup trop beau pour durer.

Pour m'amuser, Rose a entrepris de mettre la musique à fond dans la boutique. Cette installation s'est terminée sur des pas de danse et un grignotage de gaufres trouées, exactement ce dont j'avais besoin pour relâcher la pression. Malheureusement, à mon arrivée à la mairie, ma bonne humeur a foutu le camp en quelques minutes. J'en suis à la troisième tentative pour me glisser dans le bureau de Roy, et étrangement ce matin, il n'a aucune minute à m'accorder, ce qui me fait de plus en plus bouillir.

— James, arrête de jouer avec ton fichu stylo ! m'ordonne Sacha.

— Mais qu'est-ce qu'il fout dans son putain de bureau depuis deux heures ? lâché-je, excédé de poireauter de la sorte.

— Vu comment tu es tendu depuis ton arrivée, il doit flipper, plaisante mon collègue.

— Il a plutôt intérêt, car il ne va pas me prendre pour un abruti longtemps, soufflé-je.

— Remontre-moi le dossier de ta petite Salomé !

Alors que je lui tends les documents, je vois Johanna toquer à notre bureau. Quelle excuse va-t-elle me sortir ?

— James, Monsieur Van Daat souhaite savoir si votre demande est urgente.

— Elle l'est, réponds-je, plus froidement que je ne l'aurais voulu.

— Bien... Je suppose que vous pouvez y aller. Mais il n'a que dix minutes devant lui.

— Très bien, c'est noté.

Sacha n'a pas le temps de parcourir les éléments présents dans le dossier, car je pars avec, déterminé à obtenir de vraies réponses. Tout en suivant sa coordinatrice, jusqu'au bureau de Roy, je m'efforce de bien respirer. Des inspirations et des expirations lentes et profondes. Les mêmes que j'ai appris à faire après l'accident de mon père.

Pourquoi je peine tant à garder le contrôle lorsque je suis sous pression ? Je pourrais faire semblant de ne rien savoir, je pourrais ignorer cette situation merdique, mais mes valeurs ne me le permettent pas et je me retrouve face à ma colère. Roy vient de réveiller mes pires sensations, mes pires souvenirs et si je suis tant perdu depuis ce matin, c'est à cause de lui.

Je me suis toujours battu pour cet homme, j'ai appris à prendre sur moi afin de pouvoir évoluer à ses côtés, afin d'être son meilleur employé, celui qui un jour prendrait sa relève sauf qu'en me mentant il vient de me renvoyer au visage toutes ces années de contrôle.

Tout de suite, alors que j'avance vers son bureau, je suis obligé de réfléchir à chaque inspiration, à chaque expiration. Je refuse de déraper, je refuse de me retrouver sept ans en arrière. Pourtant, plus j'essaie de me concentrer plus je repense à mon père et au mec que j'étais avant que tout parte en vrille.

Avant ça, j'étais le calme personnifié. Chaque entraîneur que j'ai eu, vantait ma capacité à rester serein avant qu'une compétition ne débute toutefois tout a changé ce jour-là, quand ma mère m'a appelé, la voix tremblante.

L'entraînement individuel venait de se terminer, j'accumulais beaucoup de pression à cette période, il fallait que je réussisse les qualifications pour les championnats d'Europe. J'avais besoin de souffler et ma petite amie Victoire avait décidé ce jour-là de nous offrir une pause détente dans le vestiaire destiné aux équipes visiteuses. En semaine, il était toujours vide, c'était un peu notre repaire secret pour batifoler en paix, loin de nos chambres universitaires où nos colocataires nous laissaient rarement seuls. Je sens encore l'odeur de son shampoing à la vanille qui chatouillait mes narines, ses mains froides qui tentaient de m'enlever mon caleçon. La sonnerie de mon téléphone a retenti et malgré le grognement de Victoire, j'ai décroché l'appel au moment où j'ai vu qu'il s'agissait de ma mère.

Elle était bouleversée et répétait en boucle que la voiture ne s'était pas arrêtée. À l'autre bout du fil, je ne comprenais rien. Absolument rien. Je ne savais pas si mon père était encore en vie, je sentais mon cœur tambouriner dans ma poitrine, j'éprouvais une peur indescriptible et surtout je n'étais pas avec eux. Les secondes passaient, ma mère continuait de débiter tout ce qu'elle pouvait et au fur et à mesure, je saisissais un peu mieux la situation, mais cela ne diminuait en rien ma panique. Mon père s'était fait faucher par un automobiliste, il était au bloc opératoire et moi, j'étais dans ce vestiaire sur le point de coucher avec ma petite amie.

Hors de moi, d'être si impuissant, j'ai laissé Victoire en plan dans cette pièce. J'ai rassemblé mes affaires afin de retourner à Bruges, auprès des miens. Ni le patinage ni mon premier amour ne comptait à présent, je voulais juste revoir mon père en bonne santé, je voulais le voir me dire que j'avais bêtement perdu un dixième au quatrième virage, je voulais qu'à nouveau il se moque de mes cheveux trop longs à son goût. J'ai pris toutes les décisions qui s'imposaient, j'ai démissionné de l'équipe nationale, j'ai quitté Victoire pour me concentrer sur ma famille. C'était irréfléchi, spontané, mais c'était à ce moment-là, ce que mon instinct me dictait.

Mon père n'a jamais récupéré l'usage de ses jambes et moi, j'ai mis des années à évacuer ma colère. Elle me dépassait au point que mes entraînements sur la glace et mon double cursus ne suffisaient plus à me calmer. J'avais tellement de sentiments dévastateurs en moi, que je n'arrivais pas à gérer, comme un volcan dont l'éruption ne s'arrête jamais. Je voulais revoir mon père se lever en tribune pour clamer mon prénom, je voulais retourner me promener en forêt avec lui, je voulais que rien n'ait changé.

Si avec l'âge, et beaucoup d'exercices de respiration, j'ai appris à contrôler ma rancœur, cette nervosité viscérale, je me retrouve là, à devoir mesurer la fréquence de mon pouls pour ne pas regretter des mots qui pourraient dépasser ma pensée. Foutu Roy !

Une fois arrivé devant sa porte, je ne laisse pas l'honneur à Johanna de me faire entrer. Je saisis moi-même la poignée pour débouler sans attendre.

— James ! C'est vraiment la course en ce moment, c'est un plaisir de te voir. Comment vas-tu ?

— Bonjour monsieur le maire ! le salué-je rapidement sans entrer dans son jeu hypocrite. Ça irait beaucoup mieux si je n'avais pas découvert ça !

Alors qu'il pose les yeux sur le dossier de Salomé que je viens de balancer sur son bureau, son air enjoué disparaît.

— Qu'est-ce que c'est ? me demande-t-il innocemment.

— Ne faites pas semblant, vous savez très bien que ce sont vos notes de frais. Je ne suis pas un expert financier, Roy, mais je vous connais. Ces chiffres ne vous ressemblent en rien. Donc, si les chiffres de la mairie sont clean, expliquez-moi pourquoi les vôtres sont fortement douteux.

— Fais attention à ce que tu es en train de faire, James !

Il veut jouer à ce jeu-là avec moi ? Il n'a vraiment pas choisi son jour !

— Vous m'excuserez, mais sur ce coup-là, vous n'allez pas botter en touche. Il y a une semaine, vous m'avez certifié, droit dans les yeux, qu'il n'y avait rien à trouver dans cette affaire de budget des cadeaux de Noël, et la semaine suivante, une journaliste me dépose ce dossier, où on apprend qu'en un an vous avez déclaré trente mille euros de plus en frais divers. Vous voulez que votre campagne de réélection tombe à l'eau avant même d'avoir débutée ? C'est la meilleure chose à faire. Donc, maintenant, je vous demande de m'expliquer ces chiffres.

— Ça ne te concerne en rien, donc reste à ta place, lâche-t-il, la mâchoire crispée.

— Vous savez pertinemment que je suis responsable de vos relations avec la presse, donc cela me concerne. C'est moi qui dois contrôler les journalistes qui sont en train de déterrer je ne sais quelle connerie…

— Tu n'auras aucun commentaire de ma part sur ces dépenses, compris ? me lance-t-il en haussant le ton. Si tu veux continuer de bosser ici, et si tu souhaites avoir un rôle intéressant lors de ma prochaine campagne, fais en sorte que ces enquêtes disparaissent !

Alors que je suis à quelques mètres de lui, sa phrase me paralyse. Il vient vraiment de me menacer ? Qu'est-ce qui se passe dans son foutu cerveau ?

Bien sûr, je ne m'attendais pas à ce que cette conversation soit facile, ou qu'il me dévoile tout, par contre, je n'étais pas préparé à ça. Cette discussion ne m'apporte absolument pas la sérénité que je recherche depuis mon réveil. Et si depuis le départ, Salomé avait la bonne intuition ? Non. Je refuse d'admettre que je me suis engagé en politique pour un mec qui prive des gosses de cadeaux de Noël.

Après tout, même si c'est sacrément étrange, pour le moment rien ne lie le maire à cette diminution budgétaire… Je suis peut-être en train de me raconter des conneries, mais j'ai besoin de croire que je ne me suis pas autant trompé sur lui. Je m'accroche à cette pensée pour éviter de sortir de mes gonds avant de le regretter. Il faut dire que Roy ne me facilite pas vraiment la tâche en me répondant de la sorte.

— Notre excellente relation professionnelle va donc se résumer à un ultimatum, Roy ? lui demandé-je, dépité par son attitude.

— J'exige simplement que tu fasses ton job. C'est-à-dire, faire en sorte que la presse me lâche la grappe, s'énerve-t-il. Ne reviens plus dans mon bureau en faisant le malin comme ça, et trouve des solutions !

— J'ai beau être le meilleur à mon poste, si vos casseroles remontent à la surface, je ne serai pas le responsable.

— Arrête de te croire irremplaçable, James… Car plus tu viens dans ce bureau pour me mettre la pression, plus je doute de tes capacités. Maintenant, je t'invite à trouver un moyen de faire taire cette journaliste, et très vite !

Je n'ai même pas les mots pour lui répondre, je suis complètement sur le cul face à son manque de respect. Inspiration, expiration, il ne faut pas que je perde le contrôle. Je ne peux pas me permettre de gâcher mes chances à cause de lui.

Hors de moi, je reprends le dossier qui se trouve sur son bureau. Il a peut-être cru pendant quelque temps que j'allais m'excuser pour cette entrevue musclée, mais il n'en est rien. C'est en le dévisageant que je sors de la pièce, en prenant le soin de claquer la porte.

Si j'avais encore des doutes sur l'innocence de mon supérieur, maintenant tout porte à croire que je devrais prendre au sérieux les investigations de Salomé Roussel. Est-ce que je suis vraiment prêt à foutre en l'air ma jeune carrière pour combattre Roy Van Daat ?

Lorsque j'étais étudiant en quatrième année, je me suis longtemps demandé à quel moment un politique prend la décision d'être un pourri ou de ne pas en être un ? J'ai toujours pensé qu'on en devenait un en prenant part à de grosses affaires de détournements d'argent, de fraudes électorales comme on peut le voir dans les séries américaines. En vérité, j'ai l'impression que je suis déjà à ce carrefour. J'ai toujours voulu être un homme intègre, dont mes parents parleraient avec fierté à leurs amis, qu'on assimilerait forcément à la droiture. Sauf que si je veux garder mon poste, je dois accepter de fermer les yeux sur ce qui est en train de se passer, et cette idée me débecte. Tout me pousserait à me ranger du côté de Salomé Roussel, mais cela veut aussi dire que je dois tirer un trait sur mes espoirs. Après avoir lâché le patinage de vitesse pour prendre soin de ma famille, est-ce que je suis prêt à sacrifier une nouvelle fois mon avenir ?

Je suis partagé entre mon intégrité et ma carrière. L'idée même de ne pas savoir quelle décision prendre me donne la nausée. Il y a encore une semaine, je n'avais qu'à me soucier de peaufiner des communiqués de presse ordinaires, alors que maintenant, j'ai l'impression de devoir faire un choix déterminant qui définira qui je suis vraiment.

Chapitre 12

Salomé
Mercredi 9 décembre

— Allez… Promets-moi que tu me rejoindras après ton truc de pauvres, me demande Liz, presque désespérée.

— Ça s'appelle une soupe populaire, madame la Comtesse, me moqué-je.

— Oh, c'est pareil… Si Richard ne t'obligeait pas à faire ces micro-reportages pour montrer qu'on est un média de gauche, tu pourrais venir te la coller avec moi.

— Je te rejoindrais après, c'est promis !

— Yes, s'exclame-t-elle, heureuse de m'avoir fait céder. Pense à te mettre sur ton trente-et-un, car il va y avoir du poisson à pêcher, si tu vois ce que je veux dire !

Je ne peux m'empêcher de pouffer de rire. Elizabeth est inarrêtable lorsqu'il s'agit de faire la fête avec le gratin de la ville. Ce qui est certain, c'est que je ne risque pas de m'ennuyer en allant à cette soirée avec elle. Néanmoins, une partie de moi reste toujours sur ses gardes, je sais très bien que mon amie essaiera par tous les moyens de me coller un homme dans les pattes alors que je ne souhaite qu'une chose : me défouler avec elle. Liz excelle dans l'art de m'obliger à accepter un verre d'un inconnu sur le seul motif qu'il peut être séduisant.

C'est toujours le même scénario : un homme m'offre un verre, elle me pousse à dire oui, une discussion stérile commence, puis je cherche déjà l'excuse parfaite pour envoyer balader le Don Juan. Je ne supporte pas l'hypocrisie des rencontres alcoolisées, on fait semblant de vouloir faire connaissance, alors qu'on s'en moque complètement. Dans le meilleur des cas, on veut finir dans le même lit, cela ne nécessite pas que je fasse part de ma biographie ponctuée d'humour à un inconnu. Les hommes demandent beaucoup trop d'efforts, sauf qu'aujourd'hui, je n'ai plus la force d'en faire.

C'est fou ce que Grégoire a fait de moi, je n'ai que vingt-quatre ans, et je suis déjà beaucoup trop cynique. Je crois toujours en l'amour, aux sentiments qui nous font l'effet d'un défibrillateur, par contre, je n'ai pas l'énergie pour prendre à nouveau ce risque. Pas tout de suite, du moins. On ne prévient pas assez les petites filles que le prince charmant à un poignard dans la main droite qui peut massacrer notre cœur de guimauve, sans raison, juste parce qu'il en a la possibilité.

Fichu Greg, j'espère que t'es fier de toi, tu m'as rendu rabat-joie !

Balayant tous les reproches que je pourrais faire à mon ex, je réfléchis à cette fête qui m'attend ce soir après mon reportage. Je ne sais pas du tout dans quel état je serai après mon passage à la soupe populaire, mais même fatiguée, je ne vais pas lâcher ma copine.

— Je ferai un petit effort, lui confirmé-je.

— Je savais que je ne t'avais pas pris une invitation pour rien, se vante-t-elle.

Je ne peux m'empêcher de lever les yeux au ciel, elle ne changera jamais. Si la rejoindre dans des pubs me convient parfaitement, j'ai un peu plus de mal avec les soirées privées où elle est toujours conviée. Ce ne sont vraiment pas les festivités où j'irai en premier, mais avec Liz tout est plus motivant. Elle est une attraction à elle seule. En quelques mois, elle m'a tout de même fait passer de l'ermite de la rédaction à sa complice numéro un.

Alors que je m'apprête à dire à mon amie qu'elle est incorrigible, une alerte sonore sur mon ordinateur portable m'interpelle. Je lâche Elizabeth des yeux et remarque que James s'est enfin décidé à m'envoyer un mail.

Je jubile déjà, je sais que j'ai marqué des points lundi soir à la gaufrerie de sa sœur. Je m'attendais à avoir une réponse plus rapidement que ça, je dois l'avouer, toutefois voir son nom s'afficher sur mon écran me remplit d'excitation.

Voyons voir ce que tu me réserves !

De : James Peeters <james.peeters@bruges.be>
À : Salomé Roussel <s.roussel@brugesmedia.be>
Objet : Demande d'interview

Bonjour Salomé,

Suite à notre échange de lundi ainsi qu'à l'étude de votre dossier, j'ai plaidé votre cause auprès du maire qui ne souhaite toujours pas vous recevoir. Je peux vous assurer de ma bonne foi concernant cette requête.

Pour compenser, nous vous proposons de faire partie des journalistes accrédités pour la collecte de fonds annuelle de la cathédrale Saint-Sauveur organisée par la fondation Gillian qui aura lieu la semaine prochaine. Comme vous devez déjà le savoir, obtenir une place pour cet événement caritatif très convoité est chose quasi impossible, mais vous m'avez prouvé que vous vous souciez de votre prochain et que venir en aide à des milliers de personnes en situation précaire vous tient à cœur. J'espère pouvoir vous compter parmi nos convives.

Je reste dans l'attente de votre retour.
Bien cordialement,

James Peeters
Attaché de presse – Mairie de Bruges

Non, mais il se fout de moi ?

Je ne sais pas ce qui m'interpelle le plus dans cet e-mail que je viens de recevoir. Comment expliquer qu'il n'y ait aucune moquerie, aucune note d'humour ? Cela ressemble trop peu au James que je connais depuis une semaine maintenant. Ensuite, je reviens sur le contenu de ce message. Me prend-il pour une vulgaire débutante ? Me proposer un autre sujet pour que j'abandonne le mien, c'est hors de question ! Je ne sais même pas à quel moment il a pu penser que je jetterai l'éponge si facilement.

— Qu'est-ce qui te fait taire comme ça ? plaisante Liz.

— Rien… marmonné-je, le regard fixé sur mon écran.

— Madame Grognon est de retour, s'exclame-t-elle en venant derrière moi afin de comprendre mon attitude. Ah, je vois ! « Rien » veut dire James Peeters. Voyons voir ce qu'il te dit…

— Il joue la diversion en pensant que je vais gentiment acquiescer. S'il savait à quel point je ne vais pas le laisser tranquille…

— L'idée ne t'est pas venue qu'il ait fait tout son possible, mais qu'en parallèle Van Daat puisse lui mettre des bâtons dans les roues ? m'interroge-t-elle.

Sa question a le mérite de me faire douter un instant. Non, James est beaucoup trop taquin avec moi depuis que nous nous sommes rencontrés. Il s'est efforcé à me rendre la tâche plus difficile, à se jouer de moi..Je n'arrive pas à croire que cette fois, il puisse dire vrai.

— Tu as peut-être raison… Mais je n'y crois pas.

— Alors, montre-lui que tu déclines son refus une nouvelle fois !

— C'est bien ce que je comptais faire, affirmé-je à mon amie, décidée.

Je m'empresse de lui écrire une réponse bien salée comme je les aime. Si lui a préféré rester formel, sans petites taquineries, moi, je commence à être fatiguée qu'on joue au chat et à la souris. Cette enquête me prend une énergie monstrueuse, et aujourd'hui, j'ai envie que James arrête de tourner autour du pot, j'ai envie qu'il comprenne une bonne fois pour toutes que je serai là, chaque matin, pour l'emmerder.

Si lui réussit à se coucher le soir en oubliant ces enfants, moi, je n'y parviens pas. J'ai besoin qu'un foutu happy-end me récompense pour cette année pleine de sacrifices, j'ai envie de me dire que mes efforts changent les choses. Après avoir tapé le dernier mot de ce mail, je regarde mon amie qui se trouve toujours au-dessus de mon épaule.

— C'est parfait. Vas-y, envoie !

Avec une légère boule au ventre, je parcours en vitesse les phrases que je viens d'écrire. C'est peut-être abrupt, mais cela me ressemble parfaitement.

De : Salomé Roussel <s.roussel@brugesmedia.be>
À : James Peeters <james.peeters@bruges.be>

Objet : Re : Demande d'interview

Bonjour James,

Je ne sais pas ce qui m'étonne le plus dans votre retour : que vous refusiez encore ma demande alors que je vous ai apporté sur un plateau les éléments que vous me réclamez depuis une semaine ou le fait que vous me pensiez capable de lâcher cette enquête pour une soirée caritative sans aucun intérêt journalistique.

Vous seriez bien naïf de penser que je vous ai livré toutes les informations que j'ai en ma possession dans ce dossier. Je vous invite fortement à aller jeter un œil sur le compte Instagram de la femme du maire. On y apprend qu'elle a une fâcheuse tendance à se faire plaisir avec différentes acquisitions. Ce qui est étrange, c'est que pour une femme au foyer, elle puisse autant dépenser, d'où mes interrogations sur les notes de frais exorbitantes de votre supérieur. S'il ne veut pas me parler, prévenez-le simplement que je vais tout de même aller au bout de mon enquête !

N'hésitez pas à revenir sur votre position, James, je sais que vous en êtes capable.

Cordialement,

Salomé Roussel
Journaliste – BrugesMédia

PS : Si vous pensez qu'aider les habitants précaires de la ville consiste à aller à une collecte de fonds remplis de cols blancs, vous me décevez. Je vous propose un autre deal : Rejoignez-moi à la soupe populaire de la rue Timmermans ce soir, on verra qui veut vraiment aider son prochain. ; –)

Après avoir cliqué sur « Envoyer », je me mords instantanément les doigts. Je ne sais pas ce qu'il m'a pris de l'inviter à me rejoindre là-bas ce soir. En regardant Liz, je remarque qu'elle, ça l'amuse de me voir réagir comme une furie à chaque fois que j'interagis avec ce mec. D'ordinaire, j'ai du mal à mettre mes idées au clair, je peux réfléchir longtemps avant de trouver les mots justes pour ne pas froisser les gens, mais avec lui, c'est différent, j'ai un courage sans limites, comme si je ne craignais rien. C'est totalement absurde, car je prends des risques quand je l'interpelle ainsi avec mon adresse professionnelle. Je ne suis qu'une petite journaliste qui enregistre des micros-trottoirs, pourtant cette enquête secrète me permet de me dépasser, et je commence à me moquer sérieusement de ce que Richard en penserait. Tant que mes reportages sont faits, qu'est-ce qui pourrait bien m'arriver au fond ?

— Tu penses qu'il va répondre ? demandé-je à Elizabeth.

Ma question provoque un rire étouffé à mon amie, ce qui accentue mes doutes. Je me maudis un peu pour l'audace que James fait naître en moi. Je deviens une nana rentre-dedans à son contact, et en même temps, je serre les dents pour ne pas franchir une ligne rouge invisible.

— Évidemment qu'il va répondre, il va refuser que tu aies le dernier mot.

— Mais je ne vais pas le laisser l'avoir non plus, plaisanté-je.

— C'est bien ce que je dis, vous n'allez pas vous arrêter là. Je devrais m'offrir une machine à pop-corn très prochainement, je suis certaine que ça sera un investissement parfait pour admirer vos prises de bec !

— Tu perds ton temps, j'aurais bientôt de quoi satisfaire mon enquête.

— Même quand tu auras mis fin à la carrière de ce maire corrompu, je t'assure que tu seras encore occupée à enquiquiner James Peeters.

Il faut croire que lever les yeux au ciel est récurrent cette après-midi, car une fois de plus, Elizabeth me pousse dans mes retranchements pour me faire avouer une attirance inexistante.

— Tu planes complètement, lui balancé-je, exaspérée par ses sous-entendus.

Liz ne prend même pas la peine de batailler avec moi, elle sait combien je peux être têtue. Alors qu'elle arrive à son bureau, moi comme une imbécile, je fixe le nombre de nouveaux mails de ma boîte de réception.

Dans l'espoir que le nom de James apparaisse.

Après quelques secondes, je me résigne. Je n'ai pas que ça à faire que d'attendre une réponse à mon invitation. Même s'il venait, qu'est-ce que ça changerait au fond ?

Au moins je saurais que son égo est sensible à mes pics, mais il va m'en falloir beaucoup plus pour que j'arrête de penser qu'il se complait à se ranger du côté des riches. Son parcours universitaire et ses engagements associatifs m'avaient plutôt poussée à le surestimer, sauf qu'à force de me mener la vie dure, je commence vraiment à croire qu'il veut simplement ressembler à n'importe quel homme politique de ce pays, ce qui gâche tous ses atouts physiques indéniables.

Arrêtant donc de fixer cette boîte électronique qui ne satisfait pas mes attentes, je me dirige les sourcils froncés, vers la machine à café qui se trouve à quelques mètres de mon bureau.

— Il n'a pas répliqué, hein ?

— Je suis censée te répondre ?

— Non, pas besoin. Ça se voit sur ta tronche de grognon.

— Pff… Tu dis n'importe quoi, lâché-je en essayant de faire bonne figure avec une mine radieuse.

— Reste dans le déni si ça te rassure, mais ce Peeters est ta nouvelle dose d'adrénaline.

— Je n'ai pas le temps pour tes conneries, Liz, rétorqué-je en sélectionnant l'option double expresso.

Pendant que ma boisson fumante remplit mon mug, je l'entends se moquer de moi. Je fais exprès de ne pas y prêter attention, elle pense bien ce qu'elle veut, je sais qu'elle se fait des idées. Il n'y a pas de foutue attraction, encore moins de plaisante dépendance, il y a juste ma volonté de fer de le faire plier.

Chapitre 13

James
Mercredi 9 décembre

J'ai accepté.

Comme un abruti, j'ai dit oui à sa proposition et encore maintenant, je me demande pour quelle raison j'ai tant besoin de lui prouver qu'elle a tort.

Je savais qu'elle refuserait l'accréditation pour la soirée caritative, mais je ne m'attendais pas à ce qu'elle retourne cette offre contre moi. Elle pouvait très bien me dire d'aller me faire voir. Ça ne m'aurait vraiment pas surpris d'ailleurs, mais elle a préféré m'inviter à la rejoindre à cette soupe populaire, sous prétexte que je ne sais pas être charitable, bienveillant et utile pour notre communauté.

Je ne sais pas réellement pourquoi son attaque me touche autant. Après m'être toujours sacrifié pour le bien commun, Roy me place en porte-à-faux, au point que j'en viens à douter de l'image que je renvoie. Je ne devrais pas avoir peur de ce que les gens pensent de moi et encore moins de l'opinion d'une journaliste persuadée d'avoir mis le doigt sur un scandale bien juteux.

Pourtant, je m'apprête à la rejoindre ce soir pour lui prouver que je suis un mec bien, bordel. J'ai tant besoin d'impressionner la terre entière que j'en deviens ridicule. Cette pression n'est plus seulement réservée à ma famille et mes supérieurs, force est de constater qu'aujourd'hui, je veux montrer à Salomé Roussel, qu'elle n'a pas le monopole de la bienveillance ou du désir de justice.

— T'as fini d'être dans la lune ?

Planté devant une assiette de gaufres que je suis censé ranger, je lève les yeux, remarquant que ma sœur n'est pas dupe. Elle voit même très bien que j'ai l'esprit ailleurs depuis que je suis arrivé à la gaufrerie.

Surpris par sa remarque je m'empresse d'enrouler le film alimentaire autour des invendus du soir.

— Tu ne veux pas raconter à ta frangine ce qui te rend rêveur ? me demande-t-elle.

— Le boulot… Rien de bien important.

— Je vois, acquiesce-t-elle.

Intérieurement, je la remercie de ne pas me mitrailler de questions. Mes doutes sont suffisamment invasifs, je n'ai pas besoin que Rose me pousse à verbaliser tout cela.

— Graham rentre dans combien de temps ? l'interrogé-je en accélérant le rythme.

— Il va arriver d'une minute à l'autre. Il devait récupérer les boulons manquants au magasin pour le lit du bébé. Donne-moi la serpillère, je vais finir.

— Pour que tu trébuches sur le sol mouillé ? Non, merci !

— T'arrives à être plus chiant que mon mari, c'est très fort, Jay !

— Tout le plaisir est pour moi.

Surprise par ma répartie, elle me tire la langue avant de regarder l'horloge qui se trouve au-dessus de sa tête.

— Il est déjà 19 h 05. Si tu continues, tu vas lui poser un lapin. Je ne suis pas sûre que ça te facilite les choses avec Salomé.

— Je finis de laver le sol, et je file prendre une douche. Je vous laisse la caisse et les invendus à gérer, ça te va ?

— Très bien.

Allez, top chrono !

Si je veux pouvoir rejoindre Salomé d'ici une quarantaine de minutes à la soupe populaire, je dois accélérer.

Cette femme a trouvé mon talon d'Achille, celui capable de piquer mon égo et je me retrouve impuissant face à cela. Il faut que j'y remédie.

Toujours le cul entre deux chaises, je tente de prendre des initiatives pour ne pas devenir un sale type, tout en faisant correctement mon travail. Le problème, c'est que Salomé est hors de contrôle. Je ne peux jamais savoir comment elle va réagir et je suis incapable de deviner quel nouvel obstacle elle va me mettre dans les pattes.

Après avoir rangé la serpillère, j'enjambe les marches deux par deux pour prendre une douche rapide. Je me prépare à une vitesse record et ne prends même pas la peine de me coiffer.

Pressé par le temps, j'enfile mon sweat à capuche préféré et mon bomber bleu marine avant de descendre à la boutique.

— C'est bon, t'es fin prêt ? me demande Rose.

— Ouais, je crois que j'ai tout. Ça te dérange que j'embarque les sacs d'invendus pour la soupe populaire ?

— Quelle horrible personne je serais si je te disais non, plaisante-t-elle.

— Fais gaffe, James, ta sœur va faire une crise d'hypoglycémie si elle ne peut pas se gaver de gaufres devant la télévision, se moque Graham, que je n'avais pas vu dans l'arrière-boutique.

— Salut, mec, dis-je, en lui donnant une accolade. Vraiment désolé de partir plus tôt ce soir !

— Rose m'a dit que tu avais un rendez-vous de la plus haute importance avec une demoiselle.

— C'est à peu près ça, ironisé-je. Bon je file, passez une bonne soirée les amoureux !

Allons voir ce que Salomé me réserve.

Avec deux sacs remplis de gaufres, je prends la direction de la soupe populaire.

Une fois sur place, mon énergie débordante est refroidie par la file d'attente pleine de riverains qui viennent chercher un repas chaud. La réalité m'éclate au visage. Ma petite journaliste préférée a peut-être raison, j'avais besoin d'une piqûre de rappel.

Voir tant de personnes réunies dans le froid, contre leur gré, me serre le cœur. On est loin des stéréotypes, je ne suis pas face à des gens aux vêtements décousus, vieux et tristes, ceux qui sont là devant moi sont de tous âges, de toutes ethnies, je pourrais les croiser aussi bien à la mairie que sur le marché.

Ce constat me glace le sang.

Avec mes deux sacs de nourriture, je me dirige vers l'entrée du personnel. Au moins, ces sucreries leur apporteront un peu de joie. Lorsque j'arrive à l'embrasure de la double porte, le bénévole me laisse passer en me désignant le comptoir de dépôt.

Une fois dans la salle, l'ambiance chaleureuse apaise mon cœur. De grandes tablées décorées de feuillages et de petites pommes de pin dorées permettent à toutes ces personnes de partager un repas dans l'esprit de Noël.

Alors que j'avance parmi la foule, mes yeux me somment de m'arrêter.

Salomé est dans mon champ de vision, occupée à dévorer une barquette de frites. Plantée au milieu de la pièce, elle l'engloutit à une vitesse folle, puis fait glisser ses doigts autour de ses lèvres pour s'essuyer la bouche. Ce geste, absolument pas sexy, réussit pourtant à me faire saliver.

Toujours immobile, je n'arrive pas à reprendre la direction du comptoir. Lorsque ce bout de femme n'est pas en train de chercher la bagarre, elle a tout pour me plaire. Soudain, elle relève la tête vers moi.

Et merde ! Je suis grillé.

Il ne lui faut qu'une fraction de seconde pour foncer vers moi, avec sa détermination habituelle. Un vrai bulldozer dans une enveloppe délicieuse. Ses cheveux bouclés sautillent au rythme de ses pas, ce qui me donne le sourire. Son air faussement farouche m'amuse bien plus que je ne le voudrais, elle semble en rogne alors que c'est elle qui m'a invité. Cette femme est un paradoxe sur pattes. Arrivée devant moi, elle s'arrête en fixant les sacs qui occupent mes bras.

— Qu'est-ce que c'est ? demande-t-elle sans détour.

— Je n'ai pas le droit à un petit « Bonjour James, vous m'aviez tellement manqué » ?

— Vraiment très drôle ! ironise-t-elle. Je vous ai déjà salué ce matin en vous écrivant mon mail plein de délicatesse !

— Je préfère vous entendre de vive voix ! rajouté-je pour l'agacer davantage.

— Alors qu'est-ce qu'il y a là-dedans, James ?

Au lieu de lui répondre, j'ouvre légèrement un des sacs afin de le lui tendre.

Instantanément, elle se saisit du paquet en s'extasiant de gourmandise.

— C'est pour offrir à tous ces gens ? demande-t-elle, surprise.

— Évidemment, Salomé ! Je ne vous apprécie pas encore assez pour être si généreux, plaisanté-je.

Je vois bien dans ses yeux qu'elle a envie de me fusiller, mais en même temps, je crois que ces gaufres viennent de me faire marquer des points, car ses fossettes ne peuvent s'empêcher de tressaillir. Peu à peu, je vais peut-être réussir à lui faire oublier tous les *a priori* qu'elle a sur moi. Évidemment, sa moue détendue s'éclipse à toute vitesse pour laisser place à ce sourire pincé que je connais si bien, il ne fallait pas crier victoire trop vite.

— C'est vraiment dommage que je sois obligée de vous inviter pour que vous fassiez don de vos invendus.

— Vous allez faire des suppositions hasardeuses toute la soirée ? Graham, le mari de ma sœur, fait des distributions aux sans-abris deux fois par semaine dans l'ouest de la ville, vous voulez peut-être que je vous invite à faire ce type d'activité en ma compagnie pour vous prouver que je ne suis pas un connard sans cœur ?

Ma réponse a le mérite de la faire taire une seconde. Je n'arrive pas à croire qu'en quelques rencontres, je lui ai fait une si mauvaise impression. Intérieurement j'ai envie de me sermonner, car une nouvelle fois, j'ai pour réflexe de penser à l'image que je renvoie et ce n'est pas le sujet.

À vrai dire, je la comprends en partie, pour elle, je protège un maire qui prive des enfants de cadeaux de Noël. Je ne sais pas encore ce que je vais pouvoir faire pour arranger cette situation totalement floue, mais il faut que Salomé comprenne que je ne suis pas contre elle.

— D'accord, je retire ce que j'ai dit, finit-elle par lâcher. On va les déposer vos gaufres ?

— Je vous suis, vous avez l'air d'être la cheffe ici, plaisanté-je.

Ma phrase lui tire un sourire empli de fierté. Elle, qui me faisait face, se retourne pleine d'assurance, pour foncer droit vers la zone de dépôt. En arrivant, elle pose le sachet que je lui ai donné sur le comptoir, puis se saisit de celui que j'ai entre les mains pour le tendre à la bénévole qui se trouve en face de nous.

— Tout ça, Salomé ? Tu vas faire des heureux aujourd'hui ! s'étonne cette petite femme aux cheveux grisonnants.

— Muriel, je te présente James Peeters, l'attaché de presse de la mairie. C'est lui qui a apporté tout ça. Ces petites merveilles viennent de la gaufrerie de sa sœur qui se trouve en centre-ville, et je peux t'assurer que ces gaufres sont excellentes.

Alors que je hoche la tête pour saluer cette bénévole, je reste sur le cul que la femme que j'accompagne réussisse à me présenter sans me faire passer pour un enfoiré de première classe. Elle m'a habitué à plus de piquant.

— Eh bien, James, on peut dire que vous savez faire bonne impression ! s'exclame Muriel.

Je ne peux m'empêcher de sourire. Si seulement Salomé était du même avis !

— L'important, c'est que ces gens profitent d'un bon repas, lui réponds-je.

— Ils vont être ravis, je peux vous le garantir !

— Allez, tu me suis, James, déclare Salomé en fonçant tête baissée vers les cuisines.

Je ne réfléchis pas et obéis. À peine cinq minutes plus tard, je me retrouve à la plonge tandis que ce bout de femme virevoltant essuie les ustensiles et casseroles que je lave. Dans cette pièce, tout le monde s'affaire à préparer un repas d'exception à toutes les personnes que j'ai vu patienter dans la ruelle. Être utile me procure un profond sentiment de bien-être et je soupçonne que ça plaise à Salomé. Avec son torchon à la main, elle me scrute avec un petit sourire en coin, mais pour une fois, je n'ai pas envie qu'il disparaisse.

Après une quarantaine de minutes à travailler, nous sommes interrompus par Muriel qui nous rejoint.

— Salomé, vous pouvez vous mettre à table, la carbonade ne va pas tarder à être servie.

En entendant ça, je les regarde toutes les deux, totalement circonspect. Si je suis ici, c'est pour être généreux, pas pour profiter de ce qui revient à ces gens dans le besoin.

— On mange ici ?

— Ne faites pas le difficile, vous allez réussir à partager un repas avec moi, ironise Salomé, avec un sourire qui m'électrise.

Être avec elle n'est définitivement pas un problème, mais vais-je sortir vivant de cette salle ? J'en suis nettement moins sûr.

Il faut croire que je n'ai pas d'autre choix que de la suivre, après tout, je suis ici pour qu'elle arrête de me voir comme le méchant de l'histoire. C'est à moi de me plier aux règles pour une fois. Comme cela semble être récurrent ce soir, je passe derrière elle, la laissant m'emmener jusqu'à la grande table qui se trouve au cœur de la pièce. Pour le moment, toutes les personnes que j'ai aperçues à l'extérieur n'ont pas encore pu rentrer.

Je me retrouve donc assis face à elle, surpris par la situation.

— James, qu'est-ce qui vous a fait perdre votre langue ? m'interpelle Salomé.

— Pourquoi mangeons-nous ici ?

— Cette soupe est un peu particulière, il est vrai. Chaque personne qui contribue à ce repas doit prendre part aux festivités, c'est la règle.

— Vous venez souvent ?

— *Bruges Media* a un partenariat avec l'association qui met en place ces repas gratuits. La presse a tendance à être mal perçue dans les milieux populaires depuis quelques années, donc nous avons un deal : nous pouvons venir faire des petits reportages lors de leurs événements tous les mois, les organisateurs et les personnes qui viennent ici acceptent de nous parler, mais en échange nous offrons des stages et des journées découvertes aux jeunes de ces quartiers.

Je ne savais même pas que ce type de programme pouvait exister. Alors attentif, je l'écoute me raconter en quoi consiste son travail auprès de ces gens. Bien que je sois impressionné que des médias tendent encore la main aux habitants de la ville, je ne suis pas du tout surpris que Salomé joue ce rôle.

— Et vous profitez donc toujours de bons petits plats tout en travaillant ?

— Non, malheureusement… Vous refusez toujours de m'offrir les petits fours à la mairie ! plaisante-t-elle.

Sur ce coup-là, je ne peux m'en prendre qu'à moi. Je lui ai tendu une perche trop tentante. Je pourrais le prendre au premier degré, puis rebondir, néanmoins, cette petite pause entre nous, sans éclairs qui fusent, me convient parfaitement.

Pour continuer sur cette voie, je m'intéresse à son travail, je fais l'effort de comprendre la situation dans laquelle sont tous ces gens qui sont obligés de venir à une soupe populaire. C'est bien pour cette raison qu'elle souhaitait que je vienne ce soir, elle veut que je prenne la mesure de ce qu'est la précarité dans notre ville.

Depuis quelques jours, j'avais pris l'habitude de la voir les sourcils froncés, le regard perçant, mais à cet instant, une douceur inexplicable se libère de son visage. Salomé parle avec passion de ce dont les gens semblent avoir besoin pour s'éloigner de la précarité. Tout ce qu'elle me raconte, je le sais déjà, néanmoins elle a un don pour attirer mon attention, un subtil mélange entre énergie et cynisme. Je comprends de mieux en mieux pourquoi cette affaire de cadeaux de Noël l'obsède tant, je vois en elle une avocate prête à boxer comme Mohamed Ali.

Sans m'en rendre compte, les places qui nous entourent ont été prises d'assaut, et la fameuse Muriel que j'ai rencontrée un peu plus tôt vient nous servir deux énormes assiettes. Autant Salomé que moi restons ébahis en voyant la taille de nos plats. Je me demande si elle arrivera à finir son assiette après la barquette de frites que je l'ai vu manger en arrivant.

Une chose est certaine : on ne risque pas de mourir de faim ce soir. Elle a beau me répéter depuis quinze minutes que c'est une tradition d'être rassemblé ici autour d'un repas chaud, je ne peux m'empêcher de culpabiliser. Bien d'autres personnes mériteraient de dévorer cette carbonade flamande qui m'a l'air divine.

— James, vous pouvez manger, je n'ai pas fait mettre du poison dans votre assiette.

— Vous auriez pu, plaisanté-je avant de piquer un morceau de bœuf avec ma fourchette.

— J'aurais même adoré. Mais je ne suis pas si vicieuse, vous savez !

— J'ai pourtant l'impression que vous voulez tout faire pour rendre mon boulot impossible.

— C'est vous qui dites ça ? s'offusque-t-elle en posant sa fourchette.

— Même si ça vous énerve, je ne fais que mon travail, Salomé.

— Permettez-moi de vous dire que c'est un boulot de merde, ironise-t-elle.

Quoi ?

Je manque de m'étouffer avec le morceau de viande que je m'apprêtais à avaler.

Elle arrive toujours à me rembarrer en étant distinguée, mais là, elle a décidé d'envoyer valser la politesse. Je suis face à une Salomé plus spontanée, qui calcule moins les pics qu'elle me distille, et même si je suis abasourdi, cette nana-là est toute aussi délicieuse.

— Vous ne regardez que votre enquête, pourtant je fais un tas de choses exceptionnelles qui font évoluer cette ville dans le bon sens, mais vous refusez de les voir.

— Désolée, votre arrogance prend tellement de place que je n'arrive pas à saisir en quoi votre job permet aux habitants de vivre mieux. Vous vous donnez tellement à deux cents pour cent pour que mes investigations tombent à l'eau que je ne sais pas où vous trouvez le temps d'aider votre prochain.

Scotché, un souffle d'épuisement passe mes lèvres.

Moi qui consacre toute mon énergie à cette ville, à ma famille, d'ordinaire je ne fais guère attention aux critiques, mais je dois avouer que sa remarque froisse mon égo.

Une fois de plus.

J'ai envie de lui montrer que je ne suis pas celui qu'elle croit et rien que de penser que je veuille l'impressionner me met hors de moi. Cela ne me ressemble pas, toutefois le regard noir, je désire la surprendre. J'ai envie, pour une fois, que ce soit elle qui reste muette.

— Vous me prenez vraiment pour une ordure, hein ? C'est pour cette raison qu'on est là ? Vous pensez que je suis déconnecté de la vraie vie, et que c'est de votre responsabilité de me faire prendre conscience que je suis à côté de la plaque ?

— À vous de me le dire, James ! Depuis que nous nous sommes fait face à cette conférence de presse, vous vous évertuez à défendre Van Daat, bec et ongles. OK, c'est votre patron, mais là n'est pas le problème. En faisant des recherches sur vous, je pensais que vous étiez du bon côté de la barrière, que le sort de ces enfants vous intéressait...

— Ça vous plait que je sois le méchant ? Vous tirez des conclusions hâtives en permanence sans considérer que je puisse être sensible au sort de ces gosses ! la coupé-je, furieux.

— Vous avez passé cette semaine à me faire mijoter pour une interview que vous ne me donnerez jamais. Je n'ai pas que ça à faire de quémander une rencontre ! Ce que je sais par contre, c'est que beaucoup de gens préfèrent ignorer ce qu'il se passe en bas de leur rue, ils détournent le regard en permanence. Je suis loin d'être parfaite, mais s'il y a bien une chose dont je suis certaine, c'est que voir toutes ces personnes peut vous rappeler pourquoi vous aviez choisi de bosser dans des ONG. Ai-je tort ?

Ma bouchée avalée, j'expire lentement.

J'encaisse, avec difficulté.

À nouveau, cette femme me pousse dans mes retranchements. Je ne pensais pas qu'elle m'obligerait à me regarder dans la glace de cette façon, toutefois c'est bien ce qu'elle est en train de faire et je déteste devoir reconnaître qu'elle a, en partie, raison.

Il y a quelques années, j'étais un étudiant qui rêvait de bousculer le monde, je voulais me battre pour les autres, donner la moindre seconde de mon temps pour venir en aide aux plus miséreux. J'avais besoin de me sentir utile. Je sais pertinemment ce qui m'a transformé, mais Salomé n'en a aucune idée. L'accident de mon père m'a totalement changé, toutes mes priorités en ont été bouleversées.

Plongeant un peu plus mon regard dans le sien, j'hésite un instant.

Et puis merde, qu'est-ce que j'ai à perdre à me dévoiler ? Il est peut-être temps que je lui montre que je suis aussi un mec bien. Je ne sais pas si je vais regretter ce que je m'apprête à faire, cependant il faut qu'elle comprenne que Roy me bloque autant qu'elle.

— Finissez votre assiette, Salomé, ensuite je vous emmène faire un tour pour discuter.

— Ce n'est pas déjà ce que nous sommes en train de faire ?

— On est dans une impasse. Vous pensez que je suis un connard sans cœur, vous ne me croyez pas quand je vous dis que j'ai tout tenté pour vous avoir cette interview. Ma seule solution pour prouver ma bonne foi, c'est de vous montrer qui je suis vraiment et je n'ai pas envie de faire ça à cette table. Alors que décidez-vous ?

Elle lève les yeux en direction des miens. La bouche légèrement ouverte, elle se trouve à son tour perturbée, pleine d'hésitation.

— OK, mais je finis mon plat, c'est beaucoup trop bon pour que je fasse du gaspillage, cède-t-elle enfin.

Décidément, ce n'est pas une mince affaire de lui faire entendre raison.

— Je ne comptais pas en laisser une miette non plus, ironisé-je.

Pendant un instant, nos regards restent plongés l'un dans l'autre, sans que nous ne sachions pour quelle raison. Ça en est presque épuisant de batailler l'un contre l'autre en permanence et nous le savons tous les deux. Aucun de nous ne veut céder, pourtant c'est peut-être la seule solution si l'on veut avancer. Là, elle vient de faire un pas dans ma direction, c'est à mon tour de lui montrer que je suis beaucoup plus que ce mec hautain qu'elle a rencontré en conférence de presse.

En une dizaine de minutes, nous engloutissons nos assiettes sans nous dire un mot. Finissant un peu avant elle, j'en profite pour la regarder éponger sa sauce avec un bout de pain.

C'est véritablement déroutant qu'une femme qui me casse autant les pieds me plaise à ce point.

À chaque fois que je la vois, j'essaie de me dire qu'elle n'est pas si belle, pourtant avec sa bouche charnue, ses pommettes rondes et ses grands yeux de biche, elle a tout pour me faire craquer. Je devais vraiment avoir un sale karma dans mes vies antérieures pour que Dieu me martyrise comme ça.

— C'est bon, on peut y aller, dit-elle en se levant. Quel est le programme ?

— On va juste faire un tour, ne vous en faites pas. Je ne vais pas vous emmener à l'autre bout de la ville.

— J'espère bien, car je suis attendue dans deux heures dans un club qui s'appelle *Le Précieux* ou un truc comme ça, m'informe-t-elle alors que l'on se dirige vers Muriel pour la remercier pour le repas.

— *Le Prestige*, non ?

— Ah oui, c'est ça !

— Et après, c'est moi qui suis déconnecté de la réalité ? Il n'y a pas plus guindé comme club.

— En tout cas, je vois que vous vous y connaissez, se moque-t-elle. C'est une première pour moi, mon amie Elizabeth a un don pour fricoter avec de jeunes riches qui adorent vider leurs comptes en banque pour son sourire.

— Celle qui vous permet de rentrer incognito à la mairie ?

Elle hoche la tête avec un regard innocent.

— Elle a des entrées partout, dis donc ! reprends-je en lui adressant un clin d'œil.

— Roh… James, cet épisode vous me l'avez déjà pardonné, plaisante-t-elle, soudain si légère.

— C'est sûr que ça s'oublie plus facilement que votre harcèlement très ciblé.

J'ai à peine fini ma phrase que Salomé interpelle la cuisinière qui a orchestré le repas. Elles échangent de rapides banalités puis pendant que Muriel retourne discuter à une table, nous nous dirigeons en silence vers la sortie. Nous avons à peine fait quelques mètres que déjà, la voix de ma journaliste préférée m'alerte :

— Ce n'est pas que je ne veux pas me promener avec vous, mais je n'en peux plus de ce jeu sans fin. Vous ne me permettez pas de faire mon travail correctement, et je ne compte pas m'arrêter là. Donc, vu que vous sembliez prêt à jouer cartes sur table, je vous écoute.

Au moins, avec elle, je suis sûr qu'on va à l'essentiel, il n'y a pas de place pour les fioritures. Si j'étais convaincu, il y a une trentaine de minutes, de faire le bon choix en lui déballant ma vie, je ne le suis plus tant que ça. J'ai pour habitude de m'occuper de mes sœurs, de mes parents, de surperformer au travail. Être irréprochable est mon leitmotiv. À force de m'imposer une telle rigueur dans la sphère professionnelle comme privée, j'ai oublié ce que c'était de se confier à quelqu'un. C'est peut-être aussi pour cette raison que je ne laisse aucune femme s'installer dans ma vie. Celle-ci est beaucoup trop encombrée par le reste, mais si je veux faire comprendre à Salomé que je ne suis pas ce mec insensible qu'elle pense que je suis, je dois lui livrer une part de moi. C'est effrayant parce que je ne sais pas si je dois la convaincre afin d'éviter de devenir un sale type, ou parce que cela me démange de l'aider dans son enquête.

Dans tous les cas, il faut que je le fasse.

— Je commence par quoi ? Ce que je pense de votre enquête ou le pourquoi je ne suis pas un connard égocentrique ?

— Dites-moi ce que vous pensez de Van Daat et de mes « suppositions hasardeuses ». On verra si ça me motive à en savoir plus sur vous après.

Une fois de plus, son ton directif me rappelle qu'elle n'a qu'une seule chose en tête : cette enquête.

Alors que nous marchons l'un à côté de l'autre, mes yeux fixent les lampadaires éclairés. J'ai espoir que la nuit qui scintille au-dessus de nos têtes, nous offrant un paysage paisible, me fera gagner des points. Je croise les doigts pour que Salomé ne soit pas en train de m'enregistrer, car ce que je m'apprête à lui révéler pourrait vraiment me mettre dans la merde.

— Quand je vous ai rencontrée mercredi dernier, j'ai trouvé cette histoire louche, c'est vrai. La veille, un autre journaliste que je connais bien m'a aussi alerté sur le fait que plusieurs rédactions avaient été incitées à stopper leurs investigations concernant ces cadeaux de Noël. Je ne connaissais rien à cette affaire, alors j'ai demandé des explications à mes supérieurs. Ils m'ont certifié que tout était clean.

— Bah voyons… lâche-t-elle en haussant les sourcils.

— Quoi ?

— Non rien… Continuez !

Je vais faire comme si son naturel expressif n'avait pas trahi son jugement qui en dit long sur l'image qu'elle se fait de moi.

— Vous me prenez sûrement pour le mec le plus naïf de la terre, mais j'ai cru Roy et le responsable de la communication. Si vous avez bien fait vos recherches sur moi, vous devez savoir que j'ai quitté le programme universitaire de patinage de vitesse pour privilégier mes études de droit et de politique.

Elle ne laisse transparaître aucune émotion et m'incite à poursuivre du regard.

Ceux qui ne me connaissent pas pensent qu'il s'agissait d'un choix de raison et d'un point de vue extérieur ça semble logique.

— La vérité, c'est que j'ai laissé ma carrière de sportif derrière moi il y a plusieurs années, car mon père a perdu l'usage de ses jambes… reprends-je alors que je vois son visage interloqué par ma confession. Je devais aider ma famille et les déplacements programmés à travers l'Europe n'étaient plus envisageables. C'est à ce moment-là que Van Daat m'a pris sous son aile. Il m'a tout appris, ouvert des tonnes de portes, il m'a servi des opportunités sur un plateau. Même si des rumeurs existaient, je n'avais aucune raison de douter de lui, donc j'ai, en effet, choisi de vous remettre à votre place en conférence de presse tout comme vendredi dernier quand vous avez eu le culot de vous pointer à la gaufrerie.

— Et aujourd'hui ?

— Je ne sais pas si le maire a subtilisé l'argent de ces cadeaux pour augmenter ses notes de frais, mais il est vrai que les documents que vous avez trouvés, je ne les explique pas. Vous n'allez peut-être pas me croire, mais hier, je suis allé confronter Roy en lui présentant le dossier que vous m'aviez soigneusement préparé. Je ne sais pas quelle réponse j'attendais exactement, mais la seule chose que j'ai récoltée, c'est une menace de licenciement.

Bien que mes yeux soient occupés à fixer les lumières de la rue, en lui dévoilant cela, je me sens obligé de poser à nouveau mon regard sur elle. C'est déjà difficile de la jauger quand elle me fusille habituellement, mais si je ne la détaille pas, je ne risque pas de savoir ce qui lui passe par la tête.

À cet instant, je n'ai pas droit à des pupilles qui me transpercent, mais plutôt à une douceur que je ne connais pas. Je ne sais pas si c'est le fait que je lui ai dévoilé le handicap de mon père ou le fait que je joue cartes sur table avec elle, mais tout de suite, elle n'a pas l'air prête à me boxer une nouvelle fois.

La bouche légèrement entrouverte, je crois avoir enfin réussi à attirer son attention sans que ça la mette en rogne.

— Salomé, j'ai l'impression que vous savez ce que c'est que d'avoir un job qui nous habite du matin au soir. Vous avez peut-être raison de me prendre pour un mec prétentieux, arrogant ou tout ce qui vous plaira, mais la politique est une vocation pour moi. Si vous pensez pouvoir changer le monde en étant journaliste, je pense pouvoir le faire en travaillant pour ma ville, et probablement plus tard pour mon pays. Je ne peux pas laisser à Roy Van Daat l'opportunité de foutre en l'air ma carrière avant qu'elle n'ait commencée.

— Donc ces gosses n'ont pas le droit à leur petite étincelle, une fois dans l'année, car vous voulez changer le monde dans dix ans ? Vous voyez, James, être une journaliste reconnue est une obsession pour moi, et en ça je vous comprends, mais par moments, des choix s'imposent…

Comme si je ne le savais pas.

Mes pensées vont à cent à l'heure, au point que je me surprends à envisager l'impensable. Est-ce que je serais vraiment prêt à prendre un tel risque ?

Plus je la regarde, plus je m'approche de la ligne rouge où elle m'attire.

Putain, je déteste cette confusion qui s'immisce en moi. J'ai une fraction de seconde pour me décider. Tout va à fond dans ma tête. Je repense à ces gosses qui, le vingt-quatre au soir, ne seront probablement pas excités d'être au lendemain matin. Je pense à tous ces gens avec qui nous venons de manger, qui n'ont pas d'autres choix que de venir à une soupe populaire. Et je pense à mon père, son accident, tous les sacrifices que j'ai dû faire pour qu'il n'ait jamais eu l'impression que sa vie devenait une catastrophe. Si je laisse ces gosses subir cette injustice, est-ce qu'il continuera à être fier de l'homme que je suis ?

Salomé m'oblige à prendre position, et je n'ai plus le temps de tergiverser.

— Laissez-moi l'opportunité de faire les choses correctement alors. Je ne vous aurais pas cette interview, car le maire ne se laisse rien imposer, jamais. Il fait ce qu'il veut, n'importe quel employé de la mairie vous le dira. J'ai compris que vous ne lâcherez rien, donc… Je vais essayer de vous obtenir le détail de ses notes de frais. C'est la meilleure offre que je puisse vous faire, à vous de voir !

— Vous êtes sérieux ? me demande-t-elle, décontenancée par ma proposition.

En réalité, je suis également sur le cul de lui avoir fait une telle suggestion. Je ne sais pas dans quelle merde elle est en train de m'emmener, mais je viens de foncer tête baissée.

— Je vous donne ma parole, lui assuré-je en la regardant droit dans les yeux.

Ce que j'y lis me foudroie. Ses prunelles pétillent tellement que mes lèvres s'assèchent instantanément.

— Putain de merde ! Je savais que vous étiez un chic type au fond, lâche-t-elle.

Son élan d'excitation me coupe la respiration, laissant un rire nerveux s'échapper de ma gorge sans que je puisse le contrôler.

— Qui utilise le terme « chic type » en 2020 ? plaisanté-je.

— Moi… Et probablement un million de mamies sur cette planète.

— C'est bien ce que je me disais.

— Donc, maintenant vous êtes mon indic sexy ? Waouh, quelle classe ! s'exclame-t-elle en se permettant d'ébouriffer mes cheveux comme pourrait le faire Rose.

Quel abruti je fais !

Dans mes souvenirs les plus lointains, je ne me rappelle pas avoir été dans une telle panade. Je viens de mettre ma carrière aux enchères. Elle est désormais entre les mains de cette femme absolument incontrôlable. Faut voir le bon côté des choses elle a remplacé l'adjectif « arrogant » par « sexy ». Si jamais je suis viré, je pourrais toujours l'ajouter sur mon CV.

Je ne sais pas qui est l'incompétent qui se charge de mon karma sur le mont Olympe, mais il a intérêt à arranger ça rapidement, car face à une Salomé Roussel si virevoltante, je ne sais pas de quoi je suis capable.

Chapitre 14

James
Jeudi 10 décembre

Depuis que j'ai laissé filer Salomé hier soir, je suis partagé. Un sentiment qui me semble d'ailleurs beaucoup trop familier ces temps-ci. Je n'arrive toujours pas à savoir ce qui m'a poussé à lui faire une telle promesse, mais je constate que la légèreté qui m'anime habituellement a enfin fait son grand retour. Ce n'est pas trop tôt !

En décidant de l'aider, je sais que je fais le choix du cœur, celui qui apaise mon âme d'humaniste, pourtant ce serait mentir que de dire que c'est aussi un choix de raison. C'est loin de l'être en réalité, je prends des risques qu'on pourrait qualifier d'inconsidérés, mais à chaque fois que je pense aux valeurs que m'ont transmises mes parents, je me dis que j'ai pris la bonne décision.

Maintenant, un autre défi s'offre à moi, je lui ai promis de chercher les notes de frais détaillées du maire, et je n'ai aucune idée de comment faire pour les obtenir. Ce n'est pas comme si j'allais miraculeusement trouver ces documents coincés dans la photocopieuse.

— Alors, mec, elle t'a dit quoi pour la soirée caritative à Saint-Sauveur ? me demande Sacha.

— Elle va y réfléchir… mens-je.

— Je suis étonné qu'elle ne t'ait pas dit d'aller au diable ! plaisante mon ami en se laissant tomber sur sa chaise de bureau.

— Évidemment qu'elle m'a envoyé balader, mais en insistant, elle s'est rendu compte que je n'avais pas d'autres propositions à lui faire. Si elle est lucide, elle comprendra que cette collecte de fonds est sa meilleure option pour faire décoller sa carrière !

Je ne sais pas ce qui est le plus insupportable, mentir à mon ami ou jouer au connard pour qu'il me croie. C'est beaucoup trop dangereux de mettre Sacha dans la confidence. Si je suis prêt à mettre ma carrière en péril, je refuse de l'embarquer là-dedans. Cette histoire ne concerne que Salomé et moi, même si ces enfants méritent qu'on se batte pour eux, je ne peux compter que sur moi sur ce coup-là.

— Je serai ravi de la voir dans une robe de soirée en tout cas ! s'exclame-t-il

— Tu ne perds pas le Nord, toi !

— Si ça avait été à moi de la convaincre, ne t'en fais pas que j'aurais tout fait pour qu'elle se pointe. Quitte à mettre Roy dans la merde ! plaisante-t-il.

Je me retiens de rire, si seulement il savait que c'est exactement ce que j'ai fait pour calmer les relances incessantes de Salomé. Néanmoins, sa réflexion a le mérite de me faire prendre du recul. Je suis bel et bien l'informateur qui doit trouver des preuves tangibles pour qu'elle puisse publier son enquête, sauf que personne ne va croire que, du jour au lendemain, elle puisse arrêter de me harceler. Depuis la conférence de presse, elle a fait preuve d'une telle ténacité qu'il faut qu'elle accepte d'être accréditée à cette soirée caritative pour que nous ayons une couverture solide.

— Espèce de vendu !

— Ce n'est pas tous les jours qu'on profite d'une telle beauté.

— Parle pour toi, je m'esclaffe. Elle se pointe à la gaufrerie dès qu'elle peut !

— J'avais presque oublié combien t'es insupportable quand tu te vantes ! s'exclame Sacha, avant de me jeter une boulette de papier.

— Je te filerai mes techniques un jour, lui réponds-je tout en lui renvoyant son projectile en plein visage.

Alors que Sacha s'apprête à riposter, notre responsable entre sans avoir frappé à la porte de notre bureau, nous laissant circonspects. Comme quoi, tout part vraiment en vrille dans cette mairie.

— Sacha, où en sont les textes qui doivent être traduits en braille pour l'exposition à la salle polyvalente ?

— Ils ont déjà été envoyés au pôle créa.

— Tu as bien tout vérifié ? lui redemande Nicolas, bien plus paternel qu'à l'accoutumée.

— Oui, je vous certifie que tout était parfait !

— Bien… Et toi, James, ça en est où avec la journaliste ? Roy veut être certain que tu as pris la mesure de la situation…

Quelle blague ! S'il y a bien une personne qui s'est rendu compte de la merde dans laquelle le maire s'est mis, c'est bien moi. Et maintenant, il veut que je lui sauve les fesses ? Ils sont vraiment en train de se payer ma tête tous les deux !

— C'est en cours, mais je gère la situation.

— Ça veut dire quoi, ça ?

— Je lui ai proposé une accréditation à la collecte de fonds de vendredi prochain pour qu'en échange, elle arrête son investigation. Elle doit me donner une réponse dans la journée ! rétorqué-je.

— Qu'est-ce qui te dit qu'elle va accepter ? Tu ne penses pas qu'une approche plus agressive s'impose ?

Agressive ? Non, mais ils se sont donné le mot avec le maire ou quoi ? Ils sont totalement à côté de leurs pompes ! Je n'ose pas lui demander ce qu'il veut dire par là, car je risquerai de m'emporter.

En réalité, j'ai envie de les applaudir, ils ont réussi l'exploit de me conforter dans mon choix de me ranger derrière Salomé et son enquête.

— Nicolas, nous n'aurons pas besoin d'en arriver là… Elle fait des micros-trottoirs à longueur de journée, une telle accréditation c'est bien plus que ce qu'elle pouvait espérer. Je peux vous assurer que tout va rentrer dans l'ordre.

— Très bien, James… Tiens-moi au courant quand tu auras son accord définitif pour que je puisse rassurer Roy !

Après avoir hoché la tête pour répondre à mon responsable, ce dernier se retire. En voyant la porte de notre bureau se refermer, je ne peux m'empêcher de souffler un grand coup. Cela m'importe peu que Sacha lise en moi comme dans un livre ouvert, je suis suffisamment tendu par l'entrée de Nicolas.

— Toi aussi tu penses que Roy est dans de sales draps ? me demande mon ami, même s'il connaît déjà la réponse.

— À ton avis ?

— Ouais, c'est bien ce que je me disais… Pour qu'on nous les brise de la sorte, il y a forcément anguille sous cachalot !

— Clairement…

Une chose est sûre, je dois régler cette affaire de collecte de fonds avec Salomé au plus vite. Sortant mon téléphone de ma poche de costume, je tapote à toute vitesse un SMS au numéro qu'elle m'a donné hier.

> Il faut qu'on se voie très vite pour parler de la soirée de bienfaisance à la cathédrale. Rejoignez-moi à la patinoire du district Sainte-Anne ce soir !

Chapitre 15

James
Jeudi 10 décembre

Alors que mes yeux se posent sur la patinoire glacée qui se trouve sous mes pieds, j'appuie sur le bouton « *Play* » de mon application musicale, puis décide de me lancer. Quand je suis ici, nombre de mes souvenirs entrent en collision, comme si mes espoirs brisés ne trouvaient pas encore de pansements assez solides pour les soulager.

Me laissant glisser sur mon terrain de jeu favori, les traces de mon passé viennent prendre place dans mon esprit. Je me revois sauter partout lorsque j'ai remporté ma première course, je devais avoir à peine sept ans pourtant, en montant sur ce podium, j'ai su que j'avais trouvé ma vocation. Plus j'accélère, plus mon corps réagit à l'adrénaline. À une époque, ma seule motivation était de chausser mes patins noirs en sortant de l'école. Sur la glace, j'ai toujours su attirer les regards, engranger les compliments de ma famille, et j'ai surtout appris à avoir confiance en moi. En enregistrant de nouveaux records, semaine après semaine, j'ai appris à être le centre de l'attention. Étant le benjamin chez les Peeters, c'était normal pour moi d'être chouchouté à la maison, mais ici, j'ai découvert que je pouvais également devenir le numéro un sur des patins.

Cela fait déjà une dizaine de minutes que j'enchaîne les accélérations sans réussir à me détendre. Mes gloires passées ont un goût amer. Habituellement, je n'y pense pas, je patine sans réfléchir ce qui a pour effet de me faire évacuer la pression qui m'anime au quotidien. Sauf que depuis que Salomé me tourne autour avec son enquête, ma conscience me rappelle constamment à l'ordre. Lorsqu'elle me mène la vie dure, je ne peux m'empêcher de penser à mon père, à ce jour où ma mère m'a appelé en larmes, à cette journée infernale où j'ai su que je devais renoncer à ma carrière. Daniel Peeters représente toute mon humanité, toute ma force de caractère, toutes mes bonnes intentions, et quand Salomé me fait passer pour une pourriture qui veut priver des gosses de cadeaux de Noël, je sens le regard désapprobateur de mon paternel. Comme si tous mes efforts pouvaient ne plus suffire pour être un homme bien. Dans le fond, j'aimerais savoir d'où vient cette anxiété pernicieuse qui demande à être apprivoisée, je veux retrouver ma confiance légendaire, je veux faire disparaître ces doutes qui m'assaillent de toute part.

— James !

Malgré le son qui pulse dans mes écouteurs, la voix qui m'interpelle m'oblige à me retourner. Emmitouflée dans une écharpe épaisse, Salomé m'attend à l'entrée de la patinoire, les mains en appui sur la rambarde. Que mes questions sans réponse aillent se faire voir, je sens que je vais encore devoir me surpasser pour affronter cette femme.

Alors que je glisse jusqu'à elle, je me dépêche d'éteindre ma musique et de ranger mes écouteurs dans ma poche.

— Alors, est-ce que mon indic' a trouvé ces fameuses notes de frais ? me demande-t-elle.

— Vous détestez tant que ça me dire « Bonjour » ?

— Vous et moi, nous n'avons pas le temps pour ce type de futilité, vous le savez bien… Je vous harcèle pour arriver à mes fins, et vous m'envoyez balader, c'est comme ça que cela fonctionne entre nous, non ? argumente-t-elle, avec un léger sourire en coin.

— C'est bien ! Vous commencez à assumer d'être une emmerdeuse qui empiète sur ma vie !

— Je vous évite de mourir d'ennui, c'est totalement différent.

— C'est clair qu'avec vous, je ne risque pas de tomber dans une certaine routine, vu les efforts que vous déployez pour me voir, chaque jour.

— Monsieur le patineur fait le fanfaron sur la glace ? Est-ce que j'ai besoin de vous rappeler que c'est vous qui m'avez fait venir ici, ce soir ? me questionne-t-elle en me montrant le message que je lui ai envoyé plus tôt dans la journée.

C'est vrai que Salomé se déplace rarement pour admirer mes beaux yeux, elle a toujours son enquête en tête, et c'est pour cette unique raison qu'elle se tient devant moi.

— Malgré notre accord, vous devez tout de même accepter l'accréditation pour la soirée caritative. Van Daat s'inquiète de l'avancée de votre enquête, j'ai assuré à mes supérieurs que vous laisseriez tout tomber juste pour être présente à cette collecte de fonds.

— Je dois donc passer pour une journaliste désespérée afin que votre couverture tienne la route ?

— C'est à peu près ça, me moqué-je.

— J'espère au moins que les petits fours seront à la hauteur de la carbonade flamande d'hier !

— Malheureusement je ne peux rien vous promettre, Salomé, mais vous pourrez passer vos nerfs sur moi. Je suis certain que c'est suffisant pour vous ravir !

Ma phrase a le mérite de faire naître un sourire sur ses lèvres. Cette femme s'efforce d'être stricte pour me montrer qu'elle peut combattre sur le ring face à moi, elle est même tellement coriace que j'ai été le premier à céder, à me ranger derrière elle. Je me suis trop habitué à la scruter avec un visage fermé, mais lorsque ses fossettes s'agitent de la sorte, je suis comme pris au piège. Je n'arrive toujours pas à déterminer si ce sont ses lèvres pulpeuses, ses yeux perçants ou ses divines boucles qui créent ce charme si particulier, sauf que l'association de tous ces détails la rend encore plus difficile à affronter. J'espère de tout mon être qu'elle ne puisse pas se rendre compte de ce que son physique provoque en moi.

Tout comme elle, mes mains sont posées sur la rambarde, et l'un en face de l'autre, nous continuons ce duel sans fin.

— Marché conclu. Vous pouvez valider votre couverture auprès du maire, je serai officiellement une journaliste qui vend son âme au diable, et officieusement, je lui botterai le cul !

— Vous m'en voyez ravi, je ne serai pas renvoyé demain ! plaisanté-je.

— Bon, ce n'est pas tout James, mais je crois que j'ai assez vu votre tête pour aujourd'hui. Je vais vous laisser patiner dans le vide en attendant de recevoir mon accréditation en paillettes d'or demain matin au courrier !

Mais quel phénomène celle-là !

— Ne faites pas la princesse avec moi, Salomé ! Vous avez traversé la ville pour venir ici, et vous ne passez pas une journée sans vouloir me charrier, vous n'allez pas rentrer si vite…

— Dois-je en conclure que vous savez où j'habite ? Vous allez commencer à me faire flipper. Les tueurs en série, je préfère les rencontrer sur Netflix, pas dans la vraie vie !

— Je ne sais absolument pas où vous vivez, lui réponds-je dans un rire. Par contre, je sais que cette patinoire est loin de tout, donc maintenant que vous êtes là, ça serait bête de ne pas en profiter.

— Je suis censée vous regarder patiner et vous applaudir, c'est ça ? Je suis certaine que vous avez un tas de groupies qui adoreraient le faire à ma place !

— Vous avez peur de venir sur la glace pour me montrer vos talents ?

Dans un murmure, elle pouffe de rire.

C'est bon, j'ai toute son attention.

— La peur ne fait pas partie de mon vocabulaire, James ! Je n'ai pas que ça à faire que de me ridiculiser sur cette patinoire alors qu'on sait pertinemment tous les deux que vous êtes à votre avantage dans cette discipline, ce qui n'est pas mon cas.

— Je pense que vous êtes une poule mouillée ! lui lâché-je pour titiller davantage son égo.

Dans le genre idée foireuse, je suis en train d'exceller. Être avec elle est toujours un parcours du combattant, et là, je la pousse à me faire chier encore un peu plus. Cependant, en sa présence, mes dilemmes cornéliens se sont fait la malle. Je ne l'explique pas, mais à force de me disputer avec elle, la pression qui m'empoisonne a fait le chemin inverse. La seule chose qui me motive à l'instant présent, c'est qu'elle ose, qu'elle accepte de venir sur mon terrain de jeu, qu'elle laisse tomber les armes pour que je ne sois plus le seul à baisser ma garde.

— Donc si je rentre chez moi, vous me prenez pour une chochotte, et si j'accepte, vous allez croire que vous êtes un fin négociateur ?

— Tout à fait ! me moqué-je.

— Vous me faites chier, James, vous le savez ça ?

Je ne prends même pas la peine de lui répondre, mon sourire d'abruti lui suffit amplement. Elle se mord la lèvre inférieure tout en secouant la tête, presque décidée à accepter mon challenge.

— Ils sont où vos patins ?

Bingo.

— Vous faites quelle pointure ?

— 38…

— Attendez-moi là… Je reviens dans une minute ! dis-je en sortant de la glace.

Je sens qu'inciter Salomé à prendre des risques va être révélateur, en tout cas, j'ai hâte de voir comment elle va réagir lorsqu'elle sera au contact de la glace.

En poussant la porte battante qui sépare la patinoire de l'accueil, je tombe sur Tim qui semble étonné de me voir déjà hors de la piste. Après avoir partagé quelques banalités avec l'homme qui m'a vu grandir dans ce club de patinage, je lui demande de me fournir une paire de patins pour Salomé.

De retour auprès d'elle, je les lui tends avant de remonter sur la glace. Perché sur mes lames, je fais des zigzags en la regardant nouer ses lacets. Apparemment, pendant mon absence, elle ne s'est pas trouvée d'excuses pour éviter le challenge que je lui ai lancé, elle semble même décidée à tenir son engagement. Elle me prouve ainsi qu'elle est une femme de parole, c'est déjà ça de gagné. J'ai misé sur elle en ayant que très peu de garanties, donc quand je la vois se redresser pour me rejoindre, je suis soulagé.

Voyons ce qu'elle a dans le ventre lorsqu'elle n'a pas une enquête derrière laquelle se réfugier !

Alors qu'elle pose un premier pied sur la glace, je la regarde se cramponner à la rambarde comme tous les débutants peuvent le faire. Même les plus téméraires n'échappent pas à cette règle. Une fois sur la piste, Salomé ne ressemble plus vraiment à la bombe pleine d'assurance que j'ai l'habitude de côtoyer et je dois dire que j'aime la voir hésitante. Sa fierté légendaire n'a tout de même pas totalement disparu. Le menton relevé, le dos bien droit, elle veut faire bonne figure face à moi, pourtant les lames de ses patins ne décollent que très peu de la glace, ce qui l'empêche de réellement avancer le long de cette rambarde à laquelle elle s'accroche.

— Combien de tours suis-je censée faire pour vous prouver que je ne suis pas une poule mouillée, James ?

— J'attends de voir votre triple axel.

— Très drôle !

— Vu la vitesse à laquelle vous avancez, je pense que dans dix ans vous saurez le faire, me moqué-je.

— Ce n'est pas parce que je suis une limace que je ne peux pas vous botter le cul, je vous préviens.

Des frissons me réveillent. Il faut absolument que cette femme arrête de me menacer, mes oreilles aiment beaucoup trop ça. Chaque grossièreté ou attaque qui sort de sa bouche m'émoustille et ce n'est pas une bonne nouvelle.

— Décollez vos pieds de la glace et écartez-vous du bord sinon vous allez continuer de faire du sur-place.

— Si je fais ça, je vais me retrouver par terre dans deux secondes.

— Il faut que vous laissiez vos pieds glisser l'un après l'autre en regardant droit devant vous, mais il faut que vous les décolliez du sol.

— Vous savez que je vous déteste, laisse-t-elle échapper, en ne réussissant pas à lâcher cette foutue rambarde.

Je mentirais si je disais que la voir en difficulté ne m'amuse pas. Salomé est toujours si sûre d'elle, avec un regard agressif qui me montre qu'elle contrôle la situation, sauf qu'à cet instant précis, elle ne peut pas se permettre d'être si rude avec moi. Sur des patins, elle est vulnérable et je trouve ça sacrément craquant. Si elle veut me prouver qu'elle en a dans le ventre, elle est obligée de se reposer sur moi. Je suis certain qu'elle déteste laisser les autres gérer à sa place, mais aujourd'hui, je vais lui prouver que lâcher du lest ça a du bon.

Alors que je me trouvais de l'autre côté de la patinoire, je m'élance vers elle afin de l'aider. On va voir si elle va me laisser cette opportunité.

— Vous acceptez que je vous aide ? lui demandé-je.

— À tomber ?

— Ça serait infiniment drôle, mais non. Une fois que vous aurez compris le truc, vous enchaînerez les tours, vous verrez.

— Bon, c'est quoi votre astuce pour que je devienne une patineuse de talent ? ironise-t-elle.

— Laissez-moi poser mes mains sur vos hanches, je vais vous guider.

— Je n'ai jamais vu une technique de drague aussi pourrie, déclare-t-elle en éclatant de rire.

Totalement sérieux, je la fixe, sans dire un mot.

— Ah merde, vous ne rigoliez pas… reprend-elle. Bon, il faut croire que je devais mourir avant d'atteindre le quart de siècle.

— Vous êtes vraiment un spectacle vivant, répliqué-je en secouant la tête, stupéfait par ses exagérations.

Me plaçant derrière elle, mes doigts gantés viennent épouser ses hanches alors que mon menton pourrait se poser sur le haut de son crâne. J'ai connu pire comme point de vue, son fessier rebondi et sa taille fine sont deux choses que j'affectionne drôlement, mais l'heure n'est pas aux divagations.

— Êtes-vous prête ? lui demandé-je avant de m'élancer avec elle.

— Je suis censée faire quoi ?

— Gardez vos patins bien droits, je vais faire tout le travail. L'important, c'est que vous sentiez l'énergie de la glace.

— OK, Brian Joubert ! se moque-t-elle.

Il faut croire que son cynisme adore faire son apparition lorsqu'elle perd le contrôle, sauf qu'à cet instant précis, j'aime être celui qui lui prouve qu'elle ne peut pas être la cheffe en permanence.

Les bras tendus, les mains fermes sur ses hanches, je laisse mes jambes nous faire avancer. Nous avons à peine parcouru deux mètres que ses mains se posent sur les miennes. Je suis devenu sa rambarde, celle qu'elle n'arrivait pas à quitter. Sans qu'elle s'en aperçoive, j'expire lentement afin d'oublier les picotements qui sont en train de naître dans mon bas ventre. Je suis censé la guider cependant mon cerveau ne pense qu'à sa peau contre la mienne. Ce n'est pas raisonnable, je dois chasser cette envie avant qu'elle ne s'installe.

Pour ne pas la faire paniquer, j'essaie de ne pas aller trop vite, malgré cela elle semble toujours très raide.

— Détendez-vous, vous êtes beaucoup trop rigide.

— Je me prépare psychologiquement à tomber.

— Arrêtez de dire des conneries, sinon je vous lâche en plein milieu de la glace et vous laisse retourner au bord toute seule…

— Vous avez vraiment envie que je vous découpe en morceaux.

Encore une menace.

Ça me plaît tellement que j'en viens à me mordre la lèvre inférieure pour contrôler ce sentiment de satisfaction qu'elle provoque sans le vouloir.

— Allez, Salomé, maintenant quand je fais un pas à gauche, vous faites de même, et pareil pour le côté droit !

— Grrr...

— Je ne vous lâche pas, suivez juste mes pas !

Muette, ses mains continuent d'entourer mes poignets – me torturant davantage –, alors que je nous fais avancer sur la piste. Peu à peu, elle laisse ses patins suivre la cadence des miens. Je crois qu'elle a enfin compris comment ça fonctionne.

— Maintenant, laissez vos bras libres, le long de votre corps, ils sont vos meilleurs alliés en cas de chute !

— Je croyais que je n'allais pas tomber !

— Si vous suivez mes conseils, ça n'arrivera pas.

Remarquant qu'elle n'a plus besoin de moi pour avancer, je décolle lentement mes doigts de ses hanches.

— James ! Qu'est-ce que vous faites ? panique-t-elle.

— Faites-vous confiance ! lui conseillé-je alors qu'elle enchaîne correctement ses pas.

— Vous aviez dit que vous n'alliez pas me lâcher.

— J'avais aussi dit que vous ne trouveriez rien pour votre enquête, mais vous m'avez prouvé que j'avais tort en persévérant.

— Vous ne faites pas de la politique pour rien, espèce de beau parleur ! souffle-t-elle, stressée à l'idée que je la laisse se débrouiller loin du bord.

La voyant plutôt à l'aise, je décide de reprendre mon rythme en lui laissant de l'espace. Au bout d'une dizaine de minutes, je me rapproche de la rambarde pour me saisir de la gourde, et après m'être rafraîchi, je me retourne pour la regarder continuer son tour. Elle s'en sort plutôt bien pour une débutante, et je crois même qu'elle prend du plaisir à patiner.

— C'est bon, j'ai réussi mon défi ? me lance-t-elle en venant à ma rencontre.

— Ce qui compte le plus pour vous c'est d'avoir gagné ou d'avoir passé du bon temps avec moi ?

Ma question légèrement taquine avait pour objectif de lui tirer un sourire, mais alors qu'elle arrive à ma hauteur, je la vois perdre l'équilibre. Son patin droit se plante dans la glace ce qui la fait basculer en avant. Mon cerveau n'a pas le temps de me laisser réfléchir, je me précipite pour la rattraper. Il faut croire que mes réflexes sont encore efficaces, car une fois un genou à terre, mes mains se saisissent déjà de sa taille pour l'empêcher d'embrasser le sol. Au moins, elle ne s'est pas étalée par terre.

Doucement je me relève, en faisant attention à ne pas la lâcher toutefois un paramètre m'échappe. Nous nous retrouvons à cet instant bien trop près l'un de l'autre, ce qui rend instantanément ma respiration beaucoup plus complexe.

Je sais qu'il faut que je m'éloigne, mais au moment, où je tente de le faire, je la sens se cramponner à moi davantage.

Contre moi, elle n'ose plus bouger de peur de continuer sa chute. Moi-même, je suis surpris de la sentir si proche de mon torse. L'odeur fruitée de son shampoing vient ravir mes narines.

Putain, il faut que je recule et que mes mains quittent leurs prises… Nos corps l'un contre l'autre, ses lèvres si proches de mon visage, son parfum. En une fraction de seconde, elle m'obsède, comme si mon cœur me criait de céder à la tentation, d'échapper à mes principes. Elle est en train de ressusciter toutes ces envies que je refusais d'écouter lorsque nous étions l'un derrière l'autre tout à l'heure. Cela ne sert à rien de me mentir, à cet instant, j'éprouve un désir fulgurant et cela me perturbe.

Mon travail et ma famille prennent tellement de place dans mon quotidien depuis quelque temps, que je ne sais pas quoi faire des pulsions que Salomé vient de provoquer. Nous sommes en permanence en train de nous battre l'un contre l'autre, sauf qu'à force de la côtoyer, je me rends compte qu'elle ne me fait pas ressentir uniquement de l'animosité. La tension que je détecte à cet instant ne m'est pas totalement étrangère. Une partie de moi souhaite découvrir comment nous pourrions transformer toute cette électricité toutefois je ne peux pas céder à cette envie alors que Salomé tient mon avenir professionnel entre ses mains.

Poussant sur mes bras, pour qu'elle soit de nouveau maîtresse de son équilibre, mes yeux ne peuvent s'empêcher de chercher les siens. En plongeant mon regard dans le sien, je suis surpris par ce que je peux y lire. Je n'arrive pas savoir si elle me fusille de lui avoir lancé ce défi stupide, si elle est troublée par ce contact soudain ou si elle veut à son tour me faire trébucher. Le pouls rapide, je détecte une certaine panique en elle. Comment se fait-il qu'elle ait le souffle coupé comme je peux l'avoir ? Je n'ai même pas envie de réfléchir à ce que ce rapprochement nous a fait ressentir, Salomé est un risque que je ne peux envisager de courir.

— Tout va bien ? demandé-je, la voix rauque.

— J'étais à deux doigts de me casser le nez et de vous découper en morceaux, finit-elle par plaisanter.

Sa fausse agressivité ne parvient pas à calmer mes ardeurs, il faut définitivement qu'elle arrête de me menacer, cela me met beaucoup trop l'eau à la bouche.

— Eh bien, on a évité une catastrophe, réponds-je en me grattant l'arrière de la tête.

Mon sens inné de la répartie semble s'être fait la malle, car je ne sais pas quoi dire pour que la tension présente dans l'air disparaisse.

— Allez, j'ai assez joué pour aujourd'hui, James. Vous noterez que je ne suis pas, et ne serai jamais une poule mouillée, me balance-t-elle en esquissant deux pas vers la sortie de la patinoire.

— J'attends toujours votre triple axel ! a taquiné-je.

Alors que ses pieds retrouvent la terre ferme, elle me fixe, avant de me répondre :

— Et moi j'attends certaines notes de frais détaillées. À vous de me montrer que vous en avez également dans le pantalon !

Scotché par la fin de sa phrase, je reste accoudé à la rambarde, la bouche entrouverte, en la regardant traverser la porte battante.

Cela doit faire cinq minutes que je n'ai pas patiné, mais mon pouls semble toujours aussi irrégulier. Si Rose me voyait, elle serait déjà en train de se faire des films absurdes. Pourtant, lorsque j'ai rattrapé Salomé, il y a eu une foutue électricité entre nous que je ne m'explique pas, ce n'était pas notre tension habituelle de boxeurs, non, c'était une putain de fougue qui prenait aux tripes.

Tout ça parce que j'ai voulu qu'elle apprenne à faire du patinage. Je suis le roi pour me mettre dans la merde inutilement.

Chapitre 16

James
Vendredi 11 décembre

En me levant ce matin, j'ai eu l'impression que cette semaine était à la fois interminable tout en ayant filé à la vitesse de l'éclair. Ces deux sensations contradictoires n'ont qu'une raison : Salomé Roussel. Cette femme insaisissable, que j'ai vue presque tous les jours, sait y faire pour qu'on se souvienne d'elle.

Lundi, à mon réveil, je pensais encore qu'elle n'avait rien de solide, que son enquête allait prendre l'eau très vite, et en quelques jours, j'ai renoncé à ma loyauté aveugle pour l'aider dans ses investigations. Jouer sur les deux tableaux me place dans une situation inconfortable, sauf que pour le moment, je suis obligé d'avoir cette double vie si je veux que mon avenir et ma conscience puissent cohabiter sereinement.

Je ne sais pas si c'est ce mois de décembre qui chamboule tout mon quotidien, mais depuis que Salomé s'est pointée à la mairie, ma vie semble défiler à cent à l'heure, et devant mon bureau à cet instant, j'aimerais appuyer sur pause. C'est dangereux pour moi de ne pas avoir de temps pour me poser les bonnes questions. Pour l'avoir déjà expérimenté par le passé, je sais de quoi je suis capable lorsque je prends une décision à la hâte. La dernière fois que j'ai agi de cette manière, j'ai dit au revoir à ma sélection pour les Jeux olympiques de PyeongChang, j'ai délaissé ma petite amie de l'époque, Victoire, car seule ma famille comptait. C'est dans ma nature, je ne pouvais pas laisser mon père dans cette chambre d'hôpital alors que je profitais avec Vic dans les plus belles patinoires d'Europe.

Quand je repense aux frissons que m'a procurés Salomé sur la glace hier soir, j'ai besoin de prendre du recul pour digérer ces sensations. Pourtant j'ai beau me repasser cette scène dans tous les sens, je suis incapable d'expliquer ce que j'ai ressenti. La femme que j'ai délibérément challengée semble n'avoir que le travail à la bouche. Si elle a accepté de prendre un risque sur mon terrain de jeu, c'était simplement pour me prouver qu'elle ne perd jamais la partie. Je n'ai pas douté une seconde de ce paramètre, j'avais juste besoin de savoir ce qui pouvait jaillir lorsqu'elle ne me cuisine pas sur son enquête. À aucun moment, je n'ai pensé qu'elle pourrait provoquer en moi ce type de réaction. Après Victoire, j'ai appris à compartimenter ma vie. La famille passe toujours en premier, ensuite vient ma carrière, puis mes relations. Ce qui est pratique, c'est que Sacha représente mon travail et ma vie sociale en même temps.

Rares sont les fois, où je me détends dans les bras d'une femme en lui laissant l'opportunité de m'atteindre. Lorsque j'entreprends quelque chose, j'y vais toujours à fond, mais si je laisse la gent féminine me séduire, je finis inlassablement par me détourner de mon objectif premier. Il faudrait que je me coupe en deux, car c'est un fait : en vingt-quatre heures, je ne peux pas être un bon amant, un employé irremplaçable et un soutien solide pour mes parents ou mes sœurs.

Ça, c'est la théorie, sauf qu'hier, je me suis pris un coup de jus que je n'avais pas anticipé. Si je veux être un pilier inébranlable pour les miens, je ne peux pas en plus consacrer toute mon énergie à une autre femme, c'est ce que l'accident de mon père m'a appris. Certains jours, je suis conscient de la nostalgie qui me gagne, pas celle de Victoire qui éveillait mon insouciance ou ma naïveté, non, je suis plutôt en manque de tendresse, de dimanches matins remplis de caresses, de parfum féminin qui empiète sur ma lessive au savon de Marseille… Heureusement, ces petites mélancolies furtives restent occasionnelles. Mon cerveau sait les balayer en se rappelant que j'ai une famille qui a besoin, par moments, que je prenne le relais.

La sonnerie de mon téléphone me ramène à la réalité. Ce n'est qu'un mail du propriétaire de mon appartement, mais cela me permet d'envoyer valser mes rêveries. Parmi tous mes petits défauts, mon côté tête en l'air n'a jamais réussi à vraiment disparaître, et il est fréquent que je me laisse distraire par mes pensées.

Ce matin, occupé à préparer son accréditation pour la soirée caritative de vendredi prochain, Salomé s'est doucement immiscée dans mon esprit, et ça, j'aimerais que cela s'arrête, car je sais que ça va m'apporter plus de problèmes que je n'en ai déjà.

Finalisant son dossier, j'imprime le document à faire tamponner par Nicolas. Contrairement aux derniers jours, je ne suis pas tendu en me dirigeant vers son bureau. J'ai, en quelque sorte, encaissé la déception qu'a provoquée Roy. Bien que je sois certain de ne pas vouloir voir mon nom associé à un tel scandale, et même si Salomé ne détient pas encore de preuves suffisamment tangibles pour le faire éclater, j'ai compris que le maire n'était pas celui que je croyais, plus encore, une part de moi me souffle qu'elle a raison de se battre pour ces gosses.

Alors que j'arrive devant sa porte, je suis surpris d'y trouver Roy en plus de Nicolas.

— Bonjour à tous !

— James, j'espère que tu vas bien ! T'as du nouveau pour moi ? m'interroge le maire, sans attendre.

— J'ai pu négocier une accréditation à la collecte de fonds de la semaine prochaine contre l'avortement de l'enquête de mademoiselle Roussel. Je venais faire tamponner les documents par Nicolas.

— Je te fais ça de suite ! me confirme mon supérieur, alors que je lui tends les pages imprimées.

— Non, hors de question ! lance Roy pour s'interposer.

Interloqués, Nicolas et moi nous retournons vers lui, pris d'une incompréhension phénoménale. Même si cet accord avec Salomé n'est qu'une couverture, j'ai initialement proposé cette accréditation pour la détourner de son enquête. Les chances qu'elle accepte étaient vraiment minces, mais ça aurait pu se passer de cette manière. L'objectif restait de sauver le cul de Van Daat, néanmoins en le voyant mettre son veto à la signature de ces documents, je reste sans voix.

C'est quoi son putain de problème ? Il veut que Salomé continue de creuser ? Car personnellement, je sais qu'elle n'attend que ça.

— Pardon ? demandé-je.

— On ne négocie pas avec les terroristes !

Non, mais je rêve ! Il se prend pour le président des États-Unis ou peut-être pour Pablo Escobar[1]… Dans tous les cas, son attitude m'exaspère.

---

1. Baron de la drogue en Colombie dans les années 80.

— Avec tout mon respect, vous n'êtes pas l'acteur vedette d'un blockbuster américain ! Ce deal c'est du gagnant-gagnant, Roy. Vos affaires louches restent enfouies, et cette journaliste récupère un dossier intéressant !

— Je t'ai dit de trouver un moyen de faire taire cette journaliste, de frapper un grand coup, mais je remarque que tu as choisi de te prosterner à ses pieds comme un débutant, me répond-il, avec un regard noir auquel je ne suis pas habitué.

Quel connard !

— Mes pratiques ne vous plaisent peut-être pas, mais si vous ne voulez pas qu'un scandale éclate dans la presse à deux semaines du réveillon de Noël, il faut accepter cet accord, je vous l'assure ! renchéris-je, sûr de moi. Je crois que vous sous-estimez les répercussions que cette affaire pourrait avoir sur votre campagne…

— Au contraire, j'ai tout à fait conscience de la situation ! C'est pour cette raison que je pense que ton approche est beaucoup trop tendre. Ces journalistes débutants, on les connait par cœur, ils sont pleins de fougue, mais leur carrière ne tient qu'à un fil. Je refuse qu'on fasse des cadeaux à des personnes qui nous menacent…

— Elle demandait une interview, elle ne vous a pas fait chanter, Roy…

— Je m'en tape, mon verdict est sans appel ! Je veux que tu la fasses taire sans qu'on ne lui offre quoi que ce soit.

Si en entrant dans la pièce, je pensais que tout était réglé, le maire a le don pour renverser n'importe quelle situation, et désormais j'ai envie de tout foutre en l'air : lui, ce bureau, ce job. Ce n'est pas possible d'être à ce point, un sale con.

— Calmons-nous… essaie de tempérer Nicolas qui nous regarde sans trop savoir comment agir. Roy, je pense que cette accréditation est une proposition mesurée malgré tout. On pourrait se protéger en l'accompagnant d'une clause de non-divulgation.

— Qu'est-ce que vous ne comprenez pas dans « Non » ? s'agace Van Daat, ce qui n'a pas pour effet de m'apaiser.

— Moi, ce que je ne saisis pas, c'est pour quelle raison vous refusez d'utiliser la diplomatie pour mettre un terme à tous ces problèmes ? En jouant au petit coq, on va se manger le plus gros scandale de ces dernières années, et ce sera totalement mérité ! lâché-je sans me contrôler.

— James, je t'ai déjà averti… Ne me pousse pas à t'évincer de la campagne…

On en revient aux menaces, j'adore… Il est frustré, alors forcément, sa seule riposte consiste à me mettre en garde. Cela a temporairement fonctionné sur moi, mais à cet instant, je commence à relativiser. Est-ce que j'ai toujours autant envie de me consacrer à cet homme ? De le faire réélire ? Sûrement autant que de me reconvertir en contrôleur des impôts.

Face à cette situation, j'essaie une nouvelle fois de faire bonne figure, sauf que ça devient surhumain de me retenir de cette façon. Alors que j'inspire lentement, puis expire pour être certain de garder le contrôle, je me rends compte qu'être le fils parfait, le frère parfait ou encore l'attaché de presse parfait m'épuise complètement. Combien d'efforts devrais-je encore réaliser pour que cela suffise ? Chaque jour, je me coupe en dix pour toujours satisfaire les attentes de tout le monde, néanmoins aujourd'hui, je refuse de courber l'échine, je refuse de donner ce pouvoir à Roy qui se sent déjà tout puissant, mais par-dessus tout, je refuse d'appliquer la méthode forte contre Salomé.

— Vous savez quoi ? J'ai deux communiqués de presse à écrire et des demandes auxquelles répondre. Si vous voulez que les journalistes vous clouent au pilori, continuez comme ça, mais il est hors de question que je menace cette femme. Ce n'est pas de cette manière que je souhaite faire mon métier ! asséné-je en reculant dans le couloir.

— Je te préviens, James, si j'ai besoin de la faire taire moi-même, ne compte même plus progresser dans cette mairie, tu seras fini !

— J'ai un contrat longue durée ici, contrairement à vous. Les habitants peuvent vous mettre à la retraite dans six mois, au cas où vous l'auriez oublié ! conclus-je en prenant déjà la direction de mon bureau, hors de moi.

Je ne peux pas rester aussi près du maire, sinon c'est certain que je vais encore plus dépasser les bornes. Il s'attendait à ce que je fasse quoi exactement pour lui sauver les fesses ?

Après toutes ces rencontres avec Salomé, je ne sais pas vraiment ce qui lui ferait arrêter son enquête… La faire chanter avec la fausse accréditation qui lui a permis de venir en conférence de presse mercredi dernier ? C'est le seul élément tangible que je possède contre elle et avec du recul, je suis bien content de ne pas avoir partagé cette information avec Roy. Qui sait ce qu'il en aurait fait !

Si habituellement, Sacha et moi laissons la porte de notre bureau ouverte pour montrer à nos collègues que nous sommes disponibles, en rentrant dans celui-ci, je la ferme brutalement. Cela a pour effet d'attirer l'attention de mon ami, mais je ne suis pas encore prêt à vider mon sac, tout se bouscule dans ma tête.

Ironiquement, j'ai envie de féliciter Salomé, elle a réussi son coup. En dix jours à peine, elle a su me retourner contre ce mentor que je vénérais depuis le début de ma carrière. Dans un monde parfait, je pourrais me sentir plus léger, pourtant ce n'est pas le cas. La situation n'est en rien plus facile. Je dois me procurer le détail des notes de frais du maire tout en préservant mon emploi, et en bonus, il va falloir que je garde un œil sur Roy pour qu'il ne fasse pas n'importe quoi avec Salomé. En soit, j'ai l'espoir que mon patron revienne à la raison et accepte cette foutue accréditation, mais avec lui, je ne suis plus sûr de rien. Toute cette histoire résulte des pressions qu'il a lui-même exercées pour faire avorter les enquêtes de quelques journalistes, alors de quoi peut-il être encore bien capable maintenant ?

Chapitre 17

Salomé
Vendredi 11 décembre

— Meuf, viens, on fait une pause ! me propose Elizabeth, alors que je suis concentrée sur mon écran d'ordinateur.

— Laisse-moi finir de trier les photos que j'ai prises mercredi à la soupe populaire.

— Tu pourras le faire après, insiste-t-elle.

— Il ne me reste qu'une vingtaine de clichés, je me dépêche !

Sa clope peut bien attendre que j'aie terminé mon tri. Mes recherches parallèles sur Van Daat m'ont fait prendre du retard sur mes micros-trottoirs habituels, et même si j'aimerais passer tout mon temps à farfouiller dans la vie du maire de Bruges, j'ai des obligations si je veux que mon patron continue à n'y voir que du feu.

En ouvrant le dernier dossier, un sourire niais s'installe sur mon visage. Il faut que je sois réaliste, j'ai désespérément envie que ma carrière décolle, mais les relations que j'entretiens en allant à cette distribution de repas chaque mois me remplissent le cœur. Lorsque je suis là-bas, je me rappelle pour quelle raison je me bats. Parler de ces gens qui n'ont pas d'autres solutions est vraiment le strict minimum que je puisse faire.

Voyant mon amie s'impatienter en face de moi, j'essaie de m'activer. Plus que douze clichés et on peut y aller !

Alors que je zoome sur une photographie où les bénévoles déchargent les légumes d'un camion, la sonnerie du téléphone fixe que l'on partage avec Liz retentit. Mon amie se saisit instantanément du combiné, elle sait très bien que je ne prendrai pas cette pause tant que je n'aurais pas fini de trier ces images.

— Elizabeth Polken à l'appareil, oui ? Hmm… Qui souhaite la joindre ?

C'est certain qu'en une seconde, elle réussit à me faire décoller de mon écran. Nous partageons ce téléphone fixe pour la simple et bonne raison que je n'en ai pas du tout l'utilité. Liz s'en sert régulièrement pour prendre des rendez-vous, discuter avec des restaurateurs, mais moi, mon job me demande d'être sur le terrain. Cela n'arrive presque jamais que l'on essaie de me joindre ici, d'où ma surprise.

— Pas de soucis, Dan. Je vais voir avec elle, si elle peut prendre Monsieur Peeters en ligne.

Pourquoi James m'appelle-t-il ? Il ne peut pas déjà avoir trouvé les documents qui m'intéressent, je n'y crois pas.

Après notre entrevue à la patinoire hier soir, j'espérais avoir le temps de faire redescendre ma température corporelle avant de lui parler à nouveau. Il m'a quand même fait monter sur de foutus patins, m'a poussée à me ridiculiser, et pour couronner le tout, j'ai fini dans ses bras à devoir gérer des sensations contradictoires. Lorsqu'il m'a rattrapée tout mon corps était en ébullition, je voulais pendant ces brèves secondes de flottement que plus rien n'existe afin qu'il me brûle avec son sex-appeal légendaire. Dieu merci, rien de tel ne s'est produit, mais à chaque minute ma déesse intérieure, furieusement démoniaque, rêve de revivre cet instant, sauf que ça n'arrivera pas. C'est purement interdit.

C'est un comble quand même d'avoir ressenti une chaleur extrême contre lui alors que j'étais sur la glace. Pendant toute cette mascarade, j'ai dû jouer le jeu, à son jeu, en laissant mon visage de marbre de côté. C'est plus facile d'être rigide, de faire semblant que rien ne m'atteint. Me transformer en gladiateur dans cette enquête m'aide à prendre confiance en moi, à être réellement une battante, mais en hauteur, sur ces patins, James m'a forcée à lâcher prise, et je le déteste un peu pour ça. Je ne suis, en aucun cas, prête à me dévoiler à qui que ce soit. Je veux des réussites professionnelles, pas me sentir de nouveau fragile face à un homme, aussi sexy soit-il.

Remarquant que Liz attend toujours ma réponse, je lui fais signe que je vais prendre l'appel. On va bien voir ce que me veut James.

— C'est bon, elle est OK pour parler à Monsieur Peeters, informe Liz à notre standardiste alors qu'elle me tend le téléphone.

— Allô ? réponds-je, les sourcils froncés.

— Bonjour Salomé, c'est James !

— Mince, je pensais tomber sur un autre Peeters ! me moqué-je, en partie pour dissimuler la gêne que je ressens intérieurement en entendant sa voix.

— Quel dommage, ce n'est que moi !

— Alors, dites-moi, James, qu'est-ce qui me vaut cet appel ?

— C'est un peu délicat… commence-t-il, je suis dans une position complexe avec vous, je sais que je n'ai pas toujours fait preuve de transparence, mais aujourd'hui, les choses ont changé…

— Qu'est-ce qu'il se passe ? Je n'aime pas qu'on tourne autour du pot.

— Comme si je ne m'en étais pas rendu compte, ricane-t-il. J'ai eu une discussion compliquée avec le maire il y a deux heures. Comment dire ? Il a refusé que je vous accrédite pour la soirée caritative, et il souhaite que j'utilise la manière forte avec vous…

Cet aveu me foudroie sur place. Je suis incapable de répliquer dans la seconde à ce que je viens d'entendre tant je ne comprends pas ce qu'il se passe. En prenant du recul l'espace d'un instant, je me rends compte que je n'ai peut-être pas été suffisamment vigilante. Mais merde, ça veut dire quoi « la manière forte » ? Je ne suis pas dans une foutue série télévisée où l'on rentre le soir en découvrant que des menaces de mort ont été glissées sous notre porte.

— Qu'est-ce que ça veut dire ? lui demandé-je en essayant de rester impassible.

— Que je n'ai pas toutes les cartes en main comme je le pensais. Roy est un homme obstiné, il refuse catégoriquement que la mairie vous lâche la moindre information ou une quelconque accréditation, et je sais d'expérience que lorsqu'il a pris une décision, il n'en fait qu'à sa tête. Il souhaite que je sois plus agressif avec vous, mais je tiens à vous rassurer, je ne ferais rien qui pourrait vous nuire… Mais faites attention à vous, il peut être imprévisible…

— James, permettez-moi de vous dire que vous êtes vraiment nul pour rassurer les gens ! laissé-je échapper spontanément, abasourdie par ses propos.

— J'aurais sincèrement préféré vous appeler pour une nouvelle session de patinage, mais je m'en serais voulu de ne pas vous mettre en garde.

— Très drôle, ça n'arrivera plus jamais.

— Ne jamais dire jamais, Salomé !

— Si c'est pour que je me retrouve le cul sur la glace, car vous êtes un piètre professeur, c'est hors de question !

— Est-ce que vous allez assumer d'avoir passé un excellent moment ?

— Je ne ferais rien qui vous fasse plaisir, si là est votre question.

— C'est bien ce que je me disais.

Alors que je m'apprête à lui offrir une nouvelle répartie cinglante, je remarque que Liz fait de grands gestes pour attirer mon attention. Prise dans cette conversation, j'en ai presque oublié où je me trouvais.

En collant le combiné téléphonique contre ma poitrine, je constate que Richard m'invite à le rejoindre dans son bureau. Du moins, une invitation est un bien grand mot pour définir le fait qu'il me siffle comme si j'étais son chien.

Levant les yeux au ciel, je reprends le téléphone :

— Je vais devoir y aller, James, merci de m'avoir prévenue. Mais ne vous faites pas trop de soucis, je vous ai déjà montré que j'étais une coriace. Quoi que le maire ait en tête, je trouverais une solution, il ne me fait pas peur.

— Ne le sous-estimez pas non plus, m'avertit-il.

— C'est lui qui devrait arrêter de me prendre à la légère. Allez, *ciao* !

Sacré James !

Sur ce coup-là, il m'a bien eue.

Après son côté arrogant, hautain, challenger, il me montre qu'il peut aussi être prévenant et attentionné.

Bien que je sois ravie qu'il ait fait l'effort de me tenir informée, je ne crois pas que Roy Van Daat soit le féroce politicien qu'il pense être. Mes recherches m'ont appris qu'après des études en sciences politiques réussies, il a construit toute sa carrière à Bruges. Lorsqu'on a un avenir si prometteur, c'est presque incompréhensible de ne pas devenir député national ou européen. Je le soupçonne d'être peu téméraire, et malgré les mises en garde de James, c'est assez confiante que je me dirige vers le bureau de Richard qui se tient les bras croisés à l'entrée de celui-ci. J'ai bien peur que la pause de Liz ne doive attendre.

En arrivant à la hauteur de mon patron, je n'ai pas le droit à ses blagues pourries habituelles, il s'écarte pour me laisser m'asseoir sur la chaise en velours qui se trouve face à son bureau.

Il ferme la porte puis s'installe en face de moi. Munie de mon carnet de notes et de mon quatre couleurs favori, j'attends ses instructions.

— Alors, Richard, pour quelle raison avez-vous besoin de moi ?

— Sur quoi travailles-tu actuellement ?

— Je finalise le reportage mensuel sur la soupe populaire, il devrait être en ligne ce soir.

— Mauvaise réponse…

Le regardant droit dans les yeux, je comprends la gravité de la situation.

À cet instant précis, je me rends compte que le visage fermé que m'offre mon patron n'a rien à voir avec son habituel côté bougon dont il a le secret.

Mon optimisme naturel refuse de croire qu'il soit au courant de l'enquête que je mène sur Van Daat. Bien que j'aie en tête les avertissements de James, je ne peux pas imaginer que le maire soit assez bête pour interférer à nouveau dans les publications d'un média.

— Je ne vois pas où vous voulez en venir…

— Salomé, tu me prends pour quel genre de débutant ? Tu n'es pas la première apprentie journaliste que je recrute à *Bruges Média*, je peux t'assurer que j'en ai vu des personnes comme toi qui cherchent l'article de rêve, celui capable de faire décoller une carrière.

Oups, c'est officiel, je suis vraiment dans la merde.

— Maintenant, je veux que tu me donnes toutes les infos que tu as récoltées sinon tu peux récupérer tes affaires !

— Qui vous a prévenu ? demandé-je, perplexe.

— Tu penses être en mesure de poser des questions ? Salomé, je ne le répéterai pas, je veux savoir ce que tu as sur Roy Van Daat.

Si en commençant cette enquête, on m'avait dit que je finirais dans ce bureau, obligée de tout déballer comme si j'étais moi-même l'accusée, je n'y aurais pas cru.

Résignée, j'explique à Richard ce qui m'a poussée à me lancer dans cette investigation : les chiffres étonnants de la mairie, tous les journalistes qui ont étrangement arrêté cette enquête, les choix du maire qui contredisent les engagements notés dans les comptes rendus des conseils municipaux… Alors que je continue mon récit, je fais attention à ne pas mentionner le nom de James ou de quelle manière j'ai pu entrer en conférence de presse. Je vais éviter de lui donner des raisons de me renvoyer.

— Donc pour le moment, tu as des suppositions, des conjectures, mais rien de concret.

— Richard, vous savez que sur certaines enquêtes les preuves peuvent être longues à obtenir, mais ça ne veut pas dire que la mienne n'est pas solide. Les bilans de notes de frais du maire sont vraiment étranges, surtout quand on regarde la vantardise de Madame Van Daat sur les réseaux sociaux.

— Je te demande d'arrêter cette enquête. Tu n'as rien de suffisamment concret pour que je te laisse continuer cette investigation.

— Vous ne pouvez pas faire ça… Mon dossier est beaucoup plus prometteur que vous ne le pensez… Vous vous rendez compte ? Il détourne peut-être l'argent alloué à des enfants en situation de précarité pour satisfaire sa femme, on ne peut pas laisser faire ça !

— Je ne publie pas des « peut-être ». Tu es payée pour faire des micros-trottoirs, pas pour faire la justicière. Donc quand je te demande d'arrêter de creuser, tu obéis ! Je ne pourrais pas te garder dans nos effectifs si tu n'exécutes pas mes ordres. Me suis-je bien fait comprendre ?

Bien droite dans ce siège, j'ai l'impression qu'il vient de me gifler. Non, ce n'est pas une impression, je me sens vraiment brutalisée.

J'aimerais le convaincre, déballer tous mes arguments, mais la confiance engrangée cette dernière semaine semble s'être évaporée en une fraction de seconde.

Vidée, je ne me sens pas capable de prendre un tel risque. Je suis venue ici pour que ma carrière décolle, mais si je suis renvoyée, que me reste-t-il ? J'imagine déjà les mots qu'utiliserait ma mère pour me rappeler que je n'aurais jamais dû partir en Belgique. Regardant mon patron dans les yeux, j'acquiesce en silence. C'est suffisamment dur de jeter à la poubelle tout ce que j'ai pu faire depuis dix jours, je n'ai pas en plus la force de le reconnaître à voix haute.

— Je vais retourner à mon poste, j'ai un reportage à publier…

— Une dernière question. Qui est votre informateur ?

— Je n'en ai pas. Tout ce que je vous ai présenté, je l'ai découvert toute seule, lui réponds-je avec un sursaut de fierté.

Son sourcil gauche se lève à l'écoute de ma réponse. Définitivement, je ne l'ai pas convaincu.

Il me prend vraiment pour une débutante ou quoi ? Jamais je ne lui aurais parlé de mon accord avec James, car après tout, cette enquête je ne la dois à personne, je suis la seule à m'être battue pour constituer ce dossier.

— J'espère que je n'aurais pas besoin de te remettre en garde, Salomé… me menace-t-il alors que j'ouvre la porte pour rejoindre mon bureau.

Je n'ai même pas la force de lui répondre. En dix minutes, j'ai l'impression qu'on m'a arraché toute ma combativité. Au creux de mon ventre, je sens le dégoût qui s'empare de moi. Comment ai-je pu penser que je serais capable d'un tel exploit ? Ça m'apprendra à croire en cette connerie de magie de Noël et de miracles de décembre. Je me suis fait avoir comme une novice, et désormais, je ne sais même pas si Richard m'accordera un jour l'opportunité que j'attends depuis des mois.

Alors que j'avance vers mon poste, je repense à ma conversation téléphonique avec James. Est-ce qu'il est impliqué dans tout ça ? Bien que j'aimerais croire que le maire m'a fait taire comme il l'a fait avec tous ces autres journalistes, j'ai un pressentiment. Une petite voix me murmure que depuis hier à la patinoire, je suis devenue vulnérable. J'ai laissé James m'atteindre et maintenant il n'a plus besoin de se battre pour se débarrasser de moi. Finalement, je l'ai peut-être sous-estimé, et il vient de gagner la partie pendant que j'étais perturbée par notre rapprochement inattendu sur la glace. Je pensais être une combattante solide, je croyais pouvoir prouver à Greg que j'avais eu raison de le quitter pour suivre ma voie, seulement tout vient de s'effondrer.

Je pourrais être furieuse, prête à en découdre pourtant j'ai l'impression qu'on m'a achevée. Je n'ai pas la force de ressentir tant de colère, je suis simplement éteinte. Est-ce que même avec un cœur de pierre voulant plus que tout se protéger du charme de James, j'ai quand même réussi à me faire avoir ? Une mince partie de moi essaie de se persuader qu'il ne peut pas m'avoir fait un tel coup, mais l'autre refuse de se voiler la face. Mes espoirs, mes rêves sont en cendres, et je ne crois pas avoir les ressources nécessaires pour raviver les braises.

Chapitre 18

James
Samedi 12 décembre

— Et pourquoi pas celui-là, tonton ? me suggère mon neveu.

— Mais non, Josh ! Tu vois bien qu'il est tout maigrichon, le reprend Grace, sa sœur jumelle. Maman dit qu'il faut toujours choisir l'option XXL !

Depuis que ces deux gosses sont en âge de parler, je me suis promis de ne jamais prendre parti pour l'un ou l'autre, mais là, je dois avouer que ma nièce a raison, le sapin choisi par son frère semble trop peu garni en épines.

Les regardant l'un après l'autre, je me rends compte que ça ne va pas être une tâche facile de choisir un arbre de Noël dans la forêt qui encercle la maison de mes parents.

— On vient d'arriver. On fait un tour et à la fin de la balade, je couperais celui que vous préférez. Ça vous convient ?

— Oui ! affirme Grace, déterminée à trouver un meilleur sapin, alors que son frère reste planté quelques secondes devant l'arbre qu'il voulait.

Leurs différences me frappent toujours autant. Josh ressemble comme deux gouttes d'eau à ma frangine, avec ses sourcils bruns très généreux et ses iris dorés, alors que Grace est le portrait craché de son père avec son visage fin, ses boucles rousses et son large sourire.

Comme je l'avais promis à ma mère lors de l'inauguration de la patinoire, j'ai réservé mon samedi matin pour les enfants de Romy.

Dans cette famille, les traditions des fêtes de fin d'années s'apparentent plus à une religion qu'à un divertissement. Chaque année, nos réveillons se ressemblent, mais étrangement, je n'ai jamais ressenti la moindre lassitude par rapport à cet événement. Je ne peux m'empêcher de me mettre la pression pour être le fils parfait, pourtant, lorsque nous nous rassemblons tous ensemble, j'oublie combien c'est épuisant d'être perfectionniste. Quand je suis avec eux, je suis un homme simple qui ne demande qu'à se réjouir comme un abruti. Derrière mon côté protecteur, très rigoureux, je reste un gosse qui n'attend qu'un chose : se lâcher. Même s'il m'est difficile de trouver du temps en ce moment, j'ai le sourire aux lèvres en voyant mes deux neveux gambader devant moi à la recherche du sapin qui ravira toute notre famille. Ça me ferait presque oublier tout ce qui se passe au travail depuis quelques jours.

Tous les trois vêtus de nos gros manteaux d'hiver, emmitouflés dans nos écharpes XXL tricotées par ma mère, nous nous enfonçons dans la forêt. Occupé à tirer la charrette qui transportera l'arbre, j'avance tranquillement pendant que, devant moi, ces sales gosses se chamaillent pour faire leur sélection. Si ça continue, on va se retrouver avec un sapin dans chaque pièce, vu qu'ils ne semblent pas prêts à faire un choix. Quand je les regarde se prendre le bec, je vois Rose et Romy vingt ans en arrière.

Comme quoi, être obstiné, c'est vraiment héréditaire chez les Peeters.

— C'est bon, tonton. Je veux celui-là ! déclare Grace.

En effet, celui-ci a meilleure mine.

— Tu le trouves comment, Josh ? demandé-je.

— Moche.

Je me disais bien que c'était beaucoup trop beau pour que notre recherche s'arrête là.

— J'ai besoin que vous soyez tous les deux d'accord.

— Roh… Mais Josh a des goûts nuls. Je veux un grand sapin qui touche le plafond, pas un arbre tout maigre qui ne ressemble à rien.

— C'est toi qui es nulle d'abord ! riposte son frère.

— On se calme, les petits dragons, dis-je en me mettant à genoux pour être à leur hauteur. Vous n'avez pas besoin que je vous répète que le père Noël ne vient que pour les enfants sages ?

— Non, Jay… me répondent-ils en chœur.

— Très bien. Votre mère est bien meilleure que moi pour vous rappeler qu'il ne faut pas faire de bêtises, mais il ne faut surtout pas oublier ce qu'on aime à Noël. Moi, ce que j'adore, c'est quand votre mamie sort les sablés au chocolat du four, quand votre grand-père ricane aux blagues nulles de votre papa ou quand Rose vous donne des ordres pour installer les guirlandes. Mais ce que j'aime par-dessus tout c'est qu'on soit tous ensemble à rire. Je n'ai pas envie de vous entendre vous disputer, alors qu'on est venu ici pour choisir un beau sapin à mettre à côté de la cheminée. Vous savez que votre tante Rosie et votre grand-père sont impatients qu'on fasse la décoration tous ensemble.

Mon speech, un peu solennel, a pour effet de leur clouer le bec, et les voilà déjà repartis bras dessus bras dessous à la recherche d'un arbre qui leur plaise à tous deux.

Après une dizaine de minutes à continuer notre parcours dans la forêt, je les aperçois en train de me faire de grands signes. Je crois qu'ils ont enfin réussi à se mettre d'accord.

— Celui-là ? Vous êtes sûrs ?

— Oui, oui, oui ! acquiesce Josh.

— Bon, c'est parti ! Écartez-vous, je ne voudrais pas qu'il vous tombe dessus.

Alors que je m'apprête à porter un premier coup de hache à la base du tronc, mon téléphone se met à sonner. Laissant l'outil au pied de l'arbre, je sors mon portable de ma poche.

Sacha.

Je l'ai appelé il y a à peine deux heures, que peut-il avoir à me dire ?

Je fais signe aux enfants que je prends l'appel, et ceux-ci en profitent pour ramasser des pommes pins qui trainent au sol.

— Allô ?

— Mec ! Ouf, tu décroches. Qu'est-ce que tu as foutu avec Roy, putain ?

— De quoi tu parles ? lâché-je, largué par sa question.

— Bordel, il vient de nommer Joffrey Allen directeur de campagne… m'avoue mon collègue.

Quoi ?

Ma mâchoire se décroche à l'instant où les mots de mon ami parviennent à mes oreilles. C'est bien pire qu'une gifle, je viens de me faire remplacer en un claquement de doigts et je ne l'ai même pas vu venir.

Sonné par cette annonce, je m'adosse à l'arbre que je m'apprêtais à couper, totalement muet.

Roy est le roi des menaces en l'air, il m'a déjà mis la pression, et à chaque fois, il venait s'excuser en avouant que j'avais géré la situation d'une main de maître. Comment a-t-il pu engager un journaliste pour organiser sa future campagne ? Pourquoi Joffrey Allen, qui, il y a une semaine encore, voulait mener l'enquête contre le maire, signe maintenant comme directeur de campagne ?

Je n'en reviens pas… Lorsque Nicolas m'a dit qu'il allait gérer la situation avec Joffrey Allen, je n'ai pas posé de questions. Occupé à batailler avec Salomé, je suis parti du principe que mon supérieur avait trouvé les bons arguments pour le convaincre.

Une bonne liasse de billets, ouais !

Alors que mon cerveau essaie de mettre de l'ordre dans mes pensées, je sens que mon rythme cardiaque s'emballe. Comment ai-je pu perdre le contrôle à ce point ?

— Putain, je ne comprends plus rien… soufflé-je à mon ami, sous le choc de cette annonce.

Je n'ai clairement pas la force de mentir à Sacha, cela fait des mois que je me plie en cinq pour avoir ce poste, pour que ma carrière décolle, et même si Roy est un connard absolu, je voulais décrocher cette promotion. Depuis que je suis entré à la mairie, je savais que cette réélection me permettrait de gravir les échelons, et il n'y a pas un jour où cet objectif ne m'est sorti de la tête. Cette annonce me foudroie tellement que je reste figé sur place, sans savoir comment expulser toute cette tension.

Pour quelles raisons mon patron a mis ses menaces à exécution en moins de vingt-quatre heures ? Est-ce qu'il a appris que j'avais conseillé à Salomé de rester sur ses gardes ? Non, c'est impossible. Il faudrait qu'il m'ait mis sur écoute, et je sais qu'il n'en est pas capable. Cette réaction si soudaine de la part de Roy est incompréhensible. Lorsque l'on menace quelqu'un, on s'attend à ce que cette personne rentre dans le rang, on ne réagit pas au quart de tour de cette manière.

Ai-je surestimé sa patience ? Ou commence-t-il vraiment à flipper à l'idée de tout perdre ?

— Nicolas est venu me prévenir ce matin qu'il allait y avoir du changement dans notre service pour la campagne… J'ai essayé d'obtenir plus d'informations, mais voilà la seule info que j'ai réussi à obtenir. Ta dispute d'hier avec lui a-t-elle un rapport avec ça ?

— Pff… Je n'en sais rien… Il m'a demandé de faire taire Salomé Roussel, j'ai refusé, et oui, il m'a menacé de ne pas m'inclure dans sa réélection. Mais je ne l'ai pas pris au sérieux, pour moi ce n'était que des mots en l'air.

— Il faut croire que tu l'as suffisamment mis en pétard pour qu'il le fasse. Pourquoi tu refuses de faire ce qu'il te dit par rapport à la petite journaliste ?

— Car elle a raison, merde ! C'est vraiment un pourri.

— Tu veux l'aider, hein ?

En entendant ses mots, je réalise que j'ai vraiment été naïf dans toute cette affaire. Salomé a réveillé ma conscience, elle m'a lancé une perche pour que je rentre dans le droit chemin, et j'ai pensé que jouer un double jeu serait une tâche aisée.

Que des conneries !

Le maire est en train de réduire mon champ d'action, de mettre ma carrière sur pause, et en plus de cela, je n'ai pas la moindre idée de comment me procurer ces foutues notes de frais.

— Oui… Depuis le début, c'est elle qui a tout juste. Tous les documents qu'elle a collectés prouvent qu'il y a quelque chose d'étrange, je ne pouvais pas fermer les yeux une fois de plus. La vérité, c'est que je n'arrivais plus à me regarder dans le miroir en sachant que Roy privait des enfants de cadeaux de Noël. À force d'être dans ce milieu, je suis devenu moins sensible, j'ai barricadé mon cœur, mais je ne suis pas comme ça. Je ne peux pas le laisser détourner de l'argent, lui permettre de briser la carrière de Salomé, car elle a mis son nez au bon endroit, et en plus, l'aider à dissimuler toute cette merde.

— Tu sais que je suis fier de toi, mec ?

— Tu ne me traites pas de sale balance ? lâché-je, abasourdi.

— Non, je me demandais simplement quand ton petit cœur d'artichaut allait se réveiller, plaisante-t-il.

— Vas-y, ferme-la ! plaisanté-je. Je suis vraiment dans une merde noire.

— Attends, on va déjà se renseigner sur le cas Joffrey Allen, réplique mon ami. Ce mec voulait te soutirer des infos il y a encore dix jours, et maintenant il est prêt à abandonner sa carrière de journaliste pour Roy ? Ça pue la promotion bien payée ou sinon il a vraiment très peu d'estime pour son job.

— Sur ce point-là, je te rejoins à 100 %.

— Nicolas risque de t'informer de ta non-promotion lundi matin, fais en sorte d'être surpris. En attendant, je vais essayer de me renseigner sur cet enfoiré de journaliste sans conviction.

— Avec un peu de chance, Roy ne sera pas réélu dans six mois, ironisé-je. À nous de survivre à la guerre froide en attendant !

— C'est marrant, j'avais l'impression que ce mois de décembre était trop plan-plan. Là on va avoir un peu de bagarre, j'en trépigne d'impatience.

Sacha dans toute sa splendeur !

Un séisme est en train de mettre ma vie professionnelle sens dessus dessous, et lui, ça l'amuse. Il rigolera moins quand je viendrai squatter chez lui parce que j'aurais été viré, et que je serai totalement fauché.

— Je ne savais pas que de me faire harceler par une journaliste, et devoir me battre contre notre patron c'était amusant, je relativise drôlement avec toi !

— Mec, arrête, t'es un dieu dans tout ce que tu entreprends. Roy ne sait pas encore quelle catastrophe il vient de déclencher. J'ai drôlement hâte de te voir travailler avec cette beauté des îles !

Qu'est-ce qu'il est con quand il s'y met ! Ça a au moins le mérite de me faire rire.

En tout cas, mon pote a le don pour dédramatiser une situation qui me paraissait insurmontable il y a encore quelques minutes. Même si j'ai la fâcheuse tendance à me laisser facilement submerger par mes anxiétés, par des questionnements en tout genre, j'ai aussi la capacité de rebondir très vite.

À cet instant précis, je ne sais pas encore quel va être mon plan d'attaque pour permettre à Salomé de faire avancer son enquête tout en évitant de me faire virer, cependant je vais trouver une solution. Roy Van Daat pense peut-être que je vais rester sagement derrière lui, à subir sa punition sans broncher, mais il n'en sera rien. J'ai beaucoup trop longtemps cru que mon avenir dépendait de lui, qu'il était ma clé pour progresser dans ce milieu si élitiste, j'avais peut-être besoin d'un mentor quand j'ai fini mes études, sauf qu'aujourd'hui, je refuse de m'accrocher à mon ambition. C'est en étant désespérés que les gens font des choix insensés qui ne leur ressemblent pas, et je sais que ce n'est pas mon cas. Le maire pense sûrement que j'ai plus besoin de lui qu'il n'a besoin de moi, sauf que désormais, c'est le contraire. Ma loyauté aveugle, c'est du passé. Maintenant, je vais me battre pour ceux qui en ont besoin.

Au fil des mois, je me suis éloigné de cet objectif, alors que j'ai toujours voulu être ce mec bien que l'on respecte.

Maintenant, il est grand temps que je sois l'homme que je désire être depuis mon plus jeune âge.

— Bon, Sacha, je te laisse ! J'ai deux enfants terribles qui attendent que je coupe leur sapin.

— Ne t'acharne pas trop sur ce pauvre tronc d'arbre, il n'a rien demandé ! ironise-t-il.

— Ne t'en fais pas, je sais sur qui je vais me focaliser. Allez, *ciao* ! dis-je avant de raccrocher.

Après avoir rangé mon téléphone dans ma poche, je me retourne vers mes neveux qui ne semblent pas contrariés par mon appel. À une vingtaine de mètres de moi, ils sont en train de faire des pyramides de pommes de pin, et comme d'habitude, Grace se vante que sa pyramide est plus grande, plus belle, plus équilibrée que celle de son frère. C'est évident que j'avais besoin d'eux aujourd'hui pour me divertir. Cette enfant va devenir une jeune femme impitoyable si elle continue sur sa lancée alors que la sensibilité de Josh m'attendrit d'année en année.

Lorsque je les regarde, je pense à Salomé qui se bat pour tous les gosses de la ville. Je veux mener ce combat avec elle, maintenant je le sais. Tous les mômes n'ont pas autant de chance dans la vie que mes neveux. Ils sont ensemble, occupés à jouer, cela devrait simplement me réjouir, mais au lieu de ça, je cogite.

Comment faire pour réparer le tort qui a été fait à tous ces enfants de Bruges qui n'auront pas les cadeaux qui leur reviennent de droit ? Cela peut paraître idéaliste, mais mon métier, en dehors des longs discours à la presse, consiste à améliorer la vie des gens, pas de dénoncer les pourritures comme Roy. Si Salomé réunit assez de preuves contre Roy, quel est le plan d'attaque pour rétablir la justice ?

Encore une question à laquelle je n'ai aucune réponse.

Encore une question qui risque de m'obséder.

Les bras croisés, l'air perdu, je prends une longue inspiration.

Pour l'heure, je vais abattre ce sapin pour qu'il illumine le foyer familial, mais après ça, je vais faire en sorte de trouver une solution pour que l'enquête de Salomé avance.

Un pas après l'autre.

Chapitre 19

James
Dimanche 13 décembre

— Mec, regarde, ce que j'ai chopé cette nuit ! me sort Sacha, en me montrant une clé.

Installé à la terrasse de notre friterie préférée, je me demande ce que cet objet peut bien ouvrir, mais vu le sourire étincelant de mon pote, je crois que ce bout de métal est synonyme de bonne nouvelle.

— Qu'est-ce que c'est ?

— Allez, vas-y, fais un effort pour deviner !

— La clé du garde-meuble du père Noël ?

— Presque, éclate-t-il de rire. Cette petite chose va nous permettre de rentrer dans le bureau des archives de la compta.

Putain ! Est-il vraiment en train d'insinuer ce que je pense ? Ce mec est un grand malade.

Lorsque je suis revenu hier soir à Bruges, il m'attendait déjà devant chez moi pour me faire part de son plan d'action, mais à aucun moment je ne pensais qu'il mettrait en application son programme à une telle vitesse. Force est de constater que s'il a en sa possession cette clé, c'est que Margot, l'assistante comptable, a succombé au charme de Sacha dans le bar où je l'ai laissé à 23 h 30.

— Attends, tu as vraiment réussi à lui dérober la clé des archives sans qu'elle s'en rende compte ? Ce n'est pas une organisation foireuse où on va se faire prendre et finir au 20 heures dans la rubrique « faits divers » ?

— Je t'assure que c'est sans risque comme plan. Après notre repas, on file à la mairie récupérer des dossiers pour ta conférence de presse de demain matin, avant de partir, on passe discrètement par la comptabilité, on prend en photos les documents croustillants, et ce soir, je retourne offrir mes plus beaux talents à Margot pour replacer cette clé dans son sac à main, dit-il fièrement, comme s'il venait d'intégrer l'équipe d'Ocean Twelve.

— Je ne sais pas ce qui me tue le plus : que tu te prennes pour un agent double qui va nous faire virer ou pour un Don Juan irremplaçable, me moqué-je.

— À toi de voir si tu veux te venger de Roy ou non !

— Ce n'est pas une question de vengeance. Je veux juste être du bon côté dans cette affaire. Tu sais que je suis prêt à aider Salomé pour son enquête, mais cette partie « espionnage », je m'en serais bien passé.

— James, c'est notre seule solution si on veut essayer de choper ces notes de frais détaillées. On a une ouverture aujourd'hui qui ne se représentera pas tout de suite, je t'assure. Même si j'adore les belles fesses de Margot, je ne pourrais pas avoir ces clés indéfiniment. Donc, tu ne vas pas faire ta poule mouillée, on va chercher les preuves que ta journaliste préférée attend et on va arrêter d'être loyaux envers ce connard de Roy.

On peut dire qu'il sait y faire pour toucher mon égo. Évidemment que je ne vais pas laisser mon honnêteté légendaire me décourager, cette affaire est bien trop importante. Je suis dans le cas de figure parfait où il faut que je transgresse les règles. Ce n'est jamais naturel pour moi, mais le regard bagarreur de Sacha me pousse à le suivre dans ces conneries. Du moins, si on en est là, c'est parce que je lui ai tout raconté, je ne peux m'en prendre qu'à moi-même et à la fougue de Salomé qui a su, au fur et à mesure, faire voler en éclats mes certitudes.

— Il faut croire que ce n'est pas la journée pour déguster tranquillement mes frites favorites, on doit sauver les gosses de la ville, plaisanté-je.

— T'inquiète, ta petite Salomé t'offrira toutes les frites de la terre quand on aura trouvé ces documents.

J'aurais bien envie de faire une blague à mon ami, en lui disant qu'elle a intérêt à m'offrir bien plus qu'une barquette pour les risques que je prends, mais je sais d'avance que je vais le regretter. Dans un premier temps, ce qui compte c'est de trouver les fameuses notes de frais sans se faire renvoyer. Pour le reste, on verra plus tard.

Après notre repas et deux shots de rhum pour se donner du courage, nous partons au bureau pour essayer de récolter plus d'indices pour cette enquête.

En arrivant sur place, je réalise que le plan de Sacha semble tenir la route. Hormis Ted et Ulrick, les agents de sécurité que nous venons de croiser à l'entrée, le bâtiment m'a tout l'air d'être vide. Pour notre couverture, Sacha s'empresse d'utiliser l'imprimante pour qu'on ait mon discours sous la main si jamais quelqu'un nous surprend. C'est vraiment étrange pour moi de déambuler dans nos locaux dans un tel silence.

— T'es prêt ? me demande mon pote, alors que nous nous tenons devant les archives de la comptabilité.

— Maintenant qu'on est là, autant y aller ! maugréé-je.

— Je dois dire que c'est bandant cette expédition.

— Garde tes ardeurs pour Margot et bouge-toi !

Sur ces mots, il insère les clés dans la serrure.

Une fois à l'intérieur, Sacha se place dans l'encadrement de la porte pour surveiller s'il y a du mouvement dans le couloir, alors que j'essaie d'analyser la pièce pour savoir où chercher. Face à moi se trouvent des dizaines d'armoires métalliques à tiroirs. Sur chacune d'entre elles, est inscrite une rubrique et une période. En réfléchissant rapidement, je me remémore que Salomé a relevé des irrégularités et une diminution des subventions depuis les deux dernières années. Je me dirige donc vers les meubles de rangement les plus récents.

Alors que mes yeux cherchent « 2019 » sur les étiquettes, je suis happé par un tiroir où est inscrit « Van Daat/Frais ». Avant d'ouvrir ce meuble, je jette un regard à Sacha qui me confirme qu'il n'y a rien à signaler de son côté. Allez, voyons voir ce qu'il y a dans ces dossiers.

En farfouillant dedans, je tombe sur les comptes rendus des dépenses de Roy des dernières années, des documents qu'il a transmis aux finances publiques de notre comté. Plus je fais défiler les pages, plus j'approche des dates qui m'intéressent. Malgré le stress qui m'anime, cet exercice d'investigation me remplit d'adrénaline. Je n'ai pas éprouvé une telle excitation depuis bien longtemps. La boule au ventre, je ne peux pas nier que j'apprécie ce sentiment de puissance que le risque me fait ressentir. J'ai l'impression de prendre le pouvoir quelques instants sur Roy, de lui montrer que j'ai toujours les cartes en main.

En arrivant à l'année recherchée, je ralentis mon observation. C'est ici que je vais trouver ce que Salomé cherche. Les deux premières pages sur les mois de janvier et février semblent ne rien révéler de spectaculaire : des courses de taxi, des restaurants, des hôtels avec des sommes raisonnables. Lorsque je passe au mois de mars, mes yeux s'écarquillent de surprise. Ce que j'observe n'a rien à voir avec les documents précédents. Alors que les chiffres grimpent en flèche, je suis ébahi en ne voyant aucune information renseignée dans le champ « Détails ». D'ailleurs les établissements qui ont prélevé ces sommes ont été caviardés. On ne voit ça que dans les films, les feuilles envahies de rectangles noirs qui dissimulent les données recherchées.

Pour quelles raisons les notes de frais officielles du maire ont été falsifiées ?

Mon téléphone portable à la main, je m'empresse de prendre en photo toutes ces preuves. Une chose est sûre, Salomé va être ravie de voir que tout lui donne raison dans cette affaire. Pour ne pas perdre une seconde, je fais défiler les documents et à chaque nouvelle page, les mêmes blocs opaques m'empêchent de découvrir où Roy a pu faire de telles dépenses. Certaines semaines il a même réussi à déclarer plus de vingt-mille euros. Comment la comptabilité de la mairie et les autorités financières n'ont pas pu remarquer ces irrégularités ? Vu comment Roy est doué en communication, il ne doit pas être meilleur en comptabilité. Il y a forcément quelqu'un qui l'a aidé à monter ce coup-là.

— Accélère, James ! Ça fait déjà cinq minutes qu'on est là, m'avertit mon pote.

— J'ai presque tout ce qu'il me faut, réponds-je en continuant de mitrailler les documents.

Replaçant tous les dossiers à leur place, je prends la décision de photographier également les notes de frais détaillées de l'année précédente. Même si je n'ai rien vu d'affolant au premier coup d'œil, ça pourrait être utile à mademoiselle Roussel.

Une fois l'année 2018 capturée, je range les documents à leur tour, éteins la lumière de la pièce avant de rejoindre Sacha dans le couloir.

— C'est bon, on peut y aller !

— Alors c'est croustillant à quel point ? me demande-t-il, pendant qu'il ferme la salle à clé.

— Je te montre tout ça quand on sera dehors. Il manquerait plus qu'on se fasse pincer, car on aurait été trop long pour déguerpir.

— Bien vu, 007 !

Contrairement à tous les films que je m'étais faits dans ma tête, on a réussi à sortir de la mairie incognito, comme si nous finissions une journée de travail lambda.

Une fois à l'extérieur de nos locaux, l'adrénaline redescend et je parcours les photos qui sont dans la galerie de mon téléphone afin de les montrer à Sacha.

— Regarde toutes ces feuilles tronquées, où les informations primordiales sont illisibles…

— Putain, j'avoue que Roy ne pouvait pas faire plus louche !

— On est d'accord.

— C'est quoi la prochaine étape maintenant ? me demande mon ami.

— Donner tout ça à Salomé, voyons !

— J'aimerais tellement voir sa réaction. Tu penses qu'elle va te sauter au cou ou te charrier, car elle avait raison depuis le début ? plaisante-t-il.

— Assurément la deuxième option, lâché-je spontanément.

— Bon, allez, je te laisse te débrouiller pour cette partie, il faut que je remette la clé magique à sa place.

— Ça marche, mec, on se voit demain au bureau.

Je pourrais très bien traîner des pieds pour voir mademoiselle Roussel, mais étrangement, aujourd'hui, ce n'est pas le cas. Lorsque j'étais dans cette pièce, rongé par l'angoisse d'être pris la main dans le sac, j'étais aussi euphorique de trouver des éléments compromettants sur mon patron. Me mettre en danger de la sorte ne me ressemble en rien, et pourtant, je ne ressens pas une once de culpabilité.

Cette femme, si chiante soit-elle, a réussi son coup en me poussant dans mes retranchements. Mon côté sage m'a fait perdre de vue mes idéaux, et petit à petit, elle réveille cette partie utopique chez moi qui rêve de justice. C'est peut-être pour ça qu'un jour sur deux j'ai envie soit de l'éviter, soit de me bagarrer avec elle. Il y a des tas de choses qui m'agacent chez Salomé, elle fait toujours en sorte de me montrer qu'elle a raison, elle joue à la plus futée oubliant presque que nous sommes dans une relation professionnelle, et par moments, elle s'adoucit me laissant dans l'incompréhension la plus totale.

Au moment où nous étions tous les deux sur la glace en milieu de semaine, j'ai eu l'impression que l'enquête avait disparu, qu'elle pouvait lâcher prise pour s'accrocher à moi au sens propre comme au sens figuré. Je crois que j'ai adoré être son rempart, au moins une fois. Elle n'avait plus besoin de me cuisiner sur le maire, nous étions juste ensemble, et Salomé devait me faire confiance, chose inconcevable à ses yeux lorsque nous ne sommes pas sur des patins.

Si nous étions tous les deux dans une foutue série télévisée, je serais déjà en train de partir à sa rencontre, sûrement à son appartement, mais je n'ai pas l'adresse de son domicile et je ne suis pas certain qu'elle rigolerait si je la harcelais comme elle le fait avec moi. Je suis tout de même impatient de lui montrer ce que j'ai trouvé, elle va forcément être contente de voir que je suis un indic appliqué à la tâche.

Cherchant dans mon répertoire téléphonique, je retrouve rapidement son numéro et appuie instantanément sur le bouton « Appel ».

Après deux tonalités, je tombe sur sa messagerie. Elle est peut-être occupée, je vais lui envoyer un SMS, elle n'aura qu'à me recontacter. En général, elle excelle dans ce domaine.

> J'ai du nouveau pour vous, harcelez-moi quand vous voulez !

En envoyant ce message, je rigole tout seul. Je suis certain que ça va l'amuser quand elle ouvrira son téléphone. Alors que je prends la direction de mon appartement, pour enfin me détendre un peu, une notification fait vibrer mon portable dans ma poche. Salomé pointe déjà le bout de son nez.

> Allez vous faire voir ! Je n'ai pas que ça à faire que de perdre mon temps avec vous, je vais déjà essayer de sauver mon job. Merci d'oublier mon numéro, ça sera plus simple.

Alors que je relis ses mots, je me stoppe net au milieu du trottoir. Merde, mais qu'est-ce qui lui prend ?

La dernière fois que je lui ai parlé, je l'ai mise en garde contre Roy et elle a conclu notre conversation avec ses boutades habituelles. Cette froideur est incompréhensible, comme si j'avais loupé un épisode.

Obstiné, je rappelle son numéro immédiatement, et ce coup-ci, je tombe sur messagerie après seulement une seule tonalité. Il n'est pas question de temps à m'accorder à ce stade, elle n'a surtout pas envie de me parler, mais je ne sais pas du tout ce qui a provoqué un tel revirement entre nous. Je ne crois pas avoir fait quoi que ce soit qui expliquerait ce changement soudain de comportement. À part m'être fait évincer de mon futur poste et avoir abattu un beau sapin pour mes neveux, je n'ai rien fait de spectaculaire. Le silence qu'elle instaure entre nous m'oblige à revoir mes plans. Je ne pensais vraiment pas en farfouillant dans la salle des archives que je devrais maintenant devoir jouer le harceleur à mon tour pour son enquête à elle.

Décidément, je vais devoir être créatif si je veux trouver une issue à cette situation. Avec Salomé, la simplicité est une douce utopie.

Chapitre 20

Salomé
Lundi 14 décembre

Les mots de Richard résonnent encore dans mes oreilles. Pas ceux de vendredi lorsqu'il m'a fait comprendre que désormais ma carrière ne tenait plus qu'à un fil, non ceux de ce matin, quand il m'a confié ma prochaine mission pour mes micros-trottoirs. Je le vois à nouveau se marrer avant de me lire le sujet que je dois préparer : Journée découverte à la station d'épuration de Saint-André.

S'il n'a pas énoncé clairement le mot « punition », je sais pertinemment que c'en est une. Il aurait pu refourguer ça à nos nouveaux stagiaires, mais non, c'est moi, la pestiférée, qui vais devoir respirer les égouts demain, toute la journée.

C'est avec un grand sourire de faux-cul que j'ai accepté ce job pour mon début de semaine. Mon week-end n'ayant pas atténué ma colère, je suis toujours le même volcan, prêt à exploser sur n'importe qui.

Richard prend un tel pied d'enfer à me refiler le sale boulot que je ne rêve que d'une chose : le pulvériser. J'ai envie de découper James en morceaux pour la panade dans laquelle il m'a mise. Liz a beau me dire que je me trompe, que je devrais me concentrer sur le maire, j'ai l'intuition que c'est bien James qui s'est foutu de ma gueule. Il voulait se débarrasser de moi et il a réussi.

Je suis furieuse de m'être fourrée dans une telle merde. J'avais toutes les cartes en main, pourtant, tout s'est retourné contre moi comme si j'étais une vulgaire débutante.

Comme par hasard, tout le week-end, pendant que j'étais sous ma couette à m'empiffrer de chocolats, j'en ai vu des citations sur l'acceptation de l'échec dans mon fil d'actualité Instagram. J'avais envie de faire bouffer leurs mantras optimistes à toutes ces influenceuses qui passent leurs journées à se dorer la pilule. Ma colère est tellement prégnante qu'il n'y a pas de place en moi pour voir le verre à moitié plein. Je digère ma déception à chaque seconde, et mon Dieu que c'est long de se regarder dans un miroir afin de prendre conscience qu'on n'a pas réussi à atteindre notre objectif.

J'aimerais arrêter de me flageller ainsi, mais cette amertume bloquée au milieu de ma gorge me paralyse complètement. J'ai tout quitté pour ce boulot, j'ai sacrifié tant de choses pour avoir ma chance, sauf que je n'ai pas été à la hauteur. Faire ce constat est un réel crève-cœur.

— Salomé ! m'interpelle Elizabeth pour me sortir de mes pensées.

— Oui ? Quoi ? réponds-je sèchement.

— Vivement que tu retrouves ta hargne, car t'es chiante depuis vendredi…

— Le bureau des reproches est fermé… Merci de repasser plus tard, rétorqué-je. Qu'est-ce qu'il y a ?

— J'ai un appel pour toi ! dit-elle en me montrant le téléphone fixe de notre bureau.

— C'est James ?

— Pour le moment, simplement le réceptionniste.

Résignée, je prends le combiné. À vrai dire je préfère parler au téléphone que continuer de préparer ce reportage débile sur la station d'épuration.

— Allô ? Ici, Salomé Roussel.

— Bonjour, c'est Dan de l'accueil. C'était juste pour vous prévenir que votre petit ami vient d'arriver pour vous emmener déjeuner. Il devrait être dans l'open space d'ici deux ou trois minutes.

Mon quoi ?

Pendant une seconde, j'ai un doute. Je pense au cousin d'Elizabeth qui m'a draguée pendant plusieurs semaines, mais cette supposition s'éclipse aussi vite qu'elle est arrivée. Il n'aurait pas l'aplomb de tenter une telle approche.

Le seul qui en est capable, c'est bien James. Alors que je reste bouche bée, je me rappelle que j'ai utilisé cette ruse contre lui à l'inauguration de la patinoire, et il semble parfaitement s'en souvenir. Malgré la surprise qui doit s'afficher sur mon visage, je me ressaisis. Il est hors de question que James vienne faire son petit numéro devant tous mes collègues et surtout sous les yeux de Richard. J'ai suffisamment été humiliée vendredi, je refuse de leur offrir à tous les deux l'occasion de me rabaisser à nouveau.

Pressée, je raccroche en vitesse puis j'enfile mon énorme manteau en laine blanc.

— Où vas-tu ? me demande Liz, surprise de me voir rassembler mes affaires à un tel rythme.

— Je crois que James est venu me confronter ici, vu que je refuse de lui parler depuis hier…

— *Oh my god !* Où est mon pop-corn ?

— Je n'ai pas le temps de te divertir. À plus tard !

— N'oublie pas, garde l'esprit ouvert avant de le fusiller, me lance-t-elle alors que je suis déjà en train de foncer tête baissée vers la sortie de l'open space.

J'apprécie les tentatives de mon amie pour me faire oublier ma colère, mais je n'ai absolument pas envie de faire d'effort pour qui que ce soit. Tout me sort par les yeux, et même si Liz pense que James n'a rien fait pour m'évincer, j'ai le sentiment de m'être fait avoir, d'avoir lâché trop de lestes. C'était peut-être amusant pour lui, toute cette animosité professionnelle, mais je me rends compte que j'ai beaucoup à perdre, et voir ma carrière s'envoler ne me divertit pas du tout.

Alors que je passe la double-porte de la rédaction pour arriver dans le couloir, je le vois qui vient à ma rencontre et immédiatement, j'ai le souffle coupé. Je me déteste de ressentir toutes ces émotions contradictoires.

Je le regarde avancer vers moi en étant incapable de bouger. Dans son costume si bien taillé, il me trouble. Les pulsions qui m'ont rendu si vulnérable lors de notre dernière entrevue à la patinoire reviennent me jouer un sale tour. Il a beau être séduisant, faire ce qu'il veut pour me prendre par surprise, je ne dois pas rentrer dans son jeu.

Je respire un bon coup puis recommence à marcher en faisant exprès de l'esquiver. Étonné de me voir le contourner, il change de direction pour me suivre.

— Salomé, il faut qu'on parle !

— Qu'est-ce que vous ne comprenez pas dans « Allez vous faire voir » ? lâché-je, la mâchoire serrée.

— Je refuse de jouer au chat et à la souris avec vous.

— C'est parfait, je n'ai pas l'intention de vous parler.

— J'ai besoin d'explications là, je ne comprends absolument pas votre comportement puéril, dit-il en m'attrapant le poignet.

Pardon ?

Pour qui se prend-il à la fin ?

Me retournant d'un quart de tour, je force sur mon bras pour l'obliger à me lâcher. Il est hors de question qu'il me fasse passer pour la fautive dans cette histoire. J'ai peut-être dépassé les bornes pour cette enquête, mais à aucun moment je n'ai mis en danger sa carrière, ce qui par contre ne semble pas lui poser de problème à lui.

— James, je déteste qu'on se foute de moi, donc si vous voulez que je garde un minimum d'estime pour vous, maintenez vos distances et continuez votre petite vie loin de moi, lui réponds-je, en appuyant sur le bouton de l'ascenseur.

— Cela ne va pas se passer comme ça. Vous m'avez attiré dans cette enquête contre ma volonté, alors à présent, vous allez m'avoir sur le dos.

— James, si vous continuez, je vais devenir méchante. Maintenant, foutez-moi la paix ! lui ordonné-je d'une voix étonnamment calme.

C'est à cet instant que les portes de l'ascenseur s'ouvrent devant nous. Immédiatement, je m'y réfugie en espérant qu'il ne m'y suive pas. Je m'efforce d'être dure dans chacun de mes mots pour me protéger de lui, de moi, de toutes ces complications que je ne contrôle plus.

Depuis ce contact, jeudi sur la glace, je sais que je suis friable. James a un truc à part qui lui permet de se frayer un chemin au cœur de ma carapace. Après Greg, j'ai fait en sorte que rien ni personne ne puisse m'éloigner de mes objectifs, mais quand l'homme qui se trouve à mes côtés est dans les parages, tout devient plus difficile. Mon plus grand paradoxe c'est de vouloir privilégier ma carrière sans ressentir la solitude et lorsque James m'approche, j'éprouve un puissant besoin qu'on me chérisse, qu'un homme me fasse vibrer. J'ai cette impression qu'en quelques phrases il peut réussir à faire valser toutes mes certitudes, et je ne peux l'y autoriser.

Une fois dans cette cage métallique, j'appuie sur le bouton « 0 » avant de scruter James. Mes yeux lui ordonnent de rester dans ce fichu couloir, mais au moment où les portes commencent à se fermer, il s'y engouffre me faisant reculer d'un pas pour éviter qu'il me frôle. Si jusqu'à présent mon regard le mettait en garde, désormais je le fusille.

Pourquoi n'est-il pas capable de faire ce que je lui demande ?

— Vous pouvez vous comporter comme la plus grande des chieuses qui existe avec moi, ça ne changera rien au fait que j'ai besoin de comprendre ce qui se passe. Vous m'avez entraîné avec vous alors que je voulais simplement faire mon job. Vous avez appuyé au bon endroit pour blesser mon égo et pour me rappeler qui j'étais vraiment. Bravo à vous ! Maintenant que je fais ce qu'il faut pour vous aider, vous voulez me blacklister ? Ce n'est pas comme cela que ça se passe.

— Si James, c'est comme ça. Je n'ai pas envie de continuer de copiner avec vous, si c'est pour perdre mon putain de job. Merde ! Vous n'avez vraiment aucune honte de venir ici alors que par votre faute, je pourrais être au chômage… lâché-je les yeux humides.

— Je n'ai jamais rien fait contre vous, je vous assure.

— À d'autres ! Vous étiez le seul à savoir pour mon enquête, le seul qui aurait pu me dénoncer auprès de mon patron, alors permettez-moi de ne pas vous croire.

À peine prononcée, ma phrase me soulage d'un poids phénoménal, j'ai l'impression d'avoir enfin pu évacuer ce qui me pesait depuis quelques jours, mais la froideur que je lis dans les yeux de James me coupe le souffle. L'un en face de l'autre, nous nous jaugeons, comme si nous ne savions plus dans quelle direction aller. Décrochant mon regard du sien pour voir à quel étage nous arrivons, James me surprend en appuyant sur le bouton d'arrêt d'urgence de l'ascenseur.

— Qu'est-ce qu'il vous prend ? m'écrié-je, stupéfaite.

À cet instant, je le vois s'approcher dangereusement de moi. Les yeux rivés sur son visage fermé, je sens mon rythme cardiaque s'emballer et j'ignore ce qui l'a poussé à immobiliser de force cet appareil mécanique.

— Salomé, vous pouvez me détester pour être arrogant, prétentieux ou tout ce que vous voudrez, mais ça me blesse que vous pensiez que j'ai pu vous dénoncer auprès de votre patron. Eh puis merde, depuis le début vous avez une piètre opinion de moi, et je ne sais plus quoi faire pour que ça change. Avant-hier, je me suis fait évincer de la campagne municipale, tout ça parce que j'ai contredit Van Daat pour votre enquête, pour vous protéger. Vous me prenez pour un connard, mais hier j'ai été illégalement dans les archives de la comptabilité de la mairie pour vous offrir les documents qui vous manquaient. Alors maintenant est-ce que vous allez enfin commencer à me faire confiance ?

Face à lui, je me retrouve la bouche semi-ouverte, totalement muette, incapable de réfléchir. Tout se bouscule, il y a beaucoup trop d'informations dans ce qu'il vient de me dévoiler.

Égoïstement, je repense à cette conversation de vendredi avec mon patron. Pour quelles raisons ai-je tant voulu que ce soit James le fautif ? Peut-être, car ça me donnait une raison de l'éloigner de moi – ou de m'éloigner de lui –, de balayer les émotions qu'il arrive à produire en moi… Sauf que désormais, je dois assimiler qu'il a aussi mis sa carrière en jeu pour m'aider, et c'est difficile à enregistrer. S'il dit vrai, il n'y a que le maire qui a pu faire pression sur Richard. Les faits sont là, si j'ai eu vent de cette affaire, c'est parce que Roy Van Daat a fait taire d'autres journalistes avant moi, il faut simplement que j'accepte d'avoir eu tort et je crois qu'il est temps de me fier à James...

Pendant que je reprends mes esprits, je remarque que les iris de mon patineur préféré sont plantés sur moi et me pulvérisent au point que je n'arrive plus à réfléchir calmement. Je suis perdue entre ma colère, mes certitudes qui volent en éclats et la bouche de James qui est beaucoup trop proche de moi. Pourquoi à cet instant, je ressens un tel besoin de chaleur humaine ?

Dans le creux de mon dos, des dizaines de frissons se propagent alors que ses lèvres rosées m'attirent, m'appellent et ce n'est qu'en mordant les miennes que je réussis à me contrôler.

— Arrachez-moi les yeux ou dites quelque chose, rajoute-t-il. Ne restez pas muette comme ça, je déteste ne pas savoir ce que vous pensez.

Qu'est-ce que je pourrais bien répondre à tout cela ? Je ne sais pas moi-même ce qui me passe par la tête, alors je suis bien incapable de le lui dire à voix haute.

Adossée à la paroi d'ascenseur, je souhaite avant tout faire le vide dans mon esprit. La seule chose qui m'obsède c'est de me mordre cette lèvre inférieure, pour garder le contrôle, pour ne pas céder au désir qui est en train de me gagner. La vérité, c'est que la colère qui m'a empoisonnée tout le week-end m'a complètement fait perdre la notion de raison, de justice ou de sens. J'ai tant sacrifié pour cette vie, pour mener de telles enquêtes, aujourd'hui tout ne tient qu'à un fil et je suis épuisée de devoir encore me battre contre moi-même. Il est peut-être temps de ne plus calculer tout ce que je fais pour laisser mon instinct agir comme il lui convient.

Alors que ma langue vient réhydrater mes lèvres, je prends une grande inspiration afin de céder à ce que mon corps réclame depuis cette chute sur la glace.

Que la sagesse aille se faire voir, je n'ai plus le temps pour ça !

Déterminée, j'avance de deux pas pour me retrouver nez à nez avec James. Contrairement à ce que j'aurais pu imaginer, il ne bouge pas d'un poil, et me répond avec un timide sourire en coin. Je le regarde, encore et encore. Comment a-t-il réussi à passer au-dessus de ma forteresse ? Je ne devrais pas ressentir ces pulsions, je ne devrais pas vouloir qu'il m'électrise pourtant c'est viscéral, j'ai envie de lui.

Dans mon élan, je pose ma main gauche le long de sa mâchoire, puis fais glisser mes doigts contre son cou.

— Vous voulez savoir ce que je pense ? Là, je suis exténuée de me battre contre vous, contre le désir que je ressens à chaque fois que vous plissez vos yeux. Vous avez un début de rides au coin de l'œil, ce qui est carrément sexy. Alors là, tout de suite, je n'en ai absolument rien à foutre de cet enfoiré de Van Daat, c'est vous qui m'importez. Depuis notre rencontre, vous voulez me prouver que vous êtes plus têtu que moi ? Eh bien, j'arrête de résister, vous avez gagné.

En prononçant ces mots, je n'ai aucune idée de ce que ça implique, mais tout mon corps semble reprendre vie, comme si cet aveu me redonnait du pouvoir. J'ai à peine le temps de fermer la bouche que les deux mains de James viennent encercler mon visage. En faisant quelques pas, le regard brûlant, il me plaque doucement contre la paroi de l'ascenseur et c'est chaque centimètre carré de ma chair qui s'embrase.

— Arrêtez plus souvent de vous battre alors, car j'adore savoir que je vais enfin pouvoir vous faire taire.

Je n'ai évidemment pas le temps de répliquer quoi que ce soit que ses lèvres s'abattent sur les miennes, ne me laissant plus que comme seule option de lâcher-prise.

Ce baiser est tout en même temps : sensuel, vivifiant, follement doux.

J'aimerais penser à toutes les fois où James aurait mérité que je le gifle, que je le réduise en bouillie, mais à cet instant, mon esprit est totalement vide. Tous mes sentiments contradictoires se sont envolés afin de me laisser simplement profiter des mouvements délicieux de la bouche de James au contact de la mienne. Ses mains glacées descendent au creux de mon cou avant de remonter lentement me caresser la nuque. Ma déesse intérieure est tout aussi surprise que moi par ces sensations si lointaines que je redécouvre.

Alors qu'il commence à éloigner ses lèvres, je rouvre les yeux tout en reprenant mon souffle. Putain tout ça vient vraiment de se passer ?

La respiration hachée de James me fait sourire, je ne suis pas la seule à rester sans voix.

— Vous devez me prendre pour une folle colérique un poil instable ? plaisanté-je pour briser le silence.

— Salomé, je crois que tu peux laisser les « vous » de côté maintenant que j'ai pu déguster tes lèvres. Et en toute sincérité, j'aime bien ce côté drama chez toi.

— Me voilà sauvée alors ! ricané-je en récupérant mon sac à mes pieds.

— Est-ce que maintenant tu es d'accord pour qu'on aille déjeuner ? J'ai des éléments croustillants à te montrer.

— Oui, mais pas de restaurants asiatiques de préférence.

J'ai envie de me gifler. Pour quelle raison ai-je besoin de préciser cela ? Mon anxiété me fait vraiment dire n'importe quoi.

— C'est noté, me répond-il avant de débloquer l'ascenseur. Je te conseille de faire un scandale à la réception pour expliquer que ce matériel est vraiment défaillant.

— Ne t'en fais pas, j'y compte bien. Être coincée avec toi, c'était véritablement un supplice.

— Fais attention, je pourrais recommencer, me menace-t-il avec des yeux toujours aussi ardents.

Je n'ai absolument aucune idée de ce dans quoi je m'embarque à cet instant précis, mais le mec que je détestais de tout mon être quand je me suis réveillée ce matin m'emmène déjeuner et je suis enchantée de partager ce repas avec lui.

Extatique, je ne réalise pas encore ce qu'il vient de se produire. Ai-je eu tort de céder à la tentation ?

Je ne préfère pas penser aux remords qui me guettent. De fait, je viens de prendre un risque colossal, mais je choisis de ne pas m'attarder dessus. Je me connais par cœur, je vais à fond, je ne réfléchis pas à mes choix puis mes doutes arrivent pour me maltraiter sauf que je n'ai aucune envie de regretter ce baiser. Ce sentiment d'euphorie était si délicieux, un vrai plaisir viscéral, je ne peux pas me mentir à moi-même.

Non, pour le moment, je refuse de tergiverser. James vient de m'offrir un instant divin, je préfère m'y accrocher.

Notre cher Santa a-t-il décidé de secouer sa boule magique « esprit de Noël » pour que les choses rentrent dans l'ordre ?

Chapitre 21

James
Lundi 14 décembre

Cela fait déjà une quinzaine de minutes que nous sommes attablés dans cette brasserie où j'aime venir avec Sacha, mais mon esprit a du mal à réaliser ce qu'il s'est passé dans cet ascenseur. C'est comme si nos corps avaient décidé de se moquer de notre raison, de ce qui nous poussait à nous affronter depuis deux semaines. Au départ, j'étais simplement venu pour qu'elle puisse m'expliquer son changement de comportement et puis tout est parti en vrille.

Depuis que je l'ai rencontré, c'est courant pour moi de voir Salomé hargneuse, prête à boxer contre moi, mais dans cette cage métallique exiguë, il n'était plu question d'un combat loyal, elle était en colère contre moi sans que j'en connaisse la cause. Dans ce duel, elle enchaînait les coups et j'esquivais, encore et encore sans même savoir ce qui avait déclenché ce séisme entre nous.

Roy est un enfoiré, il a fait tout ce qu'il fallait pour qu'elle laisse tomber et en plus, il a réussi à lui faire croire que je pouvais être derrière tout ça, tout en me privant de ma promotion de rêve. Sur ce coup-là, il a été futé, mais il ne s'attendait pas à ce que je rallie la cause de Salomé. Une fois en possession de ses notes de frais, je ne pouvais pas laisser cette femme me mettre sur la touche. Si ce mois de décembre est un tel bazar, c'est parce qu'elle m'a trainé dedans et maintenant que mes lèvres ont goûté les siennes, c'est encore plus la zizanie.

Alors que nous attendons que notre déjeuner nous soit servi, Salomé inspecte silencieusement les documents que j'ai photographiés hier. Pendant ce temps-là, mes yeux ne peuvent s'empêcher de la regarder.

Je mérite qu'on se moque de moi.

Depuis le début je sais qu'elle est le genre de femme à me faire perdre la tête et en la plaquant dans cette cage d'ascenseur, je viens de me compliquer la tâche. Elle ne m'offrait qu'une colère débordante, qui me brûlait et lorsque sa paume s'est posée contre ma joue, je n'ai pas su contrôler mes pulsions. La seule chose qui comptait c'était de brûler avec elle, de ne plus laisser son charme me narguer, j'avais besoin de lui montrer que si elle perdait la partie, je la perdais également. Entre nous, il ne peut y avoir un gagnant et un perdant, nous sommes forcément tout l'un ou tout l'autre.

Néanmoins, cette passion viscérale qui nous a liés pendant quelques minutes me semble tout de suite très loin. Les documents qu'elle est en train d'étudier accaparent toute sa concentration, elle ne se rend même pas compte que de mon côté, c'est elle qui m'obsède.

— Pour qui est le bagel au saumon ? nous demande le serveur, avec deux assiettes à la main.

— Pour madame, lui réponds-je.

Surprise, Salomé s'empresse de rassembler les feuilles qu'elle a étalées sur son côté de la table afin de laisser ce jeune homme déposer le plat devant elle. Une fois servie, c'est à mon tour de découvrir mon burger qui déborde de cheddar.

À chaque fois que je viens ici, je prends la même chose. Je suis déjà impatient de redécouvrir le goût des cornichons qui baignent dans le fromage. Pendant que celui qui vient de nous servir s'éloigne, Salomé, elle, fait une fixette sur ma commande.

— Tu regrettes ton choix ? la taquiné-je.

— Absolument pas. Je remarque simplement que tu as une obsession pour le cheddar, tu manges du vrai fromage par moments ?

— Mon faux fromage n'avait pas l'air de te dégoûter tant que ça lorsque tu as choisi ma spécialité à la gaufrerie.

— J'ai appris à faire des concessions gastronomiques dans ce pays, me répond-elle toute fière.

— Excusez-nous madame la critique culinaire ! me moqué-je, en croquant dans une frite.

— Je ne t'en veux pas, on ne peut pas tous être parfaits, ricane-t-elle en insinuant qu'elle l'est.

Déjeuner avec elle c'est un peu comme tomber dans mon propre piège. Je connais tous les enjeux, ce qui est en ma faveur et ce qui ne l'est pas, pourtant elle réussit à me faire succomber à son charme. Auparavant je la détestais pour sa capacité à me déstabiliser sur le plan professionnel, mais maintenant c'est aussi sur le plan personnel qu'elle fait tout partir en vrille.

Ça m'apprendra à remplacer mes collègues à des conférences de presse pour marquer des points auprès de mon patron.

N'attendant pas que je réponde à sa dernière phrase piquante, elle s'empresse de croquer dans son bagel en se moquant bien d'être distinguée. Alors qu'elle repose son sandwich au creux de son assiette, elle prend le temps d'essuyer la sauce qui fait briller ses lèvres. Salomé est le péché en personne, il faut que je me ressaisisse, car visiblement ma tête est restée coincée dans cet ascenseur.

— Que se passe-t-il, James, si on fait fuiter ces documents ? me demande-t-elle, comme pour me rappeler que la réalité est bien plus complexe que nos taquineries.

— Une personne de la comptabilité se ferait sûrement renvoyer, et je suppose que le maire aurait une explication à tout ça…

— J'aimerais bien voir comment il va justifier autant de dépenses, le fait que sa femme semble claquer plus d'argent que la famille Kardashian réunie et qu'en plus, les documents officiels sont falsifiés.

— Même si on a peu d'informations dans ces notes de frais, je suis certain qu'il y a quelque chose à exploiter. Ce qui compte pour éveiller l'esprit du grand public, c'est de semer le doute, mais je ne suis pas sûr que faire fuiter ces documents soit suffisant pour mettre à mal la réputation de Roy. Il nous faut beaucoup plus d'éléments.

— Sans compter que si je rends publiques toutes ces informations, je vais perdre mon emploi.

— Ton patron t'a vraiment mis la pression alors ?

— Comment te dire ? Il a tellement aimé mon enquête secrète que je suis censé faire une vidéo sur la station d'épuration de Saint-André demain, ronchonne-t-elle en levant les yeux au ciel.

Sans le vouloir, un rictus m'échappe.

Je ne sais pas ce qui m'amuse le plus : l'imaginer faire la grimace à cause des remontées d'égouts ou parce qu'elle ne sait pas cacher ses émotions. Même si elle s'efforce de se contenir, son visage tout entier montre à quel point elle est blasée de devoir se coltiner cette punition. À l'instant où elle remarque que je me fous d'elle, Salomé choisit de m'envoyer sa serviette de table au visage. Comme si nous étions deux enfants, sans personne d'autre dans ce restaurant.

— Ne rigole pas trop, tu peux autant te faire virer que moi, je te signale !

Alors que j'étais en train de me marrer, elle réussit à merveille à me faire redescendre sur terre. Oui, je suis dans une belle panade, mais au moins on peut en rire à deux.

— Sérieusement, pour quelles raisons ton patron ne veut pas publier cette enquête ? Cela pourrait générer beaucoup d'argent pour votre rédaction.

— Je n'en ai aucune idée. Lorsqu'il m'a mise en garde, je pensais qu'il filerait le dossier à sa journaliste préférée, celle qui est responsable des grosses investigations qui sont menées à *Bruges Media*. Mais *a priori*, elle est occupée à préparer la campagne qui doit bientôt commencer.

— Roy a peut-être proposé des exclusivités à ton rédacteur en chef…

— C'est évident que Richard ne s'est pas contenté de dire « Amen » au maire, il a dû récolter quelque chose en échange, s'exclame Salomé en picorant ses frites.

Toute cette affaire se complique et pourtant je sens qu'avec Salomé il ne nous manque pas grand-chose pour obtenir le fin mot de l'histoire. Roy est un bon politicien, mais il n'est pas un expert en finance, son domaine de compétence reste la politique pure. Si on continue de chercher, on va forcément trouver quelque chose qui le fera tomber.

Durant le reste du repas, j'interroge Salomé sur son métier, ce qui a déclenché en elle une telle vocation. Étonnamment, elle se livre à moi sans difficulté. Même si nos parcours sont différents, je sens qu'elle a consenti beaucoup de sacrifices pour en arriver là. En me parlant, elle me permet de mieux comprendre sa colère. Après tout, on se ressemble elle et moi. Moi aussi ma carrière est sur le fil alors que je me suis tant battu pour en arriver là où j'en suis. Elle est juste beaucoup plus expressive que je ne le suis. Avec elle, il y a assez peu d'ambiguïté, instantanément on sait si elle est d'humeur joueuse ou au contraire, si elle est prête à exploser. J'aime cet aspect de sa personnalité, moi qui ai toujours été mal à l'aise avec les femmes qui veulent qu'on devine leurs pensées. Salomé, elle, est tranchante, par moments difficile à suivre, mais au moins, je n'ai pas besoin d'un décodeur pour la cerner.

Alors que notre déjeuner se termine, je regrette que ce moment ne dure pas plus longtemps. Il faut se résigner, on doit tous les deux retourner bosser.

— James, j'épluche ces documents ce soir et on se tient au courant pour la suite, dit-elle en se levant pour mettre son long manteau en laine.

— Donc c'est l'enquête qui détermine si on se revoit ? lui lancé-je pour la taquiner.

— Sans cette investigation, j'ai bien peur que tu ne sois pas si charmant que ça.

— T'aimes bien te voiler la face, hein ?

— Ton côté présomptueux revient déjà au galop, ce n'est pas croyable !

— Peut-être parce que tu m'as avoué ce matin que tu ne voulais plus te battre contre moi. Je me trompe ?

— Un petit moment de faiblesse, ça arrive à tout le monde.

J'ignore ce qu'elle veut me faire croire à cet instant, mais je ne vais pas tomber dans le panneau. Elle regrette peut-être de m'avoir révélé qui elle est sans sa carapace sauf que moi, j'ai adoré cette version d'elle. Salomé aime probablement maintenir ce jeu taquin qui existe entre nous. Se dévoiler ne veut pas forcément dire oublier toute cette tension qui nous anime.

Me levant à mon tour, je récupère mes affaires puis lui tends la pile de documents qu'elle n'a pas encore mis dans son sac à dos.

— Oh ! Ça, je ne risquais pas de l'oublier, ajoute-t-elle en le prenant.

— Après tous les efforts que j'ai faits pour les obtenir, je t'en aurais voulu.

— T'as peur que je ne sois pas assez reconnaissante ? Ne t'en fais pas, je saurais te remercier en temps voulu… dit-elle avant de se mordre la lèvre inférieure.

En entendant ces mots, ma bouche s'assèche aussitôt.

Oh mon Dieu !

Pourquoi se donne-t-elle autant de mal pour me mener la vie dure ?

Me voyant surpris par sa phrase, un grand sourire se dessine sur ses lèvres. Évidemment qu'elle voulait faire monter ma chaleur corporelle en trois secondes. J'en avais presque oublié qu'elle avait ce petit aspect « démon », mais je tâcherais de m'en souvenir.

— Allez, dépêche-toi de retourner au bureau, je ne voudrais pas t'empêcher de préparer cette visite de la station d'épuration.

Comme réponse, elle me montre son doigt d'honneur avant de foncer vers la caisse du restaurant pour payer sa note. Une fois à sa hauteur, elle a déjà dégainé sa carte bancaire.

— Tu ne veux pas me laisser régler ? lui demandé-je.

— Je n'aime pas t'être redevable, me répond-elle en me tirant la langue.

Il faut croire que de lui rappeler sa punition a tendance à blesser son égo. Au moins, ce déjeuner m'aura permis de découvrir de nouvelles facettes de sa personnalité. Maintenant, il faut que je retourne profiter de la guerre froide qui se joue à la mairie, mais étrangement je me sens un poil plus léger.

Chapitre 22

James
Lundi 14 décembre

En débarquant au bureau une demi-heure plus tard, le silence m'interpelle. Visiblement le remue-ménage de Roy semble avoir fait son effet, plus personne n'ose parler de peur de perdre sa place.

Lorsque je suis arrivé ce matin, ni Nicolas ni le maire n'ont eu la décence de m'informer de la nomination de Joffrey Allen, comme directeur de campagne. Je l'ai officiellement appris lors d'une réunion improvisée, au même moment que beaucoup de mes collègues.

Est-ce que j'ai été encore plus déçu ? Pas vraiment. J'en suis à un stade où plus rien ne m'étonne. J'ai l'impression d'être spectateur d'une situation qui s'aggrave de jour en jour, mais désormais, je laisse la catastrophe se produire. Dans mon esprit, il est clair que j'ai tout donné pour bien faire mon travail et si une avalanche emporte tout sur son passage, je n'en serais en rien responsable. Cette ambiance glaciale ne m'empêche pas de bosser, au contraire, pour une fois je prépare mes dossiers dans le calme.

Par contre, je ne peux pas en dire autant de Sacha, qui ne peut pas faire autrement que de regarder partout ou de se lever dès qu'il entend un bruit. Une vraie petite fouine en somme.

— Mec, tu vas réussir à travailler aujourd'hui ? m'exclamé-je alors qu'il est encore collé à la porte de notre bureau pour écouter ce qu'il se passe dans le couloir.

— Tu n'as pas envie de savoir ce qu'ils mijotent à déplacer autant de cartons depuis ce matin ?

— Oui, c'est bizarre qu'il y ait autant de mouvements, mais je n'en ai strictement rien à faire. Si Roy pouvait s'étouffer avec tous ces dossiers, ça m'irait parfaitement.

— Moi qui croyais que tu voudrais te venger... J'ai l'impression que depuis qu'Allen a eu le job, tu es totalement éteint.

— Que veux-tu que je fasse ? Que j'entre dans son bureau et que je crie au scandale ? Ou mieux, que je le menace ? Évidemment que j'ai envie de lui rentrer dedans pour s'être foutu de moi, pour le détournement de fonds dont il s'est servi pour obtenir le poste, mais j'ai tellement de choses en tête que je ne peux pas laisser la colère m'envahir. Entre ma sœur qui n'arrive pas à se reposer et qui, si elle continue, va perdre les eaux avec deux mois d'avance, mes parents qui s'inquiètent inutilement pour ma vie sentimentale et Salomé qui... me dépasse dans tous les sens du terme... Je dois me concentrer sur ce qui compte vraiment.

Alors que je finis ma longue tirade, mon pote semble ne plus trouver tant d'intérêts pour les bruits de couloir.

— Ce n'est plus mademoiselle Roussel, on est passé à Salomé maintenant, hein ?

— Ta gueule, Sacha !

— Elle les a trouvés comment les documents ?

— À première vue, elle était ravie. Elle doit les étudier plus précisément ce soir après son boulot, car Roy a fait pression sur son boss et elle a échappé de justesse au licenciement.

— Putain… Je me demande bien ce qui va l'arrêter. Il se sent tellement puissant qu'il pense pouvoir contrôler la ville entière.

— Même si Salomé doit être plus vigilante qu'avant, vu comment elle était furieuse, je peux t'assurer qu'elle ne va pas le laisser s'en sortir aussi facilement.

— Et toi, dans cette histoire, tu vas faire quoi ?

— Pour commencer, je vais attendre de voir ce qu'elle arrive à tirer de ces documents et on avisera après. Je vais prier pour que notre boss ne s'acharne pas sur moi et qu'il ne soit pas réélu.

— Tu savais très bien qu'en lui tenant tête, il y avait un risque qu'il te mette sur la touche. D'après ce que j'ai entendu, il a prévu de lancer sa campagne ce soir en faisant une apparition « surprise » à une distribution alimentaire. Les services presse ont été avertis il y a une heure déjà. Apparemment, on leur a demandé de venir tout en restant discrets.

J'hallucine. Il n'a vraiment honte de rien… Je n'insinue pas que ces rassemblements organisés pour les démunis sont réservés à Salomé et son programme, mais profiter de la précarité des gens pour lancer sa campagne à dix jours de Noël, c'est quand même tout ce qu'il y a de plus indécent. Comment Joffrey Allen a-t-il pu lui suggérer une idée aussi pourrie ? Finalement, je suis bien content de ne pas être convié à leur mascarade…

— Discret ? Il va rameuter une centaine de journalistes et caméramans qui vont braquer leurs objectifs sur ces pauvres gens qui sont simplement venus chercher de quoi se nourrir.

— J'espère que les gens sur place sauront leur dire « Merde » ! lâche-t-il.

— Oh je vais mettre la chaîne locale rien que pour voir ça !

— Tu ne veux pas prévenir Salomé ? Je suis certain qu'elle serait capable de venir mettre son grain de sel, renchérit-il en ricanant.

À vrai dire, je paierai pour voir ça.

Je l'imagine déjà, se frayer un chemin pour poser une question bien tranchante, se moquant d'être scrutée par tout Bruges. Elle arriverait probablement à coiffer Roy au poteau, ce qui a le don de m'émoustiller. Cette image est tellement séduisante dans mon esprit que j'en oublie qu'elle est presque inenvisageable. Salomé, malgré son aplomb légendaire, ne prendra pas de risques inutiles, elle ne peut pas se permettre de perdre son poste. Je suis sûr qu'elle rêverait de pouvoir être aussi libre, comme j'aimerai moi, dire à Roy d'aller se faire voir. Malheureusement, rien de tel ne se produira aujourd'hui.

— On sait tous les deux qu'elle adorerait.

— Là, c'est certain, tu l'inviterais directement à tester ton lit.

— Probablement, avoué-je, en laissant échapper un petit rictus.

Sacha s'apprête à me répondre lorsque son téléphone portable se met à vibrer. Le voyant tapoter sur son clavier pour répondre au message qu'il vient de recevoir, je me reconcentre sur le dossier que j'étais en train de finaliser. Il fait sans cesse le fanfaron en criant sur tous les toits que je ne suis pas doué pour lui mentir, mais quand je distingue un tel sourire sur son visage, je peux le dire : ce mec est incapable de cacher ses émotions. Un peu comme Salomé, on lit en eux comme dans un livre ouvert. Je soupçonne la petite Margot qui bosse à la comptabilité d'être responsable de cet élan mielleux chez lui. Même s'il a profité d'elle pour que nous puissions accéder à la salle des archives, j'ai l'impression qu'il en pince drôlement pour elle.

Délaissant un instant mon pote, je vérifie certains chiffres que je viens d'intégrer à mon document, mais Sacha me déconcentre déjà.

— Mec, il se passe vraiment quelque chose de louche…

— Qu'est-ce qu'il y a encore ? lâché-je, légèrement fatigué de ne pas avancer dans ma tâche.

— Certains dossiers des archives, y compris de la comptabilité, sont en train d'être déplacés… Des dizaines de cartons s'en vont, je ne sais où… Tu penses qu'on s'est fait griller hier ?

— C'est toi qui m'as motivé pour cette excursion illégale et maintenant tu flippes qu'on se fasse prendre ?

— Oh, James, ne me fais pas croire que ça ne t'inquiète pas !

— Tu n'as vu personne dans le couloir, il n'y a absolument aucune caméra dans cette aile excentrée du bâtiment, vraiment je pense qu'on n'a rien à craindre. En plus, connaissant le caractère colérique de Roy, on serait déjà en train de faire nos affaires s'il était au courant.

— Pas faux, mais ça n'explique pas pour quelles raisons, il y a tant de déménagements dans cette mairie aujourd'hui.

— Sacha, arrête ta mission détective et va vendre du rêve à ta petite comptable préférée !

En guise de réponse, il fait bouger en rythme ses sourcils, comme un acteur pervers de série de seconde zone. C'est lui tout craché !

Décidément pas prêt à travailler cette après-midi, il sort de notre bureau, sûrement pour rejoindre son nouveau coup de cœur. De mon côté, je m'efforce de finir au plus vite les dossiers qui sont en cours, afin de retourner à la gaufrerie le plus tôt possible.

***

Quatre heures plus tard, c'est lessivé que j'actionne le bouton de la fermeture des stores du magasin. On peut dire que cette journée aura été intense du début à la fin. Alors que ma sœur est en train de compter nos invendus du jour et de clôturer la caisse, je me dépêche de mettre les chaises sur les tables afin de lessiver le sol.

En récupérant la serpillère dans l'arrière-boutique, je m'attarde sur Rose qui gigote toute seule en fredonnant du *Wham !* avec son bonnet de père Noël. Toute cette agitation me fait presque perdre de vue que ce mois doit représenter l'espoir, la famille, les retrouvailles. Quand je la regarde, j'oublie Roy, j'oublie que ma carrière est chancelante. La naïveté bienveillante de mon aînée est un bol d'air pur, et même si ce soir je suis exténué, j'ai envie de sourire. Dans dix jours, nous réveillonnerons tous ensemble et que je sois directeur de campagne ou non, n'a vraiment aucune importance, ce qui compte c'est qu'ils soient tous heureux.

— Mon petit frère est tête en l'air ce soir ? lance-t-elle, coupant instantanément ma rêverie.

— C'est toi qui me déconcentres à chantonner des musiques cul-cul.

— Arrête, Jay, je sais que tu les adores !

— N'importe quoi, j'apprécie juste de te voir tout sourire comme ça.

— Il n'y a rien à dire, tu es un vraiment beau parleur.

— J'ai suivi les conseils du meilleur, je n'y peux rien.

— C'est vrai que Papa a le don pour nous amadouer. Qu'est-ce que serait notre égo sans vous ? plaisante-t-elle.

— Je me demande bien ! dis-je en commençant à nettoyer le sol.

— Et sinon, au boulot comment ça se passe en ce moment ? T'es plutôt discret depuis la semaine dernière…

Je reconnais bien là ma sœur, à toujours vouloir connaître tous les détails de ma vie. Sa curiosité légendaire a besoin d'être assouvie, mais en lui racontant ma situation, j'ai bien peur de l'inquiéter inutilement.

— Ça ne s'arrange pas vraiment… J'ai eu des confrontations difficiles avec le maire, mais ça se tassera, ne t'en fais pas.

— Je n'aime pas quand tu me dis de ne pas m'inquiéter. Tu sais que nous aussi, on est là pour toi, n'est-ce pas ?

— Rosie, je t'assure que ce n'est rien, c'est pour cette raison qu'il est inutile de t'affoler.

— Et la charmante Salomé te court toujours après ?

— Je ne répondrais pas à cette question.

— Jay… dit-elle en éclatant de rire. Arrête tes conneries et raconte-moi tout !

Et moi qui croyais m'en sortir si facilement. Cependant j'ai réussi à lui arracher un rire et il ne m'en faut pas plus pour être ravi. Quand le visage de ma sœur s'illumine de la sorte, je me dis que je ne fais pas trop mal mon boulot.

Alors que je réfléchis à ce que je vais bien pouvoir lui dévoiler, la sonnerie de mon téléphone nous coupe.

— Tu peux voir de qui il s'agit, sœurette ?

— À vos ordres !

Une fois à l'arrière-boutique, elle regarde mon portable puis décroche. C'est peut-être ma mère, mon père ou Romy pour qu'elle se permette de répondre.

— Bonsoir, Salomé ! Comment vas-tu ? On parlait justement de toi à l'instant avec James.

Oh merde !

Abasourdi par son culot, ma tête ne cesse de faire des aller-retour de gauche à droite.

Pourquoi a-t-elle pris l'appel ? Si je ne risquais pas de glisser sur ce sol humide, je lui piquerais sur-le-champ l'appareil.

— Oui bien sûr, je te le passe !

Je la fusille du regard. Salomé doit être aux anges de savoir qu'elle est un sujet de conversation entre ma sœur et moi.

Merci, Rose, de me mettre dans une telle panade.

— Allô ? dis-je en collant mon portable à mon oreille.

— James, allume la télévision tout de suite, m'ordonne-t-elle à cent à l'heure.

— Je suis en train de laver le sol de la boutique, je ne suis pas vraiment disponible pour ça.

— Pose ce que tu as dans les mains et dépêche-toi de regarder le direct de *Bruges Info TV*, je ne rigole pas, renchérit-elle d'une voix sévère.

Pour l'amabilité, on repassera !

Mais putain que se passe-t-il pour qu'elle soit si autoritaire ?

Posant la serpillère contre le comptoir, je me précipite à l'étage pour rejoindre le salon de Rose et allumer la chaîne d'information locale. Instantanément, je comprends pour quelle raison Salomé m'a sommé de regarder la télévision.

Sans voix, j'ai besoin d'une seconde pour assimiler ce que je vois. Sur le bandeau « *Breaking News* » de la chaîne d'information locale est inscrit en gros : la mairie saccagée, le maire Van Daat réagit.

Dans cette nuit si noire de décembre, le bâtiment que j'ai quitté il y a quelques heures est éclairé au rythme des gyrophares. On nous dévoile des images des caméras de surveillance de l'hôtel de ville où des individus cagoulés détruisent sans aucune raison tout ce qu'ils voient. L'instant d'après, on suit les caméramans dans les couloirs, où nombre de meubles ont été renversés, certains tableaux ont été éventrés, alors que des portes ont carrément été enfoncées. Comme des voyeurs, chaque Brugeois assiste à un carnage inexplicable.

Qu'est-ce qui a bien pu se passer ? Du moins, la question n'est pas là, je vois bien ce qu'il vient d'arriver, mais tout ça me semble dénué de logique. Mon côté rationnel n'arrive pas à expliquer toute cette brutalité. Alors que l'on continue de suivre les journalistes dans cette visite guidée malsaine, un mouvement de caméra me fait remarquer un élément qui n'a pas échappé au reporter qui fait découvrir les lieux à toute la ville. Un énorme graffiti bleu surplombe un mur proche du bureau du maire où il est inscrit « Dégage de notre ville ».

Mes yeux clignent tous seuls de stupéfaction. Tout ça n'a aucun putain de sens. Immobile devant l'écran dernière génération de ma sœur, j'essaie de mémoriser le plus de détails possible.

— James, t'es toujours là ? ajoute Salomé.

— Oui… C'est bon, je regarde…

— Comment un tel carnage a pu se produire ? Tu penses que des employés ont pu être violentés ?

Alors que je suis en train d'assimiler difficilement la scène, j'essaie de trouver des réponses à sa question. Je sais au fond de moi qu'à cette heure-ci, il est presque impossible que quelqu'un soit encore présent dans nos locaux, ce qui me rassure. Au moins les brutes qui ont pillé ce lieu n'ont pas pu faire de mal à qui que ce soit. Du moins je l'espère de tout cœur. Toute cette dégradation n'est que matérielle…

Putain de merde !

Alors que de fines gouttelettes de sueurs perlent sur mon front, j'ai comme un flash, qui transperce mon esprit à une vitesse surnaturelle, venant au passage me serrer la gorge. Dans ma tête, je me refais le parcours de ces caméramans à l'envers. Les bureaux des hauts responsables, le pôle État Civil, la communication, la comptabilité, les archives... Toutes les preuves contre Roy viennent de disparaître dans cet élan de brutalité...

Comme par hasard après que des centaines de cartons de dossiers ont été déplacés dans la journée.

Non ce n'est pas possible, je dois faire erreur.

Pendant que mon esprit fuse à cent à l'heure, Rose monte le son au moment où la présentatrice en plateau reprend la parole.

— Nous sommes tous sous le choc de ces images. Nous allons rejoindre en duplex notre maire, Roy Van Daat qui devait espérer lancer sa campagne électorale d'une meilleure manière. Nous vous écoutons, annonce-t-elle pendant que l'on voit mon patron s'exprimer devant tous ces gens qui étaient simplement venus pour profiter d'un repas chaud.

Installée dans son fauteuil, Rosie ne lâche pas une seconde des yeux la télévision, en passant lentement sa main droite sur le bas de son ventre. Son regard apeuré me brise le cœur. Elle ne peut s'empêcher chaque jour de s'inquiéter de la mère qu'elle va devenir dans si peu de temps et du monde dans lequel son enfant va naître. Salomé attend ma réponse, mais mes pensées n'arrivent pas à se détacher de ma sœur qui ne cesse de caresser son bébé.

Il faut que j'arrête de me disperser. Je m'éloigne de quelques mètres afin de répondre à celle que j'ai au bout du fil.

— Je pense que justement personne ne se trouvait dans cette partie du bâtiment.

— Qu’est-ce qui se passe, James ? Ta voix me fait flipper…

— Tu n’as parlé à personne des documents que je t’ai filés ?

— Évidemment que non, abruti !

— Je t’envoie l’adresse de mon appartement, rejoins-moi là-bas dans deux heures… J’espère que j’ai tort, mais je crois que Roy Van Daat a pu orchestrer tout ça…

Chapitre 23

Salomé
Mardi 15 décembre

S'il y a bien des choses qui sont surfaites dans la vie, ce sont les certitudes.

Je devrais faire la liste des éléments dont j'étais certaine et qui aujourd'hui ne représentent plus que des interrogations, des doutes ou même des erreurs. J'étais persuadée que je deviendrais une grande journaliste capable d'allier une vie paisible avec Greg et l'excitation de mon métier. Je pensais également que quoi qu'il arrive le destin nous sourirait, une fois encore je me suis trompée. Suite à mon départ pour Bruges, c'était limpide pour moi que je prendrais mon envol si vite que je pourrais décrocher dans l'année un vrai job de rêve en France. Plus j'y réfléchis, plus ma liste s'allonge, m'obligeant à faire face à mes échecs. Décidément, le destin adore changer mes plans.

La boule que je ressens au creux de mon ventre depuis que j'ai découvert le pillage de la mairie ne cesse de me torturer, comme si pour la première fois je réalisais qu'une ligne rouge a été franchie. Les menaces de Richard m'avaient pourtant bien refroidi, mais bloquée dans cette cage d'ascenseur avec James, j'ai subitement oublié ses mises en garde. Ça a réveillé le désir que je gardais scellé depuis si longtemps et les lèvres de cet homme ont neutralisé toutes ces voix qui me criaient de résister, qui me disaient que tout ce qui comptait, c'était de m'accrocher à ce boulot de rédactrice de micro-trottoir.

Plus j'essaie de prendre du recul – chose qui ne m'arrive que trop rarement –, plus je me sens coincée entre cette alchimie presque viscérale que je partage avec James et mes résolutions. Je ne devais plus jamais laisser un homme me détourner de mes objectifs, je devais toujours prioriser ma carrière, mais je suis en train de me faire avoir à mon propre jeu. James possède un magnétisme qui m'attire vers lui qu'importent les signaux m'avertissant que je ne dois pas succomber et aujourd'hui, plus rien n'est simple.

J'ai envie de retourner dans cet ascenseur, de profiter de ses lèvres, de le laisser me rendre spéciale, je veux qu'il réveille à nouveau tout mon corps. Ça en est presque vital. Sauf que ce soir, à l'instant où j'ai eu cette notification de *Bruges Info TV*, toute la légèreté qui m'avait gagnée à travers les baisers de James, a pris le large me laissant découvrir la brûlure de cette douleur sournoise que l'anxiété venait de m'offrir.

En me lançant tête baissée il y a deux semaines, je n'imaginais pas que tout pouvait partir en vrille à ce point. Assise à cette conférence de presse, je n'aurais jamais cru que l'enquête irait aussi loin, que les étincelles que je cherchais à créer se transformeraient en un tel brasier.

Suis-je encore trop naïve à vouloir m'attacher à des certitudes qui n'existent pas ?

Je dois me faire à l'idée que je ne peux pas agir comme un volcan, à tout envoyer en l'air et espérer que les planètes qui contrôlent ma vie s'alignent en douceur pour tout régler.

Plus je regarde cette porte fermée qui se trouve devant moi, plus cette boule qui maltraite mon estomac devient importante. Est-ce que cette situation est encore véritablement sous contrôle ? J'en doute… Je refuse d'accepter d'être allée trop vite, trop loin, toutefois je ne peux pas me défiler.

Derrière cette porte, je sais qu'il est là. Sûrement avec son grand sourire qui me fait fondre autant qu'il m'énerve. Face à toutes ces tensions, j'ai envie qu'il me réanime en me serrant contre lui, j'ai terriblement besoin qu'il appuie ses lèvres contre les miennes, pourtant je sais que je ne peux pas le laisser me déconcentrer, pas dans un tel moment. Même si j'ai terriblement aimé ce rapprochement avec James, cela ne peut pas se reproduire dans l'immédiat. J'aimerais que ça soit possible, mais je refuse de prendre un tel risque. Il va falloir que je résiste à tous ces sentiments qu'il fait naître en moi. Perdre le contrôle à nouveau n'est pas envisageable.

Je regarde ma montre, il est minuit passé. Je n'ai plus le temps de tergiverser, je dois appuyer sur cette sonnette.

Une minute après avoir pressé ce bouton, James m'ouvre, me faisant presque oublier mon attitude de poule mouillée. Face à lui, j'ai toujours été une femme pleine d'assurance, qui s'emporte même, il est évidemment hors de question que je lui montre la panique qui monte en moi.

Son bras tendu m'invite à entrer alors que pendant quelques secondes, je reste plantée sur son palier, trop occupée à le détailler.

Vêtu d'un jogging plutôt serré, d'un sweat qui souligne sa carrure, James paraît décontracté, comme si nous étions un soir comme un autre. Une de ses mèches rebelles vient tomber en cascade sur son front m'arrachant un léger sourire.

Si je résume la panade dans laquelle je me suis fournée : je mène une enquête que mon patron m'a ordonné d'arrêter, le maire fait tout son possible pour que cette investigation n'aboutisse pas et pour couronner le tout, j'ai de plus en plus de mal à résister au charme étincelant de mon informateur. Sur l'échelle des catastrophes inévitables, je frôle le dix sur dix.

— C'est à cette heure-ci qu'on arrive ? me chambre-t-il.

Me voir l'amuse visiblement plus que les événements qui se sont produits à la mairie. Où est passée l'inquiétude qui transparaissait dans sa voix il y a quelques heures encore ?

Soudainement, la vision de son petit sourire en coin me frappe en plein cœur. C'est certain, depuis que mes lèvres ont touché les siennes, il a un pouvoir de déconcentration phénoménal. Il va falloir que je remédie à ça très vite, mais heureusement son sourire s'éclipse aussitôt. Il ne faut pas oublier ce qui nous occupe ce soir.

— Quand je te vois habillé comme ça j'hésite à repartir, blagué-je. Ça me laisse même sans voix.

— Ravi de savoir que j'arrive à te clouer le bec par moments.

— Je préfère te rappeler que c'est assez rare, hein, renchéris-je pour avoir le dernier mot.

James ne peut s'empêcher de lever les yeux au ciel, mes répliques ont dû lui manquer depuis notre déjeuner. Malheureusement pour nous, ce rendez-vous à son domicile en plein milieu de la nuit n'est pas synonyme de réjouissance.

Si je suis chez lui, c'est pour qu'on épluche ensemble les documents qu'il a récupérés à la mairie. Espérons qu'on y trouve des preuves suffisantes parce que vu l'état du bâtiment municipal désormais, c'est impossible que de nouvelles pièces compromettantes fassent leur apparition.

En entrant dans l'appartement de James, je suis surprise de le voir si bien rangé. Le mien est un bordel sans nom à côté de celui-ci. Bien que très peu décoré, ce lieu respire le confort avec tous ces meubles dernier cri qui ont l'air de sortir tout droit d'un magazine de décoration. Cela change de mes trouvailles hétéroclites vintage en friperies et autres vide-greniers.

Sans attendre que James m'invite à m'asseoir, je prends possession de son grand fauteuil gris chiné à proximité du poêle qui réchauffe la pièce. À vrai dire, je pourrais m'y endormir tellement il est douillet.

Après avoir posé délicatement ma grosse écharpe et mon manteau sur l'accoudoir, je sors de mon sac les fameux dossiers sur Roy Van Daat.

— On commence par où ? lui demandé-je alors qu'il se tient derrière le bar de sa cuisine.

— Tu veux boire ou manger quelque chose ? me propose-t-il comme s'il n'était pas pressé de démarrer.

— J'aimerais bien manger tout cru le maire après l'avoir découpé en morceaux, mais je vais me contenter d'un verre d'eau, répliqué-je du tac au tac.

— Tu sembles bien gourmande, dit-il avant d'éclater de rire.

S'il savait… Ma gourmandise comprendrait surtout son corps et le mien, mais tout de suite, je ne crois pas que ça soit une de nos priorités.

— Je préfère ne pas répondre à ça, rétorqué-je, le sourire aux lèvres. On a déjà de quoi s'occuper pour un bon bout de temps.

Comprenant mon allusion, il se tait tout en me scrutant avec intensité de derrière son bar. Cela me rappelle cette promiscuité dans l'ascenseur ce matin, cette faiblesse qui m'a poussée à fragiliser ma carapace pour le laisser m'atteindre. Je pourrais à nouveau laisser mes envies me guider, oui je le pourrais, cependant nous savons que nous avons mieux à faire. Nous avons ouvert la boîte de Pandore ensemble et il est grand temps d'y mettre de l'ordre. Sans ciller, il finit par briser ce silence lourd de sens.

— Allez, mettons-nous au boulot !

— Je te rappelle que c'est moi qui t'attends.

— Dit-elle alors qu'elle s'est fait désirer pendant une heure ! ironise James en s'asseyant sur le pouf près du fauteuil sur lequel je suis installée.

Mes lèvres me trahissent en laissant échapper un petit rictus. Si seulement il savait que mon rctard n'est dû qu'à l'angoisse de me retrouver trop près de lui, de peur que je laisse une fois de plus notre attirance prendre le pouvoir sur ma raison. Que mon cœur s'ouvre.

Toutefois, j'accepte qu'il me taquine. De cette manière, il ne peut remarquer que mes doutes sont en train de me ronger de l'intérieur. Que je suis prête à céder.

À chaque fois que nous nous cherchons de la sorte, c'est comme une bouffée d'air frais en plein visage. C'est vivifiant, stimulant. Néanmoins, je ne lui ferais pas le plaisir de lui avouer qu'il a marqué un point avec cette dernière réplique.

Pour compenser et surtout pour ne pas me laisser déconcentrer, je lui tends la moitié du dossier alors que je me focalise sur la seconde partie. Bien que nombre d'informations ne soient plus visibles sur ces documents, je suis certaine qu'on peut y trouver quelque chose.

Pendant une trentaine de minutes, nous épluchons minutieusement les pages sans échanger un mot. Avec mon surligneur à la main, je suis prête à dégainer à la moindre donnée suspecte, mais pour le moment rien ne m'interpelle. James, tout aussi studieux, n'a pas l'air plus chanceux que moi. Son stylo n'a pas bougé de la table basse. Lorsqu'on lit un bon polar, une demi-heure ça peut paraître dérisoire, mais en décortiquant des notes de frais trafiquées, le temps semble bien long, surtout quand l'on n'a rien à se mettre sous la dent.

— James, qu'est-ce qui te fait dire que Roy Van Daat aurait provoqué cet incident à la mairie ? Je veux dire on sait que c'est une pourriture pourtant ça lui fait quand même une mauvaise publicité, il montre qu'il n'a pas pu protéger le bâtiment que les citoyens lui ont confié, demandé-je, lassée de ne rien trouver dans mes documents.

— Je n'ai absolument aucune preuve, mais il y a un truc qui me chiffonne. Cet après-midi, mon collègue Sacha n'a pas arrêté de me dire que des cartons remplis de dossiers étaient déplacés dans la mairie. Et c'est vraiment étrange que quelques heures seulement avant que l'édifice ne soit saccagé, la paperasse véritablement importante soit protégée en migrant ailleurs. Et sans être devin, je peux affirmer que les documents qu'on a sous les yeux n'existent plus désormais.

— Putain ! En effet, ça fait une énorme coïncidence, vu comme ça… commenté-je, pensive.

— Joffrey Allen, le mec qui a été nommé comme directeur de la campagne électorale à ma place, se trouve être le journaliste qui m'a alerté sur cette affaire de détournement de fonds. Mon responsable avait pour mission de le convaincre qu'il n'y avait rien à découvrir. Il aurait dû faire comme toi, me casser les pieds pour trouver ce qui clochait dans tout ce foutoir, mais Nicolas a dû se montrer très persuasif. Va savoir comment il a eu ce boulot, mais quelques heures après sa prise de poste, Roy est à une distribution alimentaire pour lancer sa campagne. Il était à la disposition de la presse pour réagir immédiatement à cette intrusion. Vraiment, je trouve ça gros.

Je dois bien avouer que les soupçons de James se tiennent quand on regarde tout ce dont Roy Van Daat est capable. Pourtant, un truc me dérange, nous mettons toute notre énergie sur le maire et même si au fil des jours, nous récoltons des informations, j'ai l'impression que nous ne connaîtrons jamais totalement la vérité. Toute cette affaire est trop bien ficelée pour que le maire ait agi seul et je commence à penser qu'elle est trop complexe pour qu'à nous deux nous dénichions toutes les réponses.

Alors que je réfléchis à cette histoire de vandalisme, mes yeux butent sur les feuilles qui se trouvent devant James. Immédiatement, je me permets de lui piquer la page qu'il était en train d'inspecter.

— Oh ! Qu'est-ce que tu fais ?

— Attends je regarde un truc…

Il fronce les sourcils et je lui offre un grand sourire pour m'excuser d'être une sans-gêne, mais les chiffres que je vois noir sur blanc m'interpellent. Feuilletant les documents que j'ai déjà mis de côté, j'essaie de retrouver sur quelle page ce numéro de compte était inscrit.

Voilà ! Je savais bien que ça me disait quelque chose.

— Regarde James ! On est d'accord que sur tous les relevés on est censé voir « CB » et le nom de la société qui a facturé le maire ?

— Oui, oui en tout logique.

— Ici on a un numéro de compte qui revient plusieurs mois de suite avec des sommes strictement identiques. Comment expliquer que Van Daat fasse rentrer des virements dans ses notes de frais et que votre trésorier en chef valide un tel foutoir ? On est d'accord que ce n'est pas possible ?

— Euh… Il faudrait que je vérifie pour être sûr, mais en toute logique, tu as raison.

— Si on parvient à trouver qui est derrière ce compte et surtout qui à la comptabilité de la mairie valide une telle escroquerie depuis déjà deux ans, on aura un dossier solide. Je crois que Liz connaît une nana qui se débrouille plutôt bien en piratage informatique, elle arriverait peut-être à nous aider. Roy ne pourra pas expliquer qu'il se sert de l'argent public pour faire des virements à un tiers tout en diminuant le budget alloué aux cadeaux de Noël des enfants.

— Putain… Ça me paraît tellement énorme. Tu es un vrai génie, Salomé ! lâche-t-il la bouche semi-ouverte.

Il vient vraiment de dire ça ? Oui, je crois.

Les mots de James résonnent en moi avec une infinie douceur. Peut-être, car il est le seul à vraiment reconnaître mes qualités ou mes compétences de journaliste et que ce soir j'avais désespérément besoin que quelqu'un me tire vers le haut et me rappelle que je peux être exceptionnelle, que je suis faite pour ce métier.

Je suis incapable de dire si c'est le compliment de James qui m'emplit de joie ou l'idée que j'ai peut-être mis le doigt sur une des dernières pièces du puzzle. Inconsciemment, une partie de moi m'ordonne de verrouiller cette émotion, de la bloquer, de ne pas laisser James entrevoir combien mes failles peuvent être grandes. Un baiser, aussi torride soit-il, ne peut pas lui donner accès à mon château de cartes, que je sais trop fragile. Si je lui permets de toucher encore à ma forteresse, elle pourrait bien totalement s'effondrer, lui dévoilant mes faiblesses. Ma carapace de belle solitaire, elle, n'est pas prête à faire confiance à un homme, à lui laisser la liberté de faire de mon cœur son terrain de jeu.

Déterminée à ne pas chanceler, je lui réponds froidement :

— Pour aller plus loin, il faudrait que tu compares de ton côté les notes de frais que l'on a, avec l'agenda du maire sur les deux dernières années. Plus on aura d'informations, mieux ça sera.

— Salomé, pourquoi tu n'exploses pas de joie ? C'est dingue ce que tu viens de trouver. C'est tellement incroyable, tu sais, je n'aurais pas cru que ton enquête aboutirait, car pour moi cela n'arrive que dans les films.

— Qu'est-ce qui n'arrive qu'au cinéma ? Que des politiques soient des pourris ou que des journalistes réussissent eux à ne pas se faire corrompre ? Car si c'est la première option, je tiens à te dire que t'es bien naïf, James, lâché-je en éludant volontairement sa première question.

Il en ricane.

— Tu ne m'auras pas à ce petit jeu. C'est fabuleux d'avoir pu trouver autant de preuves en n'ayant pas l'appui de ta boîte. Tu as tout fait avec très peu de moyens, on t'a mis des tonnes de bâtons dans les roues, moi le premier, et tu peux être fière d'un tel résultat. Franchement, tu as le droit de sauter au plafond et de lâcher prise. Je ne veux plus voir ton visage si strict, lance-t-il pour me perturber.

Argh…

À cet instant, je voudrais tant pouvoir le détester, mais ses compliments si sincères font éclore une boule dans ma gorge. Si je me laisse aller pour lui offrir un joli sourire, j'ai peur que toutes les vannes explosent. Tout est cadenassé au même endroit : mon cœur brisé par Greg, mes peurs de ne jamais être la journaliste de renom que je rêve d'être, mes sentiments naissants pour James que je n'explique pas, l'angoisse d'avoir fait une erreur en venant à Bruges… À force de vouloir tout faire du premier coup, de tout réussir, je suis en train de me perdre. Tout contrôler m'a toujours permis de maîtriser mes émotions, et aujourd'hui j'ai l'impression que le raz de marée sera dévastateur si je m'autorise à lâcher prise, comme il dit.

Je ne peux pas faire ça, je ne peux pas laisser James découvrir ce qui m'anime, car ça voudrait dire lui livrer au passage mes plus grandes faiblesses. Il est tard, je suis complètement épuisée par tout cet environnement. J'adorerais me dire que seule la fatigue est responsable de toute cette zizanie, mais la vérité, c'est que j'ai tellement souhaité que cette enquête aboutisse que j'ai laissé cet homme s'approcher bien trop près de moi.

Pour ma survie, j'ai besoin de m'éloigner de son charme, j'ai besoin que ma carapace redevienne cette pièce aseptisée où mes sentiments sont gelés. J'ai besoin que tout reste sous contrôle, pourtant quand je le regarde, je sais pertinemment que ma capsule si solide habituellement est en train de se fissurer de tous les côtés. Lorsque je laisse entrevoir une partie de moi à James, je perds pied et je suis terrorisée à l'idée de pouvoir aimer à nouveau. Je refuse de redevenir cette femme faible au contact d'un homme, je ne peux pas avoir le cœur en miettes une fois de plus. Il est le désir et la peur en même temps, le danger et la passion.

Alors que ses yeux scrutent ma réaction, je m'efforce de résister une nouvelle fois.

— James, tu sais aussi bien que moi qu'on n'a pas fini cette enquête, on en est bien loin. Je refuse de m'emballer naïvement, de sauter partout et encore plus de faire péter le champagne trop tôt. Ton boss ou le mien peuvent tout nous faire perdre et je refuse que cela arrive, rétorqué-je sèchement, en détournant le regard vers mon tas de feuilles.

Comme si elles allaient me sauver de ces émotions qui me maltraitent. Quelle idiote je fais !

À son tour, il se saisit des documents que je tiens entre mes mains afin de les poser plus loin sur la table, de manière à ce que je ne puisse plu les atteindre. Alors que je ressentais le besoin d'un grand bol d'air, il vient m'en priver. Je suis odieuse avec lui, mais il s'en moque. Il continue de me dévisager, se lève pour se dresser au-dessus de moi. La main droite appuyée sur le haut du fauteuil où je suis assise, les doigts de son autre main viennent surélever mon menton de sorte que ses pupilles scrutent les miennes. Ce contact visuel est dangereux, empli de tension, m'empêchant de respirer correctement.

— Est-ce que la farouche Salomé peut au moins me sourire ?

— Est-ce que l'arrogant James le mérite ? arrivé-je à prononcer.

— Oui... me chuchote-t-il avec une voix qui ferait fondre n'importe quelle femme.

Je suis foudroyée par ce regard de braise qui m'ordonne de succomber, par mon cœur qui me crie que j'ai besoin de la chaleur qu'il me propose, par ma température corporelle qui ne fait qu'augmenter.

Alors que je peine à résister à cette tension sexuelle qui m'envahit, le visage de James s'approche dangereusement du mien. Il en est si proche que malgré la lumière tamisée de son appartement, je pourrais compter le nombre de ses cils. Je meurs d'envie de lui arracher ce baiser qui semble m'attendre. Je le veux. Je le désire vraiment. Mon corps entier bouillonne au point que je laisserai à

James les pleins pouvoirs. Je rêve qu'il me libère de tout ce contrôle qui m'empoisonne.

Au moment où ses lèvres se retrouvent à une dizaine de centimètres des miennes, ma raison m'ordonne de résister et malgré tous les cris de mon corps, je ne peux pas craquer une nouvelle fois. Je ne peux tout simplement pas l'embrasser à nouveau. Résignée, je baisse la tête puis recule au fond de ce fauteuil, en me mordant douloureusement la lèvre.

Alors que tout me poussait à courir au cœur du feu, je viens de déclencher l'alarme incendie et elle résonne dans ma tête avec fracas.

Putain, il faut que je trouve un moyen de fuir, de partir, d'échapper à cette tension sournoise qui nous entoure. Je ne peux pas rester ici plus longtemps…

— Pourquoi résistes-tu, Salomé ?

— C'est trop pour moi… soufflé-je, déçue par ma propre attitude. Je suis exténuée de tout et je n'ai même pas la force de t'embrasser. Là ce soir, je n'arrête pas de penser à l'expression « Vendre la peau de l'ours avant de l'avoir tué » J'ai peur de me réjouir trop vite, que tout ça ne soit qu'un feu de paille ou au contraire un incendie que nous n'arriverions pas à maîtriser. Je ne suis pas prête à ce que les choses empirent, j'ai besoin de prendre du recul et d'une bonne nuit de sommeil. Cette journée a été longue, James, mais promis mon sourire et ma répartie reviendront te botter le cul demain !

— Je pense que je vais réussir à tenir jusque-là, répond-il en me faisant un clin d'œil.

Même si je le soupçonne d'être déçu que je le repousse, son visage n'en montre rien. Avec toute la bienveillance qui le caractérise, il me facilite les choses et je lui en suis reconnaissante.

Je hoche la tête comme pour accepter que ce soir je n'ai pas l'énergie de continuer nos joutes verbales habituelles, pas l'énergie de jouer au plus téméraire et surtout pas l'énergie de faire semblant.

En me laissant me relever de ce fauteuil où j'étais pourtant si bien, il me permet de retrouver l'assurance qui me manque tant quand je suis près de lui. Mon contrôle maladif, cette enquête et cette proximité avec James ne font pas bon ménage, je l'ai compris. À moi de trouver comment composer avec ce danger à l'avenir.

Une fois debout, j'enfile mon manteau avant de me retourner vers lui. Il est sagement accolé à sa porte d'entrée et en le regardant, pour une fois c'est moi que j'ai envie de gifler pour l'avoir repoussé. C'est un mal nécessaire pour moi, mais lui il ne mérite pas de devoir se coltiner une femme aussi compliquée.

— Tu m'envoies un message quand tu es rentrée ?

— Vraiment ? m'étonné-je.

— Espèce de casse-pied, je veux juste savoir que tu es en sécurité chez toi. Rien d'autre.

— Bon d'accord… accepté-je alors que l'on se fait de nouveau face devant sa porte d'entrée.

— Je vais réussir à vaincre ta ténacité, murmure-t-il d'une voix douce.

— C'est ce que tu crois, tenté-je de plaisanter en levant les yeux au ciel alors que mon cœur commence à s'emballer.

Trop dangereux.

— J'y arriverai, je le sais… Parce que je veux découvrir ce qui se cache sous ta carapace, insiste-t-il.

— Tu n'as pas envie de le savoir, je t'assure.

La tête baissée, je n'ose plus croiser son regard si doux. Comme s'il avait conscience des sentiments contradictoires qui m'assaillent, James fait le choix de la légèreté en reprenant d'un ton plus jovial :

— Oh que si ! Tout autant que de te voir avec ta superbe combinaison demain à la station d'épuration.

Immédiatement, sans que je puisse me contrôler, je lui dresse mon majeur devant les yeux. Comme je l'ai fait lorsque nous sommes sortis de ce restaurant. Intérieurement, je le remercie d'avoir respecté cette distance que j'essaie maladroitement d'instaurer entre nous.

Constat de la soirée : je sais gérer les chamailleries, pas les sensations fortes. Je suis dans de beaux draps, dis donc !

— James, je crois que tu as trop profité de ma présence pour aujourd'hui. Moi, en tout cas, je recommence à vouloir t'étrangler. Alors je vais aller me coucher, monsieur le patineur arrogant.

— Rentre bien et n'oublie pas le SMS !

— Promis, lui réponds-je en sortant de son appartement.

À l'instant où j'entends sa porte se fermer, j'expire tout l'air qui était bloqué dans mes poumons. Dans quelle panade, me suis-je fourrée ?

Je ressens un truc pour lui et ce n'est pas juste de la complicité ou une attirance physique. Il y a quelque chose de plus profond entre nous, je ne saurais le définir pour le moment, mais une chose est sûre : Liz avait raison depuis le début. Enquête ou pas, il va falloir que j'affronte ce que provoque James en moi.

Le hic, c'est que je ne sais plus faire. Je crois que j'ai égaré la recette des relations humaines au moment où j'ai mis fin à ma relation avec Greg et là, je pense qu'il faut vraiment que je remette la main dessus.

Sortant de son immeuble, je trimballe autant de doutes que de regrets. Je le voulais, mais je me suis interdit de frissonner à ses côtés. Alors que je continue d'avancer, l'idée de faire marche arrière pour le rejoindre me traverse l'esprit. Non, je ne peux pas faire ça. J'adorerais céder à la tentation, cependant une partie de moi sait que c'est trop risqué. Je préfère me défiler que réaliser que je pourrais de nouveau ressentir de l'amour pour quelqu'un.

Chapitre 24

James
Mardi 15 décembre

— Deux saladiers de plus James et on est bon, me lance Graham.

Si ça continue, je vais me reconvertir en spécialiste de pâtes à gaufres. C'est nettement moins stressant que de bosser comme attaché de presse au lendemain du lancement d'une campagne électorale sur fond de faits divers.

Comme c'était déjà le cas hier, la guerre froide a régné toute la journée dans les couloirs de la mairie, mais aujourd'hui, j'ai eu le droit à un supplément « Foule de journalistes à satisfaire ». À côté de ça, préparer la mise en place de demain, c'est une partie de plaisir.

— Pas de soucis. Je te fais ça de suite, lui réponds-je en vissant un nouveau saladier en inox au robot pâtissier qui se trouve devant moi.

— Je vais clôturer la caisse en attendant Rose.

— Elle est d'où d'ailleurs ? demandé-je alors que je sors les ingrédients pour commencer ma préparation.

— À un cours de yoga prénatal d'après ce que j'ai compris, encore un truc de bobo que ta sœur adore, plaisante-t-il.

Je ne peux m'empêcher de rire. Il a raison, c'est du Rosie tout craché.

Au même moment, la porte de l'arrière-boutique qui donne sur l'impasse perpendiculaire à notre rue s'ouvre bruyamment. Quand on parle du loup.

— Ah chouette les deux hommes de ma vie sont là, s'écrie-t-elle, en sautillant comme une enfant.

— Ils doivent diffuser de l'herbe à chat dans tes réunions bouddhistes pour que tu sautes partout comme ça, rajoute Graham, tout fier de sa blague.

— Chéri, moque-toi si ça t'amuse, mais la semaine prochaine les conjoints sont conviés à la séance.

— Ahaha, très drôle Rose, finit-il par lâcher le visage désabusé.

— Je suis totalement sérieuse, affirme-t-elle.

En spectateur, je me marre. Elle est toute fière de lui avoir cloué le bec alors que lui semble être sur le cul qu'elle puisse l'emmener à un de ses cours. Les années n'ont pas altéré leur complicité et à chaque fois, cela me rassure. Nos parents ne sont donc pas une exception vu que ma sœur et mon beau-frère y arrivent aussi. Comme quoi quand l'amour est solide, on peut tout affronter.

— Bon, ce n'est pas tout, mais... reprend Rose, regarde Jay qui j'ai trouvé devant le magasin !

À cet instant, je vois la silhouette de Salomé se dessiner dans l'arrière-boutique. Mais qu'est-ce qu'elle fait là ?

On s'est envoyé des messages toute la journée et à aucun moment elle n'a indiqué qu'elle voulait que l'on se voie. En réalité, si je passe au scanner les heures qui se sont écoulées aujourd'hui rien ne me laissait imaginer qu'elle aurait pu montrer son joli minois ce soir, mais c'est un fait, elle est là, devant moi.

Vêtue d'une petite jupe bien moulante en suédine ainsi que d'un gros pull blanc à col en V qui dévoile sa jolie poitrine, elle me coupe littéralement le souffle pendant une fraction de seconde. Mes yeux font un aller-retour éclair de ses pieds au haut de son crâne, au point que j'en perds la voix. Chez moi, elle m'a repoussé pour une raison que j'ignore encore et maintenant, elle vient me déconcentrer en beauté. Pourquoi un tel revirement de situation ? Pourquoi suis-je incapable de comprendre ce qui lui passe par la tête ?

Bordel, elle réveille tous mes vices !

Je crois que je me suis trop moquée de son expédition à la station d'épuration, là maintenant elle se venge en me faisant baver devant son petit corps absolument divin.

Merde, il faut que je me reprenne.

— Salomé, c'est trop tard pour ta gaufre au cheddar préféré, lancé-je pour ne pas montrer que sa présence me déstabilise légèrement.

— J'ai une préférence pour la recette sucrée que ta sœur m'a préparée la dernière fois.

— Espèce de lèche-botte !

Désormais ce sont Graham et Rose qui s'amusent à nous regarder. Bien que j'adore me chamailler avec Salomé, je refuse de me donner en spectacle. Ma frangine est beaucoup trop douée pour se faire des films, je sais qu'elle doit déjà penser qu'il se passe un truc entre nous. Bon, ce n'est pas vraiment faux, mais ce n'est pas ce qu'elle imagine.

Pour le moment, il y a eu un baiser dans un ascenseur, ma tentative ratée à mon appartement et puis plus rien. L'histoire s'arrête là. Chez moi, elle pouvait se laisser aller, mais elle a refusé. Je ne sais pas ce qui la pousse à faire trois pas en avant puis deux en arrière, cependant tout de suite, je n'ai aucune idée de la direction que va prendre ce nouvel instant avec elle.

Pourtant, lorsque je la regarde tout de suite avec son regard bagarreur – je crois qu'elle n'a pas apprécié que je la traite de « lèche-botte » –, je sais qu'autant ma tête que le reste de mon corps ne demandent qu'à ce qu'on dérape de nouveau comme dans cet ascenseur. On a beau encore avoir beaucoup de travail pour que le dossier monté par Salomé soit solide, mon esprit n'arrive pas à rester concentré. Sans crier gare, cette femme est en train de s'immiscer en moi et de faire un naître un besoin vital, celui de la posséder. Plus mes yeux se posent sur elle, plus une question tourne en boucle dans ma tête.

Ça pourrait être « est-ce que je vais craquer ? », mais non en réalité c'est « Quand vais-je le faire ? », car à force de me délecter de la regarder, je comprends que je la désire à un point inimaginable.

— Allez James dégage, on va finir cette pâte à gaufre comme des grands, me lance Rosie.

— T'es sûre ? Je suis certain que Salomé peut attendre cinq minutes que j'aie fini la préparation.

— Enlève-moi ce tablier, on t'exploite déjà assez comme ça, me confirme-t-elle.

— Bon d'accord, dis-je en reposant ce bout de tissu sur son crochet. À demain soir alors !

— Passez une bonne soirée, nous lancent Graham et Rose en cœur pendant que je me dirige avec Salomé vers la sortie du personnel, le manteau à la main.

Une fois dehors, je regarde, curieux, la femme qui sait aussi bien me plaire que me rentrer dans le lard. Il va falloir qu'elle me dise ce qu'elle a prévu parce que cette nouvelle arrivée surprise, je ne me l'explique pas. Alors que je m'attendais à un éclaircissement quant à sa venue et peut-être sur son départ précipité de la nuit dernière, je la vois s'élancer dans la rue et comme un abruti, je la suis.

— Tu m'embarques où ?

— Je t'emmène décompresser, monsieur « Je veux tout savoir ».

— En quel honneur ?

Immédiatement, elle se fige avant de se retourner vers moi. Ses yeux brûlants me transpercent sans que je ne sache ce qui provoque une telle étincelle dans son regard. La seule chose que je sais, c'est que j'adore être transpercé de la sorte. C'est tellement puissant que ça réveille mes instincts les plus fous. Elle a quelque chose de terriblement sauvage, doucement colérique qui me fait oublier mes déceptions, qui relègue ma routine au second plan et là, qu'importe ce qu'elle a envie de faire de moi, je la suivrai.

— Écoute James, se lance-t-elle en laissant son regard me consumer. Hier j'étais bloquée contre toi avec l'envie viscérale de ne jamais quitter ta bouche et puis il y a eu le saccage de la mairie, mes doutes. Au lieu de foncer et de me laisser aller avec toi, comme j'en mourrais d'envie, j'ai paniqué, pris la fuite. Je sais que je ne t'ai pas vraiment dévoilé qui je suis, mais maintenant au moins tu sais que je peux autant être une femme courageuse qui dynamite tout sur son passage et la seconde suivante, une foutue froussarde qui flippe à l'idée que le monde s'écroule si elle fait un pas de plus.

Pendu à ses lèvres, je la vois expirer lentement après cette confession. De mon côté, mon cœur s'affole au creux de ma poitrine. Lui non plus n'était pas prêt pour tant de confidence, de sincérité et d'intensité. J'aime tellement ce qu'elle me dévoile qu'à cet instant, je meurs d'envie de l'attirer contre moi. Je le désire vraiment, toutefois je ne bouge pas. Quand ce sera le moment, je ne doute pas qu'elle saura venir chercher mes lèvres.

— Est-ce que le monde s'est écroulé ? demandé-je avec un sourire compatissant.

— Non. J'ai passé ma journée à renifler les odeurs d'égouts, à encaisser la pression que me met Richard alors quand j'ai quitté les bureaux il y a une heure, je me suis rappelée ce que tu m'as dit hier. Tu voulais me voir sourire. Tu le veux toujours ?

— Absolument, lui réponds-je subitement, comme si c'était un cri du cœur.

— Alors, viens avec moi. Viens me montrer que tout ne va pas s'écrouler sous nos pieds, qu'on peut passer une simple soirée, sans dilemme, sans enquête, juste du bon temps. Ce soir, je veux oublier cette épée de Damoclès qui est au-dessus de nos têtes, je veux seulement boire des bières avec toi et voir lequel de nous deux est le plus débile une fois alcoolisé.

Comme un imbécile, je souris. Parce que ce qu'elle me propose c'est tout ce dont j'ai envie.

— Mmh… Intéressant. Je pense que même éméchée, tu n'arriveras pas à occulter cette enquête.

— C'est mal me connaître, James. Moi, je parie que tu es du genre à lancer des paris stupides pour te ridiculiser.

Bingo ! Il faut croire qu'elle me connaît déjà beaucoup trop bien.

Toutefois j'espère que j'ai mieux à lui offrir ce soir que les défis puérils que je lance à Sacha quand on attend habituellement notre taxi, bourrés à quatre heures du matin.

— On verra qui aura raison ! la défié-je avec un clin d'œil.

— Accélère le pas alors.

— J'avance dix fois plus vite que toi sur des patins.

— Gna gna gna… Je ne t'écoute plus James, dit-elle en essayant de couvrir ma voix moqueuse.

— Quand on voit ta lenteur sur la glace, on pourrait créer une nouvelle unité de mesure temporelle… continué-je à blaguer, en repensant à ses exploits à la patinoire.

— James, ferme-la et suis-moi, m'ordonne-t-elle en saisissant ma main.

Son ordre me met l'eau à la bouche pendant que le contact avec ses doigts réveille toutes les terminaisons nerveuses de mon corps.

OK, je suis prêt à subir les pires tortures si en échange, elle m'électrise de la sorte en un quart de seconde. En réalité, ce soir je me moque de l'éthique, des règles, de cette enquête qui nous lie et encore plus de notre combat de coqs habituel. Elle veut s'amuser et moi, cela fait beaucoup trop longtemps que je ne me suis pas laissé porter de cette manière.

Donc, laissons la magie de la bière traditionnelle agir.

Une heure plus tard, je peux dire que nous nous donnons à fond pour atteindre l'objectif de Salomé. Tous les deux attablés dans un des pubs branchés du centre-ville, je repose ma pinte vide sur mon sous-bock cartonné en réalisant que l'alcool circule déjà très bien dans mes veines. Mon acolyte du soir, elle aussi, semble légèrement sous le charme des breuvages de cet établissement.

Fini la froideur de ses pommettes saillantes. Non, ce soir j'ai le droit à son sourire presque ravageur en permanence. J'avais peut-être tort quand je disais que le boulot serait le seul mot qu'elle aurait à la bouche. Elle a l'air de se contrefoutre de tout ce soir. Contrairement à ses habitudes, elle ne m'agresse pas avec une multitude de questions, non, elle rit, elle me laisse parler, et elle réussit même à chanter quand certaines chansons de la sono parviennent jusqu'à nos oreilles. Je ne sais pas si je préfère la femme journaliste pleine d'assurance, bandante à souhait qui veut me transpercer avec ses flèches ou celle qui se tient devant moi, qui ne calcule plus qui nous sommes, qui se laisse aller tout simplement. Par contre, une chose est sûre, c'est que l'insouciance de la deuxième est beaucoup trop rare et que je veux profiter de cette authenticité.

— Jaaaaaames ? m'interpelle-t-elle avec une voix aigüe.

— Oui, jolie demoiselle ?

— Quoi ? Tu ne m'as pas encore trouvé un surnom plus sympa que ça ?

— Désolé poupée, je suis trop occupé à être ton « indic ». Choisir des surnoms, c'est pour ceux qui se font chier, mais je pense que « sangsue » ça te conviendrait parfaitement.

— Je suis offensée, lâche-t-elle en feignant d'être touchée en plein cœur.

— Tu m'as harcelé pendant des jours, tu te pointes toujours là où je me trouve et tu me suces toute mon énergie, je dirais donc que « sangsue » est tout à fait justifiée.

— On verra qui sucera l'autre le premier, hein ! finit-elle par lâcher en finissant d'une traite ce qui restait de sa bière.

Oh. Mon. Dieu.

Est-ce qu'elle vient vraiment de prononcer ces mots, dans cet ordre précis ?

Figé, clignant des yeux, je me concentre sur son visage. Elle sourit généreusement, me laissant profiter de ses fossettes plissées. Salomé est fière d'elle. Putain, je fais comment moi, pour rester assis sagement sur cette chaise face à elle ? Alors que je me bats pour ne pas l'emmener hors de ce restaurant tout de suite, j'essaie de prendre une lente inspiration pour étouffer le feu qu'elle vient d'allumer en moi, malheureusement mes yeux dérivent vers son décolleté. Très mauvaise idée…

— Tu es le diable en personne, finis-je par dire.

— Au moins, je remarque que les allusions sexuelles savent te réveiller, ajoute-t-elle.

— Ne t'en fais pas, j'étais loin de m'endormir.

— On reprend un verre ? demande-t-elle en désignant nos pintes vides.

— Oui, j'ai hâte de voir ce que tu me réserves encore.

— Sûrement d'autres sous-entendus en dessous de la ceinture. C'est mon principal défaut quand je bois, ma langue se délie et je deviens tout sauf distinguée, mais tu t'habitueras.

Je ris. Au bout d'un moment, je vais craquer et nous faire sortir de ce bar, car je crains ne pas pouvoir résister très longtemps au désir qu'elle provoque, mais voyons ce que cette troisième tournée nous réserve.

Quelques minutes plus tard, le serveur sert une vodka à Salomé alors qu'il dépose devant moi une nouvelle bière. Immédiatement, je lui tends quelques billets pour payer ces verres avant que mes yeux ne se tournent à nouveau vers elle. Plus l'alcool fait son effet, plus le spécimen qui se trouve devant moi m'amuse. À chaque gorgée qu'elle ingère, son visage illumine toute la salle, on est loin de son air strict qu'elle arbore habituellement.

— James, j'ai une question.

— Vas-y, d'habitude tu ne me demandes pas mon autorisation.

— Bien vu. Tu es plutôt du genre à faire défiler les femmes dans ton lit ou attendre la seule, l'unique ?

Et bien… Je ne m'attendais vraiment pas à ce genre de questions. Décidément, elle semble vouloir faire sauter tous les verrous qu'il y a entre nous ce soir. Moi-même victime de la boisson, je ne vois pas pour quelles raisons je ne serais pas honnête avec elle.

— Aucun des deux. Je reste ouvert aux opportunités, mais je refuse qu'une relation me freine sur le plan personnel et professionnel.

— Donc tu veux les avantages et pas les inconvénients ? Comme c'est pratique, se moque-t-elle.

— Sangsue, t'as l'air de me juger là !

— Non, c'est juste que les hommes ont la fâcheuse tendance à vouloir profiter du bon sans devoir se coltiner les côtés moins roses. C'est juste un constat…

Outch. On vient de glisser vers un sujet sensible sans s'en rendre compte. Je déteste particulièrement qu'on pense que je suis un homme comme les autres. Je ne suis évidemment pas parfait, mais mes partenaires – hormis Victoire – ont toujours su dans quoi elles s'embarquaient en étant avec moi. Si je veux être au top au travail et être présent pour ma famille, je ne peux pas me donner à cent pour cent pour une femme. Les trois en même temps ne sont pas compatibles.

— Qu'est-ce qui te fait dire que c'est une généralité ? On a le droit de vouloir de la simplicité, non ?

— J'utilise mon joker, je n'ai pas envie de parler de mes expériences masculines avec toi.

En la regardant attentivement, je perçois de l'humidité au creux de ses yeux. Merde, qu'est-ce qui la touche autant ?

Jusqu'à présent, sa légère ébriété a fait naître une joie singulière en elle sauf que maintenant, je crois qu'elle est plus vulnérable qu'elle le voudrait et que cette sensation lui est désagréable. Comme j'aimerais qu'elle me fasse suffisamment confiance pour se livrer.

— Moi j'adorerais que tu m'éclaires là-dessus, je rêve de savoir ce qui a fait que tu es une si grande solitaire.

Hein, Salomé, qu'est-ce que les hommes t'ont fait pour que tu penses qu'on est tous les mêmes ? Qu'on est incapables d'être à la hauteur ? Je veux savoir ce qu'un mec a pu te faire pour que la nuit dernière, tu te sois interdit de lâcher prise. De quoi as-tu peur en te laissant aller avec moi ?

— James, je vois très bien ce que tu cherches à faire et ce n'est pas parce que je suis pompette que je vais te laisser découvrir mes faiblesses. Je suis une putain de battante et ta belle gueule n'arrivera pas à me faire craquer, me chuchote-t-elle en se penchant sur la table afin de s'approcher de moi.

En restreignant l'espace entre nous, elle m'offre une vue d'autant plus agréable sur sa poitrine ce qui me fait saliver.

Elle a raison, c'est une battante, une véritable guerrière et c'est principalement pour cette raison que nous sommes tous les deux dans ce bar l'un en face de l'autre. Dès le premier jour, j'ai su qu'elle était tout à fait mon genre, le type de nana qui pouvait exceller à me mener la vie dure, qui pouvait me remettre à ma place et surtout le type de femmes auxquelles je n'arriverai pas à résister. Salomé est tout ça en même temps et lorsqu'elle me dit que je ne vais pas réussir à lui faire baisser la garde, j'ai terriblement envie de la faire mentir.

— Moi je crois que tu m'as emmené dans ce bar parce que justement tu voulais qu'on arrête de jouer au chat et à la souris. Je ne sais pas vraiment ce qui t'a fait fuir la nuit dernière, mais je suis persuadé que tu as amèrement regretté de ne pas avoir profité de ce que je voulais t'offrir. Donc finis ta vodka afin que je puisse goûter son goût subtil sur tes lèvres, lui murmuré-je à mon tour en la regardant droit dans les yeux.

Comme si je lui faisais une promesse.

Presque perdue par les mots que je viens de prononcer, elle entrouvre la bouche pour riposter, mais se ravise. Elle recule dans sa chaise sans détourner le regard.

Oui Salomé, je ne rigole plus. Je suis totalement sérieux. Maintenant, il est l'heure que tu dises à ton obsession du contrôle d'aller se faire voir.

Après quelques secondes d'hésitations, elle saisit son verre à moitié plein en se mordant la lèvre avec une lenteur diabolique.

— Cul sec, hein ?

— Ouais cul sec, lui confirmé-je en vidant ma pinte d'un seul coup.

Elle porte le verre à ses lèvres et le termine d'un trait. Alors que je repose le mien sur la table, je sens ma tête qui vacille légèrement. Ou c'est peut-être l'effet que me fait Salomé. Ne prenant pas le temps de réfléchir, je remets mon manteau et m'empresse de me lever pour qu'on sorte en vitesse de cet établissement.

Déterminé, je me saisis de sa main pour l'emmener dehors le plus rapidement possible. Je n'ai aucune idée de l'heure qu'il est, mais une fois dans la rue, nous nous arrêtons, surpris par la multitude de guirlandes lumineuses qui éclairent les bâtiments. Comme dans une faille temporelle, main dans la main, nous prenons un instant, en silence, pour profiter de ce spectacle. Même si je n'ai qu'une envie, rentrer chez moi et profiter du corps de Salomé, je demeure immobile à côté d'elle. J'ai envie de prendre ce temps pour profiter de ce mélange de paix et d'excitation. Notre environnement est digne des meilleurs films de fin d'année, avec cette rue presque déserte, cette nuit noire éclairée par de minuscules lumières et paradoxalement, il y a nous, qui ne désirons qu'une chose : faire valser ce calme pour que nos corps se répondent.

Bon, ce n'est pas tout, mais je meurs toujours autant d'envie de me saisir de ses lèvres. L'emmenant quelques mètres plus loin, je l'immobilise contre le mur. Alors que je m'apprête à glisser mes mains autour de son visage, sa respiration haletante me surprend.

— On va vraiment faire ça en pleine rue ?

— Si « ça » veut dire t'embrasser follement pour te montrer que ma belle gueule est capable de te faire craquer, oui c'est mon programme.

— On va se faire pincer pour exhibitionnisme, ironise-t-elle.

— Je croyais que t'adorais le danger, la taquiné-je.

— Ça va que j'habite à deux pas d'ici, lâche-t-elle, le sourire aux lèvres.

— Ça veut dire que…

— Que si tu ne te dépêches pas de satisfaire cette pulsion, c'est moi qui vais l'assouvir en te trainant chez moi, me coupe-t-elle.

Il ne m'en faut pas plus pour me ruer sur ses lèvres. Mes mains viennent se glisser dans ses fines boucles alors que ma bouche presse lentement la sienne. À chaque mouvement, ma respiration devient plus douloureuse. Sous le poids de ce contact, je l'entends laisser échapper de timides grognements, presque inaudibles. Si c'est moi qui ai pris l'initiative de la bloquer contre ce mur, elle me le rend bien en passant ses doigts glacés sous mon pull. Continuant ce baiser endiablé, mes mains se rapprochent de son visage, afin de prendre davantage possession de ce plaisir que nous partageons.

Alors que j'immisce lentement ma langue entre ses lèvres, elle recule sa tête pour la poser contre le mur. Totalement hors d'haleine.

— Je. Te. Déteste, me chuchote-t-elle en essayant de retrouver une respiration régulière. Bordel, j'ai beau tout faire pour te résister, t'as le secret pour me faire craquer. Je te hais de me plaire comme ça.

— À chaque fois que tu dis ça, je perds le contrôle, tu sais, lui avoué-je en regardant mon entre-jambes.

— Tu adores que je te déteste ?

— Absolument.

— Alors je crois qu'il faut qu'on remédie à ça très vite, propose-t-elle, plus aguicheuse que jamais.

Je ne sais absolument pas ce qui l'empêchait de se laisser aller plus tôt, mais tout de suite, mon visage irradie en pensant aux prochaines heures qui nous attendent.

— Même si je voulais t'emmerder, je n'arriverais pas à te dire non, avoué-je, totalement sous son charme.

***

Nous y sommes.

Devant la porte de son appartement, je me mords la lèvre en attendant de pénétrer à l'intérieur. Alors que Salomé entre, elle attrape mon poignet pour m'attirer contre elle. Je ne peux m'en empêcher, je la bloque contre mon torse tandis qu'elle claque la porte derrière nous. L'un en face de l'autre, la nuit semble prendre un nouveau sens. Mon corps entier crépite à l'idée que notre attirance nous embrase, si bien qu'en plongeant mon regard dans le sien, je comprends qu'enfin, elle accepte de lâcher prise.

Je fais un pas de plus pour me coller à elle, puis mes doigts prennent la liberté, de détacher son manteau. Le laissant tomber sur sol, mes mains s'emparent de son visage pour enfin reprendre où nous nous étions arrêtés dans cette ruelle.

— Je crois que l'on avait commencé quelque chose et je déteste laisser un travail inachevé, chuchoté-je à son oreille.

— C'est moi le travail ?

— T'es bien plus que ça, Salomé.

Tout en prenant le temps de la scruter, mes lèvres s'approchent dangereusement des siennes. Elle retient sa respiration tout en me dévorant du regard. Ses prunelles ne sont plus furieuses comme lors de notre première rencontre en conférence de presse. Tout de suite, elles brûlent de désir. Sa bouche entrouverte me fait saliver au point que je mets un terme à notre supplice en plaquant mes lèvres sur les siennes pour lui offrir un baiser torride. Plus besoin de retenue, plus besoin de regarder autour de nous, tout ce qui compte est devant moi. C'est elle. Je ne sais pas ce qu'elle a créé en moi, mais à cet instant, la seule chose à laquelle je pense, c'est l'enlacer, l'embrasser, parcourir tout son corps, respirer chaque centimètre parfumé de sa peau.

Chaque minute en sa présence, défile plus rapidement que la précédente. Collé à elle, je suis transporté à une vitesse folle vers un, je ne sais quoi tout à fait exquis. Mes mains se détachent de son visage pour partir à la conquête de son corps. À chaque fois que mes doigts naviguent dans sa chevelure bouclée, le parfum noix de coco qui s'en dégage, parvient à mes narines. Cette odeur entêtante est savoureuse, je ne peux pas décrire l'effet que ça me fait alors que ma bouche quitte la sienne pour déposer des dizaines de baisers à la base de son cou.

Tout en continuant à chérir sa peau, mes lèvres remontent vers son visage. Alors que je fermais les yeux pour profiter de cet instant, en les rouvrant, je vois Salomé se mordre les lèvres, comme pour contenir toutes les sensations qui montent en elle. Les yeux brûlants d'excitation, je me décide à me décoller un instant de son visage afin de la contempler. Contrairement à tout ce qu'elle s'efforce de montrer en permanence, là, je décèle une douceur infinie sur sa bouche, une passion dévorante dans son regard. Comme si nous avions faim l'un de l'autre après s'être privés pendant une vie entière. Face à elle, je suffoque, j'ai besoin d'être totalement collé à elle, de la déguster toute entière.

— Salomé, montre-moi ton lit, demandé-je presque essoufflé. Sinon, je peux te plaquer contre ta porte sans aucun problème.

— Peut-être que cette porte est l'endroit parfait ? me susurre-t-elle avec audace.

— Je te prends au mot ?

Un rire rauque éclate dans sa gorge. Une chose de plus qui me fait fondre ce soir. Il ne me fallait rien d'autre pour passer à l'action. Pas besoin de visite du propriétaire, je compte lui montrer que l'endroit m'importe peu. Tout ce qui compte, c'est qu'elle n'oublie pas cette nuit. Je saisis ses fesses et la soulève contre mon torse avant de la plaquer contre sa porte d'entrée. Maintenue contre moi, elle enroule ses jambes divines autour de mes hanches. La sentir cramponnée à moi réveille mon érection qui ne demande qu'à être libérée de mon caleçon. Alors que j'entreprends de remonter sa jupe, Salomé contre-attaque en m'offrant un baiser langoureux. Sa langue flirte très vite avec mes lèvres, si bien que ma respiration devient un supplice.

D'accord, c'est maintenant que la partie commence.

— Tu comptes me tuer de désir ? murmuré-je.

— Et toi, tu comptes me montrer que t'es bien plus que mon indic sexy ?

— Oh bébé, si c'est si joliment demandé, je peux tout te montrer.

— J'attends que ça !

L'enlaçant plus que jamais, je me retourne en faisant pour la première fois attention à mon environnement.

Malgré la faible luminosité du clair de lune et de la guirlande lumineuse d'un sapin qui se trouve au fond de la pièce, je distingue rapidement les petits espaces délimités de son studio. C'est drôle, mais je reconnais immédiatement Salomé dans ce logement. Je discerne un bordel plus ou moins organisé, mais je refuse de m'y attarder plus longtemps, ce qui compte pour moi maintenant, c'est elle et mon envie d'entendre mon prénom filtrer de ses lèvres lorsque je la mènerai jusqu'à l'extase.

Repérant son lit, je la porte jusqu'à lui en continuant de dévorer ses lèvres. Lorsque je bute contre le sommier, je l'allonge délicatement devant moi, mais gourmande, elle m'attrape par le col de mon pull pour m'attirer contre son corps. Ma surprise s'accroît quand Salomé se dégage pour s'installer sur moi. Alors qu'elle me surplombe avec sa jupe relevée, sa respiration saccadée et son regard de braise, mon désir flambe. Elle n'a jamais été aussi belle qu'à cet instant. Pleine d'assurance, elle m'électrifie tellement que je pourrais lui offrir toutes mes nuits sans hésiter.

Ses mains se posent de chaque côté de mes épaules alors que je sens ses fesses se presser contre mes cuisses. À cet instant, plus aucune question n'existe dans mon esprit. Je brûle d'envie de la découvrir. Moi qui ne laisse jamais de place aux distractions que peuvent engendrer des sentiments, je me retrouve consumé par la passion que Salomé provoque. Je veux son corps contre le mien, je veux la chérir, je veux qu'on ne fasse qu'un. Non, c'est plus qu'un souhait, c'est un besoin aussi vital que celui de respirer.

Alors que ses lèvres s'abattent sur les miennes, mes mains viennent faire valser son pull au-dessus de nos têtes. Je découvre enfin sa poitrine. Mise en valeur dans un ensemble en dentelle noire, elle ne demande qu'à être honorée. Tandis que mes lèvres sont occupées à la dévorer, mes doigts viennent la délester de son soutien-gorge pour découvrir ses seins. À mesure que je les caresse, des gémissements s'intercalent entre nos baisers et les mains de Salomé tentent de libérer ma ceinture. Aussi impatient qu'elle, je m'occupe de défaire mon pantalon et de retirer mon pull et ma chemise pendant qu'elle me dévore du regard. Maintenant que je me retrouve en caleçon, tout s'accélère. À chaque fois que nos bouches se répondent, à chaque fois que mes doigts parcourent son dos, c'est mon corps tout entier qui s'allume. Comme dévoué l'un à l'autre, notre fougue nous fait perdre les pédales et en moins de temps qu'il n'en faut pour sourire, je décide de passer à la vitesse supérieure.

— Salomé, dis-moi combien tu en as envie, lui chuchoté-je.

— Tu arrives à douter que je le veuille vraiment ? répond-elle haletante alors que mes lèvres suçotent le lobe de son oreille.

— Je veux à chaque instant savoir ce que tu désires.

— Je… Je te veux, James Peeters.

Même si je ne doutais pas une seconde du consentement de Salomé, cet échange ne fait qu'augmenter la tension sexuelle qui se dégage de nos corps. Je soulève alors ses fesses pour pouvoir faire glisser sa culotte le long de ses jambes. Alors qu'elle s'empare de mon sexe pour commencer un tendre va-et-vient, mes doigts découvrent son intimité. Si l'embrasser était déjà divin, que devrais-je dire en découvrant ses chairs trempées ? Offertes à moi, ces lèvres ne font que décupler mon excitation et je me fais un plaisir de les choyer. Plaisantes, revigorantes et surtout abondantes, nos caresses s'enchaînent en faisant grimper la température. Quelques minutes suffisent pour que mon désir soit en pleine ébullition. Sublimée par le plaisir, Salomé irradie si bien que la tête en arrière, j'arrête de l'embrasser langoureusement pour prendre le temps d'admirer sa beauté. Avec ses lèvres gonflées, ses boucles emmêlées et sa peau bouillante, elle devient mon obsession. Je veux connaître les zones les plus érogènes de son corps, je veux connaître ses préférences et surtout, je veux oublier que le monde extérieur existe pour consacrer toute mon énergie à cette femme.

Alors que mon sexe est plus tendu que jamais, Salomé m'offre un sourire carnassier qui m'achève. Fière de me voir si vulnérable, elle s'approche pour me mordiller la lèvre avant de se retourner vers sa table de chevet. Elle en retire un préservatif qu'elle décide d'enfiler elle-même sur mon sexe. Cette vision marque mon point de non-retour. Je ne contrôle plus ma fougue, je flanche complètement et m'empresse de saisir ses hanches pour asseoir cette femme sur mon membre. À l'instant où j'entre en elle, nous partageons un grognement sensuel. Le premier d'une longue liste.

Dans un rythme saccadé, nos corps prennent les décisions, ils apprennent à se dompter, à s'écouter sans que Salomé ou moi n'ayons le temps de réfléchir. Quand son bassin ralentit, le mien prend le relais. Nous devenons victimes de notre plaisir, le laissant dicter nos actions. La moindre caresse, le moindre souffle chaud expiré, le moindre gémissement qui s'échappe de nos gorges nous accompagne vers une effusion d'étincelles qu'aucun de nous ne contrôle. Comme l'adrénaline sur la glace, cette passion que je n'avais pas envisagée me consume et me guide en même temps. Je suis la braise et elle, le feu. L'un ne va pas sans l'autre.

Alors que je grogne de plus en plus fort son prénom, Salomé prononce de sublimes jurons, prise par l'excitation. Presque exténuée, elle donne ses dernières forces pour nous permettre d'atteindre l'extase, mais je choisis ce moment pour intervertir nos rôles. Maintenant au-dessus d'elle, je lui offre mes meilleurs coups de reins en scrutant l'expression de son plaisir. Tandis que j'agrippe ses hanches, Salomé attrape ma main gauche pour la diriger vers son clitoris. Je saisis l'occasion et lui offre une divine caresse avec mes doigts tandis que mon bassin poursuit ses assauts. La réaction du corps de Salomé est immédiate. Elle gémit plus fort, se cramponne à mes épaules avant de basculer la tête en arrière. La voir décoller vers un délice exquis me fait d'autant plus chavirer et moins d'une minute plus tard, je m'écroule sur elle foudroyé par l'orgasme. Je viens aussitôt me blottir contre elle. Collée à moi, ses légers tremblements qui me surprennent de prime abord boostent mon égo si bien que je me dépêche de l'enlacer pour tranquilliser son corps.

— Je savais que tu étais bien plus qu'un indic sexy, ricane-t-elle avant de déposer de minuscules baisers sur ma clavicule.

— T'es pas mal dans ton genre, non plus.

Pour réponse, elle plaque ses lèvres contre les miennes avant de s'allonger sur le dos en scrutant le plafond, pleinement rassasiée. Après cet ébat, je me sens vidé autant qu'elle et je sais d'avance que je vais dormir comme un bébé.

Toutefois, alors que mon rythme cardiaque reprend peu à peu son tempo habituel, je réalise combien Salomé m'a fait perdre la tête. En s'offrant à moi, elle m'a volé mon énergie, mon souffle et surtout mes certitudes. Les yeux rivés sur le plafond, j'essaie de faire le tri dans toutes ces émotions que je ressens, mais une question persiste. Comment fait-on pour distinguer l'attirance des sentiments ? Détournant le regard pour la contempler, je réalise qu'elle vient de foutre en l'air la chose dont j'étais le plus persuadé. Celle de ne pas vouloir de femme dans ma vie.

Chapitre 25

Salomé
Mercredi 16 décembre

Mes paupières lourdes ne semblent pas prêtes à affronter le jour. Mes cils battent au ralenti pour s'habituer à la lueur qui s'échappe de ma salle de bain. Je n'ai aucune idée de l'heure qu'il est – sûrement beaucoup trop tôt –, mais en me retournant je remarque que James n'est plus à mes côtés.

Oh mon Dieu, James !

Je bave encore en repensant à tous les événements qui se sont succédé hier soir.

La veille, je m'en suis voulu d'être partie la queue entre les jambes lorsque j'étais chez lui, de ne pas avoir eu le courage de céder à ces envies qui me gagnent quand nous sommes dans la même pièce. Jusqu'à hier, je me battais contre cette peur que quelque chose de sérieux se cache derrière nos chamailleries. Sauf qu'à force de battre en retraite face à lui, je me suis retrouvée avec des regrets. En finissant cette journée au centre d'épuration, j'étais au bout du rouleau. J'en ai eu assez de repousser cette tension que je ressens en permanence quand James est dans les parages, j'en ai eu marre de devoir me contrôler, de ne pas me laisser aller. Je voulais le voir lui et je n'avais plus envie de contenir le volcan qu'il déclenche, il fallait simplement que je laisse la lave m'emporter.

Lorsque nous étions l'un en face de l'autre dans ce bar, j'ai pris cette décision : arrêter de me battre contre lui. À aucun moment, je ne pensais qu'on finirait dans ce lit quelques heures plus tard, mais en me rappelant la passion que nous avons partagée sous mes draps, mon sourire refait son apparition. C'était intense, fou, libérateur, comme si c'était tout ce dont j'avais besoin au plus profond de moi-même. James a ce pouvoir sur moi. Tellement charismatique et hypnotique que j'étais prête à lui offrir tout ce qu'il voulait si cela me permettait de vibrer dans ses bras pour l'éternité.

Après quelques minutes de flottement à retracer la journée d'hier, j'enfile mon gros pull blanc de la veille qui trainait sur le sol et me lève pour récupérer mon téléphone dans la poche de mon manteau.

6 h 42.

Trois messages de Liz m'attendent, un de Richard et un de ma mère. Argh… Beaucoup trop d'informations déjà alors que cette journée commence à peine. Presque instantanément, je verrouille mon portable comme pour ignorer les appels de la réalité. Je préfère rester dans cette bulle en me rappelant la soirée exceptionnelle que je viens de passer avec l'homme qui occupe ma salle de bain. Moi qui ai l'habitude d'être une fusée le matin, je me surprends à me remémorer cette nuit passionnée. Ses mains qui découvrent ma peau, mes lèvres qui dégustent sa bouche, ce sentiment de plénitude quand nos corps se sont enfin unis.

Mamamia !

Ma déesse intérieure se demande déjà quand est-ce qu'elle va pouvoir de nouveau goûter à ce plaisir alors que mon cœur, lui, est toujours autant perdu face à toutes mes contradictions. Je refuse que mes sentiments entravent cette enquête, mais en parallèle, je suis incapable de résister à James.

Beaucoup moins sur la défensive qu'à l'accoutumée, je décide de le retrouver. Occupé à brosser ses cheveux en arrière, il se retourne à l'instant où il aperçoit mon reflet dans le miroir puis pose le peigne qu'il tenait sur le rebord du lavabo afin de se rapprocher de moi.

— Comment va la femme qui me déteste, ce matin ? me demande-t-il avant de déposer un baiser à la base de mon cou.

Ses lèvres ont à peine quitté ma peau que je sens des papillons se diffuser au creux de mon ventre. Pour mon plus grand bonheur, il ne cherche pas à s'éclipser comme un voleur, il agit presque comme si nous étions un couple. C'est terriblement dangereux pour mon petit cœur de guimauve qui a l'habitude de s'emballer trop vite, mais j'adore ça. Si je refuse de me voiler la face, je dois avouer que cette tendresse qui m'est étrangère a le don de me séduire.

À mon réveil, pendant une fraction de seconde, j'ai eu peur que ce soit bizarre entre nous, mais il n'en est rien. En avançant de quelques centimètres supplémentaires, je me retrouve collée à son torse nu où perlent quelques gouttes d'eau qui n'ont pas encore séché. Seulement vêtue d'une petite culotte et d'un pull trop large, je le détaille alors qu'il ne porte qu'une serviette nouée autour de la taille. Quel cliché nous formons tous les deux !

Levant les yeux, je vois que ses prunelles sont rivées à mon visage. Ce n'est pas humain d'être aussi sexy… Plus je le regarde, plus je donnerais cher pour qu'on reste ici pendant des heures, à oublier le monde extérieur. Que sa serviette glisse sur le sol me révélant ainsi ma nouvelle gourmandise préférée.

Prenant une courte inspiration pour chasser mes pensées lubriques et je réfléchis à sa question. Est-ce que je vais bien ? Quand je le contemple, je me dis qu'il y a vraiment plus difficile dans la vie.

— Une journée au lit serait nettement plus enthousiasmante que d'aller au bureau aujourd'hui, mais ça va le faire.

— Pas trop la gueule de bois ? m'interroge-t-il en ricanant.

— Non, lâché-je en lui tirant la langue. Et toi ?

— J'ai connu largement pire, je pense pouvoir survivre. T'as de quoi préparer un café ?

— Si tu le bois sans sucre, je suis capable de faire ça.

— Vendu, acquiesce James, en me laissant retourner à la cuisine.

Alors que je finis de nous faire couler deux mugs, je le retrouve avec ses vêtements de la veille, assis sur le sofa à proximité de mon minuscule balcon. À peine deux minutes plus tard, je le rejoins en lui apportant son double expresso.

— Quoi de prévu aujourd'hui ? me demande-t-il.

— Tu veux dire, hormis éviter mon rédacteur en chef ?

— Oui par exemple, ironise-t-il, en se réchauffant les mains autour de sa tasse brûlante.

— Je dois monter l'excellent reportage sur cette merveilleuse journée à la station d'épuration et j'attends que mon contact me fasse signe concernant les virements de Van Daat. T'as pu avancer hier sur le comparatif entre l'agenda du maire et ses dépenses ?

— Pas vraiment… Tes potes journalistes ne m'ont pas laissé une minute de répit après le pillage de l'hôtel de ville. Aujourd'hui, j'ai une conférence de presse à 11 h avec Joffrey Allen, après ça, je pourrais m'y atteler.

— Parfait. D'ici là, ma cyber espionne m'aura sûrement fait un retour sur ce mystérieux numéro de compte.

— Cette nana est digne de confiance ? Je veux dire, on n'est déjà pas dans une posture idéale, donc si on pouvait éviter de se faire virer avant la fin de la semaine, ça serait génial, me lance James, peu rassuré.

— Elle est redevable envers Liz donc ne t'en fais pas, aucun de nous ne risque quoi que ce soit, lui assuré-je, confiante.

— En route pour être des lanceurs d'alerte qui vivent de sexe et d'enquêtes illégales alors ! scande-t-il comme s'il jouait dans James Bond.

Je ne peux contenir mon rire. Il a parfaitement résumé notre situation. J'ai toutes les raisons d'être une boule de nerf, pourtant, pendant un instant, je profite de sa bonne humeur pour positiver.

Plus je prends du recul sur cette enquête, plus j'ai l'impression d'être larguée dans un monde obscur qui va me manger toute crue. J'en suis arrivée là, car j'avais cette volonté de fer de faire décoller ma carrière, j'étais en colère contre le fait que dans ce monde on prive des enfants dans le besoin de cette magie de Noël et aujourd'hui, j'ai la sensation de naviguer à l'aveugle. On se retrouve tous les deux pris au piège par toute cette affaire sauf qu'il est hors de question de baisser les bras. C'est trop important pour abandonner, mais bordel, malgré mon instinct de battante, je suis tétanisée à l'idée de tout perdre. Je ne sais pas ce qu'il en est exactement pour James, mais je pense qu'il n'en mène pas large non plus.

Alors que je bois une nouvelle gorgée de mon café, j'entends la voix de mon père qui me dit « *Carpe Diem* ».

Il m'a toujours appris à prendre les choses comme elles viennent, à ne pas singer ma mère en voulant tout anticiper. Finalement je ne sais pas de qui je tiens le plus : je fonce comme lui, sans réfléchir aux conséquences de mes actes, et à côté de ça, je ne m'autorise pas à perdre le contrôle comme ma mère qui millimètre tout dans son quotidien. Je suis un paradoxe ambulant.

Tout de suite, j'ai envie d'écouter mon père et de me dire « On verra plus tard pour les tracas ».

Quand je repose mon mug sur la table, James se lève pour récupérer ses affaires.

— C'est l'heure de partir bosser ? lui demandé-je.

— Oui, je vais faire un crochet par chez moi pour prendre des fringues propres.

— Sage décision. Il ne faudrait pas qu'on pense que tu découches, plaisanté-je.

— Avec les deux SMS que m'a laissés mon collègue Sacha, je t'assure qu'il va savoir que je ne suis pas sagement resté chez moi hier soir.

James n'est pas le seul à être inondé de messages ce matin, mais si ça n'a pas l'air de l'affecter lui, moi je préfère rester dans le déni et ne pas les ouvrir.

— Tu es donc si facile à cerner ?

— Ne t'en fais pas. Je sais garder ma vie privée secrète, surtout quand je pactise avec le diable, m'envoie-t-il pour me titiller davantage.

— Tu parles de moi, là ?

— Évidemment. J'ai de multiples souvenirs de la nuit dernière qui prouvent sans conteste que tu es une démone de la luxure, finit-il par me répondre avant de me voler un baiser aussi rapide que délicieux.

Légèrement gênée, je plonge mon visage dans mon mug pour dissimuler la rougeur de mes joues. Je soupire après ce contact qui me fait fondre de nouveau et je le laisse quitter mon appartement un peu à contrecœur.

Une fois la porte refermée, je fais le vide dans mon esprit. Cette bulle féerique qui existait encore jusque-là vient d'éclater et il est grand temps que je retourne à la dure réalité. Dans quarante minutes, je dois être au bureau et pour le moment, je suis toujours en petite culotte dans mon entrée. Le mode Usain Bolt doit être activé de toute urgence, si je ne veux pas que Richard trouve une raison supplémentaire pour me virer.

***

Une fois mon vélo stationné dans le garage réservé aux employés, je me réfugie dans l'ascenseur afin d'atteindre le cinquième étage où se trouve la rédaction de *Bruges Media*. Cette courte pause me permet de prendre connaissance du SMS que m'a laissé ma mère hier soir.

> Hello ma chérie ! J'espère que tout va bien au Pôle Nord. On a pesé le pour et le contre, et malgré tout, nous ne pourrons pas venir te voir pour Noël. Catalina et Mateo viennent de nous annoncer qu'ils allaient être parents d'ici la fin du printemps donc il ne faudrait pas faire prendre de risque au bébé et à ta belle-sœur. Essaie d'insister auprès de ton patron pour nous rejoindre ! Ça nous ferait tous énormément plaisir de te revoir. Rappelle-moi quand tu auras une minute, à très vite !

Ma première réaction est de sauter au plafond en apprenant que mon grand frère va enfin devenir père, lui qui en rêve depuis des années. J'aimerais que cette joie perdure, mais malheureusement, le reste du message de ma mère me met hors de moi. Cette nouvelle était l'excuse parfaite pour elle afin de ne pas venir à Bruges.

Je suis persuadée qu'elle n'a même pas proposé mon idée aux autres membres de la famille.

L'ascenseur s'arrête au troisième étage pour laisser entrer d'autres personnes, et sans savoir pourquoi, je relis la deuxième partie de son message. Richard ne m'aurait jamais donné mon vingt-cinq décembre même si j'avais été l'employée de l'année, mais après les événements de la semaine dernière, il est certain que si je le lui demandais, il me fusillerait sur place.

Blasée par cette nouvelle qui signifie que je passerai le réveillon toute seule dans mon petit studio, je ne prends pas la peine de lui répondre, pour le moment. Pour son bien comme pour le mien, il vaut mieux que je garde pour moi l'amertume que je ressens à son égard. Pendant que l'ascenseur se remet en route vers l'étage de la rédaction, je lis le message envoyé par Richard, qui stipule simplement que l'article sur la soupe populaire a généré beaucoup de clics. Bon, au moins, il sait ravaler sa fierté pour apprécier la qualité de mon travail quand cela est nécessaire.

En arrivant dans l'open space, je salue de loin quelques collègues qui sont agglutinés à la machine à café avant de me ruer à mon bureau où Liz m'attend déjà. En voyant son visage tout excité, j'en conclus qu'elle a un scoop à me dévoiler.

— Te voilà enfin, lâche-t-elle, impatiente. T'as paumé ton téléphone hier soir ou quoi ?

Jetant un œil au cadran digital de ma montre, je constate que mon sprint matinal a été efficace : je ne suis pas en retard.

— Désolé, je n'ai pas eu le temps de lire tes messages ce matin, c'était un peu la course. Qu'est-ce que j'ai loupé ? l'interrogé-je en sortant mon ordinateur portable de mon sac à dos.

— C'est plutôt à moi de te demander ça. Tu n'as pas répondu à mon premier SMS hier soir donc je suis passée chez toi et je ne t'ai pas trouvé. Tu n'aurais pas quelque chose à raconter à ta meilleure copine ? Ça m'étonnerait que ta super journée à renifler les égouts ait un rapport avec ton silence radio.

Merde, je suis grillée et vraiment trop nulle pour les mensonges.

— Eh bien, figure-toi que je me suis fait enlever par un alligator qui vivait dans ces canalisations, ça a été tout un périple pour m'enfuir, blagué-je pour échapper à l'interrogatoire qui m'attend.

— Salomé Roussel, lâche-t-elle pour me mettre la pression. Balance le dossier !

— Si je te dis que j'avais plus de batterie et que je dormais à poings fermés, tu vas me croire ?

— Absolument pas. Accouche meuf ! Tant que tu ne m'auras pas lâché l'info, je ne te dirais pas à qui appartient le compte bancaire que tu voulais tant que mon contact pirate.

Quelle saloperie !

Ma meilleure pote me fait du chantage en sachant pertinemment que je suis incapable de ne pas céder. J'ai impérativement besoin de cette information.

Et dire que je me moquais il y a une heure encore de James qui était trop facile à cerner. Liz fait ce qu'elle veut de moi sans que je ne puisse rien y faire.

— Je suis peut-être sortie dans un pub avec James… laissé-je échapper timidement, comme si j'avais fait une bêtise.

— Putain, j'en étais sûre. Ça s'est fini au pieu, hein ?

— N'imagine même pas que je te donne des détails !

— Oh que si, tu vas me raconter comment il est passé du statut « connard arrogant » au mec qui te fait grimper aux rideaux.

— Qu'est-ce qui te dit que ça a été le cas ? la provoqué-je.

— Il n'y a que les femmes qui ont pris leur pied toute la nuit qui ont un teint aussi radieux le matin, je t'assure.

Sa réponse me fait exploser de rire.

Je ne m'habituerais donc jamais à la répartie de Liz, mais je dois admettre qu'elle a vu juste sur ce coup-là. À cet instant, j'en oublie presque le message de ma mère et le fait que je suis au boulot. Elizabeth me fait marrer et cela me fait un bien fou.

— Tu en sauras plus au déjeuner, lui réponds-je pour la faire patienter. Maintenant, à toi de me dire à qui appartient ce compte bancaire.

Alors qu'elle farfouille dans son sac pour m'attraper je ne sais quels documents, je suis en stress complet. Ce n'est pas une peur sournoise de ne pas savoir à quoi m'attendre, mais plus l'envie prégnante que cette course au scoop s'achève enfin. Je veux connaître la vérité, éclairer toutes les zones d'ombre afin de pouvoir faire tomber Roy Van Daat.

Pendue à ses lèvres, j'attends qu'elle me dévoile cette information, mais elle ne prononce pas un mot. Elle se contente de me tendre plusieurs feuilles que je saisis à toute vitesse et immédiatement, mes yeux cherchent le nom du propriétaire de ce compte bancaire. Il ne me faut que quelques secondes avant de découvrir la vérité, qui s'offre à moi comme une évidence.

Garance Van Daat. La femme du maire.

Bordel, je le savais. Depuis le début, mon instinct avait raison. Depuis le début, j'étais dans le vrai à creuser malgré tous les obstacles que j'ai dû contourner. Ni la loyauté de James ni les menaces de Richard n'ont réussi à me faire abandonner, et tout de suite, avec cette preuve sous les yeux je me sens puissante.

Le sourire aux oreilles, je ne peux m'arrêter d'agiter la tête dans tous les sens. Ce que j'ai sous les yeux est une bombe. Comment le maire pourrait-il s'en sortir avec ça ? Il a tout fait pour diminuer le budget alloué aux cadeaux des enfants et il a réussi avec l'aide de je ne sais qui à gonfler ses notes de frais afin d'enrichir sa femme.

Je vais l'avoir cette pourriture, c'est fini pour lui.

Game over !

Chapitre 26

James
Mercredi 16 décembre

Plus les jours passent et plus cette cohabitation professionnelle avec Joffrey Allen me provoque de l'urticaire.

Toujours sur un nuage après avoir quitté l'appartement de Salomé, je suis arrivé à la mairie avec une bonne humeur débordante qui faisait tache au milieu de tous mes collègues qui ne savent pas sur quel pied danser depuis que Roy a formé son équipe de campagne.

Malheureusement, ma joie de vivre s'est volatilisée à la vitesse de l'éclair. Je n'ai qu'une envie désormais : foutre mon poing dans la gueule d'Allen. Je ne sais plus qui a eu l'idée sordide de nous faire faire cette conférence de presse en binôme, mais c'était une gigantesque connerie. Sur le papier, l'objectif était de montrer que l'équipe électorale et la municipalité ne font qu'un pour riposter contre le pillage de la mairie. La réalité est beaucoup plus sombre.

Pendant que je m'efforçais de ne pas laisser transparaître mes états d'âme envers le maire, mon acolyte s'est donné corps et âme pour l'encenser. Depuis ma rencontre avec Salomé et ce que j'ai découvert sur Roy, je rêve de faire redescendre son cher directeur de campagne de son piédestal.

Alors que je récupère les feuilles placées sur mon pupitre, remplies d'éléments de langage, Joffrey s'approche de moi. Inconsciemment, je suis sur la défensive rien qu'en le voyant arborer fièrement son pin's « Votez Van Daat » sur son costume trop serré qui le boudine.

— James, je sais que la situation n'est pas idéale, mais tu as encore toutes les cartes en main si tu veux rejoindre l'équipe de campagne.

— Pour être ton assistant alors que je me prépare depuis deux ans à avoir ce poste ? répliqué-je avec un cynisme assumé.

— Tout est toujours négociable en politique. Si tu montres que tu as la bonne mentalité, Roy te laissera participer pleinement à sa réélection.

Je manque de m'étouffer en l'écoutant faussement me tendre la main. Depuis quand ai-je besoin qu'un journaliste qui a été acheté avec un emploi à responsabilités vienne me suggérer de courber l'échine ?

Si pour lui, c'était facile de renoncer à son intégrité, il est hors de question que je le prenne en exemple pour faire évoluer ma carrière. Je suis même prêt à rester six mois au placard si cela me permet de me regarder encore dans un miroir.

— Toi, c'est vrai que tu as drôlement bien dû négocier pour passer de principale menace pour Roy à principal atout. Mais j'ai bien peur que ça ne soit pas suffisant pour camoufler tous les dossiers louches qui lui collent au cul, lui balancé-je avant de me diriger vers la sortie.

— Visiblement ton état d'esprit n'est pas encore optimal pour intégrer l'équipe, souffle-t-il d'un ton sec alors que je m'éloigne.

Je ne veux pas les aider dans cette campagne et j'espère qu'il a bien saisi que je ne vais pas faire profil bas pour les satisfaire. J'attends avec impatience le jour où ils vont se mordre les doigts de ne pas m'avoir écouté et de ne pas pouvoir profiter de mes compétences.

Alors que je suis sorti de la salle de presse depuis quelques minutes, je réalise qu'il m'a véritablement énervé. J'ai envie de pester à haute voix, mais vu l'atmosphère glaciale qui règne ici, cela pourrait me retomber dessus.

Foutu Joffrey !

Suite à cet exercice périlleux qui m'a demandé un self-contrôle sans pareil, je peux enfin souffler lorsque je retrouve Sacha dans notre bureau. Après avoir refermé la porte derrière moi, je me permets de me libérer de cette tension qui m'oppresse.

— Je les déteste tous, putain !

— Ça s'est mal passé à quel point ?

— Au point qu'Allen se sente suffisamment légitime pour me faire un chantage de merde en montant sur ses grands chevaux. Apparemment, si je retrouve une mentalité acceptable, Sa Sainteté, Roy dans sa grande mansuétude, serait disposée à me faire une place dans l'équipe de campagne. Comme si ça m'intéressait. Ils peuvent tous aller se faire cuire le cul, ça m'est égal, expulsé-je, bouillonnant d'ondes négatives.

— OK. Tu sais quoi ? On va aller déjeuner dans ce bistrot qui sert les moules au curry dont tu raffoles et tu vas pouvoir les insulter en toute liberté.

— En voilà une bonne idée, confirmé-je. Avec une bière, ça ne me fera pas de mal.

Comme si je n'en avais pas bu assez hier.

— Ça va de soi, ajoute mon pote en récupérant nos deux manteaux.

Même si ce repas avec Sacha en dehors du bâtiment semble une excellente solution pour me faire oublier ces tensions, je n'ai qu'une envie : filer à la patinoire et accélérer jusqu'à ce que mon corps n'ait plus aucune calorie à brûler. Jusqu'à ce que je ne sente plus cette colère.

***

> Tu peux me rejoindre chez moi ? J'ai du nouveau. Si tu as avancé sur l'agenda du maire, viens avec tes infos !

Ce sont les mots laissés par Salomé sur ma boîte vocale. Pas de détails, aucune fioriture. C'est tout elle, mais ça a le mérite d'attirer mon attention. Il est plus de vingt heures, et après cette journée XXL en émotions, j'aurais bien pris la direction de mon appartement afin de retrouver un peu de calme, pourtant je suis déjà en route pour rejoindre Salomé.

Alors que je presse le pas pour arriver le plus rapidement possible, mon cerveau ne peut s'empêcher de se remémorer cette discussion avec Joffrey Allen. Il est inconcevable pour moi de faire des courbettes à Roy. Qu'importe le nom du propriétaire de ce compte, il a détourné de l'argent public tout en privant des gosses d'un beau Noël. Depuis le début, on s'attarde sur des chiffres, au point d'en oublier les humains qui souffrent. Je réalise que baigner dans ce milieu peut rendre insensible, et en m'emmenant à cette soupe populaire, Salomé a réveillé cette humanité débordante qui me poussait à l'université à participer à la moindre manifestation. Toute injustice me foudroyait, m'amenait à me révolter. Avec les années, la politique a atténué cette fougue qui me caractérisait. Sauf qu'aujourd'hui, cet enfoiré de Joffrey et cette ambiance merdique à la mairie m'ont rappelé pour quelle raison j'ai choisi ce métier. Je n'ai jamais visé un poste en particulier, je voulais juste changer les choses. Il faut que je permette à tous ces enfants d'être gâtés pour les fêtes.

Ces dernières découvertes ont vraiment été le point de non-retour, mais une question me turlupine encore. Même si ma nouvelle journaliste préférée a des révélations du tonnerre à me déballer, comment va-t-on faire fuiter ce scandale sans risquer que l'un de nous deux voire même tous les deux ne finissions sans emploi ? Est-ce que cela changera la donne pour tous ces enfants si Roy fait la Une des journaux ?

Actuellement, je n'ai pas la réponse, mais il va falloir qu'on en discute avec Salomé. Même si je veux que Roy paye pour ce qu'il a fait, mon instinct me crie que nous devons trouver une alternative pour toutes ces familles qui ne pourront pas faire briller les yeux de leurs progénitures le jour de Noël.

Après une quinzaine de minutes, je me retrouve devant l'immeuble de Salomé. J'ai à peine le temps de regarder ce qui se passe dans sa rue qu'elle m'ouvre la porte d'entrée. Tout aussi belle que lorsque je l'ai quittée au petit matin, elle enjambe les marches à toute vitesse. Il faut croire que ses découvertes lui ont donné une énergie d'enfer. Espérons que ça me fasse oublier toute cette tension qui m'empoisonne depuis la fin de matinée.

Une fois dans son appartement, elle s'élance vers son bureau envahi de documents en tout genre.

— T'es prêt pour découvrir la pièce maîtresse de notre enquête ? commence-t-elle à me demander alors que je n'ai pas vraiment la tête à travailler.

Je décide de la stopper dans son élan en empoignant ses hanches afin de la rapprocher de moi. Surprise, elle me foudroie du regard pendant que je la fais pivoter vers moi. J'ai beau être venu ici pour qu'elle me partage l'avancement de notre investigation, là tout de suite, j'ai juste envie de savourer l'alchimie qu'il y a entre nous, tout comme l'apaisement qu'elle seule est capable de m'offrir. Inconsciemment, Salomé sait canaliser mon esprit qui s'interroge sur tout en permanence. Quand je suis avec elle, tout me paraît clair. Je vibre et je n'ai pas envie de faire autre chose qu'en profiter. La regardant droit dans les yeux, j'ai bien peur qu'elle ne veuille s'en tenir à son plan.

— Premièrement, je préfère t'embrasser, tu vois ! assumé-je.

— Moi qui pensais que tu serais impatient de savoir à qui ton boss fait des virements.

— Ça m'intéresse, mais si tu ne me donnes pas ce baiser, je vais manquer d'air et tu ne veux pas devoir expliquer ma mort à toute ma famille, n'est-ce pas ? marchandé-je, tel un enfant capricieux.

— Tu n'as rien trouvé de plus crédible ? me défie-t-elle, décidément tenace.

— Si, je peux aussi te dire la vérité. Ma journée a été d'une horreur sans nom et j'ai terriblement besoin de te sentir contre moi.

La bouche semi-ouverte, elle tente de me contredire, mais finalement, elle se ravise, étonnée de me voir si transparent avec elle.

— James, tu es tellement énervant à être si parfait, cède-t-elle, avec un sourire qui m'éblouit.

— Oui, je sais.

Elle ne rétorque rien.

Non, elle s'empresse de prendre appui sur mon torse et de se mettre sur la pointe des pieds pour que ses lèvres puissent rencontrer les miennes. À la seconde où ce contact nous unit, mes pensées les plus perturbatrices disparaissent. Mes mains qui étaient encore placées sur ses hanches glissent en bas de son dos pendant que je me nourris de chaque seconde qu'elle m'offre. Merde, c'est si puissant que j'ai du mal à comprendre qu'une telle passion soit possible entre nous.

Dix secondes. C'est le peu de temps qu'elle nous a autorisés. Reculant d'un pas, en se mordant la lèvre inférieure, elle me laisse totalement insatisfait. C'était beaucoup trop court, mais je vais m'en contenter pour le moment.

— Voilà, je t'ai évité la mort la plus débile du monde, se félicite-t-elle.

— Qu'est-ce que tu peux être frustrante ma parole !

— On ne mélange pas affaires et plaisir, c'est la règle. Maintenant, viens voir ce que mon contact m'a trouvé.

Pff... Je ne sais pas qui de nous deux elle essaie de convaincre en disant ça, mais j'ai bien envie de lui rappeler combien elle est naïve sur ce coup-là. Nous avons déjà largement franchi les limites que l'on s'était fixées.

Malgré tout, je suis à ses côtés, prêt à découvrir de quoi notre investigation en retourne. Assis à côté d'elle, je la laisse retrouver sur son bureau bordélique ce qu'elle cherche. Elle parcourt d'un œil d'aigle le plan de travail et met enfin la main sur une feuille qui semble lui convenir. C'est à ce moment-là que les champs stabilotés en rose me sautent aux yeux.

L'épouse de Roy.

Regardant Salomé, je hoche la tête.

Je ne sais pas ce à quoi je m'attendais réellement, mais j'avais espéré que la raison de ces magouilles avait du sens. L'hypothèse de Salomé est donc exacte, mais au lieu d'être ravi que nous collections enfin les preuves que l'on cherchait, je suis déçu. Comme si une part de moi voulait secrètement que toute cette affaire soit plus complexe, mais non il s'agit d'un vulgaire détournement de fonds en faveur de sa femme. Tout ce qu'il y a de plus ordinaire chez les puissants qui contrôlent nos institutions. À contrecœur, je tire un trait sur les derniers grammes d'empathie que je pouvais ressentir pour mon mentor.

— Tu vois que ça valait le coup, s'exclame Salomé, fière de sa trouvaille.

— T'embrasser aussi, plaisanté-je.

— Ne me déconcentre pas, James, m'avertit-elle avant de reprendre. Regarde, sur ces relevés de comptes, on remarque bien qu'elle a reçu les versements qu'on a étudiés sur les notes de frais.

— Exact !

Sortant de mon sac à dos les dossiers où se trouve l'agenda du maire sur les deux dernières années, je feuillette les mois pour voir ce qui l'occupait sur les jours où ces versements ont été faits. Les premières pages ne m'apprennent rien. On sait que dans tous les cas, tout est illégal, il y a eu détournement de fonds, mais cet agenda ne révèle rien de plus. Jusqu'à cette page d'août 2019.

— Pourquoi tu relis ce feuillet pour la quatrième fois ? me demande Salomé. Il n'y a rien d'écrit.

Elle a raison, rien d'essentiel n'est inscrit sur cette feuille, mais ma mémoire, elle, se souvient parfaitement de cette semaine-là. Qu'importe qui est le complice de Roy pour cette gigantesque enfumade, il ne pourra pas trouver d'explications à ce virement. Aucune.

— Roy part deux semaines en août, avec sa femme et ses enfants tous les ans. Cette semaine-là, c'était Phil Huppert, son adjoint, qui gérait l'intérim pendant que le maire était en vacances. Je m'en souviens comme si c'était hier. Phil m'a fait chier pendant toute cette quinzaine, je devais assister à toutes ses réunions, à tous les événements auxquels il participait, car il avait trop peur de dire une connerie. Il fallait que je sois là au cas où.

— Donc, Van Daat déclare aussi des notes de frais pour sa femme quand il se dore la pilule au soleil ?

— D'après ce qu'on a sous les yeux, oui.

— Yessssss ! Il est foutu, lâche Salomé en me sautant dans les bras.

Accrochée à mon cou, elle enchaîne les jurons comme pour extérioriser sa joie. Même si je suis ravi qu'on ait maintenant un dossier suffisamment solide contre mon patron, l'excitation qu'elle manifeste me met mal à l'aise. Je repense à ces gosses et j'ai peur que l'enthousiasme de Salomé soit mal placé. Je ne veux pas que cette affaire devienne sa vengeance et mon instinct me crie que c'est le cas. Bordel, je rêve d'avoir tort.

Voyant que je ne suis pas si enjoué que ça, elle recule.

— Pourquoi tu ne sautes pas partout, James ? Ce n'est pas toi qui me reprochais l'autre soir de ne pas me laisser aller ?

Touché. Mais la raison est totalement différente. Salomé ne voulait pas se réjouir trop vite, elle voulait rester concentrée. Moi, je veux juste savoir si elle désire simplement faire tomber Roy ou si elle est prête à mettre son enquête de côté le temps qu'on trouve une solution pour ces enfants. Je ne veux pas descendre en conférence de presse dans quelques jours et annoncer aux familles en situation de précarité qu'ils doivent attendre l'an prochain pour que la mairie gâte leurs mômes, car le maire s'en est mis plein les poches pendant deux ans. Comme dit toujours ma mère : « avant d'annoncer une mauvaise nouvelle, essaie d'en avoir une bonne à raconter dans la foulée ».

— Je sais parfaitement me laisser aller quand il le faut, je te rappelle. On fait quoi de tout ce qu'on a récolté maintenant ?

— Si on ouvre un blog anonyme, on peut tout faire fuiter en partageant l'article sur les réseaux sociaux. Les utilisateurs feront monter la polémique à notre place. Comme ça, aucun risque pour nos emplois et les répercussions seront à la hauteur de nos attentes.

— Dis comme ça, ça paraît simple… réponds-je sèchement.

J'aimerais lui faire part de ce qui me tracasse, mais je ne sais pas quelle sera sa réaction. Son regard cherche à lire en moi, je suis incapable de déduire ce qu'elle y voit.

De mon côté, j'ai besoin de ne pas être transpercé par ses prunelles un instant. Je me lève et me dirige vers sa fenêtre afin de souffler une seconde.

— Qu'est-ce qui te gêne dans ce plan ?

Bon, à un moment, il faut que je crache le morceau.

— Ton programme nous garantit l'anonymat en effet, mais qu'est-ce qu'il garantit à ces enfants, ceux pour lesquels on fait tout ça ? la questionné-je à mon tour.

— On ne peut pas toujours avoir le beurre et l'argent du beurre. Si on veut qu'un jour, ils puissent de nouveau avoir des cadeaux de la part de la ville, il faut que Roy paye.

— Bah ce plan ne me convient pas, rétorqué-je, en me retournant vers elle, les bras croisés.

— Oh non, James, tu ne vas pas me faire ça !

— Te faire quoi ? lui réponds-je d'un ton insolent.

— Tu ne vas pas te débiner alors qu'on touche au but !

Quoi ? Elle pense que je suis lâche ? Si elle m'avait giflé, ça aurait été moins douloureux.

— Tu crois que c'est ça ? On n'aidera pas ces gosses en livrant une simple vendetta contre Roy. Le faire tomber c'est bien beau, mais ce n'est pas ça qui va compenser les dommages. On peut attendre un peu et mener deux actions en parallèle pour que ces petits ne se sentent pas abandonnés.

— Pff… J'étais sûre que ça arriverait. Tu te dégonfles, tu cherches une situation sans compromis, sans complications… Depuis que tu as accepté de m'aider, je savais que tu ferais marche arrière et là, tu me démontres que j'avais raison. Tu voulais m'aider sans trop te mouiller, sans te retrouver en fâcheuse position et quand maintenant, tu as l'occasion de me prouver que tu en as dans le pantalon, tu refuses de mettre le coup de grâce à Van Daat. Bordel, tu déconnes, James.

— T'es sérieuse ? Depuis quand j'ai quelque chose à te prouver ? m'offusqué-je, contrôlant à grand-peine toute la colère qui monte en moi.

— Le maire arrive peut-être à trouver de l'argent comme par magie, mais ce n'est pas notre cas. Donc si on ne dévoile pas cette affaire, jamais ces enfants n'auront de nouveau des cadeaux. Il faut arrêter d'être naïf.

— Oui, t'as raison, je suis un putain de lâche, riposté-je furieux. Je vole des documents pour toi, je mets ma carrière en danger pour ta guérilla, mais c'est moi qui n'ai pas de couilles. Non, mais je rêve. Je crois que tu veux juste ta promotion, l'impact sur ces gosses n'a pas d'importance au fond. Tu n'arrives pas à voir qu'on peut changer les choses, tu souhaites seulement te sentir puissante en faisant tomber Van Daat et prouver que tu es une vraie journaliste. Au fond, il n'est question que de ça depuis le début. Tu n'en as rien à faire de moi et rien à faire de ces enfants, ils étaient juste le prétexte que tu attendais pour briller.

Alors qu'elle encaisse le coup, je me saisis de mon sac qui se trouve au pied de son bureau, puis sans prendre la peine de la regarder, je fonce vers l'entrée de l'appartement. Je refuse de rester une minute de plus avec quelqu'un qui n'a jamais eu confiance en mon implication.

— Tu sais quoi ? Fais ce que tu veux. Publie ton article si cela te permet d'atteindre tes objectifs. Moi, je me casse, conclus-je, avant de claquer la porte.

Chapitre 27

James
Jeudi 17 décembre

Je peste. Une fois de plus.

— Où sont passés les listings pour la soirée caritative ?

— Ils ont déjà été transmis à la fondation Gillian et aux prestataires de sécurité, répond Sacha, d'un ton sec.

Je souffle à nouveau.

— Qui s'est permis de les envoyer sans que j'aie pu les vérifier une dernière fois ?

— C'est moi, James, rétorque-t-il en haussant la voix. L'événement commence dans moins de trente-six heures, donc il était grand temps de leur transmettre alors arrête de chercher des raisons de râler, boucle ton discours et laisse-moi bosser !

Séché sur place, je le regarde la bouche entrouverte, sans savoir quoi lui répondre. Si calme habituellement, je suis devenu, grâce à Salomé, une vraie boule de nerfs. Je pensais que me rendre à la patinoire dès l'aube me permettrait de faire le vide, mais cela n'a pas fonctionné. Je n'ai ni réussi à patiner à mon rythme ordinaire ni à évacuer toute cette colère. Toute la nuit, j'ai regardé mon plafond, sans trouver le moyen de mettre mes idées au clair. J'aimerais que ça soit plus simple, j'aimerais qu'elle ne m'ait pas traité de lâche, sauf qu'elle l'a fait. Elle aurait pu s'intéresser à ce qui me faisait tant douter, essayer de comprendre pour quelle raison je souhaitais qu'on trouve une alternative à ces gosses, mais au lieu de ça, elle a préféré faire exploser notre cocon pour me montrer que je n'étais pas à la hauteur.

Je me repasse le film de cette dispute encore et encore. Je revois son regard brûlant, je me rappelle de chaque partie d'elle qui voulait me boxer et je ne sais même pas pourquoi. Je crois qu'elle voulait avoir raison, elle désirait que je la suive aveuglément une fois de plus, mais à quel moment me faire passer pour une ordure lui a paru être une bonne idée ?

Droit comme un i au milieu de notre bureau, mon collègue continue de me dévisager. J'aimerais ne pas être aussi imbuvable, mais rien n'y fait. Ma colère, teintée par ma frustration, me ronge de l'intérieur.

Il faut que j'arrête d'y penser. Salomé doit me sortir de la tête.

— T'as aussi fait le point avec la coordinatrice de la fondation ? On ne peut pas se permettre qu'il y ait un loupé, ajouté-je, incapable de me retenir.

À l'instant où je termine ma phrase, je la regrette. Je joue au sale con avec mon meilleur pote alors que je sais pertinemment qu'il gère à merveille toute cette logistique. Pourtant je ne peux m'empêcher de remettre en doute son travail. Je me déteste pour ça.

— Tu sais quoi ? Tu vas rentrer chez toi. Je ne veux pas te supporter ta gueule d'enfoiré plus longtemps ! me balance-t-il furieux.

— T'es qui pour me dire ce que je dois faire ?

— Je vais faire comme si je n'avais rien entendu et surtout comme si je n'avais pas envie de t'en foutre une, me répond-il en me faisant face. Depuis que t'es arrivé ce matin, tu es exécrable avec tout le monde, à vouloir tout contrôler alors que tu sais très bien que tout est en ordre. La source de ta colère n'est pas dans cette pièce donc soit tu vas régler tes comptes avec elle soit tu la fermes, car personne ici ne mérite ta petite inspection à la noix !

Dans un soupir, je cède. Sacha a raison.

— OK… Je suis désolé.

— Va préparer ton discours chez toi, je t'assure que tu seras mieux qu'ici avec l'ambiance tendue qui règne. Je ne sais pas ce qui s'est exactement passé avec Salomé hier, mais vu ton état, tu dois faire quelque chose. Tu ne peux rester là à bouillir, de l'intérieur et à reporter ta frustration sur nous.

J'acquiesce en détournant le regard.

— Je te connais, tu essaies peut-être de te persuader que c'était qu'une attirance éphémère, qu'elle ne t'a pas tapée dans l'œil. Tu persistes sûrement pour te convaincre que t'es plus fort que ça, mais il va falloir que tu te regardes en face, et que tu l'affrontes à nouveau, car si tu te laisses envahir par cette colère, t'es foutu.

Troublé par les mots de Sacha, je ferme les yeux.

J'ai eu tort, je ne suis pas seulement en colère, je suis triste. Profondément touché. Ce que je vivais jusqu'à présent avec elle me plaisait. S'apprivoiser, se désirer, expérimenter, jouer, c'était libérateur. J'ai pris du plaisir à découvrir sa peau, son parfum, sa façon de rire et maintenant, je suis seul avec ma frustration et des sentiments contraires.

Salomé, c'est la femme démente sur laquelle je ne pensais pas tomber, celle qui est exactement ce que j'aime, qui me fait faire des choix insensés avec une facilité déconcertante. Mais merde, c'est aussi celle qui vient de m'envoyer à la gueule que je n'étais pas à la hauteur, que je n'étais pas du bon côté de la barrière. Celle qui privilégie sa vendetta contre Roy plutôt que les pauvres gamins qui vont se retrouver désœuvrés le soir de Noël. Comment pourrais-je ne pas être touché et furieux ? J'ai trop d'amour-propre pour la laisser me faire croire que je suis trop peureux. Elle ne peut pas prendre mon cœur en otage puis venir faire de mon estime personnelle de la charpie. En aucun cas, je ne l'autorise à jouer à ce jeu avec moi.

— Elle pense que je me dégonfle pour protéger Roy, confié-je à mon ami. Elle ne comprend pas que je veuille trouver une solution pour les enfants ou du moins pour elle ça ne fait pas le poids, elle préfère le dénoncer. Je suis parti en claquant la porte et tout de suite, je ne pense pas avoir envie qu'elle me répète que je ne suis qu'un lâche.

— Tu l'as laissé t'insulter sans rien dire ?

J'éclate de rire.

— Non, j'ai riposté en insinuant qu'elle n'avait que sa carrière en tête et que le sort de ces gosses n'était qu'un prétexte pour lui permettre d'arriver à ses fins.

— Hmm, je vois. Ce n'est pas trop mal non plus.

Je souris. Pas par fierté, mais simplement, car je me rends compte que moi aussi j'y ai été sacrément fort. Chose que je n'avais pas réalisée jusqu'à présent. Je suis blessé qu'elle ne m'ait pas cru sincère, qu'elle ait autant douté de moi, mais face à la remarque de mon collègue, je comprends, que je ne suis peut-être pas irréprochable non plus.

— Laisse les choses se tasser, vous ferez le point quand ce sera le moment.

— Oui, ce n'est pas comme si j'avais un discours à rédiger, plaisanté-je.

— Exactement. Bon, finalement vu que tu sembles avoir retrouvé la raison, je t'autorise à rester bosser ici, me chambre-t-il avec un sourire de trois kilomètres.

— Avoue que tu ne peux simplement pas te passer de moi !

Il ne me répond pas et se contente de hisser son majeur devant mes yeux avant de se rasseoir.

Plus léger qu'avant cette discussion, je me retrouve néanmoins toujours le cul entre deux chaises. Je reconnais que je ne suis pas totalement blanc comme neige, mais est-ce que pour autant cela minimise notre dispute ? Non, je ne pense pas. Je lui en veux, tout en espérant sentir une nouvelle fois le parfum de son cou. Je suis triste, mais par-dessus tout, j'aimerais que ses grands yeux m'embrasent à nouveau. Blessé, je refuse d'être celui qui fera le premier pas, mais pourrais-je réellement continuer à lui en vouloir alors que mon cœur ne bat que pour elle ?

Chapitre 28

Salomé
Jeudi 17 décembre

Je l'ai laissé partir.

Non j'ai déconné au point qu'il s'est tiré débordant de colère.

Putain, je l'ai laissé fuir notre dispute et surtout je lui ai permis de m'abandonner. Je m'étais promis que plus jamais un homme ne m'abandonnerait de la sorte. Comment ai-je pu le laisser faire ? Je ne devais plus jamais me sentir aussi vulnérable, pourtant, c'est le cas.

Tout de suite, la profonde tristesse qui explose dans ma poitrine me donne l'impression d'être friable. J'ai cette petite voix qui me crie que James est autant le problème que la solution. Il est celui pour qui je ne voulais pas craquer et en son absence, je me sens désormais totalement paumée. Comme si, contre mon gré, il avait réussi à se frayer un chemin dans ce que j'ai de plus intime. Je me hais de ressentir autant de sentiments pour lui alors que je pensais m'être parfaitement protégée. Il faut que je reste honnête avec moi-même, je veux sentir ses bras me serrer fort, son souffle dans mon cou. Je veux encore me chamailler avec lui pour des broutilles. Je veux revenir en arrière.

Non, j'en ai besoin.

Depuis son départ, je ne me reconnais plus ou au contraire, peut-être que je me reconnais trop bien. La Salomé d'avant fait son grand retour alors que je lui avais interdit de réapparaître. La vérité, c'est qu'en claquant cette porte que je regarde fixement, je l'ai autorisé à toucher la partie la plus fragile de moi.

Mon cœur.

Lorsque ce claquement a résonné dans tout mon immeuble, j'ai compris qu'aucune de mes blessures n'était refermée. Instantanément, j'ai fondu en larmes. Glissant le long de mon lit, je me suis retrouvée en boule, assise par terre à pleurer tout ce que je pouvais. Tous ces mois à me convaincre que je n'avais pas besoin d'un homme dans ma vie, tous ces mois à me reconstruire après Greg, tous ces mois à me persuader que j'étais cette femme forte, libre, indépendante qu'on a envie d'admirer. Tout ça pour quoi ? Pour qu'à la moindre occasion, j'éclate en mille morceaux.

Comme d'habitude avec James, j'ai voulu lui montrer que j'avais raison, que mon approche était la seule solution à notre dilemme, que ça ne servait à rien d'en débattre. Têtue, j'ai refusé de l'écouter et pire encore, j'ai nié ce qui se passait entre nous pour à nouveau privilégier l'enquête. Je lui suis rentrée dedans tellement fort que je me demande une nouvelle fois ce qui m'a pris. Je ne voulais pas lui balancer tous les mots qui sont sortis de ma bouche, mais vexée par son hésitation, je souhaitais le faire réagir et finalement je me suis emportée.

J'aurais aimé l'empêcher de partir, lui crier de ne pas me laisser seule face à moi-même. Pleine de colère, après qu'il m'ait dit que je préférais descendre Roy Van Daat plutôt que de sauver ces gosses, je n'ai pas eu la force de ravaler ma fierté, car après tout j'avais le droit de lui en vouloir. Maintenant cette rancœur contre lui a presque disparu et il ne me reste que cette culpabilité dévorante. Comme si j'étais encore cette petite fille vulnérable dans la cour de récréation, j'ai choisi d'attaquer, de le blesser avant qu'il ne m'atteigne.

Résultat, depuis hier je ne peux contrôler le spleen qui s'empare de moi, il ne m'a toujours pas recontacté et je crois même qu'il me manque.

Putain, dans quel merdier je me suis fourrée ?

Alors que cela fait une heure que je suis rentrée du bureau, les appels de Liz s'enchaînent sur mon téléphone, mais je ne réponds pas. Je pleure encore une fois. Pourquoi la fuite de James me rappelle tant cette dernière dispute avec Grégoire ?

Je n'en sais strictement rien, mais c'est un fait, le départ brutal de mon attaché de presse me remémore ma rupture avec mon premier amour. Je l'aimais de tout mon être, j'étais sa lune et lui mon soleil. Il ne voulait pas me faire de mal et pourtant il l'a fait, il m'a dit de partir, de suivre ma voie en sachant qu'il ne me suivrait pas. Il espérait que j'abandonne cette folie, que je le choisisse lui et je ne l'ai pas fait. C'était une rupture froide, lente et mon Dieu qu'elle était déchirante.

Avec James, tout est différent. Nous ne sommes pas un couple, il n'y a pas eu d'ultimatum, nous nous sommes juste brûlés les ailes en imaginant que nous pourrions passer outre nos positions opposées.

Cependant, depuis hier, je me sens à la fois vide et dévorée par les regrets. La souffrance que cela me provoque, je ne l'explique pas néanmoins il faut que je regarde la vérité en face : le départ de James me brise le cœur, il me paralyse au point qu'en vingt-quatre heures, j'en suis toujours au même point, rongé par le chagrin. Je n'aurais jamais dû lui dire toutes ces imbécilités qui ont dépassé ma pensée, je n'aurais pas dû m'acharner à le traiter de lâche alors que je n'en pense pas un mot.

Merde, je ne voulais pas lui faire tant de mal !

Alors que des larmes dévalent le long de mes joues, je sursaute en entendant toquer à ma porte, mais je refuse de bouger.

— Salomé ! Ouvre cette porte, lance la voix de Liz que je reconnaîtrais entre mille.

Une partie de moi rêve qu'elle me mette un bon coup de pied au cul, mais l'autre préfère encore que je m'apitoie sur mon sort.

Silencieuse, je reste immobile en réfléchissant à ce que je veux vraiment. Bordel, j'en sais rien. Je suis triste, qu'importe ce que je fais, cela n'y changera rien.

— Je sais que t'es là, t'as oublié d'enlever ta géolocalisation. Donc soit tu te lèves pour m'ouvrir, soit j'utilise ton double qui se trouve dans mon sac, me menace-t-elle pour me forcer à réagir.

Fais chier !

De toute façon, personne ne peut gagner face à une tête de mule comme elle. Autant que je lui ouvre avant qu'elle ne dérange tous mes voisins.

Prenant mon courage à deux mains, je me dirige vers la porte que je fixais depuis je ne sais combien de temps, puis je la déverrouille pour enfin lui faire face.

— *Oh My God* ! On dirait qu'un train t'est passé dessus. C'est Richard qui t'a rendu comme ça ?

— Non. James, lui réponds-je en reprenant la direction de mon lit pendant qu'elle ferme la porte.

— Qu'est-ce qui s'est passé ? Aux dernières nouvelles, il te faisait grimper aux rideaux…

Putain qu'est-ce que j'aimerais qu'on revienne à hier matin quand son regard brûlant me dévorait, quand ses yeux me rendaient spéciale ou même à hier soir quand il est entré dans cet appartement avec pour seule envie celle de m'embrasser. C'était doux, franc, vivifiant et avec du recul, c'était tout ce dont j'avais besoin. Le moindre de ses regards rallumait ma flamme, ma passion, j'étais prête à enfin me laisser aller. Je me sentais vivante dans ses bras, sauf que maintenant il est trop tard, j'ai tout foutu en l'air.

Alors que Liz me rejoint sur le lit, je lui raconte ma dispute avec James entre deux sanglots. À la fin de mon monologue, je ressens un léger soulagement, mais malheureusement pour moi, ma peine ne diminue pas.

— Salomé, on se connait depuis ton arrivée à Bruges et je ne t'ai jamais vu autant mal en point… Pourquoi as-tu été aussi virulente avec lui ? Même si tu as un fort caractère, ça ne te ressemble pas.

En effet, elle marque un point. Je ne m'emporte jamais vraiment. Habituellement, je pèse mes mots, je prends garde à ne pas blesser inutilement les gens, mais là, j'ai fait tout l'inverse.

Les mains moites, je tire en arrière ma tignasse bouclée comme pour me trouver une excuse à cette réaction de défense purement stupide alors qu'à la vérité, je n'en ai aucune…

— Pff… Je n'en sais rien… J'étais furieuse qu'il remette tout en question alors qu'on touchait au but. Je voulais qu'on fête ça, mais il était tellement sur la réserve. J'étais frustrée, je crois, et j'ai merdé…

— Va t'excuser et vous vous rabibocherez sous la couette !

— Si seulement… Il était si en colère que je le traite de lâche. Ça m'étonnerait qu'il accepte de me reparler… dis-je avant de sangloter à nouveau.

— Non, ne recommence pas à pleurer, ma belle ! OK, tu as peut-être été trop loin, mais tu n'as pas insulté toute sa famille non plus. Des disputes, ça arrive, hein ! Je refuse de te voir déprimée alors que tu es l'obstination en personne.

— À l'heure actuelle, je préférerais être beaucoup moins obstinée, je t'assure !

— Où est passée ma copine qui arrivait à suivre James Peeters dans tout Bruges et qui s'en contrefoutait qu'on appelle ça du harcèlement ? essaie-t-elle de plaisanter.

— Si tu la retrouves, dis-lui de rappliquer illico, lui réponds-je avec un rictus.

Liz réussit son tour de force. Au fur et à mesure, les larmes qui perlaient sur le haut de mes joues se tarissent et j'arrive à sourire à ses blagues douteuses. Il y a encore du chemin pour que je récupère ma hargne quotidienne, mais pour le moment, je vais m'en satisfaire.

— Bon, vraie question : est-ce qu'il y a de l'alcool dans cet appartement ? me demande-t-elle, bien décidée à me divertir.

— Il doit me rester une demi-bouteille de tequila qui date de ma crémaillère, je crois, réponds-je, voyant exactement où elle veut en venir.

— On va se faire livrer des bières et du Gin. Ce que tu as là ne sera pas suffisant.

— Non, Liz, rétorqué-je. On ne va pas faire déplacer un livreur sous-payé pour de l'alcool.

— Quand je vois ta tête, je t'assure que c'est nécessaire, et il est hors de question qu'on sorte chercher une épicerie ouverte à cette heure-ci ! L'alcool va venir à nous. Ne te préoccupe pas du livreur, on lui lâchera des pourboires pour le déplacement.

Décidément, Elizabeth ne me laissera pas avoir le dernier mot ce soir.

Alors qu'elle pianote sur son téléphone pour nous commander de quoi picoler, je file chercher dans mes placards deux shooters et la fameuse bouteille entamée que mon amie attend avec impatience.

Il est temps d'oublier James, d'oublier tout ce qu'il provoque en moi. Il est l'heure de me saouler en bonne compagnie.

La retrouvant sur mon lit, je pose les petits verres sur ma tablette en bois qui sert d'ordinaire à prendre des petits déjeuners au lit. Je ne me rappelle plus lequel de mes collègues m'a offert ça pour ma crémaillère, mais je crois que ce cadeau ne m'a jamais servi pour sa fonction première. En tout cas, ce soir il va être d'un grand secours pour soutenir nos verres.

Assise en tailleur face à Liz, je remplis les shooters presque à ras bord puis lui en tends un.

— 3… 2… 1… lance-t-elle avant que l'on s'enfile la substance d'une traite.

À l'instant où l'alcool me brûle la langue et la gorge, mes épaules se relâchent et j'oublie ce qui jusqu'à présent me hantait. Il va en falloir encore quelques-uns pour que cet état devienne permanent, mais je compte bien arrêter de cogiter sur ce que je ressens.

— Passons aux choses sérieuses, Salomé ! Pourquoi tu ne veux pas t'avouer que tu étais en colère contre le beau James, car tu es en train de tomber amoureuse de lui et que tu es frustrée qu'il ait pu te dire non ?

Cette question est plus violente que la tequila, elle l'est plus qu'une baffe en pleine gueule. Liz n'a absolument pas envie que mon esprit s'allège. Elle veut plutôt me noyer dans l'alcool pour délier ma langue.

Quelle saloperie !

— Je ne suis pas amoureuse de qui que ce soit, bafouillé-je, prise de court par son interrogation.

— Je vais te poser la question autrement. Quand il a commencé à remettre en cause ta vision des choses, est-ce que tu étais furieuse contre lui ou contre toi, car tu savais qu'en craquant pour lui ton jugement pouvait être altéré ? lance-t-elle en remplissant nos deux verres.

— T'es sérieuse de me poser une telle question ?

— Bois ce verre et réponds-moi, m'ordonne-t-elle.

Consternée qu'elle puisse avoir raison, j'avale le liquide d'un coup puis la fusille à nouveau du regard.

— Mon jugement ne peut pas être altéré, ni par James ni par personne. Je pense toujours qu'il faut que cette histoire sorte si on veut que les choses bougent !

— Revenons-en à lui, pas à ta fichue enquête !

— Mais non, je ne peux pas faire ça. Il n'y a pas d'enquête sans lui. Si j'accepte de céder, de me ranger derrière lui, derrière sa solution, je laisse ma carrière de côté. Je suis venue ici pour qu'aucun homme ne puisse de nouveau m'éloigner de mon but et là, je suis pleine de regrets, car il vient à la fois de foutre en l'air notre collaboration et la complicité qu'il y avait entre nous. Quelle image aurais-je de moi si je sacrifiais ma carrière pour des parties de sexe agréables, hein ?

— Oublie ces gosses, oublie le maire et regarde tes sentiments en face pendant une seconde.

— Liz... Ça suffit ! Je ne ressens aucun sentiment amoureux pour James, craché-je, la gorge nouée.

— Tu comptes nier longtemps ce qui est éclatant de vérité ? Tu comptes te mentir à toi même pendant combien de temps au juste ? Moi je refuse de te voir foncer dans un mur pour la simple raison que ton cœur a déjà été piétiné par un homme qui ne te méritait pas. Grégoire ne voulait pas que tu brilles trop, il voulait comme beaucoup d'hommes sur cette planète que tu restes sagement dans son ombre, que tu lui tiennes la main, que tu sois belle, mais muette. On sait que tu n'es pas cette femme-là. Tu es virevoltante, franche, passionnée, mais tu es incapable de rester à ta place en attendant qu'on t'autorise à parler. Je crois que James préfère la vraie Salomé, pas celle que ton ex croyait aimer.

Le souffle coupé, mes larmes viennent engorger mes yeux. Je renifle un coup pour ravaler cette tristesse. Je sais très bien où elle veut m'emmener et je refuse de la suivre.

— Arrête, lâché-je, presque en pleurs. Je ne peux pas supporter autant d'émotions, je n'ai pas la force de l'aimer. Je ne peux pas y arriver. C'est trop pour moi.

— C'est drôle, car je te connais un peu maintenant et là, je mettrais ma main à couper que tu te voiles la face. Tu le peux, dit-elle en dégustant à son tour son shooter. Quand tu pensais que James t'avait presque fait virer, tu étais prête à lui rouler dessus avec un cinq tonnes, tu ne voulais plus le voir, car tu contrôlais la situation. Tu avais fait en sorte qu'il ne découvre pas tes failles et surtout que ta carrière ne puisse pas en pâtir, mais aujourd'hui, malgré tous tes stratagèmes stupides pour le garder à distance, tu t'es habituée à ses petits messages, à votre intimité. Tu es peut-être désolée de lui avoir mal parlé, mais tu sais quoi ? Ce que tu regrettes vraiment, c'est d'avoir pris goût à lui, à vos nuits, à toutes ces chamailleries qui vous font vibrer, mais plus que ça, tu regrettes de ne pas avoir su profiter de ces moments avant qu'ils ne disparaissent. C'est ça la vérité, c'est que tu le veux lui et qu'il est parti. Donc maintenant, regarde-moi dans les yeux et redis-moi que tu ne ressens rien pour cet homme !

La bouche ouverte, j'encaisse sa longue tirade. Je viens de me prendre un ouragan dans la gueule et il ne me faut que deux secondes, grand maximum pour que de gros sanglots s'emparent de moi. Douloureusement, mon cœur s'emballe dans ma poitrine. Je ne contrôle plus rien.

Face à mon amie, toutes mes vannes explosent. Je me suis efforcée d'être ce bout de femme surpuissante, à la carapace d'acier, mais là, plus rien ne me protège.

Je laisse toutes mes peurs me mettre à terre et libérer ma plus grande angoisse : que ceux que j'aime ne me choisissent pas, qu'ils me laissent sur le carreau.

Lorsqu'elle était en train de me dire mes quatre vérités, elle m'a forcée à me regarder dans le miroir. Elle m'a forcée à affronter la réalité, à savoir que je commençais à ressentir quelque chose de vrai, de réel pour James. Il ne fait pas que m'attirer et c'est là, tout le problème. Alors que mes larmes déferlent le long de mon visage, Liz décale cette fichue tablette à petit déjeuner afin de m'attirer dans ses bras.

— Ne t'en fais pas ma belle, ça va aller, me chuchote-t-elle en passant sa main dans mon dos.

— Je ne veux pas être amoureuse. C'est tellement risqué, même dangereux. Je ne sais si je vais y arriver.

— Mais si… On verra dans une semaine quand tu ne répondras plus à mes messages, car il te séquestrera dans sa chambre !

— Mouais… Aucun mec ne fait le poids à côté de toi, dis-je avant qu'on éclate de rire, dans les bras l'une de l'autre.

— Tu vois, tu retrouves la raison, se félicite-t-elle.

— Bon, il est là dans combien de temps ton livreur ?

— Six minutes apparemment, me confirme-t-elle en inspectant son téléphone. Pourquoi ?

Je ne prends pas la peine de lui répondre et me saisis de la bouteille de tequila, posée à côté de nous. Après avoir ingurgité quatre ou cinq gorgées au goulot, je la lui tends.

— À ton tour !

Chapitre 29

Salomé
Vendredi 18 décembre

— Alors, t'as pris une décision ? me lance Liz au moment où je referme mon ordinateur portable.

Voilà ce que me répète mon amie depuis qu'on s'est levé la tête dans le brouillard ce matin. Désormais, il est treize heures, j'ai fini ma journée de travail, mais je n'ai toujours pas tranché sur ce que j'allais faire. Les différents alcools que nous avons ingurgités hier m'ont fait prendre conscience que je devais accepter cette vulnérabilité que James a fait ressurgir. À partir de maintenant, j'assume ma sensibilité, je la laisse vivre malgré ce que ça peut provoquer. Lorsque nous enchaînions ces verres, je ne pensais qu'à déconnecter mon cerveau qui ne pouvait s'empêcher de me rappeler toutes mes erreurs, mais aujourd'hui je me sens sereine. Comme si j'avais franchi un cap.

Non, je ne sais pas encore comment je vais me faire pardonner auprès de James, mais je trouverais bien. En attendant, j'ai décidé de ne rien faire concernant notre enquête. Le maire dupe toute la ville depuis tellement longtemps, il peut bien le faire un jour de plus. Si je n'en fais qu'à ma tête, il est certain que James refusera de me laisser une seconde chance. Il m'a fait confiance en récupérant des dossiers secrets, il a joué un double jeu pour moi. Il est temps que je lui montre que je ne suis pas la journaliste avide de pouvoir et de succès qu'il s'imagine que je suis.

— Non, je n'ai aucune idée de ce que je vais faire, mais ça viendra, ne t'en fais pas, réponds-je en continuant de ranger mes affaires.

— Si tu déprimes ce soir, tu me le dis et je dégage Léo !

— T'as un rencard avec le journaliste de *l'Écho* ?

— Il croit que m'emmener à la collecte de fonds de la cathédrale, c'est un rencard. Moi, je vois plutôt ça comme l'assurance de boire du champagne haut de gamme gratos et qu'en plus si tout va bien, cerise sur le gâteau, j'aurais le droit à une partie de jambes en l'air.

Alors que Liz s'attend à déclencher un rire chez moi, je m'immobilise.

Certes, elle m'amuse considérablement à ne jamais prendre au sérieux les hommes qui en pincent pour elle, mais ce qu'elle vient de me remémorer me fait l'effet d'un électrochoc. La gorge soudain très sèche, je me surprends à me mordre la lèvre. Comment ai-je pu oublier cet événement ?

En me voyant si pensive, les sourcils de mon amie se froncent. Je me souviens très bien de cette soirée caritative. James m'avait proposé d'y assister pour que j'abandonne l'enquête et ce soir, il sera là-bas. Pendant une infime seconde, je me demande si c'est vraiment une bonne idée de jouer à nouveau la carte de l'intrusion. Il y sera à titre professionnel, cela pourrait être mal vu que je m'y incruste juste pour lui présenter mes plus plates excuses. Il pourrait même refuser de m'adresser la parole et je ne pourrais pas lui en tenir rigueur.

Cette pensée est chassée immédiatement par mon insouciance légendaire. Oublions tout ce que je suis censée contrôler, tout calculer. Tout ce qui m'a réellement réussi depuis que j'ai rencontré James, c'est mon culot de le surprendre dans sa zone de confort, de venir le chercher là où il était le maître de la situation. James et moi, cela fonctionne quand je prends des risques, pas quand je laisse ma raison avoir le dernier mot. Eh puis merde, il faut absolument que je le voie !

Je refuse de rester bloquée avec cette culpabilité, avec tous ces sentiments qui m'envahissent. Je dois me faire pardonner.

— Je vais venir, affirmé-je en expulsant mes doutes.

— Quoi ? lâche Liz, stupéfaite.

— James sera à cet événement, il m'y avait convié. C'est lui qui doit faire le discours de bienvenue aux invités avant que la maîtresse de cérémonie prenne le relais. Ça m'était totalement sorti de la tête…

— Donc on peut conclure que tu as pris ta décision ? s'exclame-t-elle en sautant de joie.

— Ouais, à l'instant. Mais je n'ai ni carton d'invitation ni robe de soirée, réponds-je, la mâchoire serrée.

C'était trop beau. Il fallait forcément qu'il y ait quelques complications.

— Est-ce que j'ai besoin de te rappeler que tu t'es fait passer pour sa petite amie pour le rejoindre en carré VIP lors de l'ouverture de la patinoire ? Aux vues de tes goûts, la robe me semble être un plus gros challenge que te faire rentrer, se moque-t-elle.

— T'es insupportable ! Presque autant que James, soupiré-je en levant les yeux au ciel.

— J'espère que je suis plus chiante que lui, je ne voudrais pas qu'il me pique cet honneur.

— La compétition est vraiment serrée entre vous.

— Ne t'en fais pas, je vais te faire essayer plein de robes cette après-midi. Nul doute que je vais repasser première de ton classement !

Voyant le vice qui scintille dans ses yeux, je peux assurer qu'elle va même remporter le titre de l'emmerdeuse de l'année d'ici quelques heures. Rien n'est pire que les sorties shopping en sa compagnie. À côté de ça, une journée à la centrale d'épuration, c'est une partie de plaisir !

***

Devant ce grand miroir, je me sens toute chose.

Plus les minutes passent, plus la détermination qui me caractérisait en début d'après-midi se fait la malle. Je sais bien au fond de moi que pour ne pas me faire remarquer à cette soirée caritative, il faut que je me fonde dans le décor, sauf que dans cette tenue immensément chic, ma respiration devient difficile. Pas parce qu'elle est trop serrée ou trop sophistiquée, mais simplement parce que les soirées guindées, les paillettes et même me tenir droite sur des talons de huit centimètres, ça ne me ressemble pas.

Il a fallu que Liz me traîne dans un nombre infini de boutiques avant que je trouve une robe qui me convienne. Mes mains n'arrivent pas à se détacher l'une de l'autre, nouées par le stress qui monte en moi. Vais-je vraiment réussir à sortir de cet appartement avec cette somptueuse robe satinée couleur émeraude ? Il va bien falloir. Je n'ai pas dépensé autant d'argent dans cette tenue pour rester pétrifiée chez Elizabeth.

Alors que je continue de me scruter sans trop savoir ce que j'attends, je sens le menton de mon amie se poser sur mon épaule. À travers le miroir, nous nous regardons avec une douceur qui ne nous est pas si familière que ça.

— Tu ne vas pas te défiler j'espère, me lance-t-elle pour piquer mon égo. Ça serait un comble après avoir traité James de lâche !

Sale vipère.

Elle sait parfaitement comment remuer le couteau dans la plaie, force est de constater qu'elle ne s'en prive pas. Je ne peux réfréner un pincement de lèvres à cet instant précis. Elle a totalement raison et cela m'agace légèrement. Je refuse d'être cette grande gueule qui n'assume pas quand les choses se corsent, pourtant je panique à l'idée que James me repousse, que ma venue ne soit pas suffisante pour me faire pardonner.

Bref, je suis une poule mouillée à qui on doit mettre un coup de pied aux fesses et c'est ce que Liz est en train de faire. Intérieurement, je la remercie de me connaître aussi bien, de savoir précisément ce qu'il faut dire pour me rebooster, même si à cet instant je choisis de râler pour la forme.

— T'es de son côté ou du mien ?

— Toujours du tien, mais tu pues l'hésitation-là. Je déteste te voir comme ça alors que quand je te regarde, je suis sans voix tellement tu es belle !

Timidement, je souris.

Jamais je ne m'habituerais à recevoir des compliments, surtout venant de Liz qui n'est pas une experte dans ce domaine. Me regardant à nouveau, je prends une grande inspiration.

Oui, je vais réussir à convaincre James de m'offrir une seconde chance. Il n'a pas le choix, il ne peut pas me laisser avoir des sentiments naissants pour lui tout en me refusant de les lui montrer.

— En route alors, lancé-je. On s'y jette, avant que je ne change d'avis !

— Parfait. Léo nous rejoint là-bas. T'as tout ce qu'il te faut ?

Ouvrant mon petit sac à main doré, je constate que mon téléphone, mes clés d'appartement et mon portefeuille s'y trouvent. Il me manque sûrement une pincée de courage, mais quand nous serons là-bas, je n'aurais plus le choix que de foncer.

— Oui, c'est bon, lui confirmé-je en enfilant mon manteau de laine blanc.

— C'est parti alors !

Pendant le court trajet dans la voiture d'Elizabeth, mes yeux scrutent les décorations de Noël qui illuminent la ville. Sans que je m'en rende compte, une fois la nuit tombée, toute cette magie a le pouvoir de neutraliser mes angoisses et m'emporte dans une douce excitation. C'est totalement enfantin, mais quand je regarde ces façades éclairées, ces grands sapins agrémentés de guirlandes lumineuses, je retrouve la légèreté dont j'avais besoin.

Après s'être garées, les rues pavées qui mènent à la cathédrale sont un véritable calvaire avec nos talons. Liz essaie de rester fière, le menton relevé, mais je sais qu'elle galère autant que moi. Ce n'est pas en courant dans tout Bruges avec mes baskets pour produire mes micros-trottoirs que j'ai appris à marcher sur des échasses. J'espère que James se rendra compte des efforts que je fais, car il est clair que je me serais bien passé de ce baptême du feu.

Une fois sur le parvis de la cathédrale, Liz repère son rencart qui l'attend dans un smoking noir impeccable. C'est le moment de vérité !

— Tu me promets que tu ne vas partir en courant ? me demande mon amie en posant ses deux mains sur mes épaules.

— Arrête de me prendre pour une trouillarde !

— J'espère que je n'aurais pas besoin de te botter le cul demain.

J'acquiesce pour l'inviter à rejoindre son rencard.

— Oh, et une dernière chose… reprend-elle. Oublie ta putain d'enquête et laisse-le te faire craquer ! Des scoops tu en auras mille, mais un James qui réussit à se frayer une place dans le cœur de glace que tu t'efforces d'afficher, il n'y en aura qu'un ! On sait l'une comme l'autre que ce n'est qu'une façade, donc montre-lui ce qu'il y a en toi, rajoute Liz pour me rappeler à l'ordre.

Comme si elle était ma grande sœur, elle pointe à nouveau du doigt ce qui se joue pour moi. Ce soir, je dois oublier tous les mécanismes d'autodéfense que j'ai construits depuis des mois, ceux qui m'ont permis de me concentrer sur ma carrière et d'oublier le chagrin que je ressentais. Je suis tout à fait consciente de tout avoir fait à l'envers avec James, pourtant c'était le seul moyen que j'avais pour contrôler mes émotions.

Alors que Liz rejoint son Léo, je me rappelle toutes les fois où j'aurais pu être tactile avec James, où j'aurais pu rire au lieu de remettre cette enquête sur le tapis. Je repense à ce soir-là, à la patinoire quand j'étais livrée à lui, incapable de me détendre sur ces patins tout en étant si proche de fondre sous son charme. Avec lui, c'est un combat perpétuel et ce soir, j'ai décidé de rendre les armes. Il faut que j'arrête de m'interdire tous ces sentiments qui ne demandent qu'à s'exprimer, il faut que je laisse James m'atteindre, même si cela veut dire prendre le risque que mon cœur finisse en mille morceaux.

Décidée à rentrer dans cette cathédrale, je me dirige, comme tous les invités, vers l'entrée principale où des vigiles contrôlent les cartons d'invitation.

Lorsque vient mon tour, je m'efforce de paraître la plus distinguée possible pour ne pas faire tache au milieu de tous ces gens, qui sentent le fric à plein nez.

— Bonsoir, votre carton s'il vous plaît, mademoiselle ?

— Je rejoins James Peeters, je suis son accompagnatrice, affirmé-je d'un ton assuré, sachant pertinemment qu'il n'a pas dû faire inscrire mon nom où que ce soit.

— Votre nom ?

— Salomé Roussel.

— Un instant, je vais vérifier sur notre liste interne... m'informe-t-il alors que je me décale pour laisser la place aux invités qui patientent derrière moi.

Pendant que j'attends qu'il revienne, un autre vigile s'occupe de gérer les entrées et sorties. Après trois minutes d'attente, l'armoire à glace réapparaît avec la fameuse liste à la main.

— Je suis navré, mademoiselle Roussel, monsieur Peeters ne vous a pas ajouté.

— Vous comprenez bien que je ne peux pas l'appeler maintenant alors qu'il doit commencer son discours dans quelques minutes, tenté-je d'une voix faussement affolée...

— Certes, mais sans carton d'invitation et sans votre nom sur nos listings, je suis dans l'incapacité de vous laisser entrer, mademoiselle.

Putain, quelle ruse vais-je bien pouvoir trouver pour passer la sécurité ?

Contrairement à mon coup réussi à la patinoire de la Grand Place, cette fois-ci j'ai le numéro de James, mais si je prends le risque de l'appeler, mon effet de surprise tombera à l'eau et il est hors de question que je sois blacklistée avant même d'avoir mis un pied à cette stupide collecte de fonds. C'est impensable que je ne puisse pas présenter mes excuses à James. Il faut que je trouve le moyen de convaincre cet homme de m'autoriser l'accès à cet événement.

À cet instant, un signe du destin me saute aux yeux. J'ai quelques doutes, mais je dois faire confiance à mon instinct. Ça passe ou ça casse, sauf que je n'ai pas mille solutions, il faut que je tente.

— Sacha, Sacha, lancé-je à l'homme que j'aperçois.

Maintenant qu'il se retourne, je suis certaine que c'est lui. À force d'avoir étudié l'organigramme de la mairie, mon cerveau a enregistré bon nombre de visages et là, je suis presque sûre de mon coup. Mon interpellation lointaine a le mérite d'attirer son attention tout comme les regards suspicieux des invités qui attendent leur tour pour être admis dans la cathédrale.

— Oui ? me répond celui que je viens d'appeler en s'approchant du vigile qui me fait face.

— Vous êtes bien l'assistant de James ? demandé-je en priant de toutes mes forces pour que ce soit le cas.

— En effet, que puis-je pour vous ?

Soulagée, je ne peux m'empêcher de contenir ma satisfaction. Avec un sourire que j'espère persuasif, je reprends :

— Je suis Salomé Roussel et James m'attend, mens-je effrontément. Malheureusement, il ne m'a pas ajoutée sur la liste.

Alors que l'agent de sécurité me scrute de moins en moins convaincu, le collègue de James avance d'un pas de plus pour arriver à ma hauteur. Pendant quelques rapides secondes, il me détaille, hésitant, puis se tourne vers l'homme qui contrôle les accès.

— C'est bon, Francky, vous pouvez la laisser passer. Je me porte garant de son entrée, lui confirme-t-il. Vous pouvez lui donner un bracelet !

Médusé, ce dernier m'ouvre le cordon de sécurité puis s'occupe de nouer autour de mon poignet, un ruban rose pastel signifiant que je suis désormais une invitée à part entière. Je suis sauvée.

Suivant Sacha pour entrer dans les lieux, je perds l'usage de ma langue en voyant la beauté du bâtiment qui scintille de toutes parts. On se croirait dans un palais. C'est à la fois très étonnant et si spectaculaire de voir un lieu de culte briller de mille feux de cette façon, que le résultat m'impressionne drôlement.

Une fois que nous avons fait quelques mètres, je m'adresse au collègue de James :

— Mille mercis pour l'entrée. Je vous revaudrais ça, qu'importe le moment.

— Hmm… J'espère que vous êtes là pour lui présenter vos meilleures excuses, sinon dans quinze minutes, je vous fais virer, m'avertit-il froidement.

Sur le cul, je reste sans voix et cette fois-ci, ce n'est pas l'architecture qui m'immobilise, mais bien l'homme qui m'a permis de rentrer. En une fraction de seconde, il vient d'éclipser toute la magie qui me rendait rêveuse. Je mettrais ma main à couper que James l'a averti de notre dernière conversation.

Rien que de penser à la colère qu'il peut encore ressentir à mon égard, je suis prise de douleurs dans le bas du ventre. Mes regrets sont revenus à vitesse grand V pour me rappeler combien je n'ai pas été à la hauteur et combien je dois me faire pardonner.

Bordel, il ne faut pas que je me foire !

— Je suis là pour ça, confirmé-je à son ami.

— Parfait alors. Prenez cette allée à droite et tout au bout, il y a une petite pièce. Il se trouve là-bas. Faites vite, car il doit s'adresser au public dans vingt-et-une minutes précisément, m'informe-t-il en regardant sa montre.

Je hoche la tête puis me dirige, déterminée vers l'endroit qu'il vient de m'indiquer.

Face à la porte en question, je ne prends pas le temps de réfléchir et toque trois coups. En attendant une réponse, j'ai l'impression de me revoir devant son appartement lorsque je m'efforçais de contrôler mes sentiments, quand je m'interdisais de craquer à nouveau comme cette fois-là dans l'ascenseur. Aujourd'hui, je ne veux plus repousser James, je ne désire qu'une chose : qu'il me laisse à nouveau goûter à ses lèvres et à sa douceur exquise.

— Entrez ! m'invite une voix masculine.

Saisissant la poignée de la porte, j'entre dans la pièce avec timidité. Très vite, mes yeux rencontrent les siens et je me retrouve la respiration coupée face à son regard furieux.

Chapitre 30

James
Vendredi 18 décembre

Salomé est là, devant moi, le manteau entrouvert, laissant apparaître une robe qui me scotche à mon fauteuil. Que ce soit son décolleté plongeant ou la fente qui démarre en haut de sa cuisse gauche, tout est un appel au péché dans sa tenue au point que j'en oublierai presque ma colère envers elle.

Après l'avoir détaillé des pieds à la tête, mon regard se pose sur son visage tendu.

Merde, qu'est-ce qu'elle fait là ?

J'ai décidé de laisser passer l'orage et je n'ai pas souhaité lui envoyer le moindre message. Mon égo blessé a encore toutes les raisons du monde de lui en vouloir et même si je ne suis pas un grand rancunier, elle n'a rien fait pour que je lui pardonne ses mots. Bien que la voir dans une telle tenue m'émoustille au plus haut point, je me connais, je ne vais pas lui faire de cadeau. Si elle vient pour s'excuser, elle a intérêt à sortir l'artillerie lourde, car j'ai beau être gentil, je n'autorise personne à me manquer de respect comme elle l'a fait l'autre soir.

— Salut, James ! T'as une minute pour moi ? demande-t-elle, mal à l'aise.

— Pas vraiment, Salomé. Comme tu le sais, je dois être sur l'estrade devant tous les invités dans peu de temps et je n'ai aucune envie de me faire insulter à nouveau.

Acceptant mon reproche, elle déglutit avant de s'avancer vers moi.

— Oui, je sais, tu dois me détester. J'ai été infecte avec toi et j'en suis vraiment désolée. Je suis venue te présenter mes excuses…

— Pourquoi ?

— Comment ça « pourquoi » ?

— Si je suis un lâche qui n'a pas de courage à tes yeux, pour quelles raisons souhaites-tu t'excuser ? renchéris-je, bien décidé à lui faire regretter chacun des mots qu'elle a pu prononcer l'autre soir.

— Peut-être parce que je ne suis pas une journaliste obnubilée par les scoops et que je crois qu'on a tous les deux, laissé nos mots dépasser notre pensée.

Elle marque un point, sauf que ça me fait un mal de chien de lui avouer. Je devrais lui montrer que je regrette aussi, mais j'ai besoin qu'elle comprenne le mal qu'elle m'a fait. Je me contente de hocher la tête.

— James, je ne suis pas comme toi. Je ne fais pas deux journées en une, je ne me coupe pas en dix pour satisfaire tout le monde et je ne suis pas la nana parfaite dont tous les mecs rêvent. Je vais à cent à l'heure, je ne regarde jamais derrière moi, je fonce… Il m'arrive de m'emporter et mercredi, j'ai carrément déconné, je l'admets. Tout ce que j'ai pu te dire, je n'en pensais pas un mot. Du moins, je continue de penser que si l'affaire n'éclate pas, ces gosses n'auront à nouveau pas le droit à ce qu'ils méritent, mais je regrette d'avoir été si vindicative envers toi, tu ne le méritais pas. Si tu savais à quel point je m'en veux... J'aimerais vraiment que tu me donnes l'opportunité de me rattraper.

— C'est tout ? rajouté-je, pour voir jusqu'où elle peut aller.

Pendant une fraction de seconde, elle se pince les lèvres, comme pour être certaine de ce qu'elle va dire ensuite et j'ai l'impression d'être un sombre connard à appuyer ainsi sur sa culpabilité.

En attendant, je ne la quitte pas des yeux. J'ai envie de croire qu'elle n'est pas venue pour si peu. J'ai besoin de beaucoup plus.

Durant ses dernières quarante-huit heures, j'ai alterné entre colère et obsession. J'étais furieux qu'elle ne m'ait pas cru authentique alors que je lui donnais tout ce que j'avais. Même si nous nous chamaillions encore pour cette enquête, quand je l'ai fait patiner, je lui ai livré ce qu'il y a de plus vrai chez moi. Je suis peut-être un imbécile, mais il n'y avait qu'avec Victoire que je patinais. Partager un tel moment avec elle n'était pas anodin donc je ne peux pas tolérer tout ce qu'elle m'a dit. Quand nous avons couché ensemble, chaque goutte de transpiration lui était dédiée, car elle a beau vouloir me garder à distance, tout ce que je lui donne, est entier, profond et sincère. Le seul jeu auquel je joue encore, c'est celui pour conserver mon boulot à la mairie. À l'instant où j'ai accepté de l'aider, j'étais à deux cents pour cent avec elle. Elle pouvait me crier dessus pour n'importe quoi, mais elle ne pouvait pas remettre en cause mon engagement. Ce n'est pas elle qui s'est faufilée en douce dans les archives de la mairie pour récupérer les notes de frais, pas elle non plus qui a vu sa promotion lui passer sous le nez au profit de ce connard de Joffrey et encore pas elle qui a sorti en douce les pages de l'agenda du maire. Non, elle tout ce qu'elle a trouvé était accessible au public sur notre site Internet. Alors venir me traiter de lâche, ce n'est pas acceptable.

— Je sais que je t'ai blessé en te disant ces horreurs…

— C'est le cas de le dire, la coupé-je.

Je m'en veux d'être si hostile, mais au fond, elle l'a bien cherché.

Alors que je me reconcentre sur elle, Salomé ferme les yeux tout en prenant une grande inspiration comme pour retrouver sa confiance naturelle, celle qui a l'air de lui faire défaut ce soir.

— J'ai fait énormément d'erreurs avec toi et quand tu m'as claqué la porte au nez, elles sont toutes remontées à la surface. Je ne pense pas une seule seconde que tu sois un lâche ou je ne sais quoi d'autre. James, quand je te vois te démener à la gaufrerie, qu'en même temps tu réussis à récupérer des documents top secret tout en faisant ton job à la perfection, je suis sans voix. Tu m'impressionnes et moi à côté, je ne fais que m'accrocher à une enquête que je ne peux même pas publier sous mon vrai nom, car cela signerait mon arrêt de mort d'un point de vue professionnel. Je ne peux pas effacer ce que j'ai dit, cependant je peux te promettre que je n'en pensais pas un mot. Je suis prête à attendre le temps qu'il faudra, mais je t'en prie, pardonne-moi !

La gorge soudain très sèche, j'ai du mal à affronter sa sincérité. Je me déteste pour ça. Elle est en train de m'offrir tout ce que je demande et mon devoir me crie de prendre le chemin de l'estrade où je dois faire mon discours.

Je regarde ma montre. Plus que dix minutes.

Prenant appui sur les accoudoirs, je me lève et rassemble mon discours avant de me retourner vers elle.

— Salomé, j'ai aussi été trop loin avec toi, je le sais et je le regrette, mais maintenant à quoi ça servirait qu'on se pardonne ? Tu voulais mener ton enquête à bien, tu as toutes les informations que tu désirais. Tu n'as plus besoin de moi désormais.

— Si... lâche-t-elle dans un murmure.

Ses yeux embués me déstabilisent et à mon tour, je décide de ne pas craquer, de me forcer à lui résister. C'est trop facile, elle ne peut pas m'avoir aussi vite.

Je lui passe devant en prenant la direction de la porte.

— Je... Je sais que tu n'as aucune raison de me pardonner, mais je t'en prie, j'ai besoin de cette deuxième chance... reprend-elle pour me forcer à rester dans cette pièce avec elle. Je t'ai cassé les pieds pendant des jours, je t'ai forcé à m'aider, à te ranger derrière moi tout en ne te donnant aucune assurance en retour. Dès cette conférence de presse, j'ai su que ton arrogance serait mon pire cauchemar et je ne me suis pas trompée. Tu représentes absolument tout ce que j'aime chez un homme, et plus encore... Même si je me suis interdit de craquer pour toi, aujourd'hui, j'ai besoin que tu me pardonnes, car je ressens un tas de sentiments compliqués à ton égard que je ne sais pas gérer. James, tu me perturbes infiniment, je n'ai pas encore de mots pour décrire ce que tu provoques en moi, mais je t'assure, c'est un bazar complet. Chaque jour, je m'obligeais à te repousser, à faire passer le travail en premier, mais c'est précisément cette règle qui m'a fait faire n'importe quoi. Ce dont je suis certaine, c'est que l'enquête n'a plus aucun intérêt si je prends les décisions sans toi. D'ailleurs, je m'en fiche de Van Daat. Si je dois offrir ce dossier à un autre journaliste pour être sûre que tu me laisses la possibilité de me rattraper, je le ferai. Je te veux, toi, plus que n'importe quoi d'autre !

Abasourdi, je m'arrête.

Dès, sa deuxième phrase, j'ai compris que j'étais foutu. Je ne sais pas ce que j'attendais, mais tout de suite, je ne sais pas comment faire pour lui en vouloir encore. J'aimerais continuer de la détester, sauf que je n'y arrive pas. J'ai le palpitant qui tambourine dans ma poitrine si fort qu'il est inenvisageable pour moi d'ouvrir cette porte pour m'enfuir.

Son « Je te veux » résonne encore, il est la réponse parfaite, c'est en tout cas une raison valable pour lui laisser une seconde chance, car malgré toute la colère que j'ai pu ressentir ces deux derniers jours, c'est la seule femme que je désire.

Après avoir déposé ce fichu discours sur le guéridon qui se trouve à côté de moi, je me retourne pour lui faire face. Ses yeux sont chargés de larmes, ce qui me brise le cœur.

Bordel, c'est moi qui la mets dans un tel état ?

Dans un premier temps, je n'ai pas la force de lui répondre, je ressens surtout le besoin de faire disparaître ce désespoir que je crois lire dans ses prunelles. Comme si elle était à deux doigts de tout perdre. Et je sais que j'ai ma part de responsabilité.

Je m'élance vers elle pour l'attirer contre moi. Ses bras s'enroulent autour de ma taille pendant que mes mains englobent son visage. Mon désir pour elle fait son grand retour, et affamé, je veux redécouvrir ses lèvres, compter ses multiples taches de rousseur qui égayent son teint, me nourrir de nos contacts, vibrer en sentant mon pouls s'emballer. Une de mes mains qui était sur sa joue se pose en bas de son dos afin de la plaquer contre moi. À cet instant, ma bouche vient retrouver la sienne. Ce n'est ni doux ni délicat, mais plutôt sensuel et passionné. Je me sers de ce baiser pour lui transmettre ce que je n'arrive pas encore à formuler. Elle m'a tellement manqué durant ces deux jours que j'ai l'impression de renaître en la sentant contre moi. Plus que son corps, je chéris chacun des mots qu'elle a prononcés, car je sais combien cela a dû lui couter de s'ouvrir ainsi totalement, d'abaisser toutes ses barrières. Je lui donne tout ce que j'aurais aimé avoir pendant son absence, je lui rappelle que tout ce que je peux lui offrir est total, sans limites.

— Excuse-moi également, finis-je par lâcher alors que mes bras la serrent de toutes mes forces.

— Excuses acceptées.

— Tu penses que tu pourras me faire totalement confiance maintenant ?

— Je te le promets, James !

Cette réponse me convient et me suffit pour l'heure. N'étant toujours pas rassasié, je l'embrasse de nouveau en profitant de chaque seconde.

Soudain, notre baiser s'arrête. La porte qui se trouve derrière moi s'ouvre avec fracas, alors que nous sommes encore dans les bras l'un de l'autre.

— Et bien, je vois que la séance de mea culpa a été efficace par ici, lance Sacha en faisant irruption dans notre bulle. Ce n'est pas tout mec, mais t'es attendu !

Rougissant tous les deux, je me décolle de Salomé puis récupère le discours posé à côté de moi.

— Quel timing ! Je savais que je pouvais compter sur toi, monsieur Horloge, je le chambre avant de me retourner vers elle. Tu peux rester avec Sacha, il sait où sont cachés les petits fours. Je te retrouve après.

— Allez, va convaincre tous les aristos de signer leurs meilleurs chèques, m'encourage-t-elle.

— C'est tout à fait l'objectif, réponds-je fièrement, en lui décrochant un clin d'œil.

***

Comme cela était prévu, après mon discours, j'ai laissé Sophie Gillian prendre le relais pour expliquer à tous les invités ce qui les attendait ce soir. Ils ne vont pas être déçus entre le repas trois étoiles, l'orchestre et les différentes allocutions des associations pour lesquelles les fonds sont récoltés ce soir. Cet événement caritatif est organisé tous les ans par la famille Gillian, et la municipalité fait toujours en sorte de les aider au maximum dans la logistique.

Ça me procure toujours une sensation étrange d'animer cet événement chaque année avec elle, car elle m'a vu grandir, mais avec le temps je m'y habitue. C'est une amie de longue date de ma mère, et suite à l'accident de mon père, Sophie a fait tout son possible pour qu'il accède aux meilleurs traitements. C'est ce qu'elle fait pour les gens en général : elle déplace des montagnes, ne sachant comment dépenser tout l'argent qu'elle possède.

Descendant de la scène, je prends quelques instants pour la regarder parler à son public. Je remarque que comme quand j'étais enfant et que j'étais pendu à ses lèvres, elle réussit à épater son auditoire en racontant toutes sortes d'anecdotes sur ses missions humanitaires. D'ailleurs, ma mère n'a pas été surprise lorsqu'elle m'a vu chercher des stages dans des ONG, elle savait que Sophie m'avait inspiré. Ça doit être fabuleux de donner sa vie pour les autres, en tout cas, moi ça m'impressionne toujours autant. Alors que je la regarde captiver son assemblée, une idée me vient. Immédiatement, j'attrape mon téléphone portable qui se trouve dans la poche intérieure de mon costume puis pianote un message qui est destiné à la femme qui est sur l'estrade.

> Il faut qu'on discute, j'ai besoin de tes lumières pour un projet. Bonne soirée ! James P.

Maintenant que j'ai fait ma part du contrat et que ce SMS est envoyé, je peux rejoindre Salomé qui doit toujours être en compagnie de Sacha. Espérons qu'elle ait survécu à son humour si particulier.

Dix minutes plus tard, je les retrouve en train de se gaver d'amuse-gueules avec une coupe de bulles à la main dans l'espace VIP, loin de l'effervescence chic où se trouvent tous les invités. Salomé s'est débarrassée de son manteau d'hiver, me laissant le plaisir de découvrir sa tenue en entier. Je m'aperçois que sa robe à manches longues a un aussi joli décolleté à l'avant qu'à l'arrière et que cette couleur émeraude met parfaitement en valeur sa peau naturellement bronzée. J'ai beau regarder autour de moi, aucune femme n'illumine la pièce autant qu'elle.

Arrivé à leur hauteur, je suis étonné de les voir rire de bon cœur, comme s'ils se connaissaient depuis des semaines.

— Je vois que vous vous amusez bien, plaisanté-je en prenant un siège à leur table.

— Il se trouve qu'on se moquait de toi, ricane Salomé.

— Et elle est beaucoup plus forte que moi pour cela, ajoute Sacha, admiratif.

— Je sais que je suis le centre du monde, me vanté-je. Quand je suis à proximité, je vous hypnotise tous.

— Ça doit être ça, ajoute-t-elle en buvant une gorgée de champagne.

— Bon, je vous laisse, nous avertit mon collègue. C'était ma B.A. de l'année de faire acte de présence ce soir, maintenant direction le premier club que je trouve. Priez pour que toutes les femmes de la ville soient de sortie !

— Pas de retrouvailles avec l'agréable Margot ? lui demandé-je.

— Non, il faut croire que je n'ai pas été assez impressionnant la dernière fois, elle ne répond plus à mes avances. C'est pourquoi je cours offrir mes talents aux femmes qui savent faire la différence entre un bon amant et un excellent !

En le voyant s'éloigner avec son verre, nous rions de lui. Le rire rauque de Salomé me surprend. Il m'avait manqué en réalité, j'ai maintenant envie de l'entendre pendant des heures.

— Bon, quel est le programme James ?

— S'enfuir loin de tous ces peigne-culs avec une bouteille, ça te va ?

— Deux plutôt. Une dans chaque main, me répond-elle avec un sourire à m'en faire perdre la voix.

— Allez, faisons ça, lui confirmé-je.

Après avoir récupéré nos manteaux, nous voilà installés sur un banc dans le petit parc qui entoure la cathédrale Saint-Sauveur, à avaler sans aucune classe du champagne hors de prix au goulot. Le pire qui pourrait nous arriver à cet instant, ça serait d'être délogés par la police locale parce que l'on boit sur la voie publique. Ils doivent être trop occupés à surveiller le marché de Noël et cela me va très bien, je peux profiter de la légèreté que m'offre Salomé ce soir.

Frigorifié, je ne nous donne pas une heure avant qu'on file rejoindre un de nos appartements, c'est presque inhumain de rester assis en plein décembre à la nuit tombée. Malgré tout, l'alcool réussit à nous réchauffer. Je me moque de choper la crève ce soir, tout ce qui compte, c'est de profiter de cet instant paisible. La journaliste stricte débordant de culot qui m'a séduit dès le premier jour a presque disparu, me laissant entrevoir une femme drôle qui se laisse enfin aller et c'est tout ce que je voulais au fond.

— Ça me fait bizarre que tu ne parles pas de travail, comme si j'avais le droit à la version secrète de toi, plaisanté-je.

— Pourtant l'autre soir au pub, je me suis retenue toute la soirée.

— C'est vrai et moi, je te disais que je voulais des relations simples, ce qui ne nous ressemble pas trop visiblement.

— James, quand je suis venue vivre à Bruges, mon ex-petit ami a refusé de me suivre. J'ai sacrifié mon grand amour pour ce job, j'ai tout plaqué, car j'avais besoin de croire en moi. Je ne peux pas te promettre la simplicité, d'ailleurs tu sais que je peux être chiante, difficile à suivre et vraiment trop obstinée quand je m'y mets, mais je ferais en sorte que cette enquête ne soit plus un frein entre nous, m'avoue-t-elle soudain très sérieuse.

Je réalise tout d'un coup le poids de cette révélation et beaucoup de choses s'éclairent. Jamais Salomé ne m'avait livré autant sur elle. Entre nous, c'était toujours boulot du matin au soir, bien qu'elle sache que je suis un ancien patineur, que je me donne pour la gaufrerie de Rose pendant sa grossesse, elle ne m'avait jamais rien confié sur son passé. Un élément de plus qui me prouve que j'ai bien fait de lui laisser cette seconde chance.

— Tu as prévu quoi alors ? Cela m'étonnerait que tu laisses Roy s'en sortir pour mes beaux yeux, blagué-je pour ne pas créer de gêne après ses révélations.

— Je suis prête à te laisser trouver un moyen d'aider aussi ses gosses et ensuite, on décidera ensemble comment publier cette enquête. Tu m'as fait confiance alors que j'étais une emmerdeuse de journaliste, maintenant, à ton tour de prendre les rênes. Montre-moi que tu peux faire des miracles, me répond-elle en posant délicatement sa main glacée sur la mienne.

— Parfait. J'ai peut-être un plan, mais on en parlera demain. Ce soir, je compte profiter de toi au maximum, avoué-je en la regardant droit dans les yeux.

Sans que je m'y attende, c'est Salomé qui vient plaquer ses lèvres sur les miennes. Son petit nez rebondi touche le mien, pendant que sa main gauche électrifie ma joue en s'y posant. Les reproches qu'on aurait pu se faire il y a une heure encore sont à des années-lumière, ils ont disparu. Loin de toutes les pressions que je vis au quotidien, collé à elle, je craque un peu plus.

Sous ce ciel éclairé par les étoiles et les trop nombreuses décorations lumineuses, je me sens enfin libre de ressentir les sentiments les plus fous qui existent. Sans filet de sécurité, je continue de l'embrasser en me moquant de tout ce que ça implique. Ce soir, c'est juste elle et moi.

Chapitre 31

Salomé
Samedi 19 décembre

Comme la dernière fois que j'ai passé la nuit avec James, je me réveille seule au lit, sans lui à mes côtés. Mes sales habitudes de marmotte ont la vie dure je dois bien l'avouer, mais techniquement, on est samedi matin et j'ai vraiment toutes les raisons du monde de profiter des plaisirs qu'offre un matelas moelleux.

Je prends le temps d'inspecter du regard la décoration de la chambre de mon amant. Tout est beaucoup trop ordonné et élégant, au point qu'en comparaison, j'ai l'impression de vivre dans un dépôt-vente mal noté sur Google. En face de moi sont encadrées des cartographies de Bruxelles, de Bruges et de Liège, c'est simple, mais cette touche minimaliste ressort parfaitement sur ce mur peint en bleu marine.

Alors que je continue de détailler la pièce, la porte coulissante en bois clair s'ouvre, me faisant sursauter.

— Ce n'est que moi, s'excuse James passant sa tête par l'ouverture. Bien dormi ?

— À merveille. Ça t'arrive de profiter d'une grasse matinée ? lui réponds-je, enroulée dans sa couette.

— Je suis du genre à me lever tôt.

— Quelle horreur, dramatisé-je de bon cœur. Tu sais que tu as l'équipement parfait pour rester des heures au lit. C'est inhumain de ne pas en profiter.

— Si tu viens dans mon lit plus souvent, je vais peut-être changer mes habitudes.

— Tu devrais, car moi je vais m'y habituer très vite.

— Tu veux dire que mon meilleur atout, c'est ma literie ?

— Presque, le taquiné-je.

Feignant d'être touché en plein cœur, James tombe sur le lit, puis s'étale de tout son long sur moi avant de me regarder avec un petit sourire malicieux. Je prends quelques secondes pour profiter de la vue qu'il m'offre. Quel était le pourcentage de chance pour que je craque pour un ancien sportif aussi bien foutu ? Je n'en ai aucune idée, mais je ne vais pas me faire prier pour profiter de ce corps gainé qui est avachi sur moi. Seulement habillé d'un bas de jogging étroit, je peux pleinement admirer son torse finement sculpté. J'ai connu pire comme supplice.

— Il va falloir que tu me réanimes. Ta franchise est en train d'assassiner mon égo, tu dois me sauver, joue-t-il, comme un adolescent puéril.

Me redressant sur mes genoux de manière à me retrouver en petite lingerie au-dessus de lui, je l'embrasse furtivement en attendant sa réaction.

— C'est suffisant monsieur Je suis à l'article de la mort ?

— Je vais t'inscrire à un stage de premiers secours, je n'ai jamais vu un bouche-à-bouche aussi rapide de toute ma vie.

— J'en conclus que tu veux que je m'entraîne à embrasser plein de monde ? plaisanté-je à nouveau.

— Ouais... Non, c'est une mauvaise idée. On va dire que ton petit baiser de rien du tout était suffisamment puissant pour me sauver, ricane-t-il en se redressant.

— C'est bien ce que je pensais.

Se regardant l'un l'autre, on pouffe de rire, amusés par notre propre bêtise. J'ai du mal à me rappeler la dernière fois où je me suis sentie si légère. Ce sentiment paisible est une telle bouffée d'air frais pour moi que j'en ai oublié tous les interdits que je m'étais fixés. Quelle andouille j'ai pu être de me priver de la fraîcheur de James, de toute cette simplicité qu'il m'apporte. Nos chamailleries enfantines me transportent au point d'en perdre le sens des responsabilités, mais c'est tellement agréable que je compte bien profiter de chaque seconde dans ce lit en sa compagnie.

Alors qu'il est allongé à mes côtés, je reprends mon inspection visuelle de sa chambre jusqu'à apercevoir un ukulélé posé à l'intérieur d'une vitrine en bois clair où sont entreposés de nombreux trophées et médailles en tout genre.

— Ne me dis pas qu'en plus de patiner, t'es musicien ?

— Non, je suis absolument nul. C'est un cadeau que m'a ramené Sacha de l'un de ses voyages.

— Je me disais bien que tu ne pouvais pas être si parfait, me moqué-je pour titiller une fois de plus son égo.

— Saloperie ! Tu sais que tu es un poison pour ma confiance personnelle.

— Tu vas t'habituer, James, dis-je avant de déposer un baiser sur ses lèvres, beaucoup plus long que le précédent.

— Ça va, tu sais te faire pardonner, ajoute-t-il alors que j'éloigne mon visage du sien. Ce n'est pas tout, mais j'ai un programme pour nous aujourd'hui, et il va falloir qu'on sorte de cet appartement.

— T'as prévu quoi ? demandé-je curieuse.

— Tu verras, je suis certain que tu vas adorer.

Si je peux être une vraie tête de mule, je dois bien avouer que je tiens un bon numéro en face de moi. Il va falloir que je prenne mon mal en patience. Hier, je lui ai fait la promesse que désormais je lui ferais pleinement confiance donc même si je déteste ne pas maîtriser une situation ou du moins ne pas savoir de quoi il retourne, je vais tenir parole. Voyons ce que James Peeters me réserve !

***

Après avoir traîné au lit et déjeuné chez James, nous avons fait un saut à mon appartement pour que je puisse mettre autre chose que cette fantastique robe de soirée. Maintenant que j'ai retrouvé mon jean « mom » préféré et mes baskets blanches quotidiennes, je me sens d'attaque pour son programme surprise.

Tout en plaisantant, nous garons nos vélos dans l'impasse pavée qui jouxte la gaufrerie de Rose. Je n'ai toujours aucune idée de ce que l'on fait ici alors qu'il y passe déjà un temps fou durant la semaine, mais je le suis.

Refermant la porte d'entrée du personnel derrière moi, je salue Rose et son mari, Graham, qui ont l'air enchantés de nous voir. Plutôt discrète, j'inspecte la salle qui est presque déserte en ce milieu d'après-midi – sûrement parce que les clients habituels profitent de ce samedi pour finir d'acheter leurs cadeaux de Noël – pendant que James fait la causette à sa sœur et à son beau-frère dans l'arrière-boutique.

— Mais tu n'aurais rien à nous raconter, petit cachotier ? lance Rose à James.

Évidemment qu'elle veut en savoir plus !

Connaissant James et son instinct protecteur, il n'a rien dû lui dire depuis que j'ai débarqué à sa boutique mardi. Malgré mon toupet légendaire, je n'aime pas être le centre de l'attention donc en attendant qu'il lui réponde, je me fais toute petite.

— Je refuse d'avoir cette conversation maintenant, lui rétorque-t-il. Quelqu'un va nous rejoindre ici et je sens que tu vas sauter au plafond.

N'en sachant toujours pas plus, je les regarde discuter en attendant que cette fameuse personne passe la porte de la boutique. À peine deux minutes plus tard, la clochette accrochée au-dessus de celle-ci retentit, puis une cinquantenaire au brushing parfait apparaît. Sûre d'elle dans un tailleur gris qui semble avoir été moulé sur son corps, elle s'approche du comptoir quand James me prend par la main pour qu'on la rejoigne.

— Oh, mon garçon, quel plaisir de te voir, s'exclame-t-elle avant de l'enlacer.

— Salut Sophie ! Oui, on a fait que se croiser hier soir, lui répond-il avant de se décaler.

— C'est le cas de le dire, c'est encore passé à une vitesse folle, mais comme d'habitude ton allocution était parfaite.

— Je te remercie, et surtout de m'avoir répondu aussi vite. Je te présente Salomé Roussel, elle est journaliste pour *Bruges Média*, dit-il avant de se retourner vers moi. Salomé, voici Sophie Gillian, une grande amie de ma mère et…

— La maîtresse de cérémonie de la collecte de fonds d'hier, le coupé-je comprenant tout de suite à qui j'ai affaire. Enchantée madame !

— C'est un plaisir de vous rencontrer, mademoiselle, me répond-elle de bon cœur en serrant la main que je lui tends. Appelez-moi Sophie !

Après m'avoir saluée avec une gentillesse surprenante, elle se retourne vers James, s'apprêtant à lui dire un mot quand Rose débarque pour couper court à ces présentations formelles.

— Mon Dieu, je n'en reviens pas que tu sois dans ma boutique, s'extasie la sœur de James.

— C'est ton frère qui m'a invitée. Je m'en veux de ne pas te rendre visite plus souvent, surtout quand je vois ton si beau ventre. Tu as encore combien de semaines à patienter ?

— Jay a bien fait de te faire venir, ça me fait tellement plaisir de te voir. Euh... plus que sept semaines !

— Tu devrais être allongée dans ton canapé Rosie, laisse donc les hommes travailler, lâche Sophie en faisant un geste de la main à Graham qui continue le réassort dans l'arrière-boutique.

— C'est ce qu'on lui dit tous les jours, lance James. On s'installe ? Je vais nous préparer des chocolats chauds.

— Parfait, répond l'amie de la famille Peeters avant de s'adresser à Rose à nouveau. Je vais voir ce que ton frère attend de moi et après je reste un peu pour qu'on papote, ça te convient ?

— Oui, j'ai encore quelques trucs à faire, mais on se voit quand t'as fini avec eux.

Spectatrice dans ces retrouvailles hautes en couleur, je suis James et Sophie Gillian à la table qu'ils ont choisie au fond de la pièce. Sans que je puisse me l'expliquer, cette femme dégage une aura spectaculaire, sa simple présence suffit à m'éblouir.

Une dizaine de minutes plus tard, nous sommes tous les trois installés avec une boisson chaude à la main, cependant je suis toujours incapable de dire pour quelle raison James a organisé ce rendez-vous, pourquoi est-ce si important que je rencontre cette femme. Dans un coin de ma tête, je prie pour qu'il ne lui ait pas dit que je suis plutôt réfractaire à ces grandes soirées pompeuses où des riches influents viennent montrer qu'ils savent être généreux. J'ai toujours été cette fille de pêcheur qui se bat dans la rue, qui milite, et cette façon d'aider les plus précaires ne me ressemble en rien. Je trouve même ça foncièrement hypocrite, car toute l'année, ces gens-là détournent le regard de ce qu'il se passe vraiment dans notre société. Néanmoins, si James a organisé cette rencontre, c'est bien qu'il doit y avoir une raison.

— Dis-moi, James, pourquoi m'avoir demandé de vous rejoindre ici ?

— Alors pour commencer, Salomé et moi avons enquêté pour combattre une injustice qui sévit à Bruges. Aujourd'hui, nous avons assez de preuves pour que l'affaire explose dans la presse, mais je suis persuadé que nous ne réparerons pas les torts causés aux innocents en publiant le papier de Salomé. J'ai besoin de savoir ce que nous pourrions organiser en moins d'une semaine pour collecter des fonds ou pour compenser le préjudice qu'ont subi ces personnes.

Très vite, je comprends ce qu'il attend d'elle, et cela ne m'étonne absolument pas de lui. Je suis impatiente de voir où cela va nous mener.

— Je vois… C'est très flou votre histoire, mais je conçois que vous ne vouliez pas faire capoter vos investigations. Ma fondation a toujours un fonds de secours, James, tu le sais, mais même en catimini, je ne peux pas te débloquer une certaine somme si je ne sais pas de quoi il s'agit. Si je veux convaincre les autres décisionnaires, il m'en faut plus. Mais il y a sûrement des solutions à trouver.

Sa frilosité est compréhensible, moi non plus je ne déplacerais pas des montagnes en si peu de temps, avec si peu d'éléments. Je suis la première à vouloir protéger notre scoop, mais nous n'avancerons pas en restant si évasifs.

Expirant l'air qui circule dans mes poumons, je prends le risque de dévoiler un peu notre jeu. De toute façon, si nous sommes là, c'est que James fait confiance à cette femme et moi, je crois en lui.

— Les victimes sont des enfants. Des personnes haut placées ont fait en sorte d'aggraver la situation économique et la qualité de vie de certains gosses de cette ville pour s'enrichir. Et, vous imaginez bien que l'on ne parle pas de mômes des quartiers huppés. Je voulais publier cet article quoi qu'il arrive, mais l'homme que vous avez devant vous m'a convaincue d'attendre. Il considère qu'à partir du moment où ce scandale éclatera, les polémiques locales s'enchaîneront, puis feront place aux enquêtes policières. Même si un jour ces gens sont condamnés, cela implique qu'il faudra des années avant de réparer le préjudice.

— Je vous aime bien, Salomé. À présent, la situation est beaucoup plus concrète, sans langue de bois !

— Si tu veux du franc-parler, quelqu'un qui ne tourne pas autour du pot, tu as la meilleure devant toi, lance James, en m'adressant un clin d'œil.

— Il nous faudrait une action coup de poing qui ne coûte pas trop cher, mais qui soit suffisamment symbolique pour avoir du poids dans l'opinion, commenté-je.

— Combien d'enfants sont touchés par cette injustice ? nous demande-t-elle.

James plonge immédiatement dans son sac à dos pour retrouver les premiers documents que l'on avait récoltés sur les baisses de subventions municipales, pendant que mon cerveau tape son meilleur sprint pour se remémorer cette information.

— Cela concerne environ neuf mille enfants, l'informé-je avant que James n'ait eu le temps d'éplucher le dossier trouvé au fond de son sac.

— Très bien. Je vais regarder d'ici demain quelle somme je pourrai débloquer sur les capitaux de secours. Cela nous donnera une idée du prix maximum à dépenser par enfant, ajoute Sophie en pianotant un mémo sur son téléphone portable.

— Merci infiniment, soupire de soulagement James.

— Cela me réconforte de te voir revenir à tes premiers engagements. La politique peut être cruelle et vicieuse, on peut rapidement perdre de vue son premier objectif, mais je constate que tu restes du bon côté de la barrière James. Ça m'emplit de fierté.

— Tu adorerais voir ce que Salomé entreprend aux soupes populaires où elle se rend pour son travail, ajoute-t-il, me faisant rougir.

— Eh bien, je suis ravie d'avoir discuté avec vous et je suis certaine qu'on trouvera une occasion pour que vous me racontiez tout ça. Je vais faire en sorte de mobiliser quelques-uns de mes contacts pour qu'on trouve une solution pour ces enfants. Je te tiens au courant James !

— Très bien, j'attends ton appel, lui confirme-t-il.

Alors qu'elle s'éloigne afin de rejoindre Rose, nous nous regardons dans le blanc des yeux, circonspects. Je ne savais pas à quoi m'attendre, néanmoins cette entrevue me laisse sur le cul. Nous venons de parler seulement quelques minutes avec cette femme et elle est déjà prête à nous trouver une certaine somme d'argent. Moi qui m'attendais à ce qu'elle nous interroge sur les risques, il n'en est rien. Si dans son monde où tout brille cela va de soi, dans le mien rien n'est aussi facile.

— Elle va vraiment nous signer un chèque en blanc sans aucune contrepartie ? ne puis-je m'empêcher de demander à James, toujours bouche bée.

— Sophie a fait ça toute sa vie : donner du fric à ceux qui en ont besoin. L'important pour elle, c'est de savoir que la cause est juste. Si elle l'est, elle ne réfléchit pas.

— Ça doit être si simple de vivre sans calculer ce qu'il te reste à la fin du mois, de te dire que tu peux donner n'importe quelle somme, cela n'aura aucun impact sur ton train de vie ! commenté-je, rêveuse tout en buvant enfin quelques gorgées de mon chocolat chaud.

— Au fond, c'est une femme assez triste. Éternelle célibataire, elle n'a jamais pu avoir d'enfants. Son seul stimulant est d'apporter du bonheur aux autres avec l'argent qu'elle possède. Avec mes sœurs, nous avons toujours été des gosses par procuration pour elle, ce qui mettait mes parents en rage. Elle nous gâtait à l'extrême, car elle avait besoin de ça pour se sentir épanouie. Je savais très bien que quoi que je lui demande, elle ferait son possible pour nous aider.

Tout de suite, l'échange que nous venons d'avoir prend tout son sens. C'est terriblement lunaire, mais je comprends ce que c'est que d'avoir besoin de ressentir de la gratitude, de lire du bonheur dans les yeux des autres. Combien de fois ai-je pris des décisions pour satisfaire ma mère ou pour sentir l'amour dans les yeux de Grégoire ? Beaucoup trop… Cela me fait un pincement au cœur de me dire que cette femme, à son âge, ne réussit à être heureuse que de cette manière.

Prenant la main de James entre les miennes, je réalise que tout ce que nous avons à faire, c'est la laisser nous venir en aide. Nous serons satisfaits, les gosses de cette ville auront ce qui leur revient de droit et Sophie Gillian pourra s'endormir le soir en sachant qu'une fois de plus, elle a réussi à rendre des gens heureux.

— C'est plus clair pour moi désormais. Maintenant, il ne nous reste plus qu'à trouver ce qu'on va offrir ou organiser pour tous ces mômes.

— Je suis certain que nous trouverons et ensuite, on fera ce qu'il faut pour Van Daat.

Satisfaite de cette réponse, je lui offre mon plus beau sourire, en réalisant que j'ai eu raison de ravaler ma fierté. James n'est ni naïf ni présomptueux, il sait juste déplacer des montagnes.

Chapitre 32

Salomé

Dimanche 20 décembre

Voilà une dizaine de minutes que je suis assise par terre, occupée à regarder par ma fenêtre la frénésie des passants qui ont l'air de ne plus savoir où donner de la tête dans leurs courses de Noël. D'ordinaire, je suis la première à sauter au plafond à l'idée de trouver le cadeau idéal pour mes proches, celui auquel personne d'autre n'a pensé, mais cette année rien n'est comme d'habitude. Qui dit pas de réveillon en famille, dit pas de course effrénée pour dénicher les présents parfaits.

Là, enroulée dans mon plaid douillet, avec mon café à la main, je réalise que la tristesse que je devrais ressentir à l'idée d'être seule le vingt-quatre décembre ne m'atteint pas. C'est peut-être de l'auto-persuasion mais je refuse d'avoir le cœur meurtri par cette fête. J'ai peut-être l'air un peu stupide, mais depuis nos retrouvailles avec James à la cathédrale tout me paraît plus léger. Il fait ressortir ma douceur, il m'éloigne de toutes mes règles rigides.

Hier soir, autour du repas thaï que l'on a pris à emporter, nous avons balayé différentes idées pour le Noël des enfants de la ville puis James est rentré chez lui. Même si habituellement je suis la première à tout compliquer, j'apprécie que tout reste simple entre nous. Pas d'obligations, pas de complexe, juste la liberté d'avancer comme bon nous semble.

Reposant ma tasse à côté de moi, je feuillette mon carnet de notes pour prendre un peu de recul sur ce dont nous avons parlé hier. À vrai dire, c'est loin d'être simple de trouver le cadeau parfait à ces enfants. Il faut que cela plaise autant aux filles qu'aux garçons, que le coût reste faible pour en demander le moins possible à Sophie Gillian tout en ne perdant pas de vue la logistique. J'ai beaucoup aimé l'idée de James de diffuser un dessin animé sur la Grand Place, mais d'un point de vue organisation, il est impossible que la mairie lui accorde une telle autorisation. On va éviter d'éveiller les soupçons de Roy Van Daat et de lui donner une raison de virer James avant la fin de l'année.

Alors que je continue de réfléchir sur nos possibilités, mon téléphone se met à vibrer. En le déverrouillant, le nom de celui qui occupe trop souvent mes pensées me saute aux yeux. Il ne me faut qu'une demi-seconde pour décrocher.

— Qu'as-tu prévu aujourd'hui ? me demande-t-il instantanément.

— Tu ne peux déjà plus te passer de moi ?

— Je ne te ferai pas le plaisir de dire ça, mais disons que je n'ai réalisé aucun de mes achats de Noël et que des conseils féminins seraient les bienvenus.

— Donc tu dois faire un marathon shopping ce dimanche comme tous les gens à la bourre que je vois courir dans ma rue ?

— Oui… Et je suis vraiment nul pour ça.

Face à un tel désarroi, je ne peux que céder. Ce que je ne lui dis pas, c'est que le soleil d'hiver qui transperce les nuages me fait de l'œil. Une sortie me fera du bien. Avant de lui répondre, je fais un bref diagnostic du temps qu'il va me falloir pour être présentable. Par chance, mes cheveux sont encore dans un bel état, je pense que d'ici vingt minutes, je peux réussir à être en bas de mon immeuble.

— 11 h 40 devant chez moi ? proposé-je.

— Je savais que t'aurais pitié de moi !

— J'espère que t'as déjà quelques idées.

— Hmm…

— Oh mon Dieu, quelle plaie ! T'as de la chance que je sois là alors, je suis une pro des cadeaux de Noël.

— Je saurais te remercier, plaisante-t-il.

— T'as intérêt. Allez, à tout de suite, faut que je me prépare, dis-je avant de raccrocher.

***

Le marathon shopping de James est à peine lancé que l'envie de me moquer de lui me dévore. Pour trouver des présents qui sortent de l'ordinaire pour ses proches, j'ai décidé de l'emmener dans les petites rues piétonnes du centre-ville. Il était hors de question qu'on s'entasse comme des sardines dans les grands centres commerciaux de la ville, sauf que chaque devanture lui donne une nouvelle idée. Si on continue sur cette lancée, il va lui falloir un porte-avion au père Noël, afin de livrer tout ça.

Le plus simple a été de trouver des cadeaux pour ses neveux. D'après ce que je sais, il les voit peu, mais ce sont les seuls pour qui il n'a presque pas eu besoin de réfléchir. Pour Graham, il est parti sur un bourbon assez côté, accompagné de deux verres. Ce n'est pas très original, mais somme toute très efficace.

Alors qu'on rentre dans une adorable boutique pour bambins, James semble perdu en voyant tout ce qui nous entoure.

— Es-tu certain que ça soit une bonne idée d'acheter un cadeau pour le bébé alors que Rose n'accouche que dans un mois et demi ? lui demandé-je.

— Oui t'as raison, faut que ça lui fasse plaisir à elle, pas à sa future terreur, reconnaît-il.

Je secoue la tête après avoir entendu le destin qu'il réserve à la progéniture de son aînée. Il n'est pas possible.

— Je reconnais bien là ton côté pessimiste, si ça se trouve cet enfant sera un ange.

— Rosie était infernale quand nous étions gosses. En plus, elle court tellement partout que je mettrais ma main à couper que son bébé lui fera payer de ne pas s'être assez reposée.

Un petit ricanement m'échappe. Ce magasin n'est définitivement pas le meilleur endroit pour gâter sa sœur.

— Allez, viens, on sort ! Je connais une boutique parfaite pour elle.

— Je te suis.

Lui attrapant la main, je le guide vers la sortie sachant pertinemment ce qui ferait plaisir à sa frangine. Je ne suis peut-être pas une grande fashionista comme peut l'être Liz, mais je sais assez vite cerner les gens. Rose Peeters fait partie de ces femmes qui ont la chance d'avoir une élégance naturelle, un rien l'habille. J'en suis presque jalouse. À chaque fois que j'ai pu la voir, elle portait des vêtements simples, avec un ou deux bijoux maximum, mais même avec très peu, elle rend chaque tenue grandiose.

Au moment où on approche de la boutique que j'avais en tête, les sourcils de James se froncent à la vue de la vitrine de mon antiquaire favori.

— Un magasin de vieilleries ? T'es sûre de toi ?

— Plus vite que ça ! Dans dix minutes, tu vas me bénir.

— J'attends de voir ça.

Je ne prends même pas la peine de lui répondre, je suis sûre de mon coup.

Une fois à l'intérieur, je fonce vers les présentoirs que je connais désormais par cœur. Ce magasin, qui, je le conçois, ne paye pas de mine au premier abord, est un des plus anciens de la ville. Lors de mon premier mois ici, j'ai interviewé des passants qui m'avaient parlé de ce commerce. Curieuse, un jour, j'ai pris l'initiative de passer la porte de l'établissement pour y découvrir ses pépites. Si en effet, on y trouve plein de vieux meubles qui existaient déjà avant la Deuxième Guerre mondiale, le rayon horlogerie est une merveille sans pareille.

Enfin arrivés devant l'étalage de bijoux anciens, je désigne à James une montre en or minimaliste qui rayonne grâce à son authenticité. Avec son petit diamètre, le cadran nacré est sublimé par des chiffres romains finement sculptés en profondeur. C'est exactement le type de bijoux que je verrais au poignet de Rose et quand je remarque les yeux scintillants de James, je me dis que j'ai vu juste.

— Elle est parfaite, Salomé.

— Oui, je sais.

— Elle va l'adorer. T'es absolument incroyable !

Satisfaite de voir que j'ai tapé dans le mille, je lève les yeux vers James en lui dégainant un sourire tendre. Reconnaissant que je n'en profite pas pour lui rappeler que j'avais raison – une fois de plus – il dépose un baiser sur ma tempe qui fait battre mon cœur instantanément plus vite. Comme quoi, ça nous réussit plutôt bien lorsque l'on travaille en équipe plutôt que de s'affronter.

En sortant de la boutique avec le cadeau rangé dans une belle boîte en velours noir, nous continuons de nous laisser porter au fil des devantures toutes plus attrayantes les unes que les autres. Pris d'un petit creux, James nous offre ces bâtonnets de gaufres à la mode enrobés de chocolats et de paillettes de sucre multicolore. Tout en continuant de parcourir la rue Breidel, nous dévorons nos gourmandises en profitant de ce soleil qui réchauffe légèrement nos joues. Après avoir remarqué que James avait englouti tout comme moi cette sucrerie qui faisait office de quatre heures, je prends les tiges en bois pour les jeter dans la poubelle la plus proche quand une devanture à l'inspiration médiévale me tape dans l'œil. Je ne saurais dire si ce sont les briques jaunes de la façade qui ont attiré mon attention ou la centaine de livres pour enfants que je vois à travers la vitre, mais ce dont je suis certaine, c'est que je viens d'avoir une révélation.

— Et si on achetait des bouquins à tous ces gosses ? proposé-je à James qui se tient derrière moi.

Le regard surpris, il étudie les livres que nous arrivons à voir d'ici, mais ne prononce pas un mot. Il se laisse juste absorber par toutes ces couvertures éblouissantes qui se trouvent à l'intérieur. Je suis un peu dans le même état que lui à vrai dire.

Nous ne sommes pas face à d'importants étalages de livres à papier brillant à multiples tirages comme ceux qu'on trouve dans les grandes surfaces, non celles-ci sont épaisses, décorées avec des dorures à chaud qui rendent ces ouvrages si précieux. Sans même les ouvrir, je sais déjà que ces ouvrages racontent de vraies belles histoires et sans savoir pourquoi, en les regardant j'ai un pincement au cœur.

Un flot de souvenirs remonte à la surface sans que je puisse les contenir. Je me revois sous ce tipi que mes frères et mon grand-père avaient construit lors de nos vacances d'été. Dans cette cabane, je pouvais être cette rêveuse prête à botter les fesses de tous les méchants qui se peuplaient mes contes. Sous cet abri, j'étais une petite fille rayonnante que son père venait admirer en pleine lecture. Les yeux humides, je comprends que cette virée shopping me rappelle que dans moins d'une semaine je serais seule, sans aucun cadeau à ouvrir. C'est peut-être puéril toutefois devant cette vitrine, tout se bouscule dans ma tête.

Balayant ces bribes du passé qui me rendent nostalgique, je me concentre à nouveau sur ce que James et moi regardons.

— Regarde ça, ils sont tous plus beaux les uns que les autres !

Absorbé par ce qu'il découvre, il hoche la tête.

— Tu penses que ça fera suffisamment plaisir à ces gosses ?

— Je peux me tromper, mais tout ce que ces enfants connaissent ce sont les livres qu'ils ont à l'école, à la bibliothèque. Des exemplaires qui ne leur appartiennent jamais, qu'on leur prête et pas toujours dans un très bon état. Quand j'étais gamine, mon père m'avait offert une édition limitée du Petit Prince. La couverture était bleu-turquoise, avec des étoiles fluorescentes qui scintillaient lorsqu'il faisait nuit. Il était si joli que certains jours, je passais plus de temps à l'admirer qu'à le lire. En voyant tous ces bouquins, j'ai exactement la même sensation. Il ne faut pas sous-estimer le pouvoir des beaux objets !

À nouveau, James acquiesce, ce qui me fait sourire davantage, mais bien que j'essaie de chasser mes souvenirs d'enfance, des larmes se sont installées au creux de mes yeux. Ne voulant pas lui montrer ce qui me touche tant, je force un peu plus mon sourire en attendant sa réponse.

— Tu as tout à fait raison. Dès qu'on rentre, j'appelle Sophie, lance-t-il, ravi de notre trouvaille.

— Très bien…

Enchantée qu'il ne trouve rien à redire, qu'il accueille si bien ma proposition, je note sur mon téléphone le nom de la librairie quand James se penche vers moi pour scruter mon visage.

— Salomé, qu'est-ce qui se passe ? me demande-t-il inquiet.

— Ce n'est rien, tout va bien, mens-je.

S'il te plaît, n'insiste pas. Ce spleen passager va déguerpir.

— Tu as des larmes plein les yeux, chérie. Je veux savoir ce qu'il y a.

Chérie ?

Bordel, c'est la goutte d'eau qui fait déborder le vase.

Pourquoi James ressemble en tout point au petit ami parfait ? Je ne suis pas prête à tant d'affection, à ces mignonnes attentions dont il me couvre.

Figée, je ne réponds pas, j'en ai envie, mais les mots restent bloqués dans ma gorge. N'attendant pas ma réponse, il m'encercle avec ses grands bras musclés afin de me serrer contre lui. Moi qui voulais réfréner cette vague de tristesse, je la vois éclore et je suis incapable de contenir ces larmes qui coulent peu à peu sous mes yeux. Je suis totalement vulnérable, je le sais, cependant contrairement à toutes les autres fois, je ne résiste pas. Je le laisse me soutenir, accueillir cette déception que ce matin encore je né pensais pas ressentir, pourtant il est temps que j'arrête de me voiler la face. Noël sans les miens est d'une tristesse infinie.

Depuis que j'ai eu ma mère au début du mois, je me suis préparée à ce que ma famille ne vienne pas. Comme on dit vulgairement, quand elle a une idée en tête, elle ne l'a pas ailleurs… Sauf que d'avoir anticipé cette situation n'a absolument rien changé à ce que je ressens. J'aimerais me sentir plus forte, imperméable, mais la réalité, c'est que je me sens abandonnée. Je n'arrive pas à me convaincre qu'il s'agit d'un jour comme un autre, non celui-là, j'aurais voulu me sentir spéciale, entourée de mes frères, j'aurais adoré entendre le rire de mon père.

En y réfléchissant, j'aurais même payé cher pour que ma mère me reproche de ne pas laisser une seconde chance à Greg, c'est pour dire… Mais une fois encore, j'ai cette triste impression d'être transparente, de ne pas compter. Rien que d'y penser mon cœur manque un battement, c'est si douloureux.

Alors que j'essaie de ne pas trop pleurer, je sens une des mains de James me caresser le dos, et à cet instant précis, je comprends que pour moi, il est trop tard. Cet homme incroyable a déjà atteint mon cœur beaucoup plus profondément que je ne le croyais. Il est là pour accueillir ce qui me brûle de l'intérieur pour me soulager.

Consciente de ce que cela veut dire, je ne peux le repousser, car tout ce que je désire, c'est qu'il continue de me réconforter comme il le fait. Je prends quelques secondes supplémentaires pour profiter de notre étreinte, puis je finis par essuyer les quelques larmes qui roulent encore sur mes joues.

— Je suis désolée pour ce léger craquage…

— Je ne te lâcherai qu'à partir du moment où tu videras ton sac, me prévient-il avec une moue craquante.

Incapable de résister plus longtemps, j'avoue :

— J'adore Noël, ça a toujours été un moment magique avec ma famille… Sauf que je bosse le vingt-cinq et que mes proches ont refusé de venir à Bruges pour fêter le réveillon avec moi. Cette belle vitrine m'a rendu nostalgique, c'est tout !

Tout d'abord choqué, il déglutit. Faites qu'il n'ait pas pitié de moi.

— Mais pourquoi tu ne me l'as pas dit ? Je suis en train de remuer le couteau dans la plaie en t'emmenant trouver des cadeaux pour ma famille alors que tu seras privée de la tienne !

— On n'a jamais parlé des fêtes de fin d'année, je ne voyais pas de raisons de faire mon petit Caliméro à me plaindre de tout ça.

J'ai à peine fini de parler que ses mains viennent entourer mon visage. Levant les yeux afin de trouver la chaleur de son regard, je me sens si fragile, comme une fleur prête à être cueillie. Mais au fond de moi, je sais que si c'est James qui se saisit de la tige, je n'ai pas à m'en faire.

— Salomé, t'en as d'autres des conneries comme ça ? J'ai supporté ton harcèlement, je peux t'écouter t'épancher sur ce qui te rend triste. Je suis là pour toi que ce soit pour les parties de jambes en l'air, les chamailleries ou pour tes baisses de moral. Il faut que tu apprennes à ne plus jouer la solitaire, mes bras seront toujours là pour te laisser reprendre ta respiration. Utilise-moi pour reprendre tes forces, faire une pause quand tu sens que tu es en train de vaciller et lorsque tu auras récupéré toute ton énergie, continue d'éblouir tous ceux qui t'entourent !

Scotchée par les mots qu'il vient de prononcer, je reste immobile. J'ai de nouveau envie de lâcher une vague de larmes, mais pas de tristesse cette fois-ci. Des larmes de reconnaissance parce que cet homme qui me tient fort contre lui a choisi d'être ma carapace et je ne sais pas ce qui pourrait davantage me faire craquer.

— Je te promets que je vais essayer ! concédé-je.

— Tu sais quoi ? On va rentrer. Je commanderai le reste des cadeaux sur Internet.

— Vraiment ? lui demandé-je, contrariée de changer notre programme.

— On a déjà les bras assez chargés. Nos emplettes sont largement suffisantes pour aujourd'hui.

— Bon, d'accord. T'as gagné. On rentre chez toi.

Chapitre 33

James
Dimanche 20 décembre

— Sophie adore l'idée des bouquins ! informé-je Salomé en déboulant dans ma chambre.

Assise en tailleur sur mon lit, occupée à pianoter sur mon ordinateur portable, elle lève les yeux de l'écran en me voyant débarquer dans la pièce.

— Vraiment ?

— Oui, tu finis le boulot à quelle heure demain soir ? demandé-je.

— 18 h normalement.

— Parfait, je passerais te prendre. Elle nous donne rendez-vous à sa fondation pour qu'on organise l'achat des livres et leur distribution. Tu faisais une sélection de romans jeunesse ?

— Oui, viens par là ! Je vais te montrer.

Alors qu'elle me présente la liste qu'elle a déjà commencé à constituer, je ne cesse de la regarder. Mes yeux scrutent sa bouche qui s'agite à toute vitesse, ses boucles sublimées par le soleil qui s'apprête à rejoindre l'horizon.

Sa présentation m'enchante, mais très vite, je ne prête plus attention à ses arguments, je la contemple, tout simplement.

Je viens de passer un week-end en sa compagnie en oubliant totalement le reste. J'aurais pu sortir avec Sacha, voir mes parents ou même faire quelques accélérations à la patinoire, mais tous mes passe-temps habituels ne me paraissaient pas aussi stimulants que de profiter de ces instants avec elle. Chaque heure, je découvre une nouvelle facette de sa personnalité et la sensibilité que j'ai entrevue lorsque nous étions devant cette librairie me laisse encore sans voix.

Quand je l'ai invitée à m'aider pour cette fichue course aux cadeaux de Noël, je pensais juste à lier l'utile à l'agréable. À aucun moment, je n'imaginais que Salomé se retrouverait contre mon torse à pleurer, qu'elle allait se livrer autant. Cette douleur si profonde qu'elle laissait échapper au creux de mes bras m'a rappelé son regard perdu à la cathédrale, lorsqu'elle est venue me supplier de lui accorder une seconde chance.

Depuis qu'on est rentrés, je gamberge sur ce qu'elle m'a dit. Pas seulement parce que j'ai appris que ses proches ne feraient pas l'effort de venir la voir, mais parce que cette femme a enfin réussi à s'ouvrir totalement à moi. Inconsciemment, j'attendais peut-être encore ce geste, qu'elle puisse me montrer que nous deux ce n'est pas une relation légère, superficielle, je voulais qu'elle réussisse à croire en nous.

Maintenant que je sais ce qui l'a fait tant souffrir, il est hors de question que je la laisse passer son réveillon toute seule, c'est inenvisageable. Cependant, je vais devoir la convaincre, car si moi ça ne me pose aucun problème de la convier au Noël familial des Peeters, avec tout ce que ça implique, je ne peux pas prédire sa réaction. Même si au fur et à mesure, je réussis de mieux en mieux à la cerner, elle reste une femme pleine de surprises, qui peut tout envoyer valser en une seconde.

— Tu m'écoutes ?

Oups. J'ai perdu le fil de sa présentation de livres pour enfants.

— Ta beauté m'a hypnotisé, c'est de ta faute, plaisanté-je à moitié.

— Espèce de beau parleur !

— Tu me pardonnes ?

— Hmm… Je ne sais pas si tu le mérites.

Comprenant que je n'ai rien retenu de tout ce qu'elle a pu me raconter, elle pose mon ordinateur portable sur le parquet puis se saisit de mon oreiller afin de me frapper malicieusement avec. Ce grain de folie puéril me ravit instantanément. Il ne me faut qu'un quart de seconde pour lui répondre en attrapant l'autre oreiller pour riposter. Après quelques attaques bien ciblées, je la prive de son arme pour me glisser à califourchon au-dessus d'elle.

— Je suis peut-être un maître dans l'art du compliment, mais je t'assure que t'es magnifique, lui confié-je, en la regardant bien droit dans les yeux.

Le pouls affolé, je la vois déglutir lentement. Comme si elle ne se rendait pas encore tout à fait compte de la puissance de mes mots. Muette, elle m'attrape par la nuque afin d'obtenir un baiser réconfortant. En tout cas, c'est l'effet que cela me produit. Absolument pas pudique, je n'ai aucun mal à exprimer tout ce que je ressens, alors que Salomé, elle est plus dans la démonstration. Deux fonctionnements opposés, mais j'ai l'impression que nous sommes en train de trouver nos marques.

Alors que je me redresse, toujours au-dessus d'elle, ses sourcils rehaussés m'interrogent. Je sens qu'elle capte que mon cerveau continue de cogiter.

— James, à quoi penses-tu ?

J'ai un petit rire, puis le silence s'installe. Vais-je vraiment oser ? Oui, il le faut.

— Je voudrais que tu viennes fêter Noël chez mes parents, avec moi ! lâché-je d'une seule traite.

Ça y est, je l'ai dit.

Surprise, elle prolonge le silence que mon aveu vient de créer. Putain qu'est-ce que c'est flippant de ne pas savoir ce qu'elle pense !

— Pardon ? finit-elle par répondre.

— Je refuse que tu restes seule pour le réveillon, j'ai envie que tu m'accompagnes.

Alors que je réitère ma proposition, elle paraît totalement décontenancée. Presque choquée.

— Non, je ne peux pas, James. Tu te rends compte ? Cela fait à peine quelques jours que l'on se fréquente, rencontrer toute ta famille serait… étrange. Et je ne veux pas être ta bonne action de l'année, que tu me proposes ça uniquement parce que tu as pitié de moi…

— Ce sont tes seuls arguments, bébé ? la coupé-je, pas du tout refroidi par son refus.

Comme à son habitude, elle lève les yeux au ciel. N'importe qui d'autre pourrait trouver ça follement mal élevé, mais en réalité, moi j'adore son tic. Même dans les moments les plus doux que l'on partage, elle garde cette insolence naturelle qui me fait frissonner. Cela me donnerait presque envie de stopper cette conversation pour l'embrasser à nouveau, toutefois je m'abstiens, j'ai besoin qu'elle réponde « oui » à ma proposition.

— J'ai mille raisons de refuser, James, et la principale, c'est qu'il est hors de question que je m'incruste à ta réunion familiale parfaite, car ça te fait de la peine que je sois seule, lâche-t-elle la voix tremblante. Je vais survivre, je vais même très bien m'en sortir. Je comprends ce que tu veux faire, mais je t'en prie, laisse-nous le temps ! J'aurais l'air de quoi moi, si on me demande ta couleur préférée ? Je n'en ai strictement aucune idée. Ou si on m'interroge sur ce que nous sommes l'un pour l'autre. J'ai à peine réussi à te montrer mes faiblesses, je n'ai pas la carrure pour répondre au questionnaire de la petite amie idéale.

Je laisse passer quelques secondes pendant lesquelles je continue de la scruter. Doucement, elle reprend sa respiration.

OK, je comprends que ça fasse beaucoup, mais merde, personne ne mérite de regarder sa télévision tout seul le vingt-quatre au soir.

— Il n'y a que toi qui penses que tu dois être la copine parfaite. Je peux t'assurer que personne dans ma famille ne te passera au grill ? De plus, ils ne sont pas du genre à laisser quelqu'un seul pour le réveillon. Je ne te demande pas de préparer des sablés en forme de sapin, ni de mettre une superbe robe, j'aimerais juste que tu viennes avec moi, profiter d'un bon repas où tout le monde rira de bon cœur et que le soir tu t'endormes à mes côtés.

— Comment se fait-il que tu n'aies jamais peur de rien ? souffle-t-elle.

— Tu crois vraiment que rien ne m'effraie ? réponds-je stupéfait. Tout me fait flipper dans la vie. De ne pas être à la hauteur pour mes proches, de ne pas assurer au travail, de ne pas rendre ma famille assez fière. À chaque fois que j'entreprends quelque chose, je calcule les risques que je prends. Je veux être le meilleur sans jamais avoir à échouer, donc si, j'ai tout le temps peur, Salomé.

— Si tu veux me convaincre et me faire oublier ce qui m'angoisse dans cette invitation, dis-moi ce que tu as toujours voulu et qui t'empêche d'avancer ? me demande-t-elle avec une moue qui me transperce. Car en rencontrant ta famille, je t'assure que tu vas m'obliger à affronter ce qui me fait terriblement flipper. J'ai donné toute ma vie pour un homme, il détenait tous mes espoirs entre ses mains, toute ma confiance et même l'estime que ma mère avait pour moi. Quand j'ai dû le quitter pour suivre mon rêve, il ne m'a rien rendu. Et pire que tout, ma mère s'est rangée de son côté. Si j'ai pu être si dure, si froide avec toi, c'est parce que j'ai dû me reconstruire en repartant à zéro. Je n'avais plus rien à part mon ambition professionnelle et personne d'autre que moi n'avait foi en mes capacités. Donc, je te le redemande, si tu veux que je vienne, j'ai besoin que tu me donnes une part de toi.

Touchée par ce nouvel élan de sincérité, j'attrape sa main droite afin de la serrer. Au fond, je comprends ce qu'elle recherche, mais j'ai besoin d'un instant pour réfléchir à la réponse que je vais lui donner, mettre des mots sur ce qui m'a toujours retenu, ce qui me freine.

Sans savoir pourquoi, je repense à ce jour où nos vies ont basculé. Ce jour où l'accident de mon père m'a fait tout quitter. La glace, la légèreté, Victoire. Alors que je savais mon père à un carrefour de sa vie, j'ai pris la responsabilité de tous les soutenir, les aider. Ce jour-là, ma hargne sportive s'est transformée en cette peur pernicieuse de les décevoir. Je me suis promis de tout faire pour que chaque journée soit plus heureuse que ce jour-là. Le James d'avant l'accident voulait réussir en politique pour aider le plus de monde possible alors que celui que je suis devenu poursuit le même objectif, mais préfère prendre ses précautions, pour qu'à aucun moment, mes proches ne se souviennent de ce que cette horrible journée nous a enlevé.

Même si c'est douloureux de m'avouer qu'en effet, j'ai pu devenir lâche pour protéger les miens, j'ai terriblement envie que Salomé accepte mon invitation. Je veux profiter de ces fêtes en sa compagnie, donc je prends une inspiration et me lance, prêt à accepter qu'elle découvre cette partie de moi.

— J'ai toujours voulu réussir dans tout ce que j'entreprenais. Que ce soit sur la patinoire ou dans mes études, je voulais être le meilleur. Mais quand mon père a fini en fauteuil roulant, j'ai dû faire des choix, cesser de penser à ce que je voulais et faire passer ma famille en priorité. J'ai renoncé aux Jeux olympiques et je me suis plié en quatre pour m'occuper de mon père et lui redonner goût à la vie. Je ne regrette pas un seul instant d'avoir fait ce choix, mais à force de penser sans arrêt aux autres, ma famille, tous les gens que j'ai envie d'aider grâce à mes ambitions politiques, je me rends compte que finalement je me suis perdu. En passant mon temps à calculer les risques dans tout ce que j'entreprends, j'ai inconsciemment mis ma carrière sur pause. J'ai voulu gravir les échelons en donnant satisfaction à Roy, en étant le parfait attaché de presse plutôt qu'en écoutant mon instinct et mes envies profondes.

Me souriant, d'une main, elle vient caresser ma joue. Je ne sais pas en quoi ma réponse la satisfait ni même si cet aveu réussit à la convaincre, pourtant, elle m'offre une tendresse précieuse que j'aimerai capturer.

— Tu vois, l'idée de faire Noël avec ta famille me pétrifie, car j'ai envie de profiter de nous deux, de cette bulle merveilleuse où tu m'apportes un apaisement infini. Je suis prête à te dire « Oui », à faire ce réveillon à tes côtés. En échange, je veux que tu réfléchisses à quelque chose.

— Je t'écoute, réponds-je, enthousiaste à l'idée qu'elle accepte mon invitation.

— Depuis que je t'ai rencontré, tu m'impressionnes dans tout ce que tu fais, mais ces derniers jours, j'ai aussi compris que tu as tellement plus à offrir à cette ville que des communiqués de presse. Tu vas peut-être me prendre pour une folle, mais pourquoi ne réfléchis-tu pas à te présenter en face de Van Daat aux municipales ? Ce n'est pas du chantage pour que je pose mes fesses à côté des tiennes à Noël, mais si j'affronte mes peurs en venant chez tes parents, est-ce que toi, tu peux regarder ton avenir dans les yeux et réfléchir à cette éventualité ? Je suis certaine que tu en es capable, tu serais même parfait pour ce job. Tu aimes sincèrement cette ville et ses habitants. Regarde ce que tu as été capable de faire pour aider ses enfants ! Bruges mérite d'avoir quelqu'un d'aussi droit et sincère que toi.

Bordel.

Je suis en apnée, le souffle totalement coupé.

Les mots s'additionnent, mes pensées s'entrechoquent et l'air qui est censé alimenter mes poumons botte en touche.

Salomé vient-elle réellement de me faire une telle suggestion ? Moi qui me trouvais au-dessus d'elle, je me laisse glisser sur le côté, sous le choc.

Naïf, quand elle m'a demandé ce qui me bloquait, je lui ai livré tout ce que j'avais et en quelques phrases, elle vient de créer un bazar sans nom dans mon esprit. On ne parle plus de sentiments l'un pour l'autre, de confiance mutuelle, non elle vient de m'offrir quelque chose de beaucoup plus précieux que je n'arrive même pas à quantifier.

Cela ne fait que quelques jours que nous nous autorisons à vraiment ressentir des émotions puissantes, totales, mais en me suggérant de poser ma candidature pour un mandat de maire, Salomé me fait comprendre qu'elle croit autant en moi en tant qu'amant qu'en tant qu'homme. Avant même d'envisager l'idée de me présenter, je suis foudroyé par la confiance qu'elle m'accorde. Si elle qui avait si peur de se livrer à moi, si peur de me montrer ce qui se cachait sous sa carapace, est prête à me soutenir dans un tel projet, comment pourrais-je me défiler ? Je n'ai aucune idée de ce que cela impliquerait, je crois en avoir envie, mais ce soir, je refuse de me concentrer sur cette hypothèse. Tout ce qui importe, c'est de rendre à Salomé toute l'affection qu'elle vient de montrer sans avoir besoin de dire ces trois petits mots en sept lettres.

Pris d'un désir fou, je me retourne pour que mes lèvres se nourrissent des siennes. Ce qui vient de se passer est insensé, mais apparemment, avec elle, je vais devoir m'habituer aux montagnes russes. Surprise, elle ne bouge pas, toutefois très vite, elle répond à ce baiser avec une douceur troublante. Ce que je ressens à cet instant est différent de tout ce que Salomé m'a fait ressentir jusqu'à présent. Le cœur comprimé, mon pouls s'emballe.

Elle me détestait lorsque nous nous sommes rencontrés il y a trois semaines. Elle pensait que je n'étais qu'un vulgaire égoïste, mais ce soir elle vient de me prouver qu'elle a foi en moi. Me rendre compte que celle qui m'obsède chaque nuit croit profondément en moi ne fait qu'accélérer mon rythme cardiaque. Tout mon corps suit le tempo de mes sentiments et sans réfléchir, je dicte à mes lèvres une cadence sensuelle. Chaque mouvement, chaque contact entre nos bouches amplifie la foudre qui sommeille en moi. Alors que ma main droite agrippe sa nuque, la gauche glisse sous son pull. Jamais auparavant, je n'avais ressenti une telle passion pour Salomé. Ni sur la glace lorsque mon cœur a manqué un battement en la rattrapant, ni dans l'ascenseur lorsqu'elle m'a électrocuté avec sa fougue, ni lors de notre première fois dans son appartement. Tous ces instants fugaces n'étaient que des mises en bouche, délicieuses, uniques, mais sûrement pas aussi fortes que ce que je ressens là tout de suite.

Toujours aussi belle, Salomé répond à mes baisers avec une délicatesse profonde. Aucun de nous n'ose stopper cet échange pour prononcer le moindre mot. Dans un silence étincelant, nous nous livrons notre âme. Cette lenteur divine que nous partageons entre caresses, lèvres humides et corps bouillants, devient une danse langoureuse qui réveille tout mon corps. Je ne suis pas victime de mon désir, il n'est que l'expression de mes sentiments. Je me sers de lui pour crier à cette femme, qu'elle est la seule pour qui je crève d'amour.

Alors que mes lèvres continuent d'abreuver les siennes, Salomé recule son visage pour me regarder dans le blanc des yeux :

— On peut aussi se contenter de faire l'amour pour la prochaine décennie, suggère-t-elle avec un sourire charmeur.

— Penses – tu vraiment que j'avais d'autres projets pour toi et moi ? plaisanté-je alors que dans mon esprit, je suis plus que sérieux.

Ma main caresse sa joue gauche puis je reprends :

— Salomé… Est-ce que tu me promets de ne pas prendre la fuite ?

— Pourquoi tu me demandes ça ?

— S'il te plaît, promets-le moi.

— C'est d'accord, dit-elle avant de déposer un bref baiser sur le bout de mon nez.

Occupé à l'admirer, je prends une grande inspiration. Salomé n'est pas le genre de femme qu'on achète avec des jolis mots bien ficelés, mais le cœur bombé, je prends mon courage à deux mains. Une partie de moi se souvient de notre dispute, une partie de moi se souvient combien elle m'a manqué et cette partie réalise que je n'ai plus le choix : c'est elle ou personne.

— Je sais que tu as la carapace solide, mais cette élection, ce que tu me suggères, c'est la plus grande preuve d'amour que j'ai reçu de ma vie. T'imagines pas combien je te désire à cet instant, combien je donnerai pour te prouver mes sentiments, combien je suis fou de toi.

— Essaie de me le montrer alors, réplique-t-elle simplement en faisant passer son haut par-dessus sa tête.

Face à moi, en soutien-gorge, elle me scrute avec ses prunelles brûlantes si bien que ma bouche s'assèche instantanément. Alors que je saisis ses hanches pour la ramener contre moi, ses doigts fins déboutonnent mon jean. Pris d'une bouffée d'excitation, nous nous débarrassons en vitesse de nos vêtements afin de nous retrouver l'un contre l'autre.

— Salomé, je suis foutrement sérieux, dis-je en laissant mes lèvres parcourir son cou.

— Moi aussi, je le suis, réplique-t-elle en laissant sa main partir à la rencontre de mon sexe.

— Je fais de toi ma priorité, affirmé-je avec conviction alors que ma paume commence à malaxer un de ces seins.

Pour réponse, je gagne un gémissement rauque avant de voir Salomé se coller complètement à moi. Plus besoin d'enchaîner les déclarations, nous nous offrons nos corps. Sa peau contre la mienne, sa bouche qui s'égare sur ma clavicule pour y déposer de sobres baisers, nos sexes en ébullition : tout est réuni pour nous prouver notre amour. Désirant plus que tout immortaliser cette soirée, je prends le temps de l'admirer avant de descendre entre ses cuisses. Elle comprend aussitôt ce qui l'attend et m'offre un gloussement en réponse. Totalement obnubilé par elle, je compte lui montrer qu'elle est ma nouvelle obsession, mon phare dans la nuit et décidé, je m'installe entre ses jambes. Surélevant son bassin avec un oreiller, je me place entre ses cuisses pour laisser ma langue parcourir ses chairs humides. Moi-même en feu, je mets du cœur à la chérir et alors qu'elle hoquette, je jubile. Plus ses râles de plaisir augmentent, plus mon corps se contracte, mais lorsqu'elle cambre ses reins d'un seul coup, dévastée par l'extase, sa voix fait vibrer tout mon appartement. Aussitôt, je me relève pour l'entourer de mes bras tandis qu'elle tremble. Je dépose une multitude de baisers sur le haut de son front et doucement, son rythme cardiaque s'apaise.

Sauf que j'en ai pas fini avec elle.

Alors que je la scrute, dévoré par le désir, mon cerveau a une illumination. Je veux que l'expression faire l'amour prenne vie, je veux lui montrer que mon corps et mon cœur ne font qu'un et qu'ils lui appartiennent. C'est pourquoi assis l'un face à l'autre, nous nous emboitons lentement. Alors que mes mains soulèvent légèrement ses fesses pour pouvoir l'atteindre, les siennes se cramponnent à mes épaules. Sans détacher notre regard une seule seconde, nous bougeons nos bassins avec sensualité. Tout n'est que douceur et volupté. Je l'embrasse, je passe ma main dans ses cheveux, je lui susurre des compliments entre deux tendres va-et-vient. Les minutes passent sans que l'un de nous ne se lasse, jusqu'à ce moment où Salomé décide d'accélérer le rythme. Mes bras la soutiennent et en quelques secondes, nous nous retrouvons comblés de plaisir l'un contre l'autre.

Lovée contre moi, elle ne recule pas. Je la serre encore plus fort si bien que pris d'émotions, je sens mes yeux devenir humides. Soudain, je réalise que pour la première fois de ma vie, des larmes de bonheur me transcendent après avoir fait l'amour. Salomé a réussi l'exploit de me faire pleurer d'amour après une danse sensuelle où nous avons fait plus que nous offrir nos corps..

Alors qu'elle lève les yeux pour me regarder, elle comprend immédiatement qu'elle me bouleverse et se contente de me chuchoter ces mots :

— J'espère que t'as compris que je ne partirais jamais en courant.

— Je te laisserais pas faire, Salomé. Jamais, je ne risquerai de te perdre.

Chapitre 34

James
Lundi 21 décembre

— T'es sérieux, mec ? me lâche Sacha, stupéfait par ce que je viens de lui demander.

Il est midi, nous venons d'arriver dans un petit restaurant turc que mon collègue adore, et de fait, je pimente notre déjeuner. Depuis que j'ai passé la porte de notre bureau ce matin, je n'attendais qu'une chose : enfin lui en parler. Sa question reflète tout ce qui s'est bousculé dans ma tête toute la nuit. Si nous avions échangé les rôles, je serais tout aussi surpris que lui. Il m'a quitté vendredi soir après des retrouvailles intenses avec la journaliste qui me mène la vie dure depuis trois semaines et lorsqu'il me retrouve trois jours plus tard, je lui annonce que je réfléchis à devenir le maire d'une ville de cent mille habitants. Il y a de quoi tomber de sa chaise.

Sans vouloir m'imposer quoi que ce soit, Salomé a fait naître une idée, un projet. Elle souhaitait me montrer que je valais mieux que ce que je m'autorise à être et je dois bien avouer qu'elle a réussi à me confronter à mes incohérences.

Après l'euphorie, mes peurs sont revenues au galop pour me faire croire que c'était insensé de me lancer dans une telle aventure à bientôt vingt-sept ans, mais je les ai fait taire. J'ai compris ce que ma nouvelle petite amie avait réalisé d'une main de maître. Sournoisement, elle m'a rappelé ma première vocation, elle a réveillé tous mes rêves qui étaient jusqu'alors en sommeil. Je ne sais pas encore si je vais me lancer, mais ce qui est sûr, c'est que maintenant cette idée m'excite. Depuis des semaines, je me plains d'attendre que Roy me donne ce poste de directeur de campagne, j'attends tranquillement mon tour de peur de prendre trop d'initiatives, sauf qu'aujourd'hui je dois avouer que l'envie de prendre des risques, de me battre contre Roy est là.

Je ne sais absolument pas si j'ai les épaules pour un tel combat, mais quand je vois ce que mon patron a fait à tous ces gosses, je serais fou de le laisser mener sa campagne en toute tranquillité. Bien qu'aucune décision ne soit prise, que je continue de peser les pour et les contre, je sais que Sacha peut m'aider à avancer dans ce cheminement.

— Oui, je suis totalement sérieux. J'aimerais que tu me dégotes une enquête d'opinion pour voir quelles sont mes chances face à Roy. T'en penses quoi ?

— *Oh my God!* Le père Noël est en avance cette année, s'enthousiasme-t-il.

Sur le coup, je reste bouche bée par sa réaction. Tous ceux qui m'entourent ont l'air de voir ça comme une évidence, alors qu'il m'a fallu une nuit presque blanche pour envisager l'idée même de me présenter.

— Eh, je n'ai pas encore pris ma décision. Je réfléchis !

— Tu sais quoi ? Réfléchis plus vite, car c'est une idée grandiose. Tu es un enfant de cette ville, beaucoup de gens te connaissent et t'admirent, tu conseilles le maire sortant depuis des années en maîtrisant tous les sujets majeurs de la campagne et en plus, Roy a tellement de merde au cul que tu vas le battre les doigts dans le nez.

Alors que la jeune serveuse nous apporte la carafe d'eau et les cartes, je ricane doucement. Sacha a l'air convaincu de ce qu'il est en train de me dire. Je soupçonnerai presque Salomé de l'avoir payé pour m'inciter à me lancer.

— Je crois que je commence à en avoir vraiment envie, mais ce n'est pas un choix qu'on prend à la légère… lui réponds-je avec sérieux. Il faut que je sois certain d'avoir la carrure pour mener une telle campagne, de pouvoir m'y consacrer totalement. Salomé pense que je devrais le faire, que je gâche mes capacités en restant à ce poste d'attaché de presse, mais, j'ai besoin de plus que l'enthousiasme de ma nouvelle nana. C'est pour ça que si tu m'apportes des sondages positifs, ça m'aidera peut-être à prendre ma décision.

— Mec, on se connaît depuis l'université, je peux déjà te dire que tu es fait pour ce job. Partout où tu es passé, tu as toujours été le moteur, les personnes qui travaillent avec toi te font confiance dès le premier jour, sans parler du fait qu'on puisse sans cesse compter sur toi. Tu as sûrement plein de choses à apprendre, mais on connaît Roy tous les deux, si lui a pu le faire, tu le peux également.

Sur ce point, je ne peux pas le contredire. Le maire a constamment su s'entourer, mais on ne peut pas dire qu'il excelle dans un domaine en particulier. Il est juste suffisamment malin pour que ça ne se remarque pas.

Bordel ! C'est épuisant d'être autant indécis.

Une partie de moi a envie de me mettre un coup de pied au cul pour que je saute le pas, que je me donne les moyens d'enfin aider les gens de cette ville et de l'autre côté, je suis rongé par l'idée de ne pas être à la hauteur d'un tel challenge.

À force de côtoyer Salomé, j'ai l'impression que ça devient simple d'oser, mais en réalité, ça ne l'est pas du tout. Elle a toujours l'air de faire ce qui lui chante sans s'attarder sur les potentielles conséquences. C'est peut-être un défaut dans certaines situations, mais là tout de suite, j'aimerais qu'elle me partage ce brin de folie afin de me donner l'élan qu'il me manque.

— Oui, Roy n'est peut-être pas le pire adversaire qui soit, concédé-je, mais nous ne serons pas que deux dans la course. Et je peux mettre ma main à couper qu'il ne sera pas le seul à m'envoyer dans les dents, que je suis beaucoup trop jeune pour un premier mandat !

— Et alors ? On préparera des offensives pour chacun d'entre eux. Ce qui compte, ce sont tes convictions, tu es fait pour aider les autres. Là, il est simplement question de te recentrer sur les Brugeois, sur ce dont cette ville a besoin. Mec, tu as cette fibre en toi, il est temps de l'exploiter !

— J'ai l'impression d'entendre Salomé hier soir.

— Elle ne dit pas que des conneries alors, plaisante-t-il. Je repense à nos discours à la remise des diplômes de première année, on avait tous choisi de faire de l'humour pour casser leur délire solennel, mais toi, t'étais le seul abruti à nous sortir une allocution à la Barack Obama pour épater tout le monde.

— Eh, c'est comme ça que j'ai dégoté mon stage aux Nations Unies, riposté-je, le sourire aux lèvres.

— C'est bien ce que je dis. Tu t'es tellement sacrifié pour ta famille, il est peut-être temps que tu les laisses s'en sortir tout seul, sachant qu'on sait pertinemment tous les deux qu'ils n'ont pas vraiment besoin de toi. Tu as fait en sorte d'être indispensable à leurs yeux, toujours là s'il leur fallait quelque chose, mais il est temps que tu montres à tout le monde qui est vraiment James Peeters. Tu verras, ils seront tout aussi fiers de toi.

Ce coup-ci, je ne réponds rien. Je hoche la tête et Sacha comprend immédiatement qu'il a touché ma corde sensible. Je me suis tellement investi pour ma famille, que me lancer dans la course à la mairie, c'est aussi accepter que je ne puisse pas en permanence être présent pour eux, à la seconde où ils en auront besoin. Me présenter face à Roy signifie penser plus à moi qu'à eux et c'est bien là toute la difficulté, j'en suis conscient.

Comment fait-on pour guérir un syndrome du super héros en un claquement de doigts ? Plus que la peur d'échouer, j'ai ce terrible sentiment de ne pas être présent alors que je le pourrais.

Alors que je devrais inspecter le menu que la serveuse nous a donné il y a déjà une dizaine de minutes, mon cerveau ne fait que cogiter davantage. Je repense à ce jour où j'ai quitté l'équipe nationale de patinage pour rejoindre mon père à l'hôpital. Ce n'était pas un départ en urgence sous le coup de l'émotion, il était définitif. Quand je suis arrivé dans ce couloir blanc, Sophie était au côté de ma mère, et les mots qu'elle m'a chuchotés au moment où je rentrais dans cette chambre m'ont toujours hanté.

« Tu vas le regretter, James. Tu n'aurais jamais dû partir de l'équipe. »

Je savais qu'elle avait raison. En soit, je ne me suis jamais flagellé d'avoir fait ce choix, d'avoir privilégié mes parents, mes sœurs au lieu de ma carrière de patineur, mais en faisant ça, j'ai gravé dans le marbre cette dépendance mutuelle.

Aujourd'hui, il est peut-être enfin temps couper ce cordon ombilical qui nous asphyxie tous.

Décidé à ce que les choses bougent, je prends la carte pour faire mon choix. Le ventre plein, les grands changements se font sûrement plus facilement.

— Allez, on commande ! lancé-je à Sacha.

Il n'a pas besoin de remettre notre conversation sur le tapis, il sait que dans ma tête, tout file à cent à l'heure et qu'au moment venu, je saurais l'avertir pour lancer les festivités.

Chapitre 35

James
Lundi 21 décembre

— C'est bon, monsieur, nous sommes arrivés à destination, m'avertit Rudy, le conducteur du taxi.

Après cette journée qui ne m'a rien épargné en réflexion et émotions, je suis soulagé d'entendre ces mots. Pas parce que je connais ce chauffeur, mais bien parce que d'ici quelques minutes, je vais voir Salomé débouler en bas de cette tour.

Suite à mon déjeuner avec Sacha, je me suis retrouvé enseveli sous les demandes d'accréditations pour les vœux du maire qui auront lieu le trente-et-un décembre. J'aurais adoré refiler le bébé à cet enfoiré de Joffrey Allen sauf qu'on m'a certifié qu'il avait des tâches beaucoup plus importantes à gérer.

Foutaises !

Hormis si on considère que faire passer Roy Van Daat pour un bon samaritain est une priorité nationale.

Tout de suite, je préfère balayer ces ressentiments, ce qui m'attend ce soir me réjouit davantage.

Alors que je déverrouille mon téléphone une nouvelle fois, pour vérifier mes notifications, un message de Salomé m'avertit qu'elle arrive. Impatient, je sors de la berline noire pour l'attendre.

— Elle sera là d'ici quelques instants, préviens-je l'homme qui se trouve à l'avant.

Je claque doucement la portière derrière moi puis m'empresse de scruter la sortie de cet immeuble d'affaires. Au milieu de groupes de fumeurs agglutinés devant l'édifice, je n'arrive pas à discerner la tignasse bouclée de ma journaliste préférée jusqu'au moment où elle se fraye un chemin à travers la foule. Encore en train d'enfiler son manteau, elle trottine pour me rejoindre. Il n'y a pas à dire, pour le raffinement on repassera, mais c'est ce que j'adore chez elle, elle n'a pas besoin d'être tirée à quatre épingles pour m'éblouir.

Arrivant devant moi, Salomé se jette dans mes bras afin de venir poser ses lèvres sur les miennes. Visiblement, nous avions l'un comme l'autre besoin de retrouver ce contact si réconfortant. Même si je sais que le chauffeur est en train de nous attendre, je savoure la moindre seconde à la sentir contre moi. Elle a ce pouvoir, elle me rend plus audacieux. Il s'avère qu'en sa compagnie, je veux tout faire à cent à l'heure, je veux tout donner.

— Alors cette journée ? lui demandé-je.

Elle sourit.

— Ma nouvelle punition a été de rendre visite à des papis et à des mamies en maison de retraite, me répond-elle avec fierté.

— C'était cool ? renchéris-je, étonné de la voir si radieuse.

— Plus que de devoir me coltiner Richard au bureau. J'ai pu engloutir des tonnes de papillotes tout en découvrant de sacrées anecdotes, j'aurais pu remplir tout un carnet !

Ce coup-ci, c'est moi qui ricane.

Son boss fait tout pour lui faire regretter son enquête sur le maire, mais elle arrive à n'y voir que les aspects positifs. C'est très rafraîchissant de me rendre compte que son optimisme parvient en plus à me faire oublier mes doutes.

— En voiture, madame ! On a des gosses à émerveiller, clamé-je en lui ouvrant la portière.

Une fois à l'intérieur, nous attachons nos ceintures pendant que je donne la nouvelle adresse à Rudy. Durant le trajet, nous nous racontons brièvement nos journées, seulement les deux kilomètres qui séparent les bureaux de Salomé de la fondation Gillian sont trop courts pour que la femme qui m'accompagne puisse me relater tout ce qui l'a diverti au cours de sa visite à la maison de retraite.

Arrivés à destination, je remercie notre chauffeur en lui glissant un pourboire avant de sortir. Connaissant les lieux comme ma poche, j'avance déterminé, mais il ne me faut qu'une seconde pour me rendre compte qu'un truc cloche. Salomé n'est pas comme d'habitude, les sourcils froncés, le visage fermé, elle me suit, mais je sens qu'elle a l'esprit ailleurs depuis qu'on est entré dans ce bâtiment.

Au moment où la réceptionniste nous enclenche l'ascenseur, elle s'y engouffre et je saisis l'occasion pour comprendre ce qui la tracasse.

— Dis-moi ce qui se passe dans ta petite tête ! Je vois que tu cogites.

Elle pouffe de rire, me faisant passer pour un imbécile, charmé une fois de plus par l'énergie solaire qu'elle dégage.

— Pourquoi tu lis en moi comme dans un livre ?

— Peut-être, car j'apprends à être attentif aux moindres détails te concernant.

Tout en se mordant la lèvre, elle lève les yeux au ciel avec toute la désinvolture qui la caractérise.

— Arf... T'es doué alors !

— Oui, je sais. T'étudier est ma nouvelle passion !

— Ça fait un peu psychopathe, se met-elle à plaisanter.

Je hausse les épaules avec un petit rire. Elle a raison.

— Allez, dis-moi ce qu'il y a ! insisté-je doucement en lui prenant les mains.

— Avant ma mission à la maison de retraite, j'ai appelé des diffuseurs, les chaînes traditionnelles de vente, des grandes librairies du centre-ville et il se trouve qu'on n'aura jamais accès à autant de livres en si peu de temps. Ils peuvent au maximum obtenir un millier de bouquins, mais on n'en aura jamais suffisamment pour la fin de semaine et encore moins pour le nombre d'enfants qui bénéficiaient du programme de la mairie.

— Je vois...

À ce moment-là, je comprends sa mine renfrognée.

Alors que j'avais la tête occupée par cette idée de campagne électorale, Salomé n'a fait que rechercher des livres pour ces enfants afin de préparer ce rendez-vous de la meilleure des manières. Comme une obsession, elle s'est évertuée à trouver ce qu'il y avait de mieux, de plus pédagogique tout en gardant à l'esprit que le budget de la fondation de Sophie n'est pas illimité. Nos échanges de la veille m'ont permis de comprendre que cette femme a beaucoup plus d'idées à revendre que je ne le pensais. Elle m'a soumis celle de distribuer nous-mêmes les présents aux enfants de la ville, le vingt-cinq décembre. C'était une évidence pour elle tandis que moi, j'ai directement compris la difficulté d'organiser un tel événement en si peu de temps.

Elle s'est donnée à fond pour qu'on réussisse à émerveiller ces gosses et j'ai un pincement au cœur en voyant sa déception. Tout de suite, je ne sais pas encore comment surpasser cet obstacle, mais j'ai au fond de moi l'espoir que la femme que nous allons voir puisse nous aider.

— Sophie aura peut-être une solution ou une idée. On va trouver une alternative ! la rassuré-je.

Une sonnerie aiguë retentit, signifiant que l'ascenseur est arrivé au bon étage, alors que Salomé hoche la tête. On a peut-être été trop ambitieux, naïf ou irréaliste, toutefois je sais que la meilleure amie de ma mère a le bras suffisamment long pour que tous ces gosses aient des étincelles dans les yeux le jour de Noël.

Quelques minutes plus tard, nous nous retrouvons dans une grande salle de réunion à attendre Sophie. Dans cette pièce criante de modernité, on ne peut se sentir que tout puissant et cette impression se confirme quand je la vois passer la porte dans une tenue haute couture, comme elle les aime.

Alors qu'elle nous salue, son assistant dépose devant nous des dossiers bien épais.

— Comment allez-vous depuis samedi ? nous demande-t-elle.

— Parfaitement bien ! lui confirmé-je.

— Je suis désolée de vous presser, mais on va devoir faire vite, j'ai une autre réunion qui s'est calée juste après notre entrevue. Devant vous se trouvent des dossiers de financement que Joris a préparés pour que vous disposiez des liquidités nécessaires pour acheter les livres et planifier la logistique, nous informe-t-elle, très professionnelle alors que l'homme en question nous salue. Vous n'aurez qu'à lui indiquer quelles éditions vous désirez acquérir, le nombre et il organisera leurs livraisons directement ici, au siège. Qu'importe ce qu'il vous faut, il saura satisfaire vos demandes. Dites-moi simplement où et quand se déroulera la distribution, j'aimerais beaucoup être présente !

— Le souci, c'est que Salomé s'est rendu compte qu'obtenir autant de livres en si peu de temps n'était pas possible. Les stocks des éditeurs ne sont pas suffisants donc on se retrouve à la case départ, lui avoué-je.

— Mmh... Il est vrai que c'est une contrainte qu'il est difficile de surpasser même pour moi. Attendez, j'ai peut-être une idée, je reviens dans un instant !

Nous la regardons sortir, le téléphone à la main sans savoir ce qu'elle nous réserve. Je reconnais l'amie de ma mère dans ce comportement. Tout tient toujours de l'exceptionnel, de la surprise avec elle et s'il y a bien une chose dont je suis certain, c'est qu'elle est capable de nous sortir une carte de son chapeau. Pendant plusieurs secondes, nous nous regardons médusés, avec pour moi l'inquiétude qu'elle ne puisse pas faire de miracle aujourd'hui. Mon syndrome du fils super héros me pousse en permanence à vouloir le meilleur, à tout résoudre et c'est pour cette raison que je souhaiterais qu'on ait une alternative pour ces enfants.

Oui, je sais que le seul fautif reste Roy. C'est celui qui a préféré gonfler ses notes de frais pour faire bénéficier sa femme reçoive de virements bien juteux, c'est encore lui qui a décidé que les coupes budgétaires que ça allait engendrer priveraient des familles modestes. Ça, je n'en suis pas responsable cependant une part de moi désire tout de même faire plus, faire mieux, sauf que désormais nos options sont de plus en plus limitées et tous nos espoirs reposent sur Sophie.

Deux minutes plus tard, la porte de la salle de réunion s'ouvre avec fracas laissant apparaître la meilleure amie de ma mère en pleine conversation téléphonique. Elle plaque son smartphone contre sa poitrine avant de s'adresser à nous.

— Je suis en ligne avec Mark Hansen, des librairies *Hansen & Co*, il propose d'organiser une lecture publique dans son magasin qui donne sur la Grand Place, le vingt-cinq et pour le souci de livraison des livres, il est en capacité de pouvoir fournir suffisamment de cartes cadeaux que la fondation pourrait financer. Cela vous conviendrait ?

Mes paupières battent frénétiquement, elles aussi scotchées par cette proposition tombée du ciel. Je regarde Salomé qui se trouve à ma gauche et visiblement elle est aussi stupéfaite que moi.

Je me redresse avec le sentiment que la tempête que nous affrontons depuis quelques semaines est en train de se calmer, que tout va peut-être rentrer dans l'ordre. Le regard rivé sur celui de Salomé, je vois ses yeux pétiller. Je crois que cette alternative lui plaît autant qu'à moi. Sans que j'aie besoin de lui demander son avis, elle acquiesce.

— C'est parfait, Sophie ! validé-je.

— Très bien, me confirme-t-elle avant de reprendre son interlocuteur en ligne. C'est bon, Mark, mon assistant te fera parvenir tous les détails d'ici demain… Oui, oui maintenant on est quittes. Allez je te laisse !

La bouche semi-ouverte, Salomé ne peut se retenir de secouer la tête, ne réalisant pas ce qu'il vient de se passer.

— James, il faut vraiment que je file, tout ce que vous avez à faire c'est de donner à Joris la liste des livres qui seront lus le vingt-cinq et le nombre de cartes cadeaux à éditer.

— Vous me bluffez ! lâche Salomé, toujours aussi étonnée.

— Je sais que ça peut paraître très étrange, mais cette fondation a pour objectif d'intervenir pour ceux qui en ont besoin et ce week-end vous m'avez convaincue. Donc, laissez Joris vous montrer les comment mon milieu fonctionne, répond Sophie en se saisissant de son manteau.

— Merci infiniment. Tu vas rendre des tonnes de gosses heureux, tu sais ! lui assuré-je.

— Non, c'est vous qui allez le faire, minimise-t-elle en prenant la direction de la sortie avant de se tourner vers son assistant. Tu me feras un rapport demain matin, dès mon arrivée.

— Entendu, madame.

— Allez, bonne soirée ! lâche-t-elle avant de disparaître.

Décidément, on n'est jamais au bout de nos surprises avec le monde dans lequel Sophie gravite.

Comme de studieux élèves, nous nous mettons tout de suite au travail. Salomé commence à dresser la liste à Joris des livres qu'elle avait présélectionnés hier. Sur ce coup-là, je la suis aveuglément, je sais que son choix sera le bon.

— Très bien, mademoiselle, j'ai noté toutes les références. Il y en a un en particulier qui a plus d'importance à vos yeux ?

— Non pas vraiment, mais ça serait génial de pouvoir programmer des lectures sur différents créneaux afin pallier le problème d'affluence. Je sais que cette librairie est énorme, mais ils ne vont pas pouvoir accueillir tous les enfants de la ville en même temps.

— Oui, c'est évident. Je vais faire le nécessaire pour que ça soit possible, nous confirme-t-il.

Satisfait, je hoche la tête pour le remercier.

— Génial. Vous êtes exceptionnel, Joris ! le congratule Salomé, toute excitée.

Gêné, il sourit, mais ne sait quoi lui répondre. Il préfère continuer de se concentrer sur la logistique. Visiblement, il n'était pas prêt pour les débordements de ma petite amie.

Soulagée, Salomé s'approche de moi pour me déposer un baiser sur la joue en guise de remerciement, alors que Joris, toujours aussi sérieux, prend note de toutes les décisions qui sont en train d'être prises.

Plus les jours passent, plus je me rends compte que nous formons une bien belle équipe tous les deux. Je pourrais continuer de parcourir l'énorme dossier qui se trouve devant moi, mais non, je la regarde à nouveau. Où est passée la journaliste emmerdeuse que je voulais fuir ? Au fond, elle ne doit pas être très loin, toutefois ce qui est certain, c'est que je ne risque plus de partir en courant. Je veux rester avec elle, quoiqu'il se passe dans les prochains jours, je veux être là où elle est, car tout semble plus vivifiant lorsqu'elle s'y trouve.

Chapitre 36

Salomé
Mardi 22 décembre

— Hmm… grogné-je, sentant un doux contact sur mon visage.

Ouvrant difficilement un œil, je distingue les doigts de James qui essaient de me tirer des bras de Morphée.

Est-il l'heure ? Non, pas déjà…

Comme tous les matins, il m'est compliqué de faire le constat qu'il faut que je lève mes fesses pour aller travailler. Même si la douceur de James est beaucoup plus charmante que la sonnerie hargneuse de mon téléphone, cela ne me rend pas matinale pour autant.

M'habituant doucement à la luminosité du jour, je soupire en enlaçant l'homme qui se trouve assis au bord de mon matelas.

— Viens, on reste au lit ce matin ! On pourrait faire un tas de choses plus intéressantes que ce pour quoi on nous paye, lui proposé-je, avec un clin d'œil lourd de sens.

Il rit avant de passer tendrement sa main dans mes cheveux. Je me demande encore ce que j'ai pu faire pour avoir un mec si affectueux, c'est si agréable.

— Madame Je-fais-l'école-Buissonnière, peut-on lancer ma campagne électorale d'ici ? m'interroge-t-il avant de venir mordiller mon lobe d'oreille. Car si c'est le cas, on reste dans ce lit toute la journée.

Bordel !

A-t-il vraiment pris sa décision aussi rapidement ?

Toujours dans le brouillard, je le repousse afin de décrypter son visage. Il a l'air tout ce qu'il y a de plus sérieux.

Dans ma tête, tout se bouscule. Jamais je n'aurais imaginé qu'il trancherait si vite. Si sur l'échelle Salomé Roussel, c'est un délai tout à fait correct pour faire un choix, cela m'étonne beaucoup plus de James, qui est de nature beaucoup plus réfléchie que je ne peux l'être. Il attendait l'enquête d'opinion de son collègue, mais il faut croire que même sans ces chiffres, il a su se décider.

Une partie de moi a envie de sauter au plafond, j'ai beau le connaître depuis peu, je sais qu'il est fait pour ça. Il est le genre de personne dont on a envie de découvrir le récit, celle pour qui on est prêt à déplacer des montagnes, car au fond de nous, on ressent le bien qu'elle dégage. Je suis totalement consciente que mes sentiments pour lui faussent mon jugement, mais quand je le vois attendre son tour patiemment, je ne peux m'empêcher de penser que c'est du gâchis. James est fait pour renverser la table, pour soutenir ceux qui en ont besoin et dire merde à ceux qui profitent de la faiblesse des plus pauvres.

— Tu vas vraiment le faire ? le questionné-je afin d'être certaine de ce qu'il insinue.

— Oui, mais ne crois pas que tu vas me laisser me jeter dans l'arène comme ça. Je vais avoir besoin de tes coups de pied au cul !

Je souris instantanément. C'est bon, je suis totalement réveillée. Il compte sur moi pour le soutenir et j'adore cette idée.

— Tant que je n'ai pas l'obligation de faire le pot de fleurs à tes côtés, je ferais tout ce que tu voudras, lui assuré-je avant de l'embrasser.

— Quoi ? Moi qui pensais que je pourrais te faire prendre le thé avec des cinquantenaires pleines aux as afin de récolter des fonds pour la campagne, je suis déçu, se moque-t-il.

— Je suis certaine que ta mère sera ravie de dire combien tu es exceptionnel, moi je préfère dégoter des scoops sur tes adversaires.

— Paraît-il que tu es très forte pour cela ! continue-t-il de plaisanter.

Riant l'un comme l'autre, je réalise que je suis enfin à ma place. Je ne ressens pas le besoin de remettre sur le tapis l'enquête sur Roy Van Daat. Je sais qu'avec James, nous prendrons notre décision quand tous les détails de la distribution des livres seront réglés. Moi qui m'attendais à ce que nos divergences nous poussent à être continuellement en conflit, je m'aperçois au fil des jours que nous sommes de plus en plus en osmose. Je ne sais pas à quoi c'est dû, mais à ses côtés je réussis à être moi-même, sans avoir peur qu'il m'emporte dans son élan. Nous deux, ça fonctionne même très bien, j'ai la sensation qu'on va pouvoir briller l'un à côté de l'autre sans que nous ne nous fassions de l'ombre ou qu'il n'y ait de jalousie mal placée.

Suite à ce réveil déjà plein de promesses, je me lève avec une énergie détonante. Déjà rivée sur la machine à café, je nous fais couler deux allongés. Ce qui nous attend à présent risque d'être éprouvant, rempli d'embûches, toutefois si lui a encore des doutes sur ce dans quoi il s'embarque, moi je suis certaine que je resterai à ses côtés pour lui permettre de braver la tempête.

Me voyant me lever si rapidement, il me regarde, surpris.

— Alors quel est le programme maintenant ? le questionné-je, curieuse de connaître le détail de ce qui va se passer dans les prochains jours.

— Cette nuit, je n'ai pas arrêté de cogiter… Si je veux pouvoir mener cette campagne et en même temps rester à mon poste à la mairie, il va falloir que je me constitue une sacrée équipe et surtout que je pose mes vingt jours de congé autorisés dans le cadre électoral. Sans ça, je n'arriverai jamais à tout faire. Donc aujourd'hui, je pars à la pêche aux financeurs, aux communicants et je trouve un directeur financier pour la campagne.

C'est du grand James cette organisation. Un pas après l'autre. Il a déjà pris la décision de se lancer, je suis consciente qu'il n'est peut-être pas encore prêt à sprinter pour prendre tout le monde de court. Cependant, mes études en journalisme politique m'ont appris une chose, lorsqu'une opportunité se présente, il faut y aller à fond. Nous sommes à trois petits jours de Noël et quand je vois l'homme avec qui je passe désormais mes nuits, je ne peux m'empêcher de penser qu'il devrait prendre tout le monde par surprise.

— Tu vas y arriver, je n'en doute pas ! As-tu réfléchi à un jour de lancement pour la campagne ? demandé-je en lui tendant un mug bouillant.

— Non, pas vraiment. Roy s'est déjà positionné, toutefois sa candidature était attendue. Quand j'aurais trouvé les conseillers dont j'ai besoin, je réfléchirais à ça, mais en soi, il ne faut pas que j'attende trop longtemps. Plus tôt je démarrerai la campagne, mieux ça sera !

— Tout à fait, confirmé-je. Pourquoi ne pas se servir du dossier contre Van Daat et la lecture chez *Hansen & Co* pour expliciter ta candidature ? Je veux dire, personne ne t'attend durant cette élection. Si tu présentes ce qu'a fait le maire sortant et les solutions que tu as pu trouver pour ces gosses, cela montrera aux habitants pour quelle raison tu es là !

Il hésite. Les mains autour de sa tasse, il cherche la réponse dans le liquide noir qui se trouve à l'intérieur, sans vraiment savoir quoi rétorquer. Je le comprends, tout ça est tout frais, son équipe n'est pas encore constituée, mais il a un boulevard devant lui. Ce serait dommage de ne pas en profiter.

— Je n'ai pas envie qu'on utilise ces gamins pour gagner des voix. Organiser cette lecture nous permet simplement de compenser l'échec de la politique de Roy. Je ne veux pas que les bulletins de leurs parents me soient destinés pour cette raison.

Mon cœur fond une fois de plus. Quand moi je pense à ce qui serait le mieux pour lancer sa course à la mairie, lui a une pensée pour ces enfants qu'on souhaite émerveiller le jour de Noël. À chaque discussion, je tombe un peu plus sous le charme de sa sensibilité. Comment cet homme peut-il être si prévenant, intègre et généreux ? Je n'en ai aucune idée, mais tout ce que je sais, c'est que tout ce dont je suis capable, c'est de l'aimer et de le suivre dans cette folle aventure.

— Personne n'est obligé de savoir que nous sommes derrière cet événement, bébé ! lui réponds-je en posant mon mug sur ma desserte. La fondation de Sophie peut très bien récolter les lauriers, et toi en parallèle, tu peux dénoncer face caméra les agissements de ton boss sans que ces gosses soient coincés au milieu de tous ces combats politiques. Nous n'avons pas encore pris de décision pour la publication de l'enquête, mais cela peut se faire simultanément à ton allocution. Et même si tu ne veux pas qu'on lie ton nom à ce scandale qui concerne le maire, on peut déposer notre dossier au premier commissariat du quartier. L'important, c'est que les choses changent, pas que je reçoive une quelconque satisfaction personnelle en publiant un article à scandale.

Si faire un tel choix aurait pu être un sacrifice, il n'y a même pas une semaine, aujourd'hui, il n'en est rien. Je pense chaque mot que je viens de prononcer. Je n'en ai plus rien à faire de me sentir pousser des ailes en publiant cette enquête. La seule glorification qui m'intéresse désormais, c'est de voir cet homme pour lequel mon cœur bat la chamade, réussir dans cette ville. Je veux qu'il apporte à tous ces gens ce qu'ils méritent.

À l'instant où ma phrase se termine, James reste bouche bée par mes aveux. Même lui n'en revient pas que j'abandonne ma fierté, que je sois prête à lui céder tout mon travail pour le bien commun.

— Salomé, t'es sûre de toi ?

— Je n'ai besoin ni de congratulations ni d'être dans la lumière. Quand l'affaire éclatera, Richard sera le premier à s'en mordre les doigts de ne pas m'avoir fait confiance pour mener cette enquête à bien. J'aurais d'autres scoops à creuser ainsi que ma promotion un jour, et en attendant, j'aime bien manger des papillotes avec des petits vieux, plaisanté-je.

Ce coup-ci, c'est lui qui pose son mug de café pour m'attirer contre lui. Ses mains repoussent mes boucles en arrière, puis se replacent pour contenir mon visage. Les yeux rivés sur moi, je me sens bien plus vivante. Son regard brûlant me transperce plus que jamais.

— Je ne sais pas quoi te répondre. Tu es une femme fabuleuse, plus qu'aucune autre, me murmure-t-il avant de me voler un baiser enflammé qui réchauffe tout mon corps.

— En tout cas, t'as l'air de bien aimer cette option !

— Absolument. Qui aurait cru au début du mois que tu me pousserais à me présenter aux municipales et que je t'emmènerais fêter Noël avec toute ma famille ?

— Sûrement des fous, plaisanté-je.

Regardant sa montre, il me lâche puis finit d'une traite son café.

— Je vais contacter Joris pour lui demander de communiquer sur la lecture publique à ma place, et comme ça, on pourra programmer l'annonce de ma candidature sans que je ne me sente coupable d'utiliser ces mômes. Tu passes à la douche en premier ? enchaîne-t-il.

J'acquiesce puis finis ma tasse.

Ça va donc être ça mon quotidien : alterner entre l'effervescence d'une campagne électorale qui s'annonce hors du commun et le bonheur de vivre des petites banalités avec James. En réalité, j'adore qu'on puisse passer d'un grand sérieux en discutant de nos carrières à la légèreté de simples moments de vie qui constituent le quotidien de n'importe quel couple. Lorsque je suis arrivée à Bruges, je m'étais interdit de succomber au charme d'un homme, je voulais gravir les échelons au sein d'une rédaction, je voulais prouver au monde entier qu'il fallait compter sur moi, je désirais par-dessus tout que Grégoire regrette de ne pas avoir cru en moi, il fallait qu'il s'en morde les doigts. Maintenant, il peut ressentir tous les regrets possibles et imaginables, cela ne provoquera rien. J'ai fait tout ce que je ne devais pas faire, je suis tombée amoureuse et je crois qu'il s'agit de la meilleure décision que mon cœur pouvait prendre à ma place. En rencontrant

James, je suis redevenue moi. Il n'y a plus de calculs, de contrôle, simplement le plaisir de ressentir la vie, de vibrer d'amour.

Alors que je m'éloigne pour rejoindre la salle de bain, je souris naïvement. Je crois en ma bonne étoile, je sais que j'aurais de nouveau l'occasion de faire décoller ma carrière. Un homme extraordinaire m'a choisi moi, il a choisi la femme qui prend des risques. Il n'a pas craqué pour celle qui a peur de froisser les autres, non, il aime la meilleure version de moi et rien ne pourrait me rendre plus heureuse.

Chapitre 37

James
Mercredi 23 décembre

Tu dois ralentir.

C'est ce que mon cerveau ne cesse de me crier depuis qu'hier matin, j'ai pris la décision de me présenter contre Roy. Je ne réalise pas véritablement dans quoi je me suis lancé, mais je fonce. Il faut dire qu'à peine passé la porte du bureau, je me suis fait emporter par le rythme effréné qu'implique une élection. Après avoir annoncé la nouvelle à Sacha, je me suis empressé de poser ma journée afin de contacter d'anciens camarades de classe, quelques-uns des opposants du maire. J'ai besoin de constituer une équipe solide en qui je puisse avoir confiance. Si certains qui étaient sur les bancs de la fac avec moi ont tout de suite paru excités par cette nouvelle aventure, d'autres se sont montrés plus réticents. Je suis conscient que je ne trouverais pas tout le monde en un claquement de doigts, mais après cette journée de démarchage électoral, je suis quand même satisfait.

Contrairement aux derniers jours qui viennent de passer, il n'y a pas eu de repas en tête à tête avec Salomé, c'était bières et planification de campagne avec Sacha. Tout aussi productif que le temps que je passe avec elle, mais de fait, beaucoup moins sensuel. Cette soirée placée sous le signe des futurs bulletins de vote que j'espère récolter, m'a fait prendre conscience que pour que tout se concrétise, s'accélère, je vais devoir officialiser ma candidature. Si le dépôt des dossiers n'est que fin janvier, les différentes conversations téléphoniques que j'ai eues m'ont montré une fois de plus que Salomé a raison. Tout comme elle, ils m'ont invité à profiter des fêtes de fin d'année pour me présenter, ce qui veut dire que je dois accélérer ma préparation. La lecture publique pour les petits Brugeois a lieu dans deux jours, j'ai l'impression que tout va trop vite, mais maintenant que la machine est lancée, je n'ai plus le choix, il faut continuer d'avancer.

Le lendemain, alors que je rentre dans le bureau de Johanna, je remarque qu'elle est accompagnée de Joffrey Allen.

Super.

Je me serais bien passé de le croiser ce matin. J'aurais aussi adoré ne pas voir le maire, pourtant c'est obligatoire. Il va falloir, dans les prochains jours, que j'annonce ma candidature, cependant, je refuse que mon boss l'apprenne dans la presse. Il a beau être une sacrée pourriture, une partie de moi ne peut oublier qu'il m'a donné ma chance alors que je sortais tout juste de l'université, il m'a permis de gravir les échelons. Bien que je le haïsse pour tous ses actes, mon sens de l'honneur m'interdit de ne pas le prévenir. Quoi qu'il arrive, je veux rester un homme intègre, droit. Si j'ai décidé de suivre les conseils de Salomé, Sacha et de tous les autres, sur ce point-là en revanche ce sera fait à ma façon.

— Johanna, Roy aurait-il une minute ? demandé-je poliment, en ignorant sciemment la présence de l'abruti qui l'accompagne.

— Ça ne va pas être possible. Il part en vacances demain, donc il est au siège de campagne pour finaliser quelques dossiers avant son départ, répond Joffrey, comme si je m'étais adressé à lui.

Putain, pourquoi il la ramène ?

— Johanna ? répété-je comme si nous n'avions pas été interrompus par l'autre idiot.

— Vous pouvez passer le voir là-bas, je le préviens, me rétorque-t-elle, comprenant que je n'allais pas m'arrêter à la réponse de celui qui se trouve à ses côtés.

— Merci ! dis-je avant de sortir.

Si mon honneur me pousse à être franc avec Roy, j'aimerais bien voir la gueule que fera ce connard de Joffrey quand il apprendra que je me présente. J'ai limite plus envie de lui botter le cul qu'au maire, c'est pour dire ! De toute façon, après cette dernière politesse, je ne lui devrais plus rien.

Repassant à mon bureau pour récupérer l'adresse des locaux, je prends une minute pour pianoter un SMS à Salomé que j'ai légèrement laissée de côté depuis que je suis parti de son appartement hier matin. Aucun de nous n'aime les relations pot de colle, mais au fond, une journée sans elle et j'ai déjà envie de la retrouver.

> Je passe te prendre pour le déjeuner, bébé. J'espère que tout roule pour toi

Volontairement, je ne lui détaille pas mes projets pour la fin de matinée. Pas besoin d'être devin pour savoir qu'elle contesterait ma démarche. Je préfère lui faire un résumé de cette rencontre lorsque nous mangerons ensemble, que de lui expliquer pourquoi c'est important pour moi. En mettant cartes sur table avec mon mentor, je vais lui montrer de quel bois je me chauffe et lui prouver que je ne lui suis plus redevable de quoi que ce soit. Alors que je sors de la mairie, elle me confirme notre déjeuner et c'est donc la tête libre que je monte dans un taxi pour rejoindre le maire.

Vingt minutes plus tard, je traverse l'open space où une dizaine de bénévoles s'affairent devant leurs ordinateurs. Une chose est sûre, la course à sa réélection a déjà bien commencé. Les murs sont recouverts d'affiches, les tableaux blancs noircis de mots clés. À peine rentré, je repère le bureau de Roy.

Déterminé, je fonce afin de toquer à sa porte. C'est après quelques secondes d'attente, que sa voix m'invite à entrer.

— James, que fais-tu là ? me demande-t-il. La petite Johanna m'a prévenu de ton arrivée, aurais-tu enfin retrouvé la raison et décidé de ne plus écouter les journalistes fouteurs de merde ?

Décidément, il me connaît très mal. En plus de les écouter, je couche avec maintenant.

— Non, je suis venu pour autre chose… dis-je avant de fermer la porte derrière moi.

Dans cette pièce, tout ce qu'il y a de plus austère, se trouvent un grand bureau puis à côté un petit salon où deux sofas en cuir se font face. Alors que je m'installe dans l'un d'eux, mes yeux s'étonnent de la sobriété des lieux. Si son bureau à la mairie est d'un confort inégalable, cette pièce est loin de l'être. Peut-être, car il est plus facile de trafiquer des notes de frais pendant un mandat que des comptes de campagne.

Les seuls éléments décoratifs posés sur les buffets de la pièce sont des statuettes de golfeurs plutôt massives et des cadres qui mettent en avant des coupures de presse. Bizarrement, quand ce sont des articles qui l'encensent, ils les aiment les journalistes.

— Je t'écoute, James !

Pas effrayé une seconde, je me lance en le regardant bien droit dans les yeux :

— Je compte me présenter face à vous pour le mandat de maire.

Lui qui était installé bien au fond de son siège, s'avance pour poser ses coudes au niveau de ses genoux. Son regard noir m'avertit qu'il est loin d'être ravi.

Inconsciemment, au-delà de cette politesse que je lui accorde en le prévenant, j'avais envie de voir sa réaction. Je sens que je ne vais pas être déçu.

— Pardon ? C'est une plaisanterie ?

— Absolument pas. D'ailleurs, je pense que vous devriez vous retirer avant que les choses ne se gâtent.

— Tu penses que toi, un vulgaire attaché de presse, tu vas m'empêcher d'être réélu ? Je crois que tu as très vite oublié que c'est moi qui t'aie fait. T'étais dans quel état après l'accident de ton père ? Sans cesse furieux, à vouloir casser la gueule au moindre con qui te passait sous le nez. Je t'ai canalisé, je t'ai donné une carrière, et là, tu penses que tu peux me passer devant ? Ça ne va pas arriver, James, ôte-toi très vite cette idée de la tête !

Voilà pour quelle raison je voulais lui faire face. Depuis que je l'ai rencontré à cette journée d'été des jeunes démocrates, il m'a tout appris, toutefois, il a par la même occasion réussi à s'octroyer un pouvoir sur moi. En m'offrant toutes ces opportunités, il m'a permis de saisir ma chance, mais je suis le seul à m'être battu contre cette rage qui bouillonnait en moi. Aujourd'hui, je viens le faire chuter de son piédestal, le ramener à la réalité où le seul envers qui je dois être reconnaissant, c'est moi-même.

— Je vais me présenter, car après tout l'argent que vous avez détourné pour votre femme, je vous promets qu'il est hors de question que vous soyez réélu ! réaffirmé-je.

— Fiston, j'ai bien peur que tu ne te voies plus beau que tu ne l'es. Réfléchis un instant, quel poids aurait ta candidature si l'opinion publique a vent de ton futur licenciement ? Je pensais pourtant que Joffrey avait été convaincant quand je lui ai demandé de faire pression sur le boss de ta petite journaliste, mais visiblement je vais devoir mettre mes menaces à exécution.

Ma mâchoire se crispe. Il est en train de m'avouer qu'il est bien à l'origine des pressions qu'a subies le rédacteur en chef de *Bruges Média* et qu'il est courant que je sors avec Salomé. Quel enfoiré !

— Allen bosse pour vous depuis quand ? demandé-je sèchement.

— C'est donc ça qui t'intéresse. Savoir depuis quand je couvre mes arrières ? Il a suffi que de pauvres mioches n'aient pas leurs petits cadeaux pour que ta loyauté disparaisse. Tu me prends peut-être pour un imbécile, mais je te connais par cœur, James. J'ai tout de suite remarqué ton changement d'attitude. Si tu veux réussir en politique, il va falloir te mettre dans le crâne que dans cette ville, je fais la pluie et le beau temps, que je peux décider qui a le droit d'être journaliste et qui va devoir faire ses valises pour retourner vivre sur sa petite île. Tu pensais que tu pourrais la protéger, mais je suis au regret de t'informer que tu es à côté de la plaque, James, donc ne t'aventure vraiment pas sur ce terrain, car tu peux y perdre bien plus que ton job !

— Aucune de vos menaces ne me fera renoncer, l'avertis-je, sûr de moi. Je ne sais pas ce qui vous a poussé à enfreindre la loi, à baisser différentes subventions publiques afin d'augmenter le plafond de vos notes de frais, j'ignore également qui vous avez réussi à corrompre pour vous aider dans toutes vos magouilles et en réalité je m'en moque. Vous avez tellement profité du système, qu'à force vous n'avez même plus fait attention à couvrir vos traces. Des notes de frais financées avec les impôts des habitants de la ville pendant vos périodes de vacances, c'est vraiment le pompon, et finalement c'est ce qui vous coûtera votre réélection. Donc je le répète, il vaudrait mieux vous retirer !

— Tu ne peux pas avoir de preuves de ça, lâche-t-il en éclatant de rire.

— Parce que tous les documents ont mystérieusement disparu pendant le pillage de la mairie ? Êtes-vous certain de ce que vous avancez ?

Interloqué, il me fusille un peu plus du regard. Je viens de semer le doute dans son esprit et il a raison d'avoir peur, car à aucun moment, je ne bluffe. Alors que je continue d'attendre sa réaction, il réfléchit.

— Qu'est-ce que tu veux, James ? Le poste de directeur de campagne ? Être sur ma liste électorale ? Un gros chèque ? renchérit-il, la voix tremblante.

— Vous ne pouvez pas m'acheter, Roy. Je suis venu ici dans le seul but de vous prévenir, par pure loyauté pour toutes ces années où vous m'avez appris le métier, mais ma gratitude s'arrête maintenant, dis-je en me levant du sofa. J'ai choisi de travailler pour vous, car vous représentiez une politique honnête, moderne, sans manigance. Aujourd'hui, regardez-vous ! Vous transformez des journalistes intègres en directeur de campagne véreux, vous avez sûrement demandé à des personnes honnêtes de dissimuler vos casseroles, vous menacez la presse, et par-dessus tout, vous privez des gosses innocents de cadeaux de Noël, dans le seul but que votre femme puisse s'acheter le dernier sac à main à la mode !

— Tu fais ça parce que j'ai failli faire virer ta petite journaliste, c'est ça ? C'est juste une vengeance pour pouvoir continuer à la sauter ?

Désabusé qu'il ne comprenne pas la gravité de ses actes ou du moins qu'il n'assume pas cette responsabilité, je commence à me diriger vers la sortie sans prendre la peine de lui répondre.

— Attends, James ! m'interpelle-t-il, me poussant à me retourner.

Son ton se fait plus doucereux, après les menaces, je suis prêt à parier qu'il va tenter de m'amadouer.

— J'ai trompé Garance il y a deux ans. Je n'ai jamais été le mari parfait, mais jusqu'à présent, l'argent que je ramenais lui faisait oublier mes nombreuses absences. Quand elle a appris que j'avais une liaison régulière, elle a voulu me quitter. Malgré tout ce que je suis, c'est elle la femme de ma vie, donc pour la retenir, je lui ai proposé plus d'argent et ça a fonctionné, elle a annulé la procédure de divorce. Si j'ai détourné de l'argent, c'était par amour. Tu peux le comprendre non ? Toi qui es prêt à tout pour ta journaliste.

Malheureusement pour lui, je ne me laisse pas attendrir, au contraire son aveu me révolte.

— Donc parce que vous êtes incapable de rester fidèle à « la femme de votre vie » comme vous dites, vous avez fait le choix de priver des milliers d'enfants en situation de précarité, d'un peu de bonheur.

— Je n'en suis pas fier, sache-le, mais pour ma femme, je suis prêt à tout. Je t'en prie, garde le secret, James, je t'ouvrirais toutes les portes que tu souhaites. Tu pourras me succéder après ce mandat si tu en as envie, mais par pitié, ne ruines pas toute ma carrière ! me supplie-t-il.

Comment ai-je pu un jour seulement admirer cet homme ?

— Cela ne change absolument rien, je suis désolé. Vous l'avez vous-même sacrifié en enchaînant magouilles et mensonges, vous en êtes le seul responsable, lui réponds-je calmement. Si au fond de vous, vous voulez encore faire ce qu'il y a de juste, stoppez votre campagne et assumez vos actes devant la justice !

Sachant pertinemment qu'il n'y a plus rien à sauver à l'issue de cette conversation, je reprends la direction de la sortie, laissant mon mentor seul face à sa culpabilité. Je sais que de mon côté, j'ai fait ce qu'il fallait faire. En soi, je lui ai laissé une chance de se racheter, au moins en partie. Je peux rejoindre Salomé serein pour affronter le marathon électoral qui nous attend.

Alors que ma main se pose sur la poignée, j'entends un « Crac » avant de me retrouver projeté contre la paroi en bois qui se trouve face à moi. Légèrement assommé, j'ai pour réflexe de me retourner. Ma vue est trouble, un bruit sourd se diffuse entre mes deux oreilles. Tout me paraît soudain très sombre. Mes yeux se concentrent sur Roy, sa silhouette est toujours à quelques mètres devant moi, avec au bout de sa main une de ses statuettes de golfeur.

Il m'a frappé par-derrière.

Mon Dieu, qu'est-ce qui lui a pris ?

Comprenant enfin ce qu'il se passe, une douleur aiguë s'éveille à la base de mon crâne pour ensuite atteindre mes épaules et le creux de mon dos.

Tenant difficilement sur mes deux jambes, le brouillard commence à se dissiper, je me force à le fixer. Est-ce qu'il vient vraiment d'essayer de me tuer ?

Mes yeux le scrutent et je ne sais dire ce que je vois en lui. Les mains tremblantes, il panique. Prenant appui sur la porte qui se trouve derrière moi, je reprends doucement ma respiration, mais mon cœur refuse de récupérer un rythme convenable. Ce n'est pas en m'assommant qu'il va réussir à me tuer, mais en me faisant faire une crise cardiaque, bordel !

— James… Je ne… Je ne voulais pas, s'excuse-t-il, laissant tomber l'objet métallique au sol.

— Roy, je vais m'en aller et vous allez appeler Joffrey… Vos bénévoles vont me regarder sortir et vous n'allez pas me retenir… soufflé-je, hors d'haleine.

Alors que j'actionne enfin cette foutue poignée pour sortir, je ne baisse pas le regard. Plus jamais, je ne tournerais le dos à cet homme. Une fois que j'aurais mis un pied dehors, je vais m'atteler à lui faire payer toutes ses actions dignes des plus grands malfrats en col blanc, mais surtout je vais me venger dans les urnes pour ce qu'il vient de faire.

Difficilement, je sors de la pièce sous des regards circonspects alors que je vois Roy, tomber au sol sur ses deux genoux. Je refuse de penser aux raisons qui l'ont poussé à détourner de l'argent, je m'interdis de ressentir de la compassion pour lui. Le peu d'estime que je gardais encore pour lui s'est éteinte à l'instant où il m'a frappé avec sa statuette de merde. Une pression tambourine dans ma tête, mes pas sont irréguliers et plus j'avance, plus des vertiges me malmènent.

Au moment où je sors du bâtiment, la luminosité du jour me frappe, rendant mon équilibre encore plus fragile. Ma main droite vient faire compression sur la zone douloureuse qui me torture, sauf que je me surprends à sentir une texture liquide sur le haut de ma nuque.

Du sang.

Pris de panique, je farfouille ma poche pour retrouver mon téléphone portable. Une fois en ma possession, je compose le 112. Il faut qu'une ambulance me prenne en charge.

L'appel dure à peine deux minutes et la personne que j'ai en ligne me confirme l'arrivée d'une équipe de secours. À chaque seconde qui passe, je vacille davantage, perdant un peu plus mes repères. Décontenancé, je m'allonge sur le banc qui se trouve face à moi. J'ai besoin que ces coups qui martèlent mon crâne s'arrêtent.

J'expire un long souffle. À cet instant, je comprends que mon corps se détend légèrement. Il reprend enfin ses pouvoirs. En attendant l'ambulance, je fais l'effort de bien respirer avant de me résoudre à appeler celle avec qui j'étais censé déjeuner ce midi.

Désormais anxieux, je prie pour qu'elle décroche. Je ne sais pas ce qui m'arrive, mais pour la première fois de ma vie, je flippe pour moi-même. Combien de temps vais-je pouvoir résister à cette douleur qui m'empêche de réfléchir ?

Les tonalités s'enchaînent puis le bip de sa messagerie retentit. Je clique sur le bouton pour réitérer mon appel.

Réponds-moi !

C'est au moment où je m'apprête à raccrocher afin de prévenir Sacha que sa voix me redonne un faible espoir.

— James, je suis au boulot… Je ne suis pas trop disponible là ! répond-elle avec son tact légendaire.

— Salomé, je saigne… J'attends que les secours arrivent… Je perds du sang… J'ai besoin que tu me rejoignes à l'hôpital, une ambulance arrive, rétorqué-je, la voix chancelante.

— OK. Euh… Merde… Où es-tu ?

— Devant le siège de campagne de Roy… Rue Wolle…

— Qu'est-ce que tu fo… Non, ne réponds pas ! Je te rejoins aux urgences. Surtout, ne raccroche pas, reste bien en ligne, je suis en chemin !

Même si mon cerveau fonctionne encore au ralenti, je suis certain d'une chose : une fois que j'aurais retrouvé du poil de la bête, elle va me découper en morceaux et me faire regretter d'être venu ici, me confronter à Roy.

Chapitre 38

Salomé
Mercredi 23 décembre

Mon cœur manque un battement à la seconde où j'entends « Je saigne ».

Immédiatement, je lâche les enregistrements que j'étais en train de retranscrire pour les sous-titres de mon prochain micro-trottoir. Je n'ai pas besoin de réfléchir, je laisse mon ordinateur portable en plan, je dois retrouver James.

Liz, dans une totale incompréhension, me regarde me lever, puis enfiler mon manteau en silence. Dans mon élan de panique, je l'enlace. Pas pour la rassurer elle, mais bien pour trouver l'énergie d'affronter ces événements. Ce contact dure quelques secondes puis je recule. Je n'ai pas une seconde à perdre.

Est-ce que c'était ça que je redoutais au fond de moi depuis le départ ? Certainement, sans vouloir me l'avouer.

Mon cerveau essaie à la fois de trouver la force de tout contrôler pour que je devienne un robot insensible, capable de gérer une telle situation et en même temps, je sens que l'air qui circule dans mes poumons est insuffisant. Par pure protection, j'ai envie de penser que c'est moins sérieux que ça en a l'air, j'ai envie de croire que j'exagère, mais non, je suis pétrifiée à l'idée qu'il soit arrivé quelque chose de grave à James, que je puisse le perdre. Puis merde, qu'est-ce qui a bien pu arriver pour que l'homme le plus adorable que je connaisse soit blessé, seul devant le siège de campagne de son futur adversaire ?

C'est totalement irréaliste.

Rien n'est rationnel et tout de suite, j'ai besoin de certitudes, de solidité sur laquelle m'appuyer, mais je n'ai rien de tout ça. Ma peur, l'amour que je ressens pour lui et l'ignorance m'entourent au point qu'il m'est impossible de prendre l'ascendant sur mes émotions. Je suis absolument incapable de contrôler ces flots de sentiments en alerte maximum, j'ai peur que tout s'effondre alors que c'est typiquement le moment où je dois rester de marbre, car il a besoin de moi. Je dois être son pilier, je ne peux pas craquer. Pas encore.

Prenant une grande inspiration, je file en direction de l'ascenseur, le téléphone à la main pour m'assurer que James reste conscient jusqu'à mon arrivée. Au moment où je m'apprête à rejoindre le couloir principal, Richard sort de son bureau et me saisit par le bras pour m'arrêter.

Putain, pas maintenant !

— Salomé, où vas-tu comme ça ?

— J'ai une urgence, je reviens dès que je peux ! l'informé-je.

— Depuis quand quittes-tu le bureau sans prévenir tes supérieurs hiérarchiques ?

Argh… Pourquoi décide-t-il de me faire chier à cet instant précis ? Je n'ai ni le temps pour une énième punition, ni pour qu'il me demande où en est mon dernier micro-trottoir. Là, je dois juste monter dans un taxi le plus rapidement possible.

— Écoutez Richard, mon petit ami se vide de son sang en pleine rue. Vous pouvez me mettre un blâme, me faire renvoyer si ça vous chante, mais là, je n'ai pas besoin de l'autorisation de qui que ce soit pour partir. Votre vidéo sera en ligne quand je serai certaine que mon mec ne sera plus en danger, lâché-je le regard noir, prête à le bousculer s'il ne me lâche pas le bras.

— OK, vas-y !

Comme si j'attendais son accord…

Sans lui adresser un mot de plus, je force pour qu'il abandonne sa prise et fonce tête baissée.

Une fois dans le couloir, je décide de prendre les escaliers puis les dévale à toute vitesse. Hors de question qu'un foutu ascenseur coupe la conversation téléphonique.

Le souffle court, je me force à ne pas paniquer davantage, mais c'est une torture de contenir ces sanglots qui ne demandent qu'à s'échapper de ma gorge. À nouveau, je prends une inspiration. Quoi qu'il soit arrivé, je ne vais pas m'effondrer !

— Bébé, t'es toujours là ? demandé-je, la voix fébrile en accolant mon portable à mon oreille.

— Je suis officiellement ton petit ami alors ? rétorque-t-il dans un murmure.

Bordel, je le déteste. Même dans un moment pareil, il me tire un sourire. Évidemment qu'il l'est. Je ne sais combien de jurons sont prêts à sortir de ma bouche. Je l'aime et c'est bien mon problème. Moi qui ne voulais qu'aucun homme ne puisse encore avoir le pouvoir sur mon cœur, je me retrouve de nouveau dépendante. J'étais prête pour les montagnes russes avec James, mais pas pour ça.

— Je te répondrais quand je serai certaine que tu vas bien, clamé-je, d'un ton sec. Fais en sorte que ce soit le cas quand j'arrive, je me dépêche !

Il ne me répond pas, toutefois, je continue d'entendre le rythme régulier de sa respiration, ainsi qu'un brouhaha autour de lui. Il n'est pas seul et c'est ce qui m'importe. Alors que je rejoins l'extérieur, je m'accroche à ce bruit ambiant, c'est tout ce dont j'ai besoin pour le moment.

Après avoir volé le taxi d'une pauvre dame qui attendait sur le trottoir, je somme le chauffeur de me conduire à l'hôpital St-Jean, avant de m'enfoncer sur sa banquette arrière. Le regard rivé sur le plafond du véhicule, je prie pour que chaque seconde passe plus vite, pour que la distance qui me sépare de James devienne poussière. Faites que ça ne soit pas trop grave !

Au moment où le taxi prend la nationale 351, je rapproche à nouveau mon téléphone de mon oreille malheureusement les bruits que j'entends ne me permettent plus de détecter la respiration de James. Il y a différentes voix qui s'entremêlent sans que je ne puisse discerner quoi que ce soit.

— Allô ? Madame Roussel ? m'interpelle une voix inconnue.

— Oui c'est bien moi ! réponds-je en vitesse.

— Ici, Rodrigue, je suis l'ambulancier qui prend en charge Monsieur Peeters. Nous allons devoir couper la conversation, tout va bien se passer. D'ici quelques minutes, il sera aux urgences. Il est entre de bonnes mains.

— D'accord très bien… balbutié-je en pressant moi-même le bouton rouge qui se trouve sur mon écran.

Il y a de l'angoisse dans ma voix. Plus que je n'aimerais le montrer, mais là tout de suite, je suis incapable de maîtriser ces émotions. Je suis faible, je le sais et rien que l'idée de devoir attendre pour savoir qu'il se porte bien, m'est inconfortable. J'ai besoin qu'on me donne de bonnes nouvelles et vite.

Quelques minutes plus tard, le véhicule se gare en double file devant l'hôpital, je lui balance une cinquantaine d'euros pour la course puis sans attendre qu'il me rende la monnaie, je sors en vitesse de sa voiture.

À l'extérieur du véhicule, mon premier réflexe est d'examiner les lieux. Immédiatement, mon regard se pose sur la signalétique qui désigne l'entrée des urgences. Je fonce, sans vraiment réfléchir, c'est mon instinct qui prend le contrôle. Dans le bâtiment, je me fraye un passage jusqu'au guichet d'accueil où, hors d'haleine, je questionne la réceptionniste.

— Bonjour, James Peeters a-t-il déjà été admis ?

— Bonjour Madame, vous êtes ?

— Salomé Roussel, mon petit ami était dans une ambulance, il devait arriver ici d'une minute à l'autre pour une plaie au niveau du crâne, je crois.

— Attendez un instant, je vais vérifier, me répond-elle en scrutant l'écran.

Elle me sourit chaleureusement. J'expire à nouveau cette tension qui m'empêche de tenir en place. Je suis un électron libre, je m'en rends compte. J'aimerais que mon sang-froid me permette de faire meilleure impression, mais non, je suis une boule de nerfs qui a besoin de réponses, qui a besoin de lui.

— Je viens de recevoir le dossier médical de votre ami, l'ambulance devrait arriver d'une minute à l'au…

Un brancard entouré de trois urgentistes fait irruption dans la pièce, coupant dans son élan mon interlocutrice. Le souffle coupé, je sens mon cœur se soulever dans ma poitrine. C'est James.

— James Peeters, vingt-six ans, groupe O négatif, plaie ouverte à l'arrière du crâne, pupilles réactives, ses constantes sont stables… lance une des personnes en poussant le lit médicalisé.

Totalement happée et surtout sans aucune gêne, je délaisse la jeune femme qui m'a accueillie pour me rapprocher enfin de lui alors qu'il est en train d'être installé dans le box numéro quatre.

Je le vois, il est là, la tête bloquée par un immobilisateur, avec ses cheveux dans tous les sens, ses paupières qui s'agitent. Il n'a pas l'air au mieux de sa forme, mais le sourire que je distingue sur ses lèvres m'apaise. Du sang séché a teinté le col de sa chemise, son teint est pâle, mais il est conscient.

Soulagée de voir ses yeux ouverts, je me rapproche et sur la pointe des pieds, je me hisse derrière une soignante pour qu'il me voie.

— Bébé, comment tu te sens ? demandé-je la voix fébrile.

Instantanément, l'infirmière qui se trouve devant moi se retourne.

— Madame, merci de patienter en salle d'attente !

— Non, je veux…

— On vous appellera quand on l'aura ausculté et quand on lui aura prodigué les premiers soins donc s'il vous plait, allez vous asseoir !

Je souffle. Fichu protocole.

Silencieuse, je me dirige lentement vers les chaises qui me sont destinées.

— Bien tenté, Salomé ! se moque James encore immobilisé sur ce matelas avant de s'adresser à la femme qui m'a éjectée. Vous en avez de la chance, elle vous obéit bien plus qu'à moi.

Sa voix m'électrise, me poussant à faire un demi-tour sur moi-même. Les yeux gorgés de larmes, j'ai l'impression de ne plus avoir l'énergie de me battre. Je ne suis pas forte, non, je suis totalement vulnérable. Rongée par la peur, je ne sais que faire pour calmer mon rythme cardiaque qui ne semble pas décider à se calmer.

Malgré les pires scénarios que je m'étais imaginés avant d'arriver sur les lieux, je dois avouer que pour le moment la situation n'est pas si catastrophique que ça. Il respire, il arrive à me faire des blagues et même à sourire. Ça aurait vraiment pu être pire.

De loin, je regarde les soignants s'agiter autour de lui pourtant mon cœur ne semble pas retrouver une grande sérénité. Qu'est-ce qui a bien pu se passer dans ce siège de campagne pour que James en ressorte avec une plaie à l'arrière du crâne ?

Les examens s'enchaînent, le corps médical tour à tour note je ne sais quoi dans son dossier et pendant que les minutes filent, moi, je ne cesse de me mordiller les ongles. Foutue mauvaise habitude qui revient toujours dans les pires moments.

Après plusieurs minutes, celle qui m'avait dit d'aller voir ailleurs vient me chercher. Au moment où je réussis enfin à prendre la main de James, la boule qui martyrisait mon estomac s'estompe. À mon contact, James retrouve peu à peu le sourire, cependant de mon côté, je ne serais tranquille qu'à partir du moment où un docteur me confirmera que tout va bien, et surtout quand je saurai ce qu'il s'est passé ce matin.

— Monsieur Peeters, Madame, je me présente, Docteur Kate Johnson.

Totalement synchrones, nous la saluons à notre tour.

— J'ai ici les résultats de vos premiers examens réalisés par les ambulanciers et nos internes, reprend-elle. Vous avez un traumatisme crânien léger. Nous allons vous déplacer dans une chambre pour la nuit, car de fait, nous devons au moins vous garder une nuit en observation, nous vous ferons un scanner de contrôle en fin de journée, mais de toute évidence, vous n'avez aucun symptôme neurologique. Si les résultats sont cohérents à notre premier diagnostic, vous pourrez rentrer chez vous dès demain matin. Quelques maux de tête ou vertiges peuvent persister quelques jours, mais vous allez récupérer très vite, vous verrez !

— Merci Docteur, répond James alors que de mon côté, je ne fais qu'acquiescer.

— Avant que nos infirmières ne vous accompagnent dans votre chambre, nous tenons à vous informer que des policiers sont en chemin. Au vu de la situation décrite à nos services d'urgence, le protocole exige que vous fassiez au moins une déposition aux forces de l'ordre, donc essayez de vous rappeler minutieusement ce qu'il s'est passé !

Ce coup-ci, c'est lui qui hoche la tête. Il a à peine le temps de me sourire que deux femmes enlèvent la sécurité des roues de son lit afin de le déplacer et comme un robot, je suis. Il faut croire que je vais encore devoir attendre un peu pour découvrir ce qu'il s'est passé. Je ne remercie pas Dame Nature de m'avoir octroyé aussi peu de patience, cela me fait clairement défaut à l'heure actuelle. Cependant, une chose est sûre, soit Roy Van Daat, soit son abruti de directeur de campagne voire peut-être les deux sont impliqués dans cette histoire, et il est hors de question que le ou les coupables s'en sortent.

Sachant que James va être auditionné dans peu de temps et après avoir rassuré Liz sur son état, je la somme de fouiller dans mon ordinateur portable afin qu'elle m'envoie par mail toute mon enquête. S'il je dois leur livrer tout ce dossier pour que cette pourriture plonge enfin, je ne vais pas m'en priver.

Tout s'enchaîne si vite que je ne contrôle absolument plus rien. Installée dans le fauteuil qui se trouve à droite du lit, je le regarde muette sachant pertinemment que des policiers vont arriver d'une minute à l'autre.

— Tout va bien, je t'assure, me lance-t-il avec un sourire crispé.

— Vraiment ? ironisé-je. Rien que le fait que tu te sois retrouvé à cet endroit dans Bruges me prouve que ça ne tourne pas rond dans ta tête…

— J'ai fait une erreur de jugement… assume-t-il. On parle à ces policiers et ensuite, je te promets qu'on organise ce lancement de campagne pour botter les fesses de Roy !

Comme si c'était ça qui m'importait vraiment. Ne se rend-il pas compte à quel point cela a pu me bouleverser, à quel point il s'est mis en danger inutilement ?

Alors que deux policiers viennent près de nous pour récolter le témoignage de James, je me sens enfin soulagée. Je vais enfin savoir sur qui toute ma colère va se déverser, car si mon amour pour l'homme qui se trouve à côté de moi m'empêche de le fusiller sur place, la personne qui est responsable de son état, elle, n'est vraiment pas prête pour le sort que je lui réserve.

Il commence son récit en expliquant ses motivations, ce qu'il a dit au maire, jusqu'à l'agression. À chaque nouvelle phrase qu'il prononce, mon corps se contracte un peu plus.

Comme je m'en doutais, James s'est mis en danger bêtement. À quel moment a-t-il cru que ça se passerait bien ? Il a montré à un homme puissant, qui n'a aucun respect des lois et encore moins de la morale, que sa carrière était sur le point de s'écrouler. Lorsqu'il finit de retracer les événements, je ne suis même plus crispée, mais totalement bouillonnante. Roy Van Daat n'aurait jamais dû s'en prendre physiquement à James, désormais je ne vais plus retenir mes coups.

Toujours silencieuse afin d'éviter de m'emporter, je laisse les deux agents finir de griffonner dans leurs carnets, mais lorsqu'ils s'apprêtent à partir, je prends enfin la parole.

— Monsieur, est-ce que je pourrais avoir votre mail professionnel ? demandé-je à l'un d'eux.

— Oui tout à fait, mais pour quelle raison ?

— Nous avons des pièces compromettantes sur l'agresseur, concernant des détournements de fonds publics, rétorqué-je, d'un ton ferme. Il faut qu'une enquête soit ouverte.

Là, il n'est plus question de ma carrière de journaliste. Je désire simplement voir ce connard chuter de son piédestal, s'écraser sur le sol et le faire payer pour ce qu'il vient de faire. Je prends note de l'adresse qu'il me communique alors que James devient soudainement silencieux. Je suis sûre qu'il aimerait me demander si je suis sûre de moi, pourtant aucun mot ne sort de sa bouche. Il continue de me scruter, soucieux.

Suite à cet échange, du fond de mon fauteuil je le regarde avec compassion, mais un silence glacial nous sépare. En brisant la glace, j'ai peur que mes mots dépassent ma pensée et en même temps mes sentiments débordent tellement que je ne sais pas comment faire pour ne pas l'enlacer de toutes mes forces tout en lui hurlant dessus pour s'être montré aussi naïf.

— Tu m'en veux ? finit-il par dire.

— Je ne crois pas que ça soit le meilleur endroit pour avoir cette conversation, bébé. Je vais essayer de contacter ta famille pour leur dire que tu es sorti d'affaire.

— Donc, ça veut dire que t'es énervée...

Voyant sa moue à croquer, je souffle un coup.

Je me déteste de ressentir tant de tensions, d'être à cran contre lui alors que Roy est le seul responsable dans cette agression. Il m'a foutu une peur bleue, et pour le moment, j'ai un mal fou à digérer cette émotion.

— Tu sais quoi, James ? Oui, je suis en colère ! Putain… Je suis ici, avec toi, j'ai envie de t'enlacer, de remercier le ciel que ce ne soit pas plus grave, mais je ne peux pas. Pas tout de suite. Car, je veux que tu regardes à quel point je suis furieuse. Tu t'es mis en danger à vouloir encore être le plus intègre, le plus droit, le plus parfait. Pff… Je ne sais même pas si tu réalises à quel point j'étais paniquée, à quel point j'ai eu peur de te perdre ! À quel moment tu t'es dit que c'était une bonne idée d'affronter un tel pourri ? Qu'est-ce que tu viens de gagner à part une plaie ouverte à l'arrière du crâne ?

— Je…

— Non, je n'ai pas fini ! Tu avais peur que je ne sache pas m'investir, que je prenne notre début de relation à la légère, car je suis flippée de retomber amoureuse d'un homme… Eh bien, t'as gagné ! Je m'engage à deux cents pour cent pour toi, j'arrête d'y aller en douceur et je te laisse faire de mon cœur de la bouillie, mais en échange, plus jamais tu ne vas te mettre en danger comme ça. Je ne suis pas la nana la plus expressive qui existe, je cadenasse tout de peur que les êtres auxquels je tiens prennent la fuite, me laissent en plan, mais je peux t'assurer que je me battrais pour toi. Dans tous les sens du terme, donc maintenant tu arrêtes d'être l'homme idéal, tu vas te contenter d'être le mec que j'aime. Parce que te voir revenir une nouvelle fois ensanglanté comme ça, c'est hors de question. Plus jamais ! Je refuse de faire une crise cardiaque, car tu n'es pas capable de garder tes petites fesses au chaud, expulsé-je d'une traite, à bout de souffle.

Bouche bée, il ne répond pas.

Oups, je me suis peut-être emportée.

Une fois de plus.

Il se redresse pour attraper ma main et m'attirer contre lui sauf qu'encore fâchée ; je proteste. Il s'en moque et tire un peu plus fort. Épuisée, je cède. Mon pouls s'emballe instantanément.

Je m'en veux d'être si brute par moments, mais cet accès de trouille mélangé à l'émotion de cette situation me paralyse totalement. Je n'ai jamais vraiment su gérer les crises, là, je fais tout mon possible pour ne pas craquer. J'aime cet homme, il doit le comprendre.

Rapprochant son visage du mien, je sens ma fragilité pointer le bout de son nez, mes yeux s'emplissent de larmes alors que les siens viennent lire en moi.

— Je suis désolé de t'avoir fait si peur. Je te promets qu'à aucun moment, je n'ai pensé qu'il pouvait me frapper, finit-il par dire en m'enlaçant. Il est calculateur, sournois, mais je ne pensais pas qu'il pourrait devenir violent.

Soudain fébrile, je pleure en silence, collée à lui. C'est lui la victime, mais égoïstement, je me laisse aller contre lui, j'ai besoin que toute cette frayeur sorte. Pendant quelques minutes, nous restons comme cela, immobiles, occupés à nous ressourcer l'un auprès de l'autre.

— Plus jamais, tu ne me fais ça, terminé-je en levant les yeux vers lui.

— Est-ce que je suis un connard si je te dis que j'adore que tu m'engueules sous le coup de la peur ? J'ai presque envie que tu recommences à me crier dessus pour t'entendre dire que tu m'aimes ! plaisante-t-il.

— T'as de la chance d'être en convalescence, car là j'ai une furieuse envie de te gifler, blagué-je, un timide sourire au coin des lèvres.

— Garde cette énergie pour plus tard !

M'embrassant avec une tendresse infinie, je retrouve enfin la sérénité qui me manquait.

Lui et moi, c'est tout ce qui compte réellement. Il est tout ce que je désire, tout ce dont j'ai besoin.

Chapitre 39

James
Mercredi 23 décembre

Lorsque j'attendais l'ambulance, assis sur ce banc, avec le cœur qui ne cessait de s'emballer, je ne pensais pas à l'agression que je venais de subir. Non, j'essayais de me représenter mon quotidien sans sa présence. J'aurais pu appeler n'importe qui d'autre, mais j'avais besoin d'elle, je voulais qu'elle soit là, à mes côtés. Je cherche encore à comprendre comment un mec comme moi qui croyait que les relations amoureuses n'étaient que complication a pu craquer aussi vite pour une femme aussi virevoltante qu'elle. Inexorablement, dans cette rue, j'avais besoin de m'accrocher à son sourire, de me rappeler le visage de celle qui rythme toutes mes émotions. Et puis, lorsque mon brancard est entré dans les urgences, elle était là, prête à engueuler les médecins pour qu'ils me soignent plus rapidement.

À ce moment-là, j'ai arrêté de réfléchir à mes erreurs, j'étais simplement soulagé. Il ne m'a pas fallu une agression pour me rendre compte de mes sentiments pour

Salomé, loin de là, mais lorsque j'ai senti ses mains prendre les miennes, j'ai compris qu'elle allait magnifiquement chambouler tout mon quotidien et ce pour une durée indéfinie. C'est presque indécent d'aimer aussi vite, aussi fort, c'est même irrationnel tant de passion entre deux personnes qui, il y a encore quelques semaines, voulaient s'étriper, pourtant je sais désormais qu'il n'y a rien qui m'empêchera de m'éloigner d'elle. Et surtout pas le maire de cette ville.

Maintenant que mon état s'améliore nettement, je me rends compte à quel point j'ai été naïf en rejoignant Roy au siège de campagne. Si cette trahison me pèse, la détermination de Salomé réussit, elle, à maintenir mon moral à flot.

Je savais pertinemment qu'elle m'en voudrait d'avoir pris un tel risque pourtant, je ne m'attendais pas à ce qu'elle me dévoile autant ses sentiments. Pendant sa longue réprimande, sa colère accentuait son amour et moi, je ne pouvais que craquer une fois de plus pour cette femme qui ne sait vivre qu'entièrement avec passion. Alors oui, je viens de me faire engueuler comme rarement je l'ai été, mais mon Dieu que j'ai aimé qu'elle me prouve enfin que nous ne faisons qu'un. Cette déclaration haute en couleur m'a presque fait oublier la raison de notre présence aux urgences.

Ce matin, je devais simplement réfléchir à comment lancer ma campagne sauf que désormais, ma petite amie a décidé de livrer directement notre enquête à la justice pour punir mon agresseur. Vont s'ensuivre des convocations au commissariat, au tribunal en plus de cette course à la mairie dans laquelle j'ai décidé de me lancer. Dans ce lit d'hôpital, j'ai l'impression qu'une tempête s'abat sur moi sans que je ne puisse contrôler quoi que ce soit. Vraiment, ce mois de décembre m'aura réservé de sacrées surprises, mais la plus belle d'entre elles se trouve devant moi, à faire les cent pas en attendant que j'appelle ma mère.

Mon téléphone à la main depuis deux minutes déjà, je ne sais toujours pas dans quel ordre je dois lui raconter les événements du jour. Sans compter qu'ensuite je devrais faire la même chose avec Rose, en évitant si possible de lui provoquer la perte des eaux. Un regard à Salomé suffit pour qu'elle comprenne que je suis tiraillé de toutes parts.

— Dis-lui simplement que tu vas bien, me dit-elle en se rapprochant du matelas.

— Je dois passer à l'offensive, tu le sais très bien et j'ai peur que ça fasse beaucoup d'un coup pour ma famille... lui avoué-je.

Elle me sourit avec compassion.

Après avoir demandé le mail au policier qui m'a interrogé, nous n'avons pas évoqué cette élection, mais nous savons tous les deux que suite à mon agression, les choses vont s'accélérer et qu'aujourd'hui, j'ai la possibilité de prendre tout le monde de court en annonçant ma candidature.

— Tu n'es pas obligé de le faire. Ce n'est pas parce que politiquement, c'est une bonne stratégie que tu dois choisir cette option. N'oublie pas que tu viens d'être arrêté une semaine pour pouvoir récupérer de cette commotion cérébrale. Improviser un discours n'est vraiment pas nécessaire, surtout si tu as peur d'affoler ta famille.

Je réfléchis. Encore et encore. De toute façon, Roy devra assumer ses actes à un moment donné et à partir d'aujourd'hui, je ne le laisserai plus me freiner dans quoi que ce soit. Il a cru qu'il pouvait sauver sa carrière en essayant de me tuer, mais je ne vais pas me laisser faire. Pff... Je ne sais pas vraiment quel était son objectif, si c'était réfléchi ou un réflexe de survie. Dans tous les cas, je dois rester dans ce lit d'hôpital jusqu'à demain, j'ai six points de suture, et surtout j'ai eu la peur de ma vie. Il doit payer pour ça.

Bon, ça suffit, j'arrête de tergiverser. Salomé sait autant que moi qu'en dévoilant à toute la ville son vrai visage, je marquerai des points et même si je ne suis pas encore en pleine possession de mes moyens, je dois le faire. Je vais confier tout ce que je sais à un journaliste et faire éclater la vérité.

— Je vais appeler ma mère et mes sœurs, mais pendant ce temps, tu pourrais demander à un de tes confrères de venir pour une interview ?

— C'est l'heure du grand déballage alors ? s'assure-t-elle.

— Oui, on arrête de le laisser gagner, lui confirmé-je avec détermination.

— D'accord, c'est comme si c'était fait, bébé.

Je souris.

Quoi que je décide, elle m'accompagne et c'est tout ce dont j'ai besoin à cet instant. Maintenant, l'heure des grandes annonces à la première femme de ma vie a sonné, je sens qu'elle ne va pas être déçue.

Soufflant un bon coup, je compose son numéro. Après quelques tonalités, sa voix chaleureuse parvient à mes oreilles. Même si je reste anxieux, l'entendre m'apaise.

— Jay ? Tu te souviens encore de mon numéro ? se moque-t-elle à l'autre bout du fil.

— Oh, je ne suis pas si indigne que ça comme fils ?

— Cinq jours sans message ni appel, c'est presque un abandon, exagère-t-elle.

Elle souligne exactement la période depuis laquelle Salomé est revenue me monopoliser. Depuis vendredi soir, il ne s'agit que d'elle, sauf que ma mère ne réussit pas à me faire culpabiliser.

— Bon, rassure-moi tu n'as pas oublié que demain soir, c'est le réveillon ? reprend-elle, décidément très taquine.

— Oh que non, plaisanté-je. D'ailleurs, Maman, tu peux rajouter un couvert ? Je viendrai accompagné.

— Doux Jésus ! Qu'avez-vous fait de mon fils ? Je dois mal entendre, il est impossible que tu daignes enfin ramener quelqu'un à la maison.

Je ne peux m'empêcher de rire. C'est cinquante nuances de drama aujourd'hui. Je ne sais pas si c'est l'arrivée prochaine du père Noël qui la rend si en forme, mais j'en ai presque oublié la principale raison de mon appel. L'entendre si joyeuse a pour effet immédiat de me rendre heureux.

— Ton numéro d'actrice est terminé ? Tu vas adorer Salomé.

— Ne me dis pas que c'est la journaliste que tu as déjà présentée à Sophie ! s'exclame-t-elle.

Et merde, les nouvelles vont vite.

— Si… Tu verras, elle est géniale.

— Je n'en reviens pas que je rencontre la petite amie de mon fils après ma meilleure amie. Quel fils ingrat tu peux être ! continue-t-elle de dramatiser.

— Sur l'échelle de la rédemption, je vais devoir attendre combien de temps avant de redevenir ton fils chéri ?

— Quand j'aurai d'autres petits enfants, tu seras pardonné.

Ça faisait longtemps, tiens donc !

Alors que je me prépare à renchérir de bon cœur, Salomé est toujours au téléphone. Elle ne chôme pas en notant je ne sais combien de mots à la minute sur son carnet. Oui, laissons les plaisanteries pour le réveillon, je dois faire un débrief à ma mère sur la situation.

— Maman, initialement je t'appelais pour un sujet beaucoup plus sérieux que pour t'annoncer que je viendrais avec Salomé demain… Si t'es debout, tu veux bien t'asseoir ?

— Jay, je n'aime pas quand tu commences une discussion comme ça.

— Papa est dans les parages ? continué-je.

— Non, Graham devait l'emmener acheter du poisson frais. Tu sais combien ton père est tatillon… Bref, maintenant dis-moi ce qu'il se passe, tu m'inquiètes.

Je soupire. Pas de frustration, simplement parce que je sais combien c'est délicat de résumer trois semaines de péripéties en quelques minutes. J'inspire une nouvelle fois.

— Alors déjà, rassure-toi, je vais bien. Je vais te raconter pas mal de choses qui me sont arrivées ces derniers jours, mais n'oublie pas que je me porte à merveille.

— Vas-y, dit-elle en serrant les dents.

Ne sachant par où commencer, je lui explique comment j'ai rencontré Salomé. C'est la partie la plus facile, mais aussi la moins farfelue. Suite à ça, je déballe tout sur notre enquête jusqu'aux événements de ce matin. À chaque nouvelle phrase, je me sens un peu plus crispé en entendant uniquement sa respiration dans le combiné.

Quel enfer je suis en train de lui raconter !

— Maman, dis quelque chose !

— Euh… Je n'ai pas de mots pour ce qu'il vient de t'arriver… Pour exprimer toute ma colère… Attends, je prends mes clés de voiture et j'arrive, je viens à l'hôpital. J'ai besoin d'être certaine que tu n'as rien.

— Non, tu ne vas pas venir. Salomé est avec moi, précisé-je pour la rassurer.

Les protestations de ma mère s'enchaînent, et je dois élever la voix pour reprendre la parole :

— La neurochirurgienne est formelle, mon cerveau va très bien. Je dois rester en observation cette nuit. Demain matin, je rentre à l'appartement et je te fais un rapport, promis. J'ai décidé de ne pas laisser Roy s'en sortir. Je m'apprête à donner une interview pour annoncer officiellement ma candidature contre lui. Je préfère te prévenir directement plutôt que tu l'apprennes en regardant la télévision. Je ne veux pas vous inquiéter, mais c'est mon devoir de le faire.

Je m'attends à ce qu'elle riposte de nouveau, mais il ne se passe rien. Pendant qu'elle encaisse toutes ces informations, un soulagement s'empare de moi. Je m'autorise enfin à relâcher la pression.

Le plus dur est fait.

— Tu me promets qu'une fois rentré chez toi, tu te reposeras ?

— Promis ! Demain, on sera à la maison et tu pourras me mitrailler de questions.

— J'en ai bien l'intention, se targue-t-elle, d'un ton assuré.

— Bon, je te laisse…

— Avant que tu raccroches, mon chéri, me coupe-t-elle, tu dois savoir que tu nous as toujours impressionnés et je sais que si tu prends un tel risque, c'est que ça compte. Tu vas probablement me provoquer des ulcères, mais je peux t'assurer que toute la famille te soutient à cent pour cent. Je dois arrêter de te montrer mon côté mère poule et te laisser faire ce qui te semble juste. En tout cas, tu n'imagines pas combien je suis fière de toi que tu penses un peu plus à toi.

Je cligne des yeux, ému par tant de douceur, au point que quelques minuscules larmes apparaissent aux coins de mes yeux. Je ne refoule pas cette émotion, j'accepte que celle qui m'a mis au monde arrive à me bousculer au moment où j'ai le plus besoin d'encouragements pour me jeter dans l'arène. La voix fébrile, j'essaie de reprendre le dessus et réussis à raccrocher sans craquer.

Elle sera moins élogieuse quand j'apparaîtrai à la télévision avec un col de chemise ensanglanté, un pull totalement froissé et une tignasse beaucoup plus rebelle que d'habitude.

Je dois maintenant répéter l'exercice avec Rose. Bien heureusement, je n'ai pas besoin de tout réexpliquer. Contrairement à ce que j'imaginais, ma sœur reste très factuelle et s'accommode du fait que j'aille bien désormais. Un jour, il faudra que je dise à mon subconscient d'être un peu plus optimiste. Parfois, dans la vie, les événements se déroulent sans encombre.

— Ouf. T'as enfin fini, s'exclame Salomé, à bout de souffle.

Je lui adresse un sourire coupable.

— Maintenant, je suis prêt ! réponds-je fièrement, en me redressant sur le matelas.

— C'est le moment de montrer à tes futurs électeurs que tu rentres dans la partie, m'encourage-t-elle. Je vais t'expliquer comment ça va se passer. D'ici quelques minutes, Richard va arriver avec Jane, notre journaliste référente pour la campagne. J'ai réussi à lui faire comprendre que dans cette histoire il valait mieux pour lui qu'il se désolidarise du maire, s'il ne voulait pas être entraîné dans sa chute. Après tout, c'est aller contre l'essence même du journalisme que d'accepter de se taire pour protéger un puissant. Bref, tu vas faire ton annonce et ensuite, elle aura le droit à trois questions. Je mettrai fin à l'entrevue si tu es trop fatigué. Normalement, ça sera diffusé ce soir, avant les journaux télévisés.

La maîtrise de Salomé fait son grand retour. Néanmoins, je suis satisfait qu'elle ait tout millimétré. J'ai beau m'exprimer publiquement toutes les semaines, aujourd'hui, je ne suis plus l'attaché de presse de la ville qui définit les règles. À partir de maintenant, je deviens le candidat. Face à tant de nouveautés, laisser le contrôle à cette femme incroyable me rassure.

S'approchant de moi, elle replace les mèches qui tombent sur mon visage. Les yeux rivés sur elle, son infinie douceur me trouble. Est-elle encore sous le choc de mon agression ou est-ce difficile pour elle de demander à sa rivale de m'interviewer ? Dans les deux cas, je culpabilise.

Tout ce que je désire, c'est la faire sourire, lui donner tout ce que j'ai. Malheureusement, force est de constater qu'aujourd'hui, j'ai fait les mauvais choix.

— Je suis navré que tu aies dû solliciter cette Jane pour faire l'interview.

— Ne le sois pas. Même si j'adorerais avoir son poste, elle est le meilleur choix pour lancer ta campagne. J'ai beau ne pas l'apprécier, je ne peux nier ses compétences en la matière.

— Oui, mais où est ton tremplin professionnel à toi ? Lors de notre dispute, je t'ai envoyé en plein visage que tu ne pensais qu'à faire tomber Roy pour avoir le job de tes rêves, mais finalement, tu as toujours le même poste que tu détestes et moi, je me présente à la mairie. J'ai l'impression que tu te fais avoir dans l'histoire.

Son rire franc me surprend de prime abord puis me rassure. Je comprends qu'il n'est pas faux, non, il vient du cœur, il est sincère. Elle se contorsionne pour récupérer son téléphone portable dans la poche arrière de son jean, tapote sur son écran puis me le tend.

Richard – 14 h 32 : Nous sommes en chemin. Tu as mérité de laisser les micros-trottoirs à nos stagiaires. Dès janvier, tu seras la nouvelle assistante de Jane, prépare-toi à être son larbin. Bon travail !

Subjugué, je la dévisage, ne sachant quoi dire.

— Tu vois, j'y trouve mon compte malgré tout.

— Tu vas réussir à ne pas trop la détester ? plaisanté-je.

— Je ne peux rien te promettre ! Je risque même de rentrer chaque soir en lui souhaitant tous les malheurs du monde, mais quoi de mieux qu'être son esclave personnel pour lui piquer son job ?

— Ton plan est parfait.

Je prends la main de Salomé pour l'attirer contre moi. À moitié allongée sur mon torse, je saisis son menton afin que mes lèvres atteignent les siennes. Pendant ce délicieux contact, mon esprit se vide totalement au point que je voudrais annuler cette entrevue pour qu'il n'y ait seulement que nous deux, dans cette bulle de bonheur.

— Si on avait fait un point presse à la sortie des urgences, tu aurais pu jouer à merveille le rôle du pot de fleurs, lui murmuré-je à l'oreille.

Son regard assassin est contredit par ce sourire qui rendrait amoureux n'importe quel homme.

— Je te déteste aussi de tout mon cœur, chuchote-t-elle.

Boosté par sa réponse, je l'embrasse de nouveau, profitant de ces dernières minutes à deux avant que nous ne soyons engloutis par la frénésie de la campagne.

Malgré les inquiétudes, je suis comblé. Elle est avec moi et c'est, je crois, ce dont j'ai toujours rêvé en secret. Qu'une femme m'aime au point de me suivre aveuglément dans mes projets les plus fous.

Maintenant, à moi de montrer à Roy Van Daat que je compte bel et bien tirer mon épingle du jeu.

Chapitre 40

James
Jeudi 24 décembre

Toujours installé dans mon canapé depuis une heure, je fixe ma télévision bouche bée. Les chaînes d'informations sont en boucle avec leurs gros bandeaux « *Breaking News* », captant totalement mon attention. Comment pourrais-je faire autrement ? On y voit Roy, le visage fermé, se faire interpeller par la police à son domicile. Inconsciemment, je pensais que cette vision m'apporterait un peu de réconfort ou de satisfaction, mais il n'en est rien. En rentrant ce matin, je me suis efforcé de prendre du recul, j'avais besoin de comprendre comment j'avais pu en arriver là. Le temps a bon dos sauf qu'il ne me permet absolument pas de tirer un trait sur ma colère ou ma déception.

Je ne ressens même pas un petit plaisir de le voir ainsi accompagné à l'arrière du véhicule des forces de l'ordre, non je me sens vulnérable et trahi, deux émotions que j'aimerai voir disparaître. Toujours happé par l'écran, j'inspire calmement. Ça va aller, je suis bien entouré, j'ai raison de faire tout cela. Les événements sont arrivés tellement vite que je ne m'attendais pas à une arrestation si rapidement, mais il faut que j'accepte que cette course folle ait bel et bien commencé.

— Allô ? T'es encore là ? m'interpelle Sacha à l'autre bout du téléphone.

Merde. Ce que je regarde me déconcentre tant que j'en ai oublié mon appel en cours. Le roi de l'ingratitude, c'est moi. Je l'envoie trouver une surprise pour Salomé et je ne l'écoute même plus.

— Oui… Désolé, l'arrestation de Roy m'accapare l'esprit !

— Oh, qu'est-ce que j'ai hâte de voir les images en rentrant ! Je vais prendre un pied d'enfer ! s'exclame-t-il, bien revanchard.

Bordel, si seulement je pouvais transformer ma colère comme lui réussit à le faire.

— Alors, tu les as trouvés ? lui demandé-je afin de revenir à notre principale discussion.

— Oui, je viens de sortir de la boutique, ne t'en fais pas ! Ils sont même emballés… Je ne sais pas pourquoi, mais je mettrais ma main à couper que les papiers cadeaux et toi, vous ne faites pas bon ménage.

Comment le contredire ? Je suis complètement nul pour ça, et j'attends d'ailleurs que Salomé rentre du travail pour qu'elle m'aide à emballer tous les objets que nous avons achetés dimanche après-midi. J'ai beau n'avoir plus de vertiges, elle m'a interdit de faire quoi que ce soit dans l'appartement, et il faut croire qu'elle est tellement flippante quand elle se fâche que je préfère éviter de la contrarier. Mon accident a l'air d'avoir fait ressortir son petit côté autoritaire, donc je profite de ses élans de bienveillance et me laisse chouchouter en suivant ses directives à la lettre. Mais force est de constater que pour moi, ne rien faire n'est pas un ordre facile à suivre.

Depuis que nous sommes rentrés de l'hôpital, mon portable ne fait que sonner. Les journalistes, les politiciens locaux et autres donateurs semblent avoir apprécié mon discours de lancement. En tant qu'attaché de presse, parler publiquement est une formalité, sauf qu'hier tout était différent. Ça me paraît encore irréel, mais ce qui est certain, c'est qu'aujourd'hui, je laisse cette aventure de côté. Ce soir, c'est le réveillon, tout ce qui m'importe c'est de partager un moment avec Salomé et toute ma famille.

Avec tous les rebondissements des derniers jours, je ne suis pas parvenu à trouver du temps pour lui acheter un cadeau et ce traumatisme crânien ne me facilite pas la vie. Parce que ma nouvelle petite amie a été claire : pas de ménage, pas de politique et surtout pas de bain de foule. Oui, elle a réussi son coup, maintenant, je lui obéis au doigt et à l'œil. Plus je la vois aux petits soins pour moi, plus je me rends compte que mon agression l'a drôlement remuée. En restant sagement dans mon appartement, je lui permets aussi de relâcher la pression.

— C'est parfait, mec ! le remercié-je.

— Je passe te les déposer dans l'heure, dit-il avant de raccrocher.

Je me demande bien quelle tête elle fera lorsqu'elle ouvrira son paquet demain, mais au fond de moi je sais que ce cadeau est parfait. Il représente beaucoup plus qu'un simple présent, il est la démonstration suprême de mon affection. Désormais, ce qui m'importe le plus, c'est que d'ici quelques heures, elle sera à mes côtés dans la maison de mes parents. Nous pourrons alors tout mettre sur pause pour enfin profiter de l'effervescence du réveillon. Putain, je suis comme un gosse, je compte les minutes avant d'y être. Sacha tient parole et me dépose le cadeau de Salomé avant de repartir pour fêter Noël avec les siens. Heureusement qu'il a fait vite, car quelques minutes après j'entends le bruit des clés dans la serrure.

Un mug de café à la main, je m'arrête en voyant la porte d'entrée s'ouvrir. Salomé la pousse légèrement du pied, les mains prises par des sacs bien remplis. Bordel, quelle tête de mule, je lui avais pourtant ordonné de ne pas faire de folie !

— Mais qu'est-ce que c'est tout ça ? demandé-je surpris.

— Des cadeaux, encore des cadeaux, des petites surprises, notre repas pour ce midi et enfin, un kit de soin pour contrôler tes points de suture.

Elle n'est pas possible !

— Qu'est-ce que je t'avais dit ? la sermonné-je avec un sourire qui contredit mon ton sérieux.

— Je fais comme toi, je fais des trucs absurdes par moments, se moque-t-elle.

Message reçu.

Sur ce coup-là, je ne peux rien rétorquer.

— J'espère que tu n'as pas trop craqué ta tirelire, car je t'assure que ce n'était pas nécessaire.

— James, ta famille m'accueille chez elle le soir du réveillon, il était hors de question que j'arrive les mains vides !

— Compris, tu as gagné, cédé-je.

Ravie, elle sourit de toutes ses dents.

Madame je-n'en-fais-qu'à-ma-tête a l'air d'y tenir et visiblement, elle n'a pas l'intention de rapporter tous ces paquets aux magasins. Posant ses sacs sur ma table à manger, elle me montre fièrement tout ce qu'elle a acheté et je ne peux me retenir de sourire. Tout ce qu'elle a trouvé plaira à chaque membre de ma famille, ils seront même peut-être plus satisfaits qu'avec ceux qu'on a achetés dimanche. Cela pourrait me procurer une petite pointe de jalousie, mais il n'en est rien, je suis simplement fier de leur présenter une nana aussi spectaculaire et attentionnée qu'elle.

Après son ce déballage, elle s'empresse de sortir le papier cadeau rouge pour commencer à tout empaqueter. Décidé à ne pas être un assisté pendant toute ma semaine de convalescence, je l'aide sans lui demander son avis. Alors qu'elle range tous ceux qu'elle a déjà habillés avec soin et agrémentés d'un joli ruban, moi je suis toujours sur le premier.

— Bébé, ne me dis pas que tu comptes offrir ça dans un tel état ? m'interpelle-t-elle en regardant la boîte qui se trouve devant moi.

Bon OK, j'ai dû rajouter une pièce de papier, car je n'avais pas coupé un assez grand morceau et presque la moitié du rouleau de scotch a été utilisée pour maintenir le tout, mais ce qui compte c'est que ça tienne, non ?

— Tant que c'est emballé, où est le problème ? plaisanté-je.

Elle lève les yeux au ciel, en secouant la tête.

— Hmm… Les lutins du père Noël vont passer pour quoi ? Non, c'est inhumain. Je vais le refaire, dit-elle en l'attrapant. Tu vas faire l'assistant adhésif !

Mort de rire, je la regarde recommencer l'emballage. Elle enchaîne sur les suivants pendant que je me contente de lui distribuer un à un les morceaux de scotch. Chacun sa spécialité !

Bien que ma contribution soit de la plus haute importance, je passe la majeure partie de mon temps à la détailler. Est-ce qu'un jour je m'habituerai à ce qu'elle m'envoûte autant ? J'en doute, néanmoins à cet instant, je continue de la scruter. Cette femme va rendre ce réveillon inoubliable, j'en suis certain.

***

Tout est prêt, notre valise est dans le coffre de la voiture alors que tous les cadeaux se trouvent sur la banquette arrière. Il ne manque que Salomé. Charger toutes nos affaires, c'est tout ce qu'elle m'a autorisé à faire en attendant qu'elle finisse de se préparer.

Assis côté passager, je patiente, car madame ne souhaite pas non plus que je conduise pour le moment. Lassé de voir défiler les minutes sur le cadran de ma montre, je sors de la voiture. Alors que je me retourne vers mon bâtiment, je m'immobilise en la voyant claquer la porte de l'immeuble. Le souffle coupé, il me faut une seconde pour réaliser la chance que j'ai. Mise en valeur dans une robe noire moulante, je la regarde avancer vers moi, le manteau grand ouvert. Son regard sauvage est sublimé par un maquillage sombre, et maintenant je ne pense qu'à une chose : quand mes mains vont-elles pouvoir lui enlever cette tenue diabolique ? Elle vient de prendre en otage mon esprit au point qu'aucun mot qui sortirait de ma bouche à cet instant n'aurait de sens. Me voyant ébahi, elle s'approche de moi avec un sourire malicieux.

— Tu ne veux plus partir ? me taquine-t-elle.

— Non, je crois qu'il faut de toute urgence qu'on remonte pour que je t'enlève cette robe.

— Hors de question, tu attendras ce soir pour ça !

— Tu n'as pas pitié de ton pauvre chéri qui guérit doucement de sa blessure à la tête ? lui demandé-je pour l'amadouer.

— Quelle excuse vas-tu donner à ta mère pour expliquer notre retard ?

— Hmm… Que comme toutes les femmes, tu as été beaucoup trop longue dans la salle de bain, me moqué-je.

— Du sexisme ? Vraiment ? Tu me déçois James, s'offusque-t-elle avec toute la malice qui la caractérise. Sans dire qu'on a connu mieux pour me faire gagner des points auprès de ma nouvelle belle-famille.

— Tu sais très bien qu'ils vont tous t'adorer. T'as déjà conquis Rosie, Graham et Sophie, dis-je en commençant à faire glisser mes mains dans le creux de ses hanches.

— Bats les pattes ! Tu auras tout le temps de dézipper cette robe après le dîner quand je serai pompette.

— Je vais prendre mon mal en patience…

Et c'est pas peu de le dire, ça va être une torture sans nom de la regarder éblouir absolument toute ma famille. La main sur mon torse, elle vient m'offrir un baiser avec une lenteur infinie. Celui-ci m'électrifie, me réconforte, me transporte. Il réveille des frissons de mon ventre, au creux de mon dos, je ferme les yeux afin de m'envoler avec elle dans ce tonnerre de sensualité. C'était elle, le cadeau inespéré que je pensais ne jamais mériter et par bonheur je n'ai pas eu besoin d'attendre le vingt-cinq décembre pour en profiter.

— Allez en voiture, chéri !

C'est parti ! Le meilleur moment de l'année est arrivé.

Chapitre 41

Salomé
Jeudi 24 décembre

Derrière lui, j'avance vers la porte d'entrée de cette imposante maison. J'ai l'impression d'être devant un de ses manoirs que l'on voit dans les films américains, le genre à laisser sans voix. Sans être encore à l'intérieur, j'imagine déjà le sapin qui grimpe jusqu'au plafond, les chandeliers allumés et l'immense table dressée avec la plus belle argenterie. Il manque simplement quelques flocons pour se croire dans le téléfilm le plus cliché de la terre.

Alors que nous marchons ensemble emmitouflés dans nos manteaux, je sens mon cœur qui ne cesse de tambouriner au creux de ma poitrine. Si depuis hier, j'ai voulu tout gérer, prendre le contrôle pour que James respecte le calme qu'impose sa convalescence, je suis tout de suite tétanisée à ses côtés. Je sais que sa famille n'appartient pas vraiment à la même classe sociale que la mienne, et inconsciemment, je crois que j'ai peur de faire tache avec mon franc parlé rebelle, ma nervosité incontrôlable et ma maladresse naturelle.

L'accident de James m'a fait prendre conscience que j'ai besoin que son amour m'englobe, qu'il m'enveloppe complètement. Plus jamais je ne veux recevoir un tel appel. Je veux des rêves qui se réalisent, faire des plans sur la comète avec lui tout en me foutant que ça se concrétise ou non, je veux ressentir son désir me pulvériser comme si nous revenions à cette conférence de presse où finalement il a réussi à allumer toutes les étincelles qui existaient pour qu'on se brûle l'un l'autre.

Le regard bien droit vers cette maison, je ressens le besoin d'être la petite amie de l'année, celle qui aura l'aval de toute cette famille qui doit encore être aussi bouleversée que moi par les événements d'hier. Putain, où que j'aille, je veux que sa main me réconforte comme elle le fait à cet instant, en serrant mes petits doigts congelés.

— Bébé, tout va bien se passer, me rassure-t-il, voyant que je n'en mène pas large.

— Tu me promets que si on me taille en pièce, tu viendras me sauver ?

Il ricane avant de caresser ma joue de sa main droite.

— Je te promets que ça n'arrivera pas, et si jamais l'un d'entre eux réussit l'exploit d'être mal luné le soir du réveillon, je leur crierai haut et fort qu'ils vont devoir s'habituer à te voir dans les parages, car je ne compte pas arrêter de montrer au monde entier que j'en pince très fort pour toi.

Ses mots doux viennent me bercer, au point que mon rythme cardiaque rongé par le stress se stabilise. Je ressens son affection dans absolument chaque parcelle de mon corps. Dieu du ciel, heureusement que nous nous sommes donné une autre chance, comment aurais-je pu vivre sans toute cette explosion de sentiments ?

— Très bien, on peut y aller ! soufflé-je en faisant un pas de plus en direction de la maison.

Décidé, il ne prend pas la peine de sonner et ouvre la porte. À l'intérieur, je ne suis que très peu surprise en remarquant que tout transpire Noël. Les poutres, le rebord de la cheminée ainsi que la rampe d'escalier sont généreusement garnis en décoration, mais j'ai à peine le temps de faire cette observation que Rosie m'enlace avec une force spectaculaire. Choquée par ce flot de tendresse qui m'est inconnu, je n'ose rien dire afin de profiter de ce contact, réconfortant à souhait.

— Je peux le dire officiellement maintenant : Salomé, bienvenue dans la famille ! s'exclame-t-elle en me lâchant.

Tout sourire, James perçoit ma surprise, mais ne dit rien. Il paraît même satisfait qu'on me prenne autant au dépourvu. Les Peeters rentrent sûrement dans la catégorie « très démonstratifs » et je sens que je vais devoir faire un stage renforcé pour me familiariser avec leur générosité leur côté tactile. Maintenant, c'est certain que mon appréhension est partie se faire voir très loin.

— Allez, pousse-toi ! C'est à mon tour, déclare une femme derrière Rose que je comprends être l'autre sœur de James.

Je prononce un léger « Merci » à celle qui vient de me lâcher avant d'être à nouveau enlacée avec ferveur.

— Moi, c'est Romy. Si tu savais depuis combien de temps, on attendait qu'une femme réussisse à le déconcentrer, dit-elle en désignant James.

— C'est un plaisir de te rencontrer, de faire votre connaissance à tous, réponds-je toujours un peu gênée.

Derrière moi, je l'entends soupirer, et par réflexe, je me retourne pour lui sourire. Il avait raison, comment pouvais-je espérer une meilleure entrée en matière ? Je suis accueillie comme une reine.

Je salue ensuite Graham, le compagnon de Romy qui se prénomme Benjamin, puis les neveux de James qui étaient tout aussi impatients de mettre un visage sur un nom. Alors que j'amorce un demi-tour pour retrouver le confort du regard de celui qui m'a convié à ce réveillon, une voix me surprend.

— Ah, je savais bien que j'avais entendu une inconnue dans ma maison ! lance une voix féminine.

Immédiatement, je devine qu'il s'agit de Nicole Peeters. Élancée, svelte avec une longue robe en satin rouge, elle pousse le fauteuil roulant où se trouve son mari, Daniel. En le détaillant, mon cerveau perçoit tout de suite les ressemblances qu'il partage avec James. La carrure, les yeux ainsi que la mâchoire carrée sont identiques. En le regardant, je peux aisément me représenter mon petit ami dans quelques décennies et je ne suis pas déçue.

Comme par réflexe, je tends la main à cette femme pleine de confiance qui me fait face. Seulement, comme ses filles avant elle, elle me prend dans ses bras.

— Je ne sais pas si je suis si heureuse de vous rencontrer parce que vous avez fait le nécessaire hier pour qu'il ne reste pas seul à l'hôpital et qu'il se repose ou si c'est parce que j'attends depuis des années qu'il trouve enfin chaussure à son pied.

Je lui souris. J'ai comme l'impression que je viens de réussir la première épreuve du feu.

— Dans tous les cas, je suis contente d'être ici aujourd'hui ! réponds-je en regardant toutes ces personnes dont les yeux sont rivés sur moi.

— Sur ce, si nous continuions cette conversation autour d'un verre dans le salon ? propose le père de James, en me faisant un clin d'œil très complice.

Comme s'il lisait en moi. Tel père, tel fils.

Face à tant de générosité, je ne me sens pas complètement à l'aise, néanmoins, je ne peux décrire le soulagement que je ressens. J'aurais donné n'importe quoi pour recevoir un tel accueil, et sans avoir fait quoi que ce soit, mes vœux ont été exaucés. Alors que je leur emboîte le pas, ma main est saisie par celle de James.

— Je t'avais dit que tout irait bien. Ils vont très vite te préférer à moi, plaisante-t-il.

— Je suis heureuse d'être ici avec toi, bébé !

— Tu n'imagines pas quel à niveau de mon bonheur je suis actuellement, renchérit-il. Je ne me suis jamais senti aussi bien dans cette maison.

Estomaquée par cette nouvelle déclaration, je ne sais quoi répondre. Je me mords la lèvre pour contenir le désir qui ne demande qu'à s'exprimer.

— Allez, viens par ici ! On a une superbe vue sur le jardin et l'entrée de la forêt. Par contre, un conseil : bois lentement, tous les cocktails de ma mère sont des armes massives capables de coucher le plus aguerri des piliers de bar.

Je ris.

Encore.

Me suis-je une seule fois sentie autant à ma place qu'à cet instant précis ?

Alors qu'il m'entraîne pour rejoindre les autres, je réfléchis. C'est irrationnel, mais je crois profondément que cette aisance n'est pas insignifiante. Avec James, je n'ai plus aucun doute. La tempête peut se lever, on peut me bousculer de tous les côtés, rien ne pourra me faire dévier tant que les doigts de James dictent aux miens dans quelle direction avancer. Je n'irais pas où il ne se trouve pas et je vais une nouvelle fois prouver au destin qu'il a eu raison de me malmener. L'homme qui m'entraîne dans sa vie méritait tous les efforts possibles et inimaginables, tout autant que je méritais que l'amour me transperce.

***

James avait raison sur toute la ligne : je ne pouvais pas louper un tel réveillon.

Sa famille, bien que haute en couleur, m'impressionne d'heure en heure. Ils sont si généreux, tendres et taquins les uns envers les autres si bien que je me crois dans une autre réalité que la mienne.

Avant de me rendre à table, je me suis surprise à laisser échapper une petite larme lorsque sur mon téléphone le nom de mon père s'est affiché. Ils étaient tous là, sur leur trente-et-un – Grégoire aussi malheureusement – et je n'ai pas pu refouler mes émotions. Mon paternel semblait déjà légèrement éméché, ma mère tirée à quatre épingles sommait mes frères d'arrêter de dire des bêtises et les compagnes de mes frangins n'ont pas arrêté de dire combien elles étaient déçues de ne pas pouvoir me serrer dans leurs bras. Bref ma famille dans toute sa splendeur.

Même si j'en veux encore légèrement à ma mère de ne pas avoir fait le nécessaire pour qu'on soit tous réunis, cet appel vidéo j'en avais besoin. Il fallait que je les voie sourire, rire, il fallait que je les entende et surtout je devais leur souhaiter un joyeux Noël. Presque six mois sans les voir c'est long, mais en ce jour, beaucoup de beaux souvenirs refont surface. Les dindes cramées au four, les papillotes aux devinettes impossibles à résoudre et même, les pièces de théâtre improvisées que nous offraient mes frères pour patienter entre deux plats. Ils me manquent tellement tous – évidemment si on enlève mon ex-petit ami qui pendant cet appel a servi de pot de fleurs –, mais après avoir raccroché avec eux, j'ai tout de suite oublié ma déception de ne pas les avoir près de moi.

Comment pourrais-je rester nostalgique quand je suis prise de fou rire toutes les deux minutes ? C'est purement impossible, tout m'amuse, me divertit dans ce repas avec la famille de James. Définitivement, je suis là où je dois être.

Totalement repue, je pose ma fourchette après avoir fini ma salade. Mon Dieu, on aurait dû me prévenir que la famille de James prenait autant à cœur les traditions. Pendant tout le repas, les plats et les verres de vin se sont enchaînés au point que tout de suite, il ne me reste plus un millimètre carré disponible pour accueillir le dessert. Doux Jésus, heureusement que j'ai pris une robe au tissu élastique, sinon il faudrait se munir de ciseaux pour me la retirer.

Graham et Benjamin s'attèlent à débarrasser toutes nos assiettes alors que les enfants, assis sur le sol à côté du sapin, scrutent la cheminée pensant que le père Noël va en sortir d'une minute à l'autre. Leur insouciance me fait rire. Le jour où ils apprendront la vérité et qu'ils réaliseront qu'ils attendent inutilement, ils auront tous les droits d'incendier leurs parents.

Amusée, je me tourne vers James qui termine son verre de vin blanc.

— Ils comptent vraiment scruter la cheminée jusqu'à demain matin ? lui murmuré-je.

Immédiatement, il ricane en regardant ses neveux.

— Tous les ans, ils font ça et on a beau leur dire que c'est inutile, ils continuent d'attendre. Apparemment, c'est pour montrer au père Noël qu'ils sont sages, me répond-il avant de s'adresser à eux. Eh, les petits monstres, vous revenez à table ? Le dessert est bientôt servi !

— On est pas petits, rétorquent-ils à l'unisson.

— Non, juste des monstres ! renchérit James en leur tirant la langue.

Soudain, les deux terreurs se lèvent pour se jeter sur lui en le mitraillant de chatouilles. Comme tous ceux qui sont autour de cette table, je me marre en voyant cette effusion de joie et de mon côté, je craque une fois de plus pour cet homme qui est en train de se faire martyriser par la progéniture de sa sœur.

— Allez ! À table, les enfants ! lance Nicole en arrivant dans la pièce avec un gâteau que je n'avais jamais vu auparavant.

Mais qu'est-ce que c'est que ce gâteau gigantesque ? C'est un mix entre un fraisier et un millefeuille, mais avec des gaufres pour constituer les différents étages, sur lesquels on retrouve une épaisse couche de chantilly. Si je pensais découvrir une bûche traditionnelle recouverte de chocolat noir, je dois dire que je ne suis pas mécontente de découvrir ce dessert totalement étranger. Alors que mon regard reste rivé sur cette gourmandise qui paraît délicieuse, l'agitation du repas me ramène à la réalité.

— Mais, Mamie, Tonton Jay dit qu'on est des petits monstres et il tire la langue, dénonce la petite Grace, décidée à balancer son oncle sans vergogne.

— Oh, ne t'en fais pas, ma puce, le père Noël peut aussi priver James de cadeaux s'il n'est pas assez sage.

Le regardant, elle se met à sourire, toute fière. Elle n'a qu'une envie : gagner la partie. Et je crois que si cette enfant peut le priver de présents, elle le fera sans aucune pitié. Son frère, Josh, semble avoir trouvé un nouvel intérêt. Il veut tout comme moi goûter à cet énorme gâteau. Je sais que j'ai dit ne plus pouvoir avaler un gramme, mais étrangement, de la place s'est miraculeusement libérée dans mon estomac.

— Alors, qui explique la tradition du gâteau de Noël à Salomé ? demande Romy à ses enfants.

— Moi, moi, moi ! s'exclame le petit garçon en levant la main comme s'il était à l'école.

Mon Dieu, il est à croquer.

— Vas-y, je t'écoute, lui confirmé-je en le regardant droit dans les yeux.

— Je te le dis que si tu nous racontes la tradition dans ta famille, renchérit-il.

Quel filou !

Tout le monde se met à sourire face à ce môme qui visiblement ne manque pas de ressource. On est passé en quelques secondes de l'honneur de me partager leur tradition à un petit chantage très malin.

— Marché conclu ! Mais je te préviens que tu vas être jaloux, Josh.

— Même pas peur ! s'exclame-t-il très confiant.

— J'ai grandi sur une île du sud de la France et mes parents ont une petite maison sur le bord de mer. Nous n'avons pas de grand jardin comme vous avez ici, mais à la place, nous avons une grande plage, donc un jour, mon grand frère Rafael a décidé qu'il voulait ouvrir les cadeaux sur le sable et c'est resté. Depuis chaque vingt-cinq décembre, quand tout le monde est réveillé, nous prenons tous les paquets qui se trouvent sous notre cactus de Noël et nous les emmenons dehors afin de les déballer.

Au moment où je finis ma phrase, je remarque que les neveux de James sont stupéfaits. La bouche entrouverte, ils n'osent plus en placer une.

— Maman, c'est quand qu'on fait Noël chez Salomé ? demande Grace, provoquant un fou rire général.

— Faut déjà qu'elle vous supporte plus d'une journée ! Est-ce que je dois rappeler toutes vos bêtises de la semaine dernière ? plaisante Romy.

— Papa a dit que le père Noël avait déjà oublié les coloriages sur les murs. Pas besoin de lui rappeler, hein ! prétexte Josh, toujours aussi malicieux.

Dans ma tête, je réalise que je ne pouvais pas espérer mieux comme réveillon. Être avec eux est rafraîchissant et très réconfortant. À ce moment-là, la main de James vient me caresser le dos. Des frissons me parcourent, sa tendresse me comble de bonheur. S'approchant de mon oreille, il vient me susurrer quelques mots :

— Je t'avais dit qu'ils allaient t'adorer !

Je ne réponds rien, je le regarde droit dans les yeux et je tente de lui transmettre tout l'amour qui bouillonne en moi. Alors que j'étais concentrée dans ce moment silencieux plein de complicité, le petit garçon qui se trouve à la table m'interpelle :

— Eh, Salomé ! Es-tu prête à découvrir notre tradition ?

— Oui, évidemment !

— Pour avoir le droit de manger une part de dessert, on doit dire quelle est la plus belle chose qui nous soit arrivée dans l'année. Comme ça, le père Noël nous entend et ça lui montre qu'il n'est pas le seul à distribuer du bonheur.

Quel rituel adorable !

Mais est-ce que ça veut dire que je vais devoir me livrer devant tout le monde ? J'en ai bien peur. Je laisse tout d'abord les petits raconter ce qu'ils ont adoré au cours de cette année. C'est à la fois lunaire et si tendre que mon cœur fond devant tant de naïveté. J'aimerais certains jours avoir la même légèreté qu'eux, mais la vie d'adulte ne nous offre pas un tel luxe. Nous écoutons attentivement ces enfants avec une infinie bienveillance, mais je ne cesse de me demander ce que je vais bien pouvoir leur raconter.

— À toi ! m'avertit Grace qui vient de finir de nous expliquer combien elle est fière d'être la première de sa classe.

— Tu n'es pas obligée, me lance James, voyant que je ne suis pas très à l'aise à l'idée de me dévoiler à toute sa famille.

Fichu stress. Ils ne m'ont pas invité pour que je joue à moitié le jeu, et puis je compte bien continuer longtemps d'être la petite amie de James. Il est hors de question que je me défile devant eux.

Faisant non de la tête, je montre à celui que j'aime que j'ai bien l'intention de respecter leur tradition familiale. Un petit coup de pied aux fesses et c'est parti !

— Donc… Je crois que ce qui m'est arrivé de meilleur au cours de cette année, ça a été de venir vivre ici. Je fais un travail extraordinaire qui me passionne, j'ai rencontré James… avoué-je en le regardant. Et je ne sais pas ce que le père Noël pourrait m'offrir qui me rendrait plus comblée à ce jour. Je suis la définition même de vivre d'amour et d'eau fraîche !

Des sourires amicaux viennent soutenir mon regard un peu perdu. Ce grand saut n'était pas si compliqué finalement. Laissant la parole aux autres, je m'enfonce dans ma chaise, moi-même émue par ce que je viens de livrer à cette nouvelle famille. Oui j'ai eu raison de tout quitter, j'ai eu raison de croire en moi, de m'offrir cette nouvelle vie qui finalement me réussit très bien quand je regarde où je suis et qui se trouve à mes côtés. Pendant que les uns après les autres livrent un petit bout d'eux-mêmes, Benjamin sert à tous les adultes une coupe de champagne et Romy dépose une part de gâteau dans chaque assiette. Soudain, c'est au tour de James de parler et immobile, je le scrute avec admiration tant mon amour pour lui me rend mièvre.

— Alors cette année, la plus belle chose qui me soit arrivée, c'est l'arrivée fracassante de Salomé dans ma vie. Vous ne la connaissez pas encore, mais vous découvrirez vite qu'elle peut en un rien de temps changer les gens qui l'entourent. Ça faisait trop longtemps, que je me mentais à moi-même, que je n'étais plus moi à 100 % et Salomé m'a rappelé pourquoi j'avais envie de me lever le matin.

Sous les regards de toute sa famille, il s'approche pour déposer un tendre baiser sur mon front, si bien que mes joues se parent de rouge. Oui, je ne suis pas encore à l'aise avec cette effusion de sentiments en public, je suis pudique face à tous ces Peeters que je connais à peine. Toutefois, mon cœur est comblé. Comment aurais-je pu penser avoir une telle influence sur lui en si peu de temps ? Comment aurais-je pu concevoir que moi, la journaliste sentimentalement bancale, je puisse en quatre semaines à peine craquer pour un homme comme James ? Attendrie, je me contente de sourire en regardant l'homme à mes côtés avec une tendresse folle.

Le tour de table se poursuit pendant que je papillonne comme une adolescente. Au moment où Daniel finit de parler avec une solennité frappante, tout le monde lève son verre.

— Cul sec et chantilly ! se mettent-ils tous à scander pour trinquer.

What ?!

Qu'est-ce que ça veut dire ?

Les coupes s'entrechoquent, puis je les vois finir leur verre d'une traite, cependant je reste bloquée sur ces mots qu'ils viennent de prononcer en cœur. Intriguée, mon regard se tourne vers James. Instantanément, il capte ma surprise. Je n'ai jamais entendu ça nulle part ailleurs.

— Tu veux la traduction, hein ? se moque-t-il.

— Carrément, ouais ! validé-je en hochant la tête.

Il ricane.

— Pour une fois que je peux t'apprendre un truc, plaisante-t-il. Quand notre grand-mère maternelle nous demandait avant Noël quel type de bûche nous voulions, Romy répondait toujours « Chantilly » et pour faire plaisir à la plus capricieuse de ses petits-enfants, notre mamie a décidé de revisiter tous ses desserts de Noël avec cette crème.

Au moment où il me raconte cette anecdote, sa grande sœur nous adresse un signe de la main, décidément très fière d'être à l'initiative de cette tradition familiale.

— Et donc, après quelques réveillons le fameux « Santé ! » ou « Tchin » fut remplacé par cette petite phrase. C'est une pure création des Peeters ! reprend-il.

Acquiesçant, satisfaite de la réponse qui m'a été faite, je regarde ma coupe pleine qui se trouve toujours dans ma main droite. Je crois que c'est à mon tour désormais.

— Bien... Alors « Cul sec et chantilly » à tous ! affirmé-e en faisant à mon tour honneur au champagne.

Sans comprendre pourquoi, je les vois m'applaudir. Je viens peut-être de valider la dernière étape du rite de passage pour être acceptée dans cette belle famille, mais finalement ce qui compte ce sont les yeux brûlants de James qui me dévorent. Sa main gauche se pose maintenant sur ma cuisse, il sourit pendant qu'une fierté totale me transcende. Nous sommes ensemble et j'avais raison lorsque je me suis adressé à eux précédemment, c'est ce qui me rend le plus heureuse actuellement.

Chapitre 42

Salomé

Vendredi 25 décembre

— À l'abordaaaaaaaaaage ! crient deux voix me tirant de mon sommeil.

J'ouvre un œil. Josh et Grace sont là, munis d'oreillers pour nous offrir un réveil des plus originaux. Mmmh… Pourquoi ai-je cru une fois de plus que je pourrais trainer au lit ? J'ai enfin trouvé une résolution pour la nouvelle année qui approche : tirer définitivement un trait sur les grasses matinées. Du moins chez les Peeters, c'est un concept totalement étranger.

Alors que je me saisis de mon oreiller pour me protéger de cette attaque dénuée de tout scrupule, James choisit de désarmer sa nièce et de riposter avec les meilleures chatouilles en guise de punition. Son neveu lui, n'est pas décidé à s'arrêter, je remonte légèrement mon top en satin afin de couvrir ma poitrine, puis je combats ce petit garçon qui a l'air d'avoir une force de lion.

— Mamaaaan ! crie Grace. Tonton Jay n'a pas de pyjama. Il faut dire au père Noël de venir récupérer ses cadeaux.

Nous sommes tous les deux pris d'un fou rire. Cette petite arrivera à ses fins lorsqu'elle sera grande, c'est certain ! À cet instant, nous apercevons Romy qui passe sa tête dans l'encadrement de la porte avec un visage désolé.

— Ils étaient intenables, s'excuse-t-elle auprès de nous.

— Tu m'as pas écouté, relance la petite. Pourquoi nous on est obligé de mettre un pyjama qui gratte alors que lui fait ce qu'il veut ?

— Ma belle, quand tu seras majeure, tu feras ce qui te chante comme ton oncle ! répond la sœur de James, dépitée par l'autoritarisme de sa fille.

De notre côté, on se regarde, fascinés par tant d'agitation. Je n'ose même pas imaginer ce que cette maman doit vivre chaque jour avec des jumeaux aussi énergiques qu'eux.

— Bon, Josh, tu m'emmènes voir ces cadeaux ? lui proposé-je, comprenant que nous ne retrouverons pas la paix tant que ces enfants n'auront pas déballé tous leurs paquets.

S'arrêtant de me pulvériser de coups de coussins, il se dirige vers la sortie de la chambre et s'arrête sur le seuil pour m'attendre. J'attrape un sweat dans la valise qui ne m'appartient pas, afin de l'envoyer à James. Il a déjà provoqué une rébellion en dormant torse nu alors qu'est-ce que ça sera s'il rejoint le sapin aussi peu vêtu. Après ça, j'enfile mon pull rose préféré afin de rejoindre l'enfant qui s'impatiente dans le couloir.

— Bravo, Josh ! Tu voles les petites copines des autres maintenant, lance James en riant.

Ne se sentant absolument pas coupable, le petit lui répond par un tirage de langue en bonne et due forme. Ce déballage de cadeaux s'annonce mouvementé !

Au salon, tout le monde nous attend. Je remercie Graham intérieurement d'avoir une mine encore plus affreuse que la mienne. Il faut croire que je ne suis pas la seule pièce rapportée de cette famille à préférer profiter d'un bon lit douillet. Je m'assois en tailleur sur la méridienne du canapé, en attendant que les enfants se défoulent sur leurs paquets cadeaux. Quelques minutes plus tard, James me rejoint en déposant une tasse de café chaud au creux de mes mains.

Bonté divine. Je n'attendais que ça !

Je me blottis contre lui, son bras se pose alors sur mon épaule, m'attirant un peu plus contre lui. Qu'on soit dans ce salon ou sur un coin de plage, je ne bougerais pour rien au monde. Je suis dans un de ces moments où le gel du temps devient un bonheur sans nom, où on peut prendre la liberté de regarder dans le vide en se moquant de tout le reste. Aucun des cadeaux sous ce sapin ne m'attire plus que cette sensation de plénitude qui m'envahit. Mes yeux vagabondent pour inspecter ce qu'il se passe dans le jardin immobilisé par le froid de l'hiver et je continue de divaguer. Je veux que les saisons défilent, que les fleurs se subliment, je veux noter chaque rêve sur un carnet pour en rire dans dix ans quand je réaliserai que certains étaient follement stupides. Mais par-dessus tout, je souhaite que James reste là, à me prendre dans ses bras, à minimiser mes défauts mesquins. Il ne me rendra pas parfaite, toutefois je sais qu'avec lui, le soleil brillera plus fort.

Sous nos yeux, Josh et Grace déballent à toute vitesse les cadeaux. Ils ont à peine le temps de sauter partout qu'un autre présent leur est mis dans les mains. Alors qu'ils ont tout ouvert, nous les voyons courir à l'étage, emportant avec eux absolument tous les paquets. Leur mère a beau leur crier de faire attention dans l'escalier, ils n'en ont rien à faire. De vraies piles électriques.

Une fois seuls entre adultes, le grand déballage devient beaucoup plus calme. Je suis surprise de voir James se lever instantanément après leur départ pour m'apporter une grosse boîte.

Merde !

Qu'a-t-il bien pu me prendre ? Mon cerveau s'agite, mais je n'en ai strictement aucune idée.

— Allez, ouvre-le, Salomé !

— J'ai peur, ironisé-je.

Les sourcils froncés, j'essaie de lire en lui avant de commencer à triturer le papier sauf qu'il ne me livre rien. Il est juste bêtement heureux.

— Dépêche-toi !

Foutu James !

Tout le monde nous regarde maintenant. Deux de mes ongles décapsulent le scotch facilement et à ce moment-là, une pensée me fait rire intérieurement au point que je me sente obligée de la partager.

— Ce qui est certain, c'est que ce n'est pas toi qui l'as emballé, lâché-je, provoquant des rires dans toute la pièce.

— Saloperie ! plaisante-t-il.

Son sourire ne me fait pas flancher, je me concentre à nouveau sur ce paquet dont j'ignore le contenu. Pressée par toute cette famille qui attend que je dégage ce fichu papier, je commence à le déchirer. Sans voix, je m'immobilise au moment où j'en découvre le contenu. Des patins à glace.

C'est trop tout, trop onéreux, trop touchant, trop James tout simplement. Aucun mot ne réussit à sortir de ma bouche. Merde, je le déteste définitivement de tout mon cœur de me clouer le bec de cette manière devant tout le monde. Je suis friable, vulnérable, totalement à découvert à cause de ce cadeau. Il m'ouvre une fois de plus son monde, il me donne tout et je suis incapable d'encaisser autant d'amour d'un seul coup. C'est lourd, pesant tout en étant si merveilleux. James m'offre la beauté de son univers, un plongeon dans l'inconnu et de fait, je saute à l'aveugle avec lui.

— T'es fou ! lâché-je.

Il dépose un baiser sur mon front afin de me laisser profiter de cette douce émotion.

— Je tiens à préciser qu'il va falloir vous relayer pour les cours particuliers, lance-t-il à sa famille. Parce que Salomé est vraiment un escargot sur la glace.

— Tu n'es pas possible, grogné-je en lui ébouriffant la tignasse.

— James, on va te ressortir les vidéos de tes débuts, tu te moqueras moins, commente son père.

— Je serais ravie de les voir, Daniel ! ajouté-je, triomphante de voir que j'ai déjà des alliés sur qui compter.

À mon tour, je dépose une boîte sur les genoux de mon copain. On va bien voir qui va rigoler le plus. S'il croit qu'il peut m'émouvoir aussi vite, j'ai hâte de voir sa réaction. Je dois avouer qu'il ne fait pas autant de manières que moi. L'emballage est réduit en confettis en quelques secondes. Et maintenant, c'est lui qui se met à écarquiller les yeux en découvrant la boîte duveteuse avec le logo de l'antiquaire où je l'ai emmené dimanche.

Pendant qu'il était à son appartement hier matin, j'ai foncé dans cette boutique. Je savais qu'un accessoire m'avait tapé dans l'œil quelques mois plus tôt néanmoins je n'avais aucune raison de l'acheter à ce moment-là. Ça, c'était avant, parce que maintenant j'ai un amoureux qui se présente aux municipales, et il mérite ce cadeau dix mille fois. Curieux, il ouvre l'écrin précipitamment pour y découvrir une paire de boutons de manchette en or, où l'écusson de Bruges est gravé. Comme tout ce qui sort de ce magasin, ces bijoux ont une histoire et pas des moindres. Il s'agit de parures ayant appartenu à Franz Keane, un des anciens maires de la ville. Probablement le plus populaire de tous. Alors que James découvre la petite histoire de ce bijou, inscrite manuellement par le vendeur, ses lèvres vibrent légèrement. Je ne sais pas pourquoi je les fixe, peut-être car j'aimerais qu'elles rejoignent les miennes. C'est un fait, son émotion me transperce. Il vient stopper ma contemplation en passant une main devant sa bouche, lui-même bluffé que j'ai pu trouver un tel objet.

Je suis peut-être un tas de contradictions, pleine d'accélérations avec un désir fou de douceur. Fatalement excessive tout en étant si fragile quand l'homme que j'aime se retrouve emmené sur un brancard. Je suis un arc-en-ciel de sentiments, de puissance, de réflexes à la con, de frénésie amoureuse et au-delà de tout ça, je voulais être la femme qui trouverait le cadeau parfait, celui capable de lui faire perdre la parole et à cet instant, je crois que ces petits grammes d'or réussissent à le séduire.

— T'es absolument exceptionnelle, c'est parfait ! finit-il par lâcher.

Il m'enfonce au cœur de ses bras, en déposant je ne sais combien de baisers sur le haut de mon crâne. On est le matin de Noël, notre histoire n'en est qu'à son crépuscule et mille événements nous attendent déjà. J'oublie cette future campagne qui l'attend tout comme mes angoisses dévastatrices, je choisis de me concentrer sur les quelques secondes où il m'enveloppe. J'ai l'impression que tout se fige à nouveau. Je n'ai plus peur de l'infini, de tous ces éléments que je ne maîtrise pas. L'heure ne compte plus, ainsi que le monde qui se trouve autour de nous. Il n'est pas ma lumière comme pouvait l'être Grégoire et je ne suis pas spectatrice, consommatrice du monde qu'il m'offre. Nous sommes tous les deux là, prêts à nous offrir mutuellement chaleur, rires profonds, candeur et autres folies dont nous serons les seuls maîtres. Blottie contre son torse, je me fais la promesse à moi-même de continuer d'avancer les yeux bandés dans cet amour fou. Rien de plus beau ne peut m'arriver.

***

James

On est enfin arrivé à cette journée, celle où les rêves semblent atteignables, où on se dit que pour être heureux il suffit de le choisir. Aujourd'hui dès que mes pupilles ont rencontré la lueur du jour, j'ai su que j'aurais tout ce que je voudrais et il faut avouer que pour le moment tout se déroule à merveille. Une casquette vissée sur la tête, des lunettes de soleil et me voilà, ici sur ce marché de Noël à profiter simplement d'être un vingt-cinq décembre. À cet instant, je ne suis plus candidat à la mairie, je suis seulement une personne lambda qui désire savourer le folklore de la Grand Place.

Malgré tout ce qu'aurait pu dire mon grand-père paternel, cette date ne peut pas être anodine, elle ne laisse jamais indifférent. Comme chaque année, en ce jour, chaque être humain ne peut que dire de belles choses, ne peut qu'embrasser la vie et éliminer toute négativité. Même un anniversaire ne provoque pas ce sursaut d'excitation à chaque cœur qui bat sur cette planète. Je veux profiter de chaque seconde, ressentir chaque vibration et lorsque celle-ci sera terminée, j'attendrais comme un gosse que trois cent soixante-cinq jours passent de nouveau avant de redécouvrir cette naïveté qui permet à chaque adulte de redevenir un enfant. Au moins pour vingt-quatre heures.

Alors que je tiens entre mes mains un gobelet cartonné rempli de vin chaud un peu trop parfumé à mon goût, je continue de plaisanter avec Sacha loin de la foule. Sur un banc, nous n'avons rien trouvé de mieux que regarder, en bons petits voyeurs, les familles de la ville qui se ruent à la librairie pour les lectures que l'on a organisées. Après les élégants boutons de manchette que Salomé m'a offerts, admirer ces gosses sortir du bâtiment après avoir découvert ces superbes histoires est le plus beau cadeau qu'on ne m'ait jamais fait.

À partir de ce jour, je deviens la vraie version de moi-même, celle qui patientait au chaud en attendant le grand départ. Quand je les regarde tous courir dans tous les sens, sauter dans les bras de leurs familles, j'admets qu'il était grand temps que je devienne cet homme plein de courage. J'ai toujours voulu pousser les barrières, faire disparaître les obstacles, me donner à cent pour cent pour les autres et dès que cette semaine de repos sera terminée, je vais courir vers ma destinée.

— Tu ne veux vraiment pas rencontrer tous ces gens ? me lâche mon collègue, déçu que nous restions si loin des festivités.

— Non, je préfère rester ici. Regarde cette vue !

Qu'est-ce qu'on pouvait imaginer de mieux pour cette journée ?

Plus je réfléchis, plus je me dis que tout est parfait. Les parents sont ébahis de voir autant d'étoiles dans les yeux de leurs progénitures. Eux se sentent réellement spéciaux qu'on leur fasse un tel cadeau et moi dans cette histoire, je sais que personne n'est utilisé à des fins politiques, personne ne se nourrit d'une quelconque gloire. C'est ce que m'a toujours inculqué Sophie Gillian : donner sans attendre quelque chose en retour. Donner dans le seul but d'offrir et rien d'autre.

Alors que je continue ma contemplation, un petit bout de femme surgit. Son caméscope à la main, elle accourt vers nous avec l'élégance d'un éléphant. J'en ris. Salomé dans toute sa splendeur. C'est ça qui est prodigieux dans tout ce concept d'histoire d'amour, qu'importe qu'on soit allongé sur un lit d'hôpital ou collé l'un contre l'autre le jour de Noël, on craque pour le moindre détail. Un haussement de sourcil. Un grognement. Une démarche maladroite. Une vulgarité. Une lèvre gercée. Un ronflement. Une sale habitude. On craque même pour ce qu'on déteste le plus.

Ouais, Salomé, c'est un peu profiter du vingt-cinq décembre tous les jours. C'est celle qui me ramène en enfance, celle qui électrise chaque moment d'ennui et c'est avant tout celle que j'ai envie d'illuminer, d'éblouir, de transcender. Je ne sais pas qui a instauré l'idée que l'amour était quelque chose de doux, de mielleux, de si tendre qui ne concerne que la gent féminine. Moi, ce que j'ai appris avec cette femme qui s'approche de moi, c'est que l'amour, ça bouscule, ça impressionne, c'est puissant et tout de suite, je m'apprête à me délecter de cette force surnaturelle qui nous lie tous les deux.

Épilogue

Salomé

6 mois plus tard

— T'en dis quoi de ce vert d'eau pour la commode de Maxence ? demandé-je en positionnant mon téléphone sous les yeux de James.

— C'est ça ton plan pour me changer les idées ?

— Tu préfères ça ou compter le nombre d'étoiles qu'il y a dans le ciel ?

Il saisit mon téléphone puis le verrouille pour le reposer sur la table basse qui nous fait face. Les lèvres pincées, il expire lentement. Tout son visage est crispé si bien qu'aucune de mes tentatives de diversion n'y change quelque chose.

Nous venons de passer les six mois les plus intenses de notre vie. La mise en examen de Roy Van Daat s'est soldée par son évincement de la mairie. Dans l'urgence, les membres du conseil municipal ont élu son adjoint, Phil Huppert, pour terminer le mandat. Ce dernier a surpris tout le monde en soutenant publiquement James dans sa course à la mairie.

Les premières semaines de campagne furent les plus difficiles. Si j'avais hâte que ma carrière prenne son envol, j'ai quand même dû rester en retrait derrière Jane le temps des élections. Il ne fallait pas que ma place nuise à la candidature de James. Cela m'a néanmoins permis de faire mes armes et de prouver à mon rédacteur en chef que lorsque l'on me fait confiance, je peux être d'une loyauté sans faille. Il me tarde déjà d'être à demain pour enfin gérer mes premiers articles en solo. Pendant que James alternait entre son poste d'attaché de presse à la mairie et sa campagne électorale, moi, je courais dans tous les sens pour offrir à Jane les meilleurs articles. Entre deux réunions tardives à son siège de campagne pour établir son plan d'action, nous sommes tout de même parvenus à conjuguer nos emplois du temps millimétrés, mais heureusement, la course infernale s'arrête ce soir.

Tous les deux assis sur le sofa de la salle de réunion qui jouxte la halle que nous avons louée pour la soirée électorale, nous attendons que les résultats tombent. Nous aurions pu passer une soirée calme à manger un cornet de frites sur les quais de Bruges, mais nous sommes là à égrener les secondes. Intérieurement, je bouillonne autant que James. On aurait pu vivre notre relation avec simplicité, mais non, nous nous sommes lancés dans cette campagne électorale les yeux fermés et s'il perd ce soir, j'ignore comment je vivrai avec la culpabilité d'avoir fait naître en lui un espoir si grand. Pour l'heure, je préfère penser à la victoire, car c'est évidemment pour cela que nous sommes dans cette pièce ce soir. Bordel, il faut que James soit le nouveau maire de la ville.

Les autres candidats ne lui ont pas facilité la tâche et les résultats des premiers bureaux de vote ne font que maintenir le suspense. Rien n'est encore terminé, cela va se jouer dans un mouchoir de poche et tout ce que l'on peut faire c'est attendre que les vingt-six prochaines minutes s'écoulent.

— Quitte à mourir d'impatience, je préférerais déboutonner ton chemisier, suggère-t-il avec un sourire ravageur qui me fait fondre comme si je tombais de nouveau amoureuse de lui.

— Vingt minutes, c'est tout ce que t'as à m'offrir alors que j'ai sorti mon plus beau maquillage de l'année ?

James éclate de rire.

— Bébé, pourquoi nous nous sommes lancés dans cette élection, déjà ? me demande-t-il avec un ton soudain très sérieux. Je suis en train de me liquéfier alors que l'on pourrait simplement profiter de notre soirée.

— Parce que tu ne sais pas te contenter de ce que le commun des mortels souhaite.

— Et si je perds, on fait quoi ?

— Si tu perds, je t'autorise à gâcher mon maquillage et ma coiffure pour du sexe !

— Qu'importe le résultat, sois sûre que je vais te faire l'amour une bonne partie de la soirée !

— Espèce de beau parleur !

— Tu sais au fond de toi que je suis totalement sérieux, riposte-t-il avec un sourire aguicheur.

En entendant ces mots, mon bas ventre se contracte. Oui, cet homme au costume bleu marine si bien taillé est mon mec. Il va peut-être devenir maire ce soir, mais je m'en fiche. Qu'il le soit ou non, mon quotidien ne changera pas. Tant qu'il m'embrasse en se levant aux aurores et qu'il me laisse admirer ses fesses en se dirigeant vers la salle de bains, je serais une femme comblée.

— Je te détesterai plus que tout, que tu gagnes ou que tu perdes cette élection, murmuré-je avant de prendre son visage entre mes paumes.

Sans lui laisser le temps de répondre, je me colle à son torse pour permettre à mes lèvres d'embrasser les siennes. Aussitôt les mains fermes de James s'agrippent à mon dos avec passion. L'un contre l'autre, nous laissons le temps se figer. Blottie contre lui, je tente de nous protéger de la tornade qui risque de nous emporter d'ici quelques minutes. Plus ma bouche entre en collision avec la sienne, plus je réalise que c'était franchement une mauvaise idée de se cramponner l'un à l'autre de cette manière. Je ne pourrais pas m'arrêter.

Alors que mes yeux rencontrent les pupilles étincelantes de désir de James, je recule, haletante.

— Est-ce que tu me détestes assez pour enfin accepter d'emménager chez moi ? lance-t-il plein d'assurance.

— On n'avait pas dit que l'on réfléchirait à cette question quand les élections seraient terminées ?

— Théoriquement, elles le sont. Les urnes sont toutes en train d'être dépouillées. Il ne manque plus que le verdict.

— James, quel politicien tu vas être si tu joues déjà à trouver les failles du système ? ricané-je pour me sauver.

La vérité, c'est que ça fait déjà trois mois qu'il m'a fait cette proposition. Trois mois que je sais que je vais accepter, mais trois mois que ma raison me dicte que notre vie privée ne doit pas nous déconcentrer, que James doit se focaliser sur son élection et moi sur mon nouveau poste. J'avais besoin de compartimenter les événements et commencer cette vie à deux dans son appartement aurait été une météorite de trop dans notre quotidien.

— S'il te plaît, Salomé, viens vivre avec moi ! Ça fait six mois qu'on sait éperdument que nous sommes les deux faces d'une même pièce. T'es l'audace quand je suis la raison, tu es le contrôle quand je suis l'insouciance. Viens mettre le désordre chez moi, viens râler que je me lève toujours trop tôt, viens crier contre les voisins, car ils écoutent de la musique pourrie, mais s'il te plaît, viens définitivement faire ta vie avec moi !

Alors qu'il s'arrête de parler, c'est moi qui me retrouve essoufflée. Bordel, la même sensation que ce soir-là à la patinoire quand j'ai failli tomber à la renverse. Ce fameux soir où il a fait faire un triple axel à mon cœur sans que je m'en aperçoive.

— Oui, réussis-je à répondre.

— T'as dit « oui » ? s'étonne-t-il, subjugué.

— J'accepte d'emménager chez toi, oui.

— Salomé Roussel, vous n'imaginez même pas combien je vous aime ! lâche-t-il en m'enlaçant de toutes ses forces.

Coincée entre ses bras, je refuse de bouger. Son affection déborde et j'en savoure les moindres grammes. Je ne m'habituerai jamais à sa façon de m'aimer. Tout est toujours si naturel, si vivant. C'est du James tout craché. Ça me bouleverse, ça me transforme et surtout sans crier gare, ça m'éblouit.

Je ne résiste pas à son étreinte, je profite simplement de sa passion, même si je sais qu'il maltraite sûrement le semblant de brushing que j'ai tenté de réaliser pour l'occasion.

— Est-ce que j'ai le droit de jeter ton affreux… commencé-je à dire quand nous sommes interrompus.

Sans frapper, quelqu'un rentre dans la pièce en trombe nous obligeant à nous décoller l'un de l'autre. Nous reconnaissons immédiatement Charlie, l'assistante de Sacha pour la campagne. Essoufflée, elle stoppe net quand elle remarque que nos regards sont braqués sur elle.

Un coup d'œil me suffit pour comprendre qu'elle connaît l'issue de l'élection, pourtant elle reste silencieuse.

— Charlie ? l'interroge James, au comble de l'angoisse.

— Je… J'ai obtenu les résultats par le responsable en chef du dépouillement, déclare-t-elle hors d'haleine. Il… Il va l'annoncer à la presse dans cinq minutes…

— Charlie, c'est quoi le résultat ? la coupé-je impatiente.

James serre aussitôt ma main. Tout notre monde semble être sur le point de s'effondrer tant nous ne maîtrisons plus rien. Qu'importe ce qu'elle va dire, rien ne sera plus pareil au vu de toute l'énergie que nous avons déployée pour que James en arrive là. C'est sûrement lui qui mérite le plus ce poste, qui s'est le plus battu pour y arriver et je ne peux pas imaginer que ça lui glisse entre les doigts. Pas après ces années où il s'est sacrifié pour sa famille, ces mois où il a fait campagne vigoureusement, ces jours à se démener pour clore ses discours.

Imperturbable, je tente de sauver les apparences en figeant mon expression. Je fais disparaître mes angoisses pour le soutenir si bien que le sourire que je lui offre réchauffe son visage.

Jusqu'à ce que Charlie nous réponde enfin :

— On a gagné !

Il me faut une fraction de seconde pour analyser ses mots. Abasourdi, James se prend le visage pour absorber son émotion alors que des larmes de joie coulent sur mes joues. James reprend ma main pour l'embrasser, son émotion débordante me perfore le cœur. Je crevais déjà d'amour pour cet homme, mais subjuguée par l'extase qui jaillit de lui, je crois que mes sentiments prennent une nouvelle dimension. Nous avons bâti quelque chose ensemble, nous avons façonné en si peu de temps ce que certains couples peinent à réaliser en une vie entière et tout de suite, je donnerais ma vie pour que James reste heureux ainsi.

— Mon Dieu, on a réussi. On l'a fait, on l'a vraiment fait, répète-t-il tandis qu'il me serre contre lui.

— J'espère que ton discours de victoire vaut le détour, car je crois que ton heure est arrivée, Bébé !

Soudain, il me relâche. Je vois immédiatement que mille pensées l'assaillent.

— James ? demandé-je, inquiète en voyant son air tourmenté.

Cependant, il ne me répond pas et se tourne vers Charlie.

— Où est Sacha ?

— Il doit être dans la seconde salle de repos, il n'était pas avec le reste de l'équipe de campagne quand nous avons reçu l'appel du responsable du dépouillement.

— Donc il n'est pas encore au courant ?

— Aucune idée.

— T'as laissé tes discours à Sacha ? demandé-je soucieuse.

— Évidemment !

Alors qu'il tente de l'appeler sur son portable, il ne répond pas. Je tente à mon tour de le contacter, mais je tombe également sur répondeur au bout de plusieurs tonalités.

— Non, mais je rêve, on a gagné et le discours est porté disparu avec ton meilleur pote ! déclaré-je, abasourdie.

— Vous voulez que j'aille voir dans la salle de pause s'il s'y trouve ? demande timidement Charlie.

— Non, c'est bon, ma belle, assuré-je d'une voix calme. Vous avez bien mérité de souffler, on va aller le chercher et on arrive ensuite pour le meilleur discours de l'année.

J'essaie tout autant de rassurer l'assistante de Sacha que James, qui tente une nouvelle fois de joindre son chef de campagne.

La jeune femme acquiesce pendant qu'avec James, nous prenons la direction du couloir pour trouver ce fichu discours de victoire.

— Tu m'expliques comment il peut disparaître à ce moment précis après avoir bossé comme un dératé ces six derniers mois pour me faire gagner ?

— Moi je dis, tu pourrais presque faire un discours en improvisation totale. T'façon personne se souviendra de ce que tu vas dire, car dans deux heures on sera tous bourrés !

— Donc tu comptes te mettre minable en mon honneur ? plaisante-t-il alors qu'on s'approche de la fameuse salle de pause.

— Plutôt deux fois qu'une !

— Je ne vous félicite pas, Mademoiselle Roussel, riposte-t-il avec un charisme qui me ferait perdre tous mes sous-vêtements.

Alors que James s'apprête à poser son badge d'accès pour ouvrir la salle, je l'immobilise.

— Qu'importe ce que tu prononceras ce soir devant tous ceux qui ont voté pour toi, tu seras parfait, James. Je suis certaine que tu as écrit un discours digne d'Obama, mais finalement tout ce qui compte, c'est que tu touches enfin ton rêve. Tu vas être le politicien que cette ville attend depuis des années et tu n'imagines pas combien je suis fière de te regarder éblouir tout Bruges avec ton talent et ta bienveillance.

— Moi aussi, je t'aime, Salomé ! me répond-il simplement en déposant un tendre baiser sur mes lèvres.

Me poussant d'un pas, je le laisse déverrouiller la porte en scrutant l'heure sur mon téléphone quand j'entends trois jurons simultanés résonner face à moi. Je lève immédiatement les yeux et suis prise d'un rire profond alors que James ne peut s'empêcher de pester :

— Bordel de merde, j'y crois pas !

— C'est pas ce que vous croyez ! entonnent les deux personnes devant nous.

— Ah ouais ? Vraiment ? rétorque James, sur le cul face au spectacle que nous venons d'interrompre.

— Dites-moi qu'on a gagné, réplique soudain Sacha se rappelant enfin les priorités du soir.

Décontenancé, James se retourne vers moi et je m'aperçois qu'il est en colère. Ça lui arrive rarement, mais là, il est clair que l'addition du stress, de la joie d'avoir gagné, de la pression sur ces épaules en plus de notre découverte, il ne sait plus quoi ressentir.

Il faut dire que la surprise est totale. Nos meilleurs amis nous regardent paniqués pendant qu'avec James, on encaisse la surprise. On est quand même venus pour chercher ce foutu discours, pas pour découvrir Sacha et Liz en pleine séance de préliminaires.

Mes yeux analysent la pièce en un claquement de cils. Le pantalon de costume de Sacha jonche le sol alors que le chemisier de Liz est totalement déboutonné. Les joues rosées de ma meilleure amie et son attitude d'enfant prise en train de faire une bêtise me font rire de plus belle alors que James continue de secouer la tête. Immédiatement, Sacha et Liz tentent de se rhabiller à toute vitesse mettant donc fin à la réjouissante séance de sexe, qu'ils étaient en train de partager.

— Ouais, on a gagné, abruti ! lancé-je hilare alors que James tente de s'apaiser.

Divisée entre mon fou rire et ma surprise, je claque la porte pour faire comme si nous n'avions rien vu. Bordel, je me mens à moi-même, il est impossible que j'oublie cette image.

Je retourne mon attention vers James et tente de le détendre :

— Je vais retourner dans cette pièce du péché pour récupérer ton discours et après tu vas aller en mettre plein la vue à tout le monde, OK ?

— Dis-lui de se rhabiller en vitesse, il est hors de question que je monte sur cette estrade sans lui.

— Je vais même ordonner à Liz d'ajuster son nœud de cravate, ricané-je sans me contrôler.

— Mon Dieu, comment t'arrives à en rire ? Qu'est-ce qu'il lui a pris ? demande-t-il sans vraiment attendre une réponse. Je vais lui faire payer ça pour au moins une décennie.

— Parce qu'il se tape Liz ou parce qu'il s'envoie en l'air au moment où il doit te motiver pour le discours le plus important de ta carrière ?

— Les deux, lâche-t-il en éclatant enfin de rire.

Un regard me suffit pour lire en lui comme dans un livre ouvert. Bouffé par le stress, il tente de faire face, mais avec moi, il sait qu'il peut être vulnérable et ce rire qui m'éblouit transpire la vulnérabilité. Il a atteint son objectif, il sait que ce qui l'attend est colossal et il a juste besoin qu'on lui répète qu'il est une personne extraordinaire. Voilà une des choses que j'aime le plus chez cet homme. Il ne se cache pas derrière une muraille, il laisse éclater ses failles et c'est pour ça que je l'aime, mais il oublie que nous formons une équipe et que face à l'adversité, je serais toujours là derrière lui pour m'assurer qu'il triomphe.

— James, oublie ce que tu viens de voir et concentre-toi sur les prochaines années qui nous attendent. Tu vas devenir l'homme le plus important de la ville, tu vas faire ce job à merveille et quoi qu'il se passe, je serai là pour t'aimer. Laisse-moi régler les derniers petits détails et on va monter sur cette scène pour montrer à la ville entière que c'est nous l'équipe de choc !

— Qu’est-ce que je ferais sans toi ?

— Tu serais juste un attaché de presse sexy et arrogant. C’est déjà pas mal, tu sais !

Il ricane à son tour et englobe mon visage dans ses mains pour me voler un baiser torride. Le genre à me décoller de la terre ferme.

— Je n’aurais jamais pu rêver d’une coéquipière de ta trempe, murmure-t-il en détachant ses lèvres des miennes.

— Et tu n’as rien vu encore, Bébé. Je compte bien t’en mettre plein la vue pendant encore longtemps !

FIN

Remerciements

D'ordinaire, écrire les remerciements me vient facilement tant je suis reconnaissante envers des dizaines de personnes pour mon parcours dans l'édition, mais ceux-ci ont une saveur spéciale.

L'aventure Cul-sec et Chantilly ! a commencé comme tous mes autres romans sur Fyctia et comme d'habitude, je partais pour m'amuser. Moi qui n'étais pas du tout prédestinée à écrire une romance de Noël, je me suis retrouvée à prendre un plaisir fou à y intégrer de l'action, du suspense, des mystères et en plus, de cela, l'histoire plaisait. Me voilà trois ans après ce concours avec un contrat d'édition dans les mains et des étoiles pleins les yeux.

Lorsque j'ai retiré Cul-sec et Chantilly ! de la vente en auto-édition, je me suis fait une remarque. Ce roman est mon évidence, ma révélation. Avec cette histoire, j'ai réalisé qu'écrire des histoires d'amour n'était pas un foutu malentendu. C'est bien plus que ça. J'ai pris conscience que c'était une part de moi indéboulonnable et ça, je le dois à des personnes extraordinaires qui ont su depuis cinq ans m'accompagner dans cette merveilleuse aventure.

Alors déjà merci la vie de ne pas être une foutue ligne droite sans surprise. Il arrive qu'on se surprenne soi-même, qu'on découvre en nous une énergie insoupçonnée. Ce roman, c'est ce cadeau inattendu que je me suis offert sans le savoir.

Merci à Zélie (et à l'équipe BMR) de m'avoir fait confiance en m'ouvrant les portes de cette belle maison d'édition, de m'avoir permis de retomber amoureuse de James et Salomé ; et surtout merci d'avoir fait en sorte que cette histoire ait une seconde vie encore plus merveilleuse que la première en auto-édition.

Merci à Camille pour son travail acharné pour sublimer cette romance, pour sa gentillesse et son implication dans cette histoire. Je ne pouvais pas espérer meilleur accompagnement pour mes premiers pas dans une maison d'édition. Merci d'être une éditrice aussi chouette !

Merci à Margherita, Estelle, Molly et Camille d'être, en plus d'autrices extraordinaires avec qui j'apprends énormément au quotidien, des amies sur qui je peux toujours compter. Partager cette passion sans vous n'aurait définitivement pas la même saveur.

Merci à mon mari de toujours me soutenir même si certains jours mes héros prennent tellement de place que je suis à côté de mes pompes. Merci pour cet amour total qui me protège et me permet de voler de mes propres ailes.

Merci à ma mère d'être ma fan numéro un, même si la romance n'est pas sa lecture de prédilection. Merci à elle d'être une telle source de force, d'amour comme d'encouragement depuis toujours et surtout, merci à elle de m'envoyer des photos des étals de romances en librairie en me disant que j'y aurais bientôt ma place. C'est un cadeau inestimable.

Merci à Laura de m'offrir une amitié si saine, merci pour nos soirées à lire l'une à côté de l'autre, merci pour nos échanges de vocaux quand une de mes intrigues me casse les pieds, merci d'être une si belle personne prête à acheter mes romans en quadruple juste pour qu'on lui décerne le prix de la meilleure supportrice.

Merci à Mathilde, Steph, Clélia, Alexane, Émeline, Élisa et tous les autres. Je sais que je suis parfois dans la lune, je sais que parfois l'écriture m'absorbe trop, mais merci pour votre soutien sans faille.

Merci à tous·tes les lecteurs·trices qui me demandent quand est-ce que mon prochain roman sortira, à ceux. celles qui m'envoient des messages sur les réseaux sociaux pour me soutenir, merci à toutes les personnes qui m'ont lu et qui continueront de le faire. Merci à toutes les chroniqueuses qui m'ont permis de prendre confiance, qui ont pris le risque de découvrir des romans autoédités dont on ne parle pas sur tout TikTok. Merci pour cette confiance, pour cette motivation qui me pousse même les jours difficiles à reprendre le chemin de l'écriture.

Merci à toi qui ne me connaissais pas encore et qui viens de découvrir ma plume à travers cette romance de Noël. Merci de faire perdurer ce rêve auquel je n'aurais même pas osé croire il y a cinq ans quand j'ai écrit ma première ligne.

hachette s'engage pour l'environnement en réduisant l'empreinte carbone de ses livres. Celle de cet exemplaire est de :
450 g éq. CO_2
Rendez-vous sur www.hachette-durable.fr

PAPIER À BASE DE FIBRES CERTIFIÉES

« Pour l'éditeur, le principe est d'utiliser des papiers composés de fibres naturelles, renouvelables, recyclables et fabriquées à partir de bois issus de forêts qui adoptent un système d'aménagement durable. En outre, l'éditeur attend de ses fournisseurs de papier qu'ils s'inscrivent dans une démarche de certification environnementale reconnue. »

Edité par Hachette Livre dans la collection Ito
(58, rue Jean-Bleuzen, 92170 Vanves)

Composition : Nord Compo
Achevé d'imprimer en Espagne par Balckprint
Dépôt légal 1re publication : octobre 2023
11.4429.6 – ISBN : 9782017246503
Dépôt légal : octobre 2023